가면적 세계와의 불화

◆◆◆ 정진경   鄭鎭璟

　　1962년 부산에서 태어나 부경대학교 대학원에서 문학박사
학위를 받았다. 2000년도 『부산일보』 신춘문예에 시가 당선되
어 작품 활동을 시작했다. 시집으로 『알타미라 벽화』 『잔혹한
연애사』 『여우비 간다』가 있다. 현재 부산작가회의에서 활동
하고 있으며, 부경대학교에 출강하고 있다.

가면적 세계와의 불화

초판 인쇄 · 2015년 11월 21일
초판 발행 · 2015년 11월 28일

지은이 · 정진경
펴낸이 · 한봉숙
펴낸곳 · 푸른사상사

주간 · 맹문재 | 편집 · 지순이, 김선도 | 교정 · 김수란
등록 · 1999년 7월 8일 제2-2876호
주소 · 서울시 중구 충무로 29(초동) 아시아미디어타워 502호
대표전화 · 02) 2268-8706~7 | 팩시밀리 · 02) 2268-8708
이메일 · prun21c@hanmail.net
홈페이지 · http://www.prun21c.com

ⓒ 정진경, 2015
ISBN 979-11-308-0586-3   03810
값 28,000원

푸른사상
평론선

26

The Discord with the Masklike World

가면적 세계와의
불화

정진경

푸른사상
PRUNSASANG

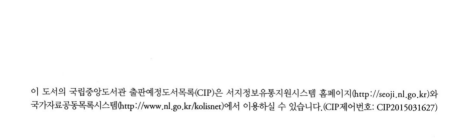

이 도서의 국립중앙도서관 출판예정도서목록(CIP)은 서지정보유통지원시스템 홈페이지(http://seoji.nl.go.kr)와
국가자료공동목록시스템(http://www.nl.go.kr/kolisnet)에서 이용하실 수 있습니다.(CIP제어번호: CIP2015031627)

시인이 감히 세상에 평론집을 내놓는다. 시와 학문, 평론까지 문어 발을 여러 군데 걸치고 있는 나로선 한 장르를 위해 전력질주를 하는 작가들에게 미안한 마음이 든다. 한 우물을 파도 문학적 평가를 제대로 받기 힘든 판에 여러 장르라니, '시인이 시나 쓰지. 왜 평론을 쓰나?' 하겠지만 내게 평론은 시와 한 뿌리 속에서 발아된 열매이다.

평론을 접하게 된 것은 시가 가장 안될 때였다. 20대부터 소설만을 읽었던 내게 시적인 감수성과 감각은 무지의 도화지였다. 교과서적인 감각 외에는 기본적인 데생조차 할 줄 모르는 시 쓰기. '시란 무엇인가?'를 알기 위해 혼자서 읽었던 수많은 평론들은 내 시의 스승이자 평론의 스승이다. 선배 평론가들이 내 스승인 셈이다.

평론은 시와 소설과는 전혀 다른 세계였다. 시와 소설이 인간 존재와 실존적 양상을 재구성하여 창조해내는 것이라면 평론은 작가가 쓴 텍스트를 근거로 해서 읽는 이의 감수성과 경험, 지적인 상상력이 펼쳐지는 제2의 창작이다. 작가가 의도한 것은 물론, 의도하지 않은 심연의 의식이나 세계를 읽어낼 수 있는 흥미로운 장르이다. 인간과 사회를 읽어내는 새로운 프리즘이라 할 수 있다. 평론이 논문처럼 이론을 가지고 증명해나가는 것이었다면 나는 매료되지 않았을 것이다. 텍스트를 읽는 이의 감성과 내면화된 지식이 융합되어 생성해내는 새로운 시각. 내 몸에 새로운 눈이 달린 듯해서 정말 한동안 평론을 쓰는 일에 몰두했다.

선무당이 사람 잡는 줄도 모르고 평론이라는 것을 내게 처음 부탁한 이가 박선희 시인이다. 서툰 글이라서 이 책에는 싣지 않았지만 『여섯째 손가락』의 서평은 내 평론의 종자(種子)이다. 평론에 관한 한 박선희 시인만큼 고마운 사람은 없다. 그 뒤로 10년 가까이 이어진 청탁은 그녀의 글이 아니었으면 없을 수도 있다. 평론은 내 의지로 시작한 것은 아니지만 많은 사람의 관심으로 낳은 희열을 피우는 한 그루 나무이다. 세상 잣대로 보면 비실비실한 열매들이지만 내게는 인간에 대한 심오한 사유를 할 수 있어 행복했던 생의 장(場)이었다.

이번 평론집은 오랜 시간에 걸쳐 쓴 만큼 한 가지 주제나 문제의식으로 집약되어 있지는 않다. 평소에 세계와의 동일성을 지향하는 시보다는 비동일성을 지향하는 시에 관심을 가진 탓인지 세계와 인간과의 불화에 많은 프레임이 맞춰지고 있다. 하지만 세계와 시적 의식과의 일치와 불화는 양날의 칼이다. 인간으로서의 의미와 올바른 실존성을 찾기 위한 목적지가 같은 다른 방향의 길이다.

제1부 「후각, 인공 사회의 저항 기호」는 후각적 감각과 관련된 인간 존재성과 사회적 실존성에 프레임을 의도적으로 맞춘 글들이다. 인류의 사회·문화적 진화는 생활의 변화뿐 아니라 실존의 변화를 가져왔다. 본래적 인간의 정체성인 생물학적 존재성은 상징화되고, 기계화되어 이제는 정신마저 잡종화의 상태에 이르렀다. 인간에게 신체를 담보로 하는 생물학적 존재성 없이는 이성을 토대로 하는 사

회학적 존재성도 있을 수 없다. 이 두 존재성의 균형만이 인간을 인간답게 할 수 있다. 특히 전자 자본주의로 인한 의식의 잡종화 현상은 감각 실종과 더불어 인간 실존을 상실하게 한다. 모든 것이 가공되어 존재성이 상실된 시대에 후각은 존재의 본질을 환기시키는 감각적 존재론의 기호이다. 인공화된 인간 실존에 대한 경종이며 기계화된 존재에 대한 제동이라 할 수 있다.

제2부 「현실에 응전하는 여성의 존재론」은 여성 시인들의 시를 비평한 글들이다. 세계와 여성들과의 불화는 이중의 타자 속에서 생성되고 있다. 여성에게 사회적 현실은 인간으로서의 타자이기도 하지만 그 현실이 남성들이 구축한 세계라는 점에서 페미니즘 관점에서의 타자이기도 하다. 그런 탓인지 현실에 응전하는 여성의 존재론은 양자의 측면에서 모두 시로 담론화되어 있다. 문명의 불모성이나 허위성에 저항을 하는 담론뿐 아니라, 모성적 특징을 강조하는 생태 윤리나 신체의 감각을 담론화한 시도 있다. 여성의 시적 담론이 이렇게 광범위하게 나타나는 것은 이중적 타자와의 불화가 오히려 많은 담론을 생성하게 했기 때문이다.

제3부 「고뇌와 실존의 형상화 의지」는 남성 시인들의 시를 비평한 글들이다. 여성 시인들과는 달리 사회적 주체인 남성 시인들의 시적 담론은 실존성의 문제에 주로 전착해 있다. 남성들은 물질문명이 가진 시스템에 대한 비판이나 부품화된 실존의 형상 또는 근원적인 생명의 현상을 담론화하기도 하지만 통각의 실존성이나 정치적 실존

성, 운명론적인 실존성까지 다양한 실존의 방식을 보여주는 것이 특징이다. 여성보다는 좀 더 사회적인 대의명분을 중시하는 남성의 속성상 그들이 자리하고 있는 사회적 실존의 지점은 아주 중요한 코드이다. 그럼에도 불구하고 이것을 넘어서는 영속적인 실존의 문제까지도 탐색을 하고 있다. 인간이 가진 다양한 실존의 양상을 볼 수 있는 측면이다.

제4부 「문명과 불화의 표정들」은 그동안 잡지에 쓴 계간 평을 모은 글이다. 그런 만큼 당대를 살아가는 인간의 존재와 실존적 특징을 가장 잘 보여주는 글이라 할 수 있다. 이 글들을 보면 물질문명의 구조적 문제가 인간과의 불화를 만들어낸다는 것을 알 수 있다. 현실과의 불화로 인해서 생기는 가상 세계로의 도피적 심리, 허위적 세계에 적응하기 위해서 생기는 엘리케이터의 실존성 등을 담론화한다. 이러한 것들은 기계가 주체가 되는 사회에서 상실되는 인간의 모습이다. 인터넷이나 SNS, 매체들 속에서 이미지화되어가는 상승 버튼은 손에 잡힐 것 같지만 잡히지 않는 허상이다. 인간에게 좌절감을 줄 뿐 실재의 실존으로 이어지지 않는 기계문명은 통제되고 시스템화된 사회구조를 만들어 정신을 기계화한다. 문명과 불화하는 표정은 곧 우리 시대의 군상(群像)을 간파한 것이라 할 수 있다.

이 글들은 많은 사람의 인연과 도움으로 인해 한 권의 책으로 탄생했다. 어설픈 평론을 쓰는데도 불구하고 원고를 청탁해준 동료 시인

가면적 세계와의 불화

들 그리고 잡지의 관계자들에게 감사하다는 말을 전하고 싶다. 이러한 계기의 바탕에는 시의 길로 인도해주신 유병근 선생님과 이성희 선생님 그리고 김경복 선생님이 있다. 나의 시적 행로를 푸른 그늘로 인도해주시는 분들이라 늘 감사하는 마음을 가지고 있다. 또한 평론은 시인에게 발로되는 직관이나 감성만으로는 버틸 수 없는 장르이다. 인간의 경험과 감성에 학문이라는 이름으로 세상에 나와 있는 수많은 진리와 지식이 융합되어야 더 좋은 비평의 날을 세울 수 있다. 평론을 쓰게 되면서부터 학문이라는 것이 단순한 지식과 정보가 아니라 인간 존재와 실존적 양상을 증폭한 해석이라는 것을 알게 되었다. 예전에 소설을 읽으면서 느꼈던 온몸의 희열을 학문과 평론을 하면서 경험했다. 그런 점에서 남송우 교수님을 비롯한 부경대 모든 교수님의 학문적 가르침은 내 평론을 더욱 성숙하게 하는 데 도움이 되었다고 할 수 있다. 이번 기회를 통해 모든 교수님께 감사의 말씀을 드린다. 그리고 출간을 지원해주신 푸른사상사의 한봉숙 사장님과 책이 출간될 수 있도록 물심양면으로 힘써주신 맹문재 선생님께도 인사를 드린다. 올가을 푸른 하늘이 아름답게 일렁이는 것은 모두 이분들 때문이다. 행복한 가을이다.

2015년 가을 백양산 자락에서
정진경

9

책머리에

차례 ◆◆◆

가변적 세계와의 불화

가면적 세계와의 불화

13

차례

14

가면적 세계와의 불화

제1부

후각, 인공 사회의 저항 기호

후각은 공감이나 반감을 통해서 사회학적 관계를 만들어나가지만 다른 감각들과 달리 분리의 성격이 강하다. 분리의 성격이 개인의 문제보다는 사회적 관계의 문제에 더 주목하게 하는 것이다. 따라서 시민들의 후각 기호는 워크의 환경에서 무생물화되어가는 인간과 생물학적 인간이 만들어내는 사회 현상에 대한 탐색이자 시민들의 지성적이다.

사이보그에 응전하는 감각적 존재론

— 강정

어디까지가 인간이라 할 수 있을까? 영화 〈로보캅〉과 〈터미네이터〉에 등장하는 주인공들은 일정 부분 인간이면서 인간이 아니다. 뇌는 인간의 속성을 가지고 있다고 하나 온몸이 기계로 만들어져 인간의 능력이나 상식을 초월한다. 인간답다는 것이 무엇인지를 그와 같은 존재에게 묻는다면 무슨 대답이 나올까? 엄청난 정보처리 능력? 강력한 파워를 자랑하는 육체의 능력? 딱히 무슨 대답이 나올지 알 수 없다. 그렇지만 복제와 착종으로, 전자회로와 기호로 현실과 가상의 경계가 모호해져가는 이 시점에서 인간다움을 묻는 것은 동시대를 살아가는 우리들의 정체성을 파악하기 위한 중요한 질문일 수 있다. 이 질문은 전자자본주의라 불리는 이 시대에 진정한 인간 존재로서 어떠한 삶을 살아갈 것인가 하는 존재론적 물음이자 사회 역사적 탐문이 되기 때문이다. 이 물음에 제 나름의 답을 가진 사람은 과연 몇 명이나 될까.

시인 강정은 이런 문제를 네 권의 시집을 내는 동안 꾸준히 풀어내고 있다. 특히 기계화된 문명적 존재가 가진 여러 문제들을 감각적 주체의 소환을 통해 심도 있게 보여준다. 시에서 감각적 주체들이 인공적 생명체의 대응체가 될 수 있는 것은 감각이 메를로 퐁티가 언급한 '지각의 주체'인 동시에 사회적 의사소통의 매체라는 것과 관련이 있다. 감각적 지각은 생물학적 존재성의 표출이지만 사회학적 존재성을 만들어가는 근원처라는 점에서 매우 중요하다. 그럼에도 불구하고 진화하고자 하는 인간의 지나친 욕망은 인간 존재가 가진 본질이 무엇인가를 망각하고, 스스로 그 균형을 깨트리고 있다. 강정은 이 점을 주목하고 있다. 감각적 주체의 소환을 통해서 그는 인간 본질의 문제가 무엇인가를 탐색하고 있는 것이다. 그래서 시로 제기하는 강정의 감각적 존재론에는 변종과 혼종으로 착종된 현실에 응전하는 비판 의식이 담겨 있다고 볼 수 있다. 시적 주체를 인간답게 하여 반생명적 사회의 문제점을 비판하는 의미를 그의 시는 담고 있다고 볼 수 있는 것이다.

1. 감각의 상실과 기계적 존재

강정은 전자자본주의가 만들어내는 허상의 이미지들이 인간의 존재성을 파괴한다고 본다. 생각하는 동물로서 인간은 태생적으로 대상을 나의 욕망을 달성시키기 위한 수단으로 삼으면서 발전해왔다. 그런데 지나친 욕망의 발전은 우리로 하여금 스스로가 만든 도구에 통제를 당하는 지경에 이르게 하였다. 기계문명의 번성은 몸의 기능을 확장해나가면서 안락함을 제공해주었지만, 인간의 원초적 특징이라 할 수 있는 생물학적 존재성을 퇴화시켜 인간을 물질적 존재로 만들어나가고 있다. 이런 현실의 지각은 강정으로 하여금 '진정한 인간의 존재성은 무엇인가? 하는 의문을 갖게 한다. 전자자본주의 사회의 착종적 현상이 문명과 문화로만 그치는 게 아니라 인간의 해체로 이어진다는 것을 그는 안 것이다. 사회 전반에 유포되는 인간성 상실의 공포가 강정에게 감각 주체의 중요성을 인식시키고 있는 것이다.

　그래서 강정은 지나친 문명의 번성으로 인한 감각의 왜곡이 어떤 것인지를 보여주는 방식으로 기계화되어가는 인간의 존재성에 경종을 울리고 있다.

　　　감히 내가 죽은 줄 알았단다
　　　뇌수의 팽팽하던 신경들이 톡톡 부러졌단다

　　　…(중략)…

　　　새끼를 낳으면, 신경을 쇠로 이어야 한단다
　　　쇠로 키워야 한단다 불에 깎이고 물과 간통하도록
　　　차디찬 신경 마디마디 은빛 록(錄)을 입혀야 한단다
　　　살을 지펴 지평선까지
　　　철갑을 두르도록 아이야—

　　　인간이 아닌, 괴물이어야 한단다

　　　　　　　　　　—「불가사리」부분,『들려주려니 말이라 했지만』

　인용 시에서 인간의 감각은 기계적 부호로 형상화되어 있다. 각종 기기들이 쏟아내는 이미지들에 의해 기만되고 통제되어가는 인간의 현 상태를 풍자적으로 보여준다. 인간이 "새끼를 낳으면, 신경을 쇠로 이어야" 하고, "쇠로 키워야" 하는 시적 현실은 생명체로서의 감각 마비의 극단적인 상황을 보여준다. 그런데 여기서 무서운 것은 신체의 일부가 병들어 의체로 대치하는 게 아니라 생명이 태어나는 순간부터 기계로 존재해야 한다는 사실이다. 이는 그만큼 우리 사회가 물질화되고 인간은 기계적 존재성으로 나아갔다는 것을 말한다.

일반적으로 신경은 감각을 지각하는 기관으로서, 외부의 자극을 뇌에 전달하여 의식을 형성하게 하는 역할을 한다. 신경이 끊어지는 현상은 외부 세계의 충격을 내적 의식으로 받아들일 수 없음을 가리키는 것으로 본래적인 인간성과의 단절을 의미한다. 이것은 자연적 질서로부터 멀어지는 것으로, 감관을 통해 세계를 파악하는 지각의 주체로서 인간성 상실을 말한다. 세계의 모든 정보가 오감을 통하지 않고, 전자 단위로 입력되고 산출될 때 인간의 감각적 실존성은 사라지고 기계적 존재성만 남게 된다. 이 경우 정신은 현실보다는 가상의 현실을 추구하게 되고, 몸의 자연적 기능은 퇴화를 거듭할 수밖에 없게 된다. 전자회로에 의해 지각을 하고 판단을 내리는 기계적 인간은 '사이보그', 즉 새로운 인간종이 될 수밖에 없는데 강정은 이러한 존재가 되어서는 안 된다는 것을 말하고 있는 것이다.

사이보그가 되었을 때 가장 문제되는 것은 감각의 마비다. 그런데 이러한 감각 마비를 가속시키는 주범을 강정은 무엇보다 전자자본주의 속성에 의해 만들어진 물질 추구의 욕망에 있다고 본다. 상품 마케팅의 전략으로 쏟아지는 전자 이미지들은 인간을 위하기보다는 기업의 이익을 위해 위장되어 있다. 인간의 영혼을 현혹시켜 상품을 구매하게 하는 것이다. 전자 이미지가 주는 정보로 인해 우리들은 진정한 존재성을 획득하는 게 아니라 부호나 명령 기호로 작동하는 기계적인 속성만을 얻는다. 전자자본주의 사회가 만들어내는 이데올로기에 조종당하는 허구적 자아만을 갖게 되는 것이다. 이런 부정적 자아로 인해 인간은 생물학적 존재성과는 멀어지면서 "괴물"이 되어간다. 강정은 우리의 존재성이 지나치게 진화해버려서 우주적 질서 안에서는 제어할 수 없는 "우주괴물"이 되었다고 본다. 우주괴물이란 다름 아닌 우리가 만든 문명에 의해서 통제를 당하는 허상의 존재로 기계문명에 함몰되어 있는 우리의 자화상일 것이다.

이러한 기형적인 자화상을 강정은 아래 시에서는 혼종의 존재로 형상화한다.

> 하여 내 몸이란 모든 사막과 바다를 짊어진
> 땅 밑의 묽은 총핵(銃核), 시간의 심장이다
> 내게서 뻗은 시간이 또 다른 나를
> 신화한 유성의 잔해로 빚어
> 으스러진 모래알 속에서 끄집어낸다
> 그와 내가 다르지 않고
> 나와 유성이 다르지 않으니,
> 세계는 수천 광년 전에 죽은
> 어느 별의 지난 역사를 새로이 반복한다
> 몸과 마음의 오랜 상처들, 제 썩은 환부를 핥는다
> 과거의 상흔을 뚫고
> 수천 마리 내 육신의 이형(異形)들이 터져나온다
>
> ──「우주괴물」 부분, 『들려주려니 말이라 했지만』

시에서 "우주괴물"이라는 말을 보듯 강정은 현대인을 혼종적인 존재로 알레고리화하고 있다. 시적 주체는 다른 종(種)과의 결합으로 나온 괴물이 아니라 생물학적 존재성과 문명적인 존재성의 불균형이 만들어낸 것이다. 「우주괴물」에서 "수천 마리" "육신의 이형(異形)"들은 엘리아스가 말하는 '상징 해방'의 논리로 만들어낸 문명의 기호나 상징들이다. '상징 해방'이란 자연을 수단으로 역사와 문화를 기호나 상징으로 만들어나가는 인간 속성을 말한다. 생물학적 존재성을 가공하여 형이상학을 추구하는 인간의 진화 방향성은 정신만이 아니라 우리의 존재성마저 기호와 상징으로 만들어나가고 있다. 때문에 강정 시에 나오는 기형적인 주체들은 문명적인 존재성의 과부하로 변형되어버린 인류의 자화상이다. 인공화되어버린 존재의 불균형성을 풍자적으로 형상화한 것이다.

2. 허상의 세계를 전복시키는 촉각적 진실

사이보그가 판치는 현실은 의체와 전자 부호로 대체된 가상현실의 특성을 띠게 된다. 강정은 원본의 모조품들로 가득한 '시뮬라시옹' 세계 속에서 '인간의 진정한 존재성은 무엇인가' 하는 문제를 촉각적 감각을 통해서 제기한다. 그는 촉각적 감각 중에서도 피부 감각을 통해 외부의 존재를 느끼는 통각(sense of pain)과 원초적 기능을 명료화하는 성적 자극의 양상을 통해 현실의 문제를 다룬다. 촉각적 의미에서 신체의 접촉은 나 이외 외부의 존재를 인식하게 되는 시발점이다. 이런 경계 의식은 대상이 우호적일 때에는 서로의 의식에 영향을 끼치지만 부정적일 때에는 나와 다른 세계로 인해 느끼는 배타적 의식으로 남게 된다. 특히 성적 접촉으로 인한 소통은 개인의 실존뿐 아니라 생물학적 존재의 내적 주체성을 통해 젠더(gender)의 이데올로기까지로 이어진다. 때문에 강정의 촉각적 의식은 가상 세계로만 치닫는 시뮬라시옹 세계와 '나'의 존재 사이에서 일어나는 괴리와 한계를 더욱 분명하게 예각화한 것이다. 현실 세계와 '나'의 괴리를 신체 절단이라는 촉각적 통증이나 키스와 같은 성적 접촉을 통해서 구체화한 것이다.

마술사 부부는 아이의 고추를 잘라
옷장 깊숙이 숨겨두었다

…(중략)…

그 순간 세상 전부가 아이의 마술이었다
세상 전부가 그의 마술이 되자 아이는 외로웠다
아이는 사람들이 자신의 마술에 열광하면 할수록
사람들이 더 이상 마술에 속지 않는다는 걸 알았다
마술이 속이는 건 마술뿐이었고
마술사에게 속는 건 마술뿐이었다
아이는 부대에서 떼어낸 자신의 몸들이
다시 돌아오지 않는다는 걸 알았다
아이는 자신에게서 없어진 몸들이 그리웠다

—「마술사의 아이」부분, 『키스』

시에서 촉각적 통증은 허위적 세계를 인식하는 경계이다. 우리 몸
이 잘리는 통증을 겪어야 세상을 속일 수 있다고 생각하는 시적 주체
는 정작 속여야 할 세상은 속이지 못하고 자신만 속고 있는 스스로의
모순에 빠져 있다. 몸을 절단하는 행위는 우리 스스로 해체한 의식과
익명화한 존재성의 알레고리이다. 이미 허상의 세계에 편입해 있는
어른들은 갓 태어난 아이의 몸을 절단하는 통과의례적 행위를 통해
기존의 질서로 편입시킨다. 아이는 "고추"가 잘리는 통각을 통해서
우주와 분리되는 동시에 새로운 세계에 발을 들인다. 여기서 새로운
세계란 잘라버린 몸을 대체하는 의체의 세계, 즉 기술 문명과 의학
지식으로 변형되어버린 우리의 이미테이션 존재성을 말한다. 생물학
적 존재성을 멀리해야 형이상학적인 인간이 될 수 있다는 인간의 진

화론적인 관점, 즉 시뮬라시옹의 번영을 마술이라는 속임수에 비유하고 있다. 강정은 '상징 해방'의 모순 속에서 스스로 족쇄를 채우는 문명적 인간을 비판하고 있는 것이다.

그런데 더욱 심각한 것은 신체를 잘라내는 촉각적 통증을 겪고도 무통(無痛)의 징후를 지니는 존재들의 양산이다. 이것은 앞서 말한 기계문명의 발달로 인한 신체나 감각의 마비가 그 원인이라 할 수 있는데, 의체의 등장은 촉각마저 인공적 전자회로로 감각하게 한다. 온갖 매체와 의학 기술들로 재영토화된 우리 몸은 통증 자체를 부정할 정도로 무감각의 상태에 이르러 있다. 여기서 문제는 신체의 감각이 개인의 의식에서 사회의 이데올로기, 더 나아가 문화적인 상징으로 만들어지는데, 감각의 상실로 인해서 의식화되지 못하고 추상적인 기호의 회로 속으로 빠져들게 된다는 점이다. 이것은 현대인들에게 허위와 소외의 심리를 부추기는 원인이 된다. 더 나아가 이것은 세계와 나의 관계로만 끝나지는 않고 또 다른 문제점을 만든다. 즉 인간과 인간 사이의 관계를 물질적이고 기호적 관계로 남게 만든다. 때문에 감각이 기계화되어 있는 인간의 접촉은 정서적인 소통을 할 수 없어 세계의 모든 것을 물질의 교환으로만 받아들인다.

이런 허위적 인간관계에 대한 문제의식이 아래 시에서는 생명 탄생의 귀결로 이어지는 촉각적 감각인 "키스"로 변주되어 나타난다.

이 키스는 한 아이가 태어나고 죽어가는 과정에 대한 초현실적 리포트다 내 혀를 뒤집으면서 너는 네 인생의 가장 극적인 순간을 탕진한다 나의 문은 너에 의해 닫히고 나의 문밖에서 모든 시간은 풀어진 물감처럼 시계 밖으로 흩어져 사라진다 내 속에서 죽었던 것들이 관 뚜껑을 열듯 내 몸을 열고 문 열린 너의 바깥으로 날아간다 두 겹으로 불어 네 겹의 문으로 열리는 이 방생의 순간, 네 눈 속에 담겨 있는 짐승은 고대 중국

영봉문화 관련 서적에서 문득 흘려 보았던 오래전 내 얼굴이다 기뻐하라
너는 이제 오래전부터 인류가 꿈꿨던 환상의 미래, 춤추는 용(龍)의 후손
을 임신한 것이다

—「키스」부분, 『키스』

　강정은 "키스"라는 촉각적 감각을 통해 인간 실존의 현상과 생물학
적 존재성의 문제를 구체화하고 있다. 강정은 남녀 간의 입술 접촉을
생물학적 존재의 연속성을 부여하는 행위로 보는 동시에 현 세계에
서 해방될 수 있는 감각적 행위로 보고 있다. 생물학적 존재의 본능
으로 상대와 관계를 맺는 키스는 궁극적으로는 생명 잉태를 목적으
로 하기 때문에 원초적 기능을 극대화한다. 키스는 새로운 존재를 수
용하고 만들어나가는 생성의 장소로, 존재의 세대성을 이어주는 첫
출발지로 등장한다. 강정은 문명화된 세계의 질서와 멀어질수록 내
존재가 자유롭게 "방생"된다는 사실을 강조하는데, 이것은 원형적
세계와 본래적 인간에 대한 향수로 연결되어 있다.
　감각의 사회학자 알베르트 수스만은 '타자'와 '나'의 촉각적 경계
체험을 갖게 될 때 나는 눈에 보이는 대상보다는 비가시적인 대상에
대한 존재성을 더 갈망하게 된다고 한다. 이것은 우주적 존재로서의
근원적인 속성과 관련이 있는데, 문명화되기 이전의 본래적 인간은
우주적 존재로서 신과 동일하다는 입장에 있다. 인간은 '나'라는 자
아가 형성되면서부터 우주에서 분리가 되고, 또다시 이 분리의 현실
을 깨달으면서 다시 우주적 존재가 되려는 본능적 욕구를 갖게 된다.
원시 상태의 욕구는 현재 확립되어 있는 문명적 질서에 대한 부정이
다. 때문에 어떤 대상을 끊임없이 더듬고 어루만지고자 하는 원초적
욕구는 허상의 세계 속에서 본래적 인간을 찾고자 하는 심리적 표출

이다. 그래서 강정은 키스를 "관 뚜껑을 열듯 내 몸을 열고" "바깥으로 날아"가 "네 겹의 문으로 열리는" "방생의 순간"에 우주적 존재로서의 자유를 만끽하는 행위로 본다. 생물학적 존재가 가지는 성적 주체성을 통해 "인류가 꿈꿨던 환상의 미래", 즉 원형적 낙원의 중요성을 강조하는 것이다.

3. 본래적 존재성을 지각하는 후각과 미각

한편 강정은 후각과 미각을 통해 본래적인 인간의 존재성보다는 문명적인 존재성을 더 우위에 두는 사회를 풍자한다. 후각은 본능적이지만 최초의 사회학적 존재가 지각되는 지점이라는 점에서 세계와 나의 관계에서 분리의 성격이 강한 감각이다. 후각적 감각은 현실의 문제를 본능적으로 지각하기 때문에 그에 따른 가치 판단 또한 현실에 근거해 있다. 때문에 후각적 의식이나 행동에는 그 어떤 감각보다는 문명화된 이성의 개입이 적다고 할 수 있다. 그리고 미각은 몸의 닫힌 공간에서 진행되는 능동적인 감각으로 음식, 즉 우주의 다른 존재를 내 몸의 일부로 받아들이거나 음식 문화를 통해 타자와 상호 소통을 한다는 점에서 융합적인 성격이 강한 감각이지만 다른 존재의 희생이 생명 유지의 수단이라는 점에서 인간 중심의 사고를 단적으로 보여주는 감각이라 할 수 있다.

그러면 후각적 감각을 소환하여 기계문명의 사회를 풍자하는 강정 시를 먼저 보자.

냄새로 사물을 식별하는 건 비단 네발짐승의 장기만은 아니다

지워진 너의 냄새가 사방 분분한 낙엽의 마지막 숨결에서 배어 나온다
이 친밀도 높은 인분의 기척을 나는 인간에 대한 또 다른 전망으로 읽
는다
인간이 사랑을 멈추지 않는 까닭은
이미 퇴화한 감각에 대한 질긴 향수 때문이다

…(중략)…

허공에 박물관 도록처럼 펼쳐지는 이미 멸종한 생물들의 연대기
이별은 그러니까 내가 고기를 먹는 날이다
소위 인간보다 저능한 것들의 살을 씹으며
인간이기를 방면하려고 애쓰는 건
내 몸 안에서 죽지 않은 누군가의 심장이 짐짓 예술적으로 교태를 부
리며
이 몸 바깥의 어떤 사물을 만지려 하기 때문이다
그 순간 머릿속은 너무나 시적으로 파악해버린 현대물리학 이론의 집
성장이다

…(중략)…

어느덧 다른 짐승의 육체, 고기 냄새를 풍기고 온 날이면 어김없이
내 손길을 피하는 안방 고양이의 새침한 눈알 속이다
이제야 알겠다
살을 부빈 시간이 많을수록 네가 내가 되고 나는

—「낯선 짐승의 시간」 부분, 『키스』

시에서 냄새는 생물학적 존재성을 표상하는 기호로 알레고리화된
다. "퇴화한 감각에 대한 질긴 향수"라는 말을 통해 알 수 있듯이 강
정은 본래적인 인간의 존재성에 대한 향수를 갖고 있다. 진정성을 가

진 인간은 결국 기계화된 몸으로 진화된 게 아니라 본능적인 몸 그 대로라는 것이다. 문명적 존재는 끊임없이 진화하면서 상징적 기호로 변화되어가고 있지만 본래적 존재는 우주적 한 생태로서 불변성을 갖고 있다. 강정이 의도적으로 인간이 풍기는 본능적 냄새를 기계문명 사회를 풍자하는 알레고리로 삼은 것도 이 때문이다. 네 발 달린 짐승이 "냄새로 사물을 식별하는" 행위, 즉 '나'와 '타자'를 구별하는 방법으로 후각적 감각으로 제시한 것은 사회학의 근원이 본래적 존재성에 있다는 사실을 보여준 것이다. 신체의 냄새나 대타적인 냄새로 '나'와 '타자'를 구별하고, 이것을 점차 복잡한 사회관계로 발전시키는 후각적 감각은 사회적 존재로서의 나를 보호하고자 하는 강한 자기 보존 욕구와 관련이 있다. 역으로 말하면 이는 현 세계에 대한 부정과 위기 의식을 대변한 것이다. 강정은 인간과 인간의 관계가 순수성을 전제로 하는 감성적인 소통이 되기를 원한다. 그래서 그는 "인분의 기척을" 통해 다른 존재와 소통을 하는 생물학적 존재성의 현상을 "인간에 대한 또 다른 전망"이라고 본다. 기계적 부호로 만들어진 비가시적인 존재의 관계보다는 가시적이고, 감각적으로 느낄 수 있는 존재의 관계를 강조하는 것이다.

위험한 세계로부터 나를 보호하려는 욕구는 미각적 욕망으로 전이되면서 더욱 심화된다. 강정이 "인간보다 저능한 것들의 살을 씹으며/인간이기를 방면하려고 애쓰는 건" 생물학적인 존재성을 경원시하는 인간을 비꼬는 풍자적 언술이다. 동물인 고양이가 사람이 풍기는 "고기 냄새"를 맡고 몸을 피하는 것은 인간이 언제 자신을 음식으로 삼을지 모를 존재라는 것을 그들은 냄새의 네트워크로 지각하고 있기 때문이다. 고양이의 후각적 감각을 빌려 인간을 조롱하는 것은 결국 "현대물리학 이론의 집성장"이 되어버린 현 세계를 풍자하기 위한 것이다. 다른 존재를 희생시키면서 생명을 유지하고 문명적 존재로 진화해온 인간의 욕망에 제동을 거는 것이다. 그 스스로도 "고기 냄새를 풍기고 온 날"은 자신을 "다른 짐승의 육체"라 말하듯, 어떤 대상을 삼키면서 다른 존재로 변이해나가는 인간에 대한 회의를 그렇게 표출하고 있다.

이러한 의식은 본래적 인간의 정체성을 잃은 현대인을 코끼리로 알레고리화하는 것을 통해서도 알 수 있다.

누가 휘몰아친 죽음인 듯 코끝에 검은 물 담고 코끼리 간다
코는 매 순간 펄럭이는 시간의 터널
복사꽃 경광등처럼 열리고
자지러진 동백의 붉은 암내 흩트리며 코끼리는 다 자랐다

…(중략)…

코끼리 내딛는 발자국 그 옴팡진 웅덩이에
죽은 별들 고여 지나간 미래를 쑥덕거린다
천공을 절반으로 나눠 산 자를 하늘로 올리고
죽은 자들 웅덩이 아래에서 고개를 쳐올리니
한겨울이 다섯 걸음 안에 지워져
거짓은 진실이 되고 어른은 아이로 자란다

…(중략)…

코끼리 코끝 검은 물 안에서 사람의 새끼가
천지가 바뀐 줄도 모르고
다 자란 코끼리 새끼들을 축포인 듯 쏘아올린다

―「코끼리 간다」 부분, 『키스』

사이보그에 응전하는 감각적 존재론

강정은 현대인의 정체성을 몸집이 거대해진 "코끼리"로 비유한다. "코끼리"로 환치되어 있는 현대인의 성장은 "동백의 붉은 암내", 즉 생물학적 존재성을 무참히 짓밟으면서 이루어진 것이다. 거대한 동물로 변해버린 인간의 족적에는 죽은 생명들이 가득하다. 생물학적 존재성의 암울한 "미래"는 본래적인 인간이 무엇인가를 망각하게 하는 현재의 실존성을 말한다. "사람의 새끼가 천지가 바뀐 줄도 모르고" "축포인 듯 쏘아올리는" 이미지들을 보면서 스스로 자멸의 길로 들어서고 있는 것이다. 강정은 우리가 만들어나가는 세계의 끝을 희망적으로 보지 않는다. 스스로도 "기억하지 않을 작정"이라고 말하는 그는 정말 인간을 포기한 것인지도 모른다. 그만큼 기계문명의 번성이 불가항력이라는 말일 것이다. 그렇지만 그는 이 문제에 관해서만은 여전히 딜레마에 빠져 있다. 인간의 욕망이 추구하는 곳에 번성하는 기계문명이 있고, 그 문명에 의해 인간은 변질되고 왜곡되어 진정한 인간성을 상실해가고 있다. 답은 어느 정도 나오지만 그 실천은 복잡하고 인간의 삶은 이율배반적인 성격을 띠고 있어 쉽게 말할 수 없다.

이와 같이 강정이 시로 제기하는 감각적 존재론은 기계문명 사회가 양산하는 존재성 문제들을 의식화한 것이다. 불가피하게 인간이 지고 갈 수밖에 없는 생물학적 존재성과 문명적 존재성에 대해 고민한 흔적이다. 강정은 현재 세계가 지나치게 문명적 존재성 쪽으로 기울어 있다고 본다. 이 불균형성은 결국 인간을 변질시키거나 더 나아가 멸망시킬지 모른다는 염려로 이어진다.

결국 강정은 '인간이란 존재는 무엇인가?' 하는 질문과 함께 인간은 감각들의 작용이 만들어내는 '기억으로 산다'는 키워드를 우리에게 던져준다. 기계적 존재성으로 인해 우리는 기억을 잃어가고 있으며, 기억만큼 인간을 인간답게 하는 것은 없다고 말해준다. 때문에 강정이 시로 담론화하는 감각적 존재론은 인간의 현 위치를 알려주는 붉은색 경고등이다. 문명적 존재성과 자연적 존재성의 불균형을 알려주는 깜박임이다. 그것은 또한 현재 인간이 진화하는 것인지 파멸하는 것인지를 탐문한 흔적이며, 두 존재성 속에서 창출되는 인류 문화의 발전에 대한 반성적 성찰이다. 진정한 인간의 존재성을 찾아가는 험난한 롤링(rolling)인 것이다.

인공적 전자성에 저항하는 후각의 사회학

— 배용제 · 박해람 · 김경주

우리는 우리의 도구를 만든다.

그리고 그다음에는 우리의 도구가 우리를 만든다.

— 마셜 맥루언

문화화될수록 인간은 우주의 질서와 동떨어진다. 편리한 생활을 위해 자연을 가공하는 순간부터 우리의 존재성은 가공된다. 존재의 가공성은 정보화되고, 네트워크의 환경을 가지면서부터 더 가속화되어왔다. 그로 인해 인간의 의식마저 비(非)인간화로 치닫고 있다. 몸으로 지각하는 삶보다 이미지로 지각하는 현실 속에서 우리는 내가 사냥을 하거나 혹은 누군가에게 사냥당하는 네트워크의 먹잇감이 되어가고 있다. 나는 아닐 거라고 말하고 있지만, 정보화된 사회가 우리를 통제하고 있다. 특히 네트워크화의 속성은 현대인의 의식을 더 지털 노마드(digital nomad), 즉 전자 유목인으로 바꾼다. 국가와 인종의 경계가 사라진 세계를 떠도는 유티즌에게 인간적인 존재성의 고민은 사라진 지 오래다. 정보의 빠른 움직임을 따라 문화의 크로스 현상을 재빨리 체감하는 이들은 스스로가 전자 유목민인 것을 기꺼이 즐긴다. 하지만 네트워크의 능력은 언젠가 또 다른 기계문명으로 인해서 소멸될 것이다. 그런 상황에서 영원히 살아남는 것은 자연적 능력, 즉 생물학적 감각에 의해서 형성되는 인간의 의식이다. 세계가 아무리 변해도 사라지지 않는, 곧 인위적 사고에 대항할 수 있는 가장 강력한 무기가 생물학적 존재성이다.

네트워크 세계는 2000년대 젊은 시인들의 시적 감각을 바꾸어놓았다. 시적 담화나 구조, 언어가 해체되었을 뿐 아니라 그들이 그리는 세계도 현실이 아닌 비가시적인 것을 추구하는 환상이나 초현실적 세계로 나아가고 있다. 그동안 우리의 사고 체계를 주도한 전자 문화는 존재의 균형을 깨트리는 데 주도적 역할을 했다고 볼 수 있다. 그렇기 때문에 시에서의 감각 기호들은 인공 사회에 대한 문제의 지각인 동시에 존재를 균형 잡으려는 의도이다. 알베르트 수스만은 감각 중에서 현실의 행동이나 사회 도덕성과 관련해서 가치판단을 하는 것이 후각이라고 한다. 후각은 그 어떤 감각보다도 당대 사회의 이데올로기나 도덕성에 민감하다는 말일 것이다. 따라서 시인들이 예각적으로 기표한 후각은 모든 것이 정보화되어 감각이 마비되어버린 사회에 대한 비판이며 문제 제기의 한 양상이라 할 수 있다.

1. 악취, 오염된 사회에 대한 자기 풍자 — 배용제

네트워크 세계에 대응하는 시적 기표 중 하나가 현대인의 존재성을 악취로 이미지화한 것이다. 과학의 발달로 인한 존재의 해체와 결합 그리고 수치화는 우리에게 안락함을 제공하고 문화적인 존재로 만들었지만 자연적인 존재들을 오염시키는 원인이 되었다. 이러한 오염 현상은, 환경은 물론이거니와 물질적인 정보의 공해까지 포함한다. 부연해서 말하자면 이는 우리의 신체와 의식이 모두 인공 세계 속에 함몰되었으며 또한 이로 인한 오염 속에 노출되었다는 것을 의미한다. 이러한 존재의 해체와 조합은 어떤 면에서 기존의 질서를 탈피하는 탈영토화라고 말할 수 있으나, 존재의 본질을 혼란 속으로 몰아넣는다는 사실만은 부정할 수가 없다. 정체성의 혼란 속에서 접하게 되는 정보 오염들은 현대인을 전자 유목민으로 만드는 데에 한몫을 한다.

이런 오염된 사회 내의 자아와 존재성을 배용제는 후각적 자기 풍자를 통해서 비판한다.

더럽고 냄새 나는 경험, 구겨진 추억과
벗어던진 나날들, 구석에 웅크린 채 나는
말끔히 지우기 위해 많은 눈물을 헹구었다
악착같이 비벼대고 가슴을 치면서
지워지지 않는 얼룩을 푹푹 삶아야 했다
나는 본래 그런 존재가 아니었다
한 톨의 씨앗으로 자라나 열매를 맺고,
다시 한 올의 실이 되고,
짜여져 정갈하게 물들여지기까지 반듯한 바탕이었다
수많은 곳을 누비고 다녔다, 아득한 시절을
더듬거리며 검은 연기가 솟는 추억의 공장들을 떠돌았다
안과 밖으로 쉴 새 없이 더러움이 흡수되었다, 세월들은
내게 눈총이나 욕설 따위를 던졌다
내부에선 헛된 꿈이 끊임없이 들끓었고

식은땀이나 거친 각오 같은 냄새들이 배어나왔다
이런 게 아니었다고, 그때마다 역겨운 기억을 헹구어내며
눈물을 뚝뚝 떨구었다 싱싱한 날개로 되살아나기 위해 더욱더
뜨거운 다짐을 누르며 구겨졌던 꿈들을 다시 편다

— 배용제, 「아름다운 세탁소」 부분, 『삼류극장에서의 한때』

  냄새로 존재의 정체성을 형상화하는 배용제는 물질문명으로 오염된 사회를 악취로 보고 있다. 악취로 자기 풍자를 하는 배용제의 후각 기표는 두 가지의 문제의식을 갖는다. 하나는 후각 기표를 전자 기호에 대한 저항 수단으로 삼는 것이다. 사유를 표현하는 수단은 단순히 글을 쓰는 도구로만 생각해서는 안 된다. 도구의 변화는 언어뿐 아니라 문체를 바꾸고, 개인의 의식을 넘어 사회의 이데올로기까지 바꾼다. 그 예가 최근 각종 SNS(소셜 네트워크 서비스)를 통해 형성되는 포퓰리즘(populism)의 현상이다. 대중에 의해 정치나 경제 등 어떤 여론이 형성해나가는 포퓰리즘 현상은 데카르트 이후 개인의 것이라 생각했던 지성이 전자 사회의 속성으로 인해서 집단 지성으로 나아가는 예라고 할 수 있다. 지성의 주체가 사람이 아니라 네트워크 환경인 것이다. 특히 감각 언어는 그 어떤 것보다 집단 의식이나 집단적 무의식을 내포하고 있다. 현재뿐 아니라 인류의 전반적인 사회적 이데올로기를 내포하고 있다. 그런 점에서 배용제의 후각 기표는 "일련의 숫자들을 통하여 그리움이 짜르르"(「기억의 채널」) 흐르는 존재에 대한 염려이다. 이러한 현상은 감정의 촉발이 기계에 의해 일어나고 소통된다는 것을 의미한다. 또 다른 하나는 그가 왜 유독 악취에 주목을 하고 있느냐의 문제이다. 그 이유는 추측건대 생명적 존재성을 소멸시키고 비(非)생명성을 만드는 물질문명이 오염이

라는 인식에서 비롯된 것이라고 본다. 이런 공해 사회를 사는 인간의 삶을 그는 "지워지지 않는 얼룩"이라 말하고 있다. 따라서 시적 자아가 인식하는 악취는 유기체적인 손상이나 죽음을 통해서 풍기는 냄새가 아니라 현실 세계를 공해로 지각한 후각적 감각이다. 이러한 감각적 지각이 반영된 것이 추억과 함께 환기되는 "검은 연기가 솟는" 공장이다. 매캐한 냄새와 함께 떠오르는 어린 시절은 순수한 동심의 세계가 아니라 "더러운 기억"이나 더러운 "경험"으로 소환되고 있다. 어린 시절을 순수 기억으로 떠올릴 수 없다는 말은 곧, 우리 삶 자체가 오염된 문명 속에서 형성된다는 것을 의미한다. "한 톨의 씨앗으로 자라나 열매를 맺고,/다시 한 올의 실이 되"어야 할 인간의 삶이, "안과 밖으로 쉴 새 없이 더러움이 흡수되"는, 오염된 존재로 이 시대에 자리하는 것이다. 그런 맥락에서 인간의 몸 안에 꿈틀거리는 자연적인 존재성은 "헛된 꿈"으로 자리할 수밖에 없다.

이러한 공해 사회의 비생명적 악취는 다음 시에서 자신을 오염된 존재로 보는 자기 풍자로 변주되고 있다.

> 밤새 고양이가 할퀴고 간 쓰레기 봉투 안,
> 내가 헝크러진 채 쏟아진다
> 몇 장의 고지서이거나 구겨진 낙서 조각
> 로또는 삼키지 못한 음식물 찌꺼기가 되어
> 역겨운 냄새를 풀풀 날리고 있다
> 그것은 살이 뜯긴 앙상한 과거이거나
> 버려진 기억의 나,
>
> …(중략)…
>
> 압착된 무수한 나는 천천히 썩어간다

꿈은 모두 악취로 가득하다

— 배용제, 「꿈은 또 하나의 쓰레기 봉투이다」 부분,
『삼류극장에서의 한때』

이 아름다운 때에, 신선하고 매끄러운 살갗에 장미의 색을 입혀
가시의 정액을 잉태하라
장미의 면류관이 여기선 계급의 척도가 될 것이다

…(중략)…

추억이란 박제된 환상의 표본실이거나 모든 죽음의 창고일 뿐,
짧은 장미의 나날을 재생시킬 수 없으므로
몸속 깊이 가시의 독을 품어 익혀야 한다
생은 한 번의 꽃 피움으로 족한 것,
나는 온 힘을 다해 축제의 중심을 향해 돌진한다

…(중략)…

가시가 스치는 살갗에서 붉은 장미가 피어나고, 그때마다 몸은 탄성을
지르며 나뒹군다

— 배용제, 「장미 축제」 부분, 『삼류극장에서의 한때』

「꿈은 또 하나의 쓰레기 봉투이다」에서 배용제는 세계를 쓰레기 봉
투와 동일시하고 있다. 쓰레기 봉투와 같은 세계 속에서 사는 '나'의
존재성은 "역겨운 냄새를 풀풀 날리"고, 그 존재가 꾸는 "꿈은 모두
악취로 가득하다". 꿈에서 풍기는 악취가 물질문명에 의한 것이라는
것을 "로또"를 통해서 알 수 있다. 현실 세계 안에서 나의 꿈은 숫자

로 기호화되어 있고, 선택되지 못한 숫자는 나의 좌절로 이어진다. 그렇기 때문에 물질문명이 만든 찌꺼기들을 담고 있는 쓰레기 봉투는 허위적 존재성을 만드는 집인 것이다. 이런 의식은 본래적 이데올로기를 지각하는 몸의 언어가 상실되어간다는 의미로 해석이 된다. 비생명적 현실의 자학적 사고는 "살이 뜯긴 앙상한 과거"를 통해서도 환기된다. 과거 속의 나는 이미 해체되어 기억으로조차 존재하지 않는다. "무수한 나"는 물질문명의 오염 속에 "압착"되어 어디 있는지조차 찾을 길이 없다.

이런 물질문명이 만드는 의식의 해체 중 하나가 네트워크 세계에서 모호해지는 우리의 정체성이다. 네트워크를 통해서 익명화되어가는 우리의 정체성은 컴퓨터나 스마트폰, 각종 디지털 기기의 자판기 안에서 형성되는 집단 지성을 통해서 무자비하게 공격을 당하거나 또 다른 누군가를 공격한다. 누군지도 모르는 의식의 잡종화 속에서 모든 사람의 "꿈은 모두 악취로 가득"해져간다. 우리는 기존 사회의 질서와 체제를 피해서 일탈을 꿈꾼다. 어떤 대상이나 결과에 집착하지 않고, 세상 모든 것과 접속을 하면서, 다른 존재로의 변이를 꿈꾸는 유목적 능력은 인류의 문화 발전에 가장 적합한 수단이었던 것도 사실이다. 하지만 정보화 사회의 희망은 거대한 속임수를 담보로 한다. 유목적 능력은 우리에게 생활의 진화와 정신적 자유로움을 주지만 의식을 전자회로화하여 네트워크의 일부로 세뇌시킨다. 인간의 의식이 기계에 의해 형성되고 통제된다는 사실은 생물학적 존재성의 훼손인 것이다.

어차피 역사는 전복을 반복하는 방법으로 이루어진다. 때로는 진화하고, 때로는 퇴화한다. 현실의 불만족은 인간으로 하여금 가상의 세계를 꿈꾸게 하지만 어차피 그곳은 영원히 유토피아로 남을 수밖

인공적 전자성에 저항하는 후각의 사회학

에 없다. 세계는 영원히 불완전할 것이고, 그 불완전을 해소할 정신적 영역은 어떠한 형태로 존재할 것이다. 그런 점에서 본래적 '나'를 기억하는 배용제의 후각 기표는 해체되거나 잡종화되어가면서도 인간임을 잊지 않는 뿌리의 환기라 할 수 있다. 그래서 「장미 축제」에서 배용제는 "가시의 정액을 잉태하라"고 말한다. 역사적으로 인간의 몸이 "계급의 척도"가 되어왔다는 사실은 몸으로 지각하는 사회 이데올로기의 중요성을 말하는 것이다. 그래서 "가시가 스치는 살갗"의 통증은 자연적 존재성의 소중함을 확인하는 행위이다. 이런 특성은 현실 속에서 부대끼면서 쟁취해나가는 시인의 지성을 후각적 감각으로 보여준 것이라 할 수 있다.

2. 냄새, 존재에 대한 증명 — 박해람

현대사회에서 모든 존재성은 정보화되고 물질화되어 있다. 이것을 다른 말로 표현하면 생명적 존재의 상실, 자연적 존재성의 유(有), 무(無)따라 그 존재의 지표가 달라진다는 것을 의미한다. 인류의 욕망은 꾸준히 문화적 존재성을 좇아왔다. 인류는 자연적 존재성을 억압했지만 그것은 여전히 가장 근원적인 인간의 본질로 살아 있다. 특히 자연적 존재성으로서의 냄새는 자기 근원을 확인해주는 지표가 된다. 후각적 관점에서 자신의 존재를 냄새로 지각하는 현상은 사회적 존재로서의 개인의 정체성과 관련이 있다. 이것은 인간으로서의 가장 근원적인 생명성의 지각으로부터 시작되는데, 그것은 유전자적인 요소로 나타난다. 신체 자체의 냄새나 분비물 혹은 감정이 발산하는 냄새들은 '나'와 '타자' 사이 네트워크로 작용하여 유대 관계나 경계감을 갖게 하는 원인이 된다. 그렇기 때문에 냄새는 인간 본질의 특성을 대변하는 존재에 대한 증명이라 할 수 있다.

따라서 이런 냄새를 통해 시인들의 의식을 살펴보는 것은 긴요한 것이다. 박해람의 시는 존재 자체를 냄새로 표상하고 있다는 점에서 이와 같은 정황들을 포착하고 있다. 후각 기표로 삶의 근원적 본질을 깊이 통찰하고 있다.

> 주먹 쥔 손을 천천히 펴보니
> 푸른 새싹이라도 피어나려는지
> 따뜻한 땀이 배어나와 있었다
>
> — 박해람, 「뭉툭한 인사」 부분,
> 『낡은 침대의 배후가 되어가는 사내』

> 그 집 정원에는 꽃을 피우지 않는 식물들만 있다.
> 모든 식물이 입을 꼭 다물고
> 그 어떤 향기도 내뱉지 않는다.
> 뭉쳐진 향기들이 굴러다닐 저 엽록의 몸통은 한 번도 열린 적이 없었
> 을까
> 입구가 닫혀 있다는 것은
> 그 어떤 꽃도 피우지 않겠다는 것이지.
> 몸 안에서 썩어갈 여자의 정원
> 아무도 그 정원을 방문하지 않는다
>
> — 박해람, 「꽃 피지 않는 정원」 부분,
> 『낡은 침대의 배후가 되어가는 사내』

인용 시들을 보면 박해람이 주목하는 존재의 본질이 무엇인지 알 수 있다. 「뭉툭한 인사」에서 박해람은 우리 몸에서 나는 "땀"을 "새

싹"으로 본다. 그는 "몸을 관통해 나가는 것들"은 "다 목적지가 있"
는 "냄새가 나는 것들"(「향기와 냄새」 부분)로 보고 있다. 후각적 의
미에서 "땀"은 단순한 신체의 분비물이 아니라 감정 상태를 알리는
신호 수단이다. 사람은 공포나 흥분 상태에서 신진대사가 증진되어
땀을 흘린다. 박해람의 경우에도 땀을 흘리면서 풍기는 냄새는 자아
의 내면 의식이 표출된 것이라 볼 수 있다. 사회 현실에 대한 개인의
윤리성과 도덕성에 반응하는 본능적인 신체의 반응이다. 신체의 반
응을 통해 사람의 존재성을 나타내는 냄새는 다름 아닌 박해람의 사
회적 자아가 투사된 것으로 본다. 추측건대 이것은 박해람이 「천공의
성(城) 라퓨타」에서 말한 것처럼 "러닝 벨트 위를 규격품처럼 걷고 또
걷는,/불쌍한 승객들", 즉 현대인이 고단하다는 것을 말하는 것이다.
현대인들은 "타이머에 맞추어진 길의 시간을 걷고 또 걷는" 피곤한
삶을 사는 것이다. 이렇게 인간의 의식이 계량화되고 수치화된 것에
대한 대응체로 본능적 감각을 기표화한 것이다.

　이러한 박해람의 의식은 「꽃 피지 않는 정원」에서는 무취(無臭)적
기표로 나타난다. 시에서 향기를 말하고 있지만 실은 "그 어떤 향기
도 내뱉지 않는" 생명적 존재에 대한 이야기를 한다. 후각적 차원에
서 향기의 사회적 기능은 긍정과 열정, 통합의 수단으로 표상된다.
뿐만 아니라 우주론에서 원시적인 에너지로 새로운 대상을 창조하는
상징이 된다. 이러한 사회적 기능이 무화(無化)된 생명체는 사회로부
터 철저히 고립된 존재로 표상된다. 박해람이 말하듯 "뭉쳐진 향기들
이 굴러다"니는 몸은 열려야 꽃을 피우는데 시적 자아의 꽃은 "입구
가 닫혀 있"어, 삶의 진정성을 획득하지 못하고 있다. 자연적인 향기
를 발하지 못하는 삶의 진정성은 "몸 안에서 썩어갈" 뿐이다.

　이는 물질문명으로 인한 비인간화를 염려하는 말이다. 추측건대

인간이 가장 인간다울 수 있을 때는 본능적 의식을 발현할 때이다. 본능의 발현은 문화적으로 학습된 이성보다는 몸속의 감각이 먼저 현실을 지각하는 것이다. 따라서 몸이 지각하는 현실은 이성적 지각보다는 더 본질적인 문제를 볼 확률이 높다. 그렇기 때문에 생명체의 감각적 의식은 통제되면 통제될수록 우리는 존재의 본질에서 멀어진다고 보면 된다. 유비쿼스트 시대를 살아가는 우리는 이미 존재의 본질에서 많이 멀어져 있다. 과학적 논리로 정보화된 수많은 이미지 속에서 의식이 세뇌되고, 조종당하고 있다. 출처를 알 수 없는 정보 속에서 우리는 전 지구적인 자유를 만끽하는 전자 유목인이 되어간다고 생각하지만 우리의 의식과는 달리 몸은 팬옵티콘의 감옥에 갇혀 있다. 눈에 보이지 않는 전자회로의 시스템이 나를 감시한다. 우리의 의식은 힐러리 퍼트넘이 말대로 전자신호를 통해서 뇌가 인식하고 경험하는 '통속의 뇌'가 되어가는 것이다.

이런 현실은 박해람 시에서 냄새가 곧 존재라는 생각으로 이어진다. 그렇기 때문에 시에서 죽음은 냄새의 상실로 지각된다.

> 한 사내가 선풍기를 켜놓고 잠에서 돌아오지 않았다
>
> …(중략)…
>
> 이제 땀이 배어나올 일이 없는 몸에게
> 더 이상 선풍기는 필요치 않을 것이다
> 추신
> 몸이 깨끗해진 그는 더 이상 이곳에 있을 이유가 없다
>
> ── 박해람, 「선풍기」 부분, 『낡은 침대의 배후가 되어가는 사내』

한입 가득 울음을 머금은 몸들이
탄력받은 버스처럼 흔들린다
분명 속에서 썩은 것들일진대 저 눈물에는
냄새가 없다

…(중략)…

다른 삶의 문턱까지 가서
한 사람의 승객을 내려놓고 되돌아오는 일
두 곳의 세상을 왕복하는 이 버스에는 배차시간표 따윈 필요 없다

— 박해람, 「승객들」 부분, 『낡은 침대의 배후가 되어가는 사내』

죽은 몸에서는 땀이 배어나오지 않는다. 이는 곧 감정의 변화로 인한 신체의 반응이 사라졌다는 것을 의미한다. 부패의 냄새가 나기 시작하는 사체(死體)에 대해 그는 「선풍기」에서 "몸이 깨끗해"졌다는 역설적 표현을 하고 있다. 이것은 삶의 냄새, 즉 증명서가 소멸된 것이다. 증명서가 말소된 사후 세계는 상상의 세계이다. 우리가 시체를 호명할 때 이름이 아니라 '한 구'라는 말을 쓰는 것만 봐도 죽는 순간 사람 몸은 물질화된다. 이것은 한편으로 현 존재성의 죽음을 표상하는 것이기도 하다. 여기서 "선풍기"에 의한 죽음은 물질문명의 시스템을 사용한 결과이다. 자연 바람이 아닌 인위적 바람의 시스템은 편한 생활을 제공하지만 인간의 본래적 감각은 퇴화시킨다. 전자회로 시스템에 의한 감각의 마비가 죽음으로 이어진 것이다. 전자회로의 시스템이 우리를 고립, 소외시킬 뿐 아니라 죽음으로 몰아가는 일을 흔히 볼 수 있다. 전자화된 환경이 인간의 의식을 마비시키고 죽음으로 몰아가고 있는 것이다.

「승객들」을 보면 죽은 자를 저승으로 배웅하는 사람들이 물질화되어 있다. 그들은 망자 앞에서 눈물을 흘리지만 "냄새가 없다". 냄새의 없음은, 존재하면서도 존재하지 않는 것이다. 이것은 곧 본질로서의 인간의 존재성은 상실하고, 물질문명이 만든 정보화된 의식이 그들을 지배하고 있다는 말이다. 이러한 박해람의 의식은 이 시가 나오는 시집 제목을 통해서도 알 수 있다. 『낡은 침대의 배후가 되어가는 사내』는 다름 아닌 물질화되어가는 인간의 현존재성을 표상한 것이다. 우리의 일상이 정보의 코드로 조종되는 사회에 대한 부정이다. 이는 곧 맥루언의 말대로 '인간이 만든 도구에 의해 인간이 만들어지는 것'을 거부하는 것이다.

시인은 통제당하는 것을 거부하는 존재이다. 시인이 사회의 시스템에 통제되는 순간 시인은 시인일 수가 없다. 그래서 박해람은 시에서 일관되게 후각 기표에 천착을 하며, 냄새가 존재에 대한 증명이라는 것을 힘주어 말하고 있다.

3. 인공 향기, 전자 유목민의 존재성 — 김경주

현대사회는 한마디로 이미지의 착종이다. 후각적 차원 또한 순수한 존재의 냄새보다는 서로의 냄새가 섞여 있는 혹은 존재하지 않는 냄새를 창조해내고 있다. 본래적 존재성을 나타내는 냄새도 이제는 문명에 의해서 화학적 분자로 변질되어가고 있다. 일반적으로 인공향의 사용은 '나'와 '타자'와의 괴리를 메우고 나아가 '우리'로 전환시킨다. 하지만 이것은 인간의 실존적 정체성과 자기 고유성의 욕망을 심리적 마케팅으로 이용한 자본주의의 허상적 이미지이다. 인공 향은 우리의 의식이 하나의 '개성체'로 상징되는 가식적인 의미들을 양산해낸다. 세상에는 없는 존재성을 창조해내는 후각의 정보화는 개인의 정체성마저 정보화로 만들어버린다. 정보로 조작된 냄새를 통해 '나'와 '타자'의 정체성을 확인하는 유목적인 존재성으로 의식화된다.

정보화된 사회로 인한 이런 유목적인 존재성을 김경주는 추상적인 향기로 이념화한다.

꽃이 새끼를 낳고 있다

떠도는 향기

향기의 추상을 견디는 허공에 동의한다

허공의 생식력에 관해서

기록이 식물처럼 *자라던* 시절이 있다

꽃으로부터 태어난 *추상*에

인간은 자신의 입안에 살고 있는
*뱀*을 바치고
발톱이 아무도 모르게 *자라*는 저녁

*인간*은
붉고 희미한 피를 모으다 가는 별이 되었다

꽃이 *새끼*를 공중에 버린다

추상의 시절을 견디기 위해 허공은

자신의 천성을
우리가 모르는 별 속에 돌리고 있다

— 김경주, 「추상에 대한 명상」 부분, 『기담』

추상(abstraction)은 어떤 생각이나 모양을 뽑아내는 것을 뜻한다. 추상 표현에는 자연을 단순화 또는 변형하여 뽑아낸 것과 자연과는 아무런 관계 없는 합리적인 상상력에 의해 생겨난 것들이 있다. 이런 정신 작용은 자연을 도식화하고, 기호화하여 제 존재성을 변이하려는 인간의 욕망에서 비롯된 것이다. 자연을 기호화하는 의식은 디지털 기계들이 0과 1이라는 두 개의 기호로 많은 것을 가능하게 하고, 소통하게 한다는 사실에서 그 정점을 볼 수 있다. 두 개의 숫자만으로 거대 용량의 기계 뇌를 만들어내고 있는 것이다.

김경주는 이렇게 기호화된 세계를 간파하고 있다. 그래서 그는 자연적 속성을 멀리하고 추상적 속성을 추구하는 현대인의 존재성을 "허공의 생식력"으로 비유한다. 꽃으로 상징되어 있는 인간은 추상적 질서의 추구로 인해서 허공에 버려진다. 이것은 신세대들의 노마드적 소비 양식과 관련된다. 신세대들은 일상생활뿐 아니라 업무나 취미 생활 등도 디지털 기계에 의존하는 칩거 증후군이 많다. 자연의 생명력을 향유하지 않아도 생활이 가능해진 것이다. 하지만 멀티적 욕구를 추구하는 인간의 몸은 전자회로에 종속되면서 점차 자연적 능력을 잃어갈 수밖에 없다. 추상의 "향기"와 같은 존재가 되어가는 것이다. 즉 우리의 의식은 각종 디지털 기계들을 많이 사용할수록 기계에 의해 통제되어간다. 결국 "향기의 추상"은 기호화된 현대인의 존재성을 표상한 것이라 할 수 있다.

이러한 존재성 인식은 그의 또 다른 시에서 자연적 존재성을 찾는 의식으로 변주되어 나타난다.

외로운 날엔 살을 만진다
내 몸의 내륙을 다 돌아다녀본 음악이 피부 속에 아직 살고 있는지 궁금한 것이다.

…(중략)…

고향을 기억해낼 수 없어 벽에 기대어 떨곤 했을. 붓다의 속눈썹 하나가 어딘가에 떨어져 있을 것 같다는 생각만으로 나는 겨우 음악이 된다.

나는 붓다의 수행 중 방랑을 가장 사랑했다 방랑이란 그런 것이다 쭈그려 앉아서 한 생을 떠는 것 사랑으로 가슴으로 무너지는 날에도 나는 깨어서 골방 속에 떨곤 했다 이런 생각을 할 때 내 두 눈은 강물 냄새가 난다

워크맨은 귓속에 몇 천 년의 갠지스를 감고 돌리고 창틈으로 죽은 자들이 강물 속에서 꾸고 있는 꿈 냄새가 올라온다 혹은 그들이 살아서 미처 꾸지 못한 꿈 냄새가 도시의 창문마다 흘러내리고 있다

— 김경주, 「네 워크맨 속 갠지스」 부분,
『나는 이 세상에 없는 계절이다』

제1부 후각, 인공 사회의 저항 기호

김경주가 "외로운 날엔 살을 만"지는 행위는 자신의 존재성을 신체로 확인하는 사회 · 생물학적 습성이다. "고향을 기억해낼 수 없"을 때 떠올리는 붓다의 행적은 근원을 상실하는 것에 대한 두려움을 의식화한 것이다. 붓다는 고행의 방랑을 통해 기존 사회의 질서를 과감

히 일탈했다. 붓다의 사회적 일탈을 사랑하는 김경주의 내면은 현 질서를 탈피하고자 하는 욕망과 더불어 사회의 타자가 될 거라는 두려움이 함께 내재되어 있다. 이러한 두려움을 극복하고자 하는 의지가 "워크맨"을 들었을 때 환기되는 "갠지스"의 의미이다. 성스러운 의미가 담긴 강에서 "죽은 자들이 강물 속에서 꾸고 있는 꿈 냄새"는 새로운 존재로의 변이를 표상한다. 힌두교도들은 죽은 자의 뼛가루를 갠지스에 뿌리면 새로운 존재로 환생할 수 있다고 믿는다. 이런 믿음은 그들로 하여금 현실의 고통을 숙명으로 받아들이게 한다.

따라서 김경주의 "워크맨"을 통해서 환기되는 "물 냄새"는 새로운 존재성에 대한 갈망이며, "꿈 냄새"는 새로운 세계에 대한 갈망을 표상한다. 쉽게 말해 "물 냄새"나 "꿈 냄새"의 환기는 새로운 세계의 가능성을 열어주는 김경주의 무의식이다. 후각적 관점에서 물은 재생의 기능을 갖는다. 바슐라르가 물을 존재성의 각성이며 의식의 일깨움으로 본 것도 이와 같은 맥락이다. 따라서 갠지스의 "물 냄새"는 "꿈 냄새"를 산출하는 제의적 역할을 한다. "꿈 냄새"는 자신이 원하는 방향으로 세상이 바뀔 거라는 김경주의 갈망이다. 이러한 후각적 환상성은 사고의 제도화에 저항하는 수단이라는 점에서 기존 질서의 부정이다. 따라서 김경주의 후각 기표는 현 존재의 인위성에 대한 부정이며, 본질적인 존재 찾기의 의식화이다.

이상과 같이 배용제와 박해람, 김경주의 후각 기표는 인공적 전자성에 응전하는 의식이라는 걸 알 수 있다. 배용제가 타락한 자기를 풍자해 물질문명으로 오염된 사회를 비판했다면 박해람은 냄새 존재에 대한 증명으로 의식화했다. 또한 김경주는 이런 사회를 살아가는 존재의 유목성을 추상 향기로 의식화했다. 이 세 시인을 통해 알 수 있는 것은 물질문명의 폐해가 환경은 물론 우리의 의식까지 오염시킨다는 것이다. 다시 말해서 이는 문명적 세계에서 오는 신체의 비생명성이 의식의 비인간화로 이어진다는 것을 말한다. 그렇기 때문에 이들 시인의 후각 기표는 물질문명을 전복하고자 하는 기표이거나 아니면 이런 사회의 배후로 살아가는 인간 주체에 대한 연민 혹은 전자회로화된 의식에 대한 반성이라 할 수 있다. 그런 점에서 후각 기표는 극도로 변화해나가는 문화적 존재성을 제어할 수 있는 수단이 될 수 있다. 이 수단을 통해 인간 본질의 문제에 더 근접해갈 수 있다. 그러므로 후각 기표를 통해 나타나는 시인들의 존재성은 개인의 문제보다는 생물학적 존재성에서 파생된 사회학의 표상이라 할 수 있다. 이것은 게오르크 지멜의 말대로 후각 기표가 주체와 타자라는 두 존재(개인이든 집단이든 간에)의 결합과 분리라는 잣대로 규정되는 일과 관련이 있다. 후각은 공감이나 반감을 통해서 사회학적 관계를 만들어나가지만 다른 감각들과 달리 분리의 성격이 강하다. 이 분리의 성격이 개인의 문제보다는 사회적 관계의 문제에 더 주목하게 하는 것이다. 따라서 시인들의 후각 기표는 네트워크의 환경에서 무생물화되어가는 인간과 생물학적 인간이 만들어내는 사회 현상에 대한 탐색이자 시인들의 지성적인 저항이다. 이런 지성적인 저항은 후각이 행동적인 의식을 촉발하는 감각이기 때문에 가능한 것이다. 네트워크 사회가 만들어가는 이데올로기의 위험성을 경고하고, 더 나아가 파멸 직전에 있는 인간적 존재성을 회복해야 한다는 시인들의 메시지인 것이다.

제1부 후각, 인공 사회의 저항 기호

'비린내', 혼종의 정체성에 저항하는 존재

— 2000년대 시인들을 중심으로

원래 인간은 혼종의 정체성을 갖고 태어났다. 최초에 인간이 이란성 샴쌍둥이였다는 신화도 그렇지만 에덴동산의 아담과 이브도 추방당하기 전에는 성적(性的) 정체성이 의미가 없었다. 실존적 고민이 없는 그들은 신의 공간에서 사는 창조물일 뿐이지 인간의 정체성을 가졌다고 말할 수는 없다. 원죄의 업보가 그들에게 진정한 인간으로서의 정체성을 갖게 하였고, 그들이 낳은 카인과 아벨은 선과 악으로 대별되는 실존의 기준이 되었다.

현대인의 몸 안에는 '신체 없는 기관'을 가진 여러 개의 정체성이 있다. 들뢰즈에 의하면 감각하는 신체의 현상은 존재론적 의미를 가진다. 현대인은 자본주의가 만들어내는 온갖 이미지 마케팅에 감각적으로 반응하면서 혼종적인 의식을 갖게 되고, TV 광고가 창조해내는 이미지를 소비하고, 인공 냄새로 혼합한 향수를 몸에 뿌리면서 새로운 존재로 거듭난다. 인간은 이제 우리가 만들어놓은 기술 문명에 의해 새롭게 만들어진다. 기계화되고 혼종화되어 인간 상실의 시대를 맞이한 것이다.

정체성 혼란의 고민은 최근 시인들의 시에서도 보인다. 이들이 주목하고 있는 후각 기표들은 본질적인 것의 결핍이 형상화된, 본능이 의식의 표면으로 떠오른 '억압된 것들의 회귀'들이다. 오늘날 후각은 그 어떤 감각보다도 혼종의 정체성으로 발전해 있다. 인공적인 혼합 과정을 통해서 탄생한 후각적 유토피아들은 인간의 실존을 혼란으로 몰아넣는 주범이 되어간다. 세상에는 존재하지 않는 향기를 통해서 현대인은 자신을 개성적 존재로 만들어간다고 생각하지만 실은 그렇지 못하고 혼종적인 존재가 되어간다. 그런데 문제는 자연적 냄새의 상실이 '냄새의 익명성'으로만 남는 게 아니라 '존재의 익명성'으로 이어진다는 사실이다. 그러므로 시에 나타나는 후각 기호는 단순한 감각의 지각이 아니라 인간이 가진 자연적 능력을 되찾고자 하는 본능적 지각이다.

이런 맥락에서 주목한 것이 현대 시인들의 시에 나타나는 '비린내'이다. 후각적 차원에서 '비린내'는 생명의 탄생과 부패에 관련되어 있어 생을 연결하는 지점에 있다. 생의 연결고리로서 '비린내'는 본능적 냄새가 아니라 사후(死後) 생에 관한 인간의 이데올로기가 내포되어 있다. 그런 만큼 '비린내'가 가지고 있는 의미들은 자연적 능력에 의해 형성되는 인간의 정체성을 찾아가는 한 방식이라 해도 무방할 것 같다. 물론 이것은 혼종적인 사회에 대한 저항적 존재 표지라는 사실도 말해두고 싶다.

1. 실존적 불안으로서의 '자기 염려'

맥루언은 미디어가 쏟아내는 가상적 이미지로 인한 사회적 변화를 "인간이 가진 감각들의 확장"이라고 한다. 그의 말대로 인간이 가진 오감은 기계 기술과 뒤섞이면서 혼종적인 정체성을 만들어간다. 현대인은 스스로의 존재성이 타인과 변별되기를 원하지만 이런 세계에서 드러나는 사회적 특성은 변별성이 아니라 획일화라 할 수 있다. 기술 문명 속에서 인간은 이미 인공의 조형물이 되어가고 있는 것이다. 그런 탓인지 현대인들에게는 개체가 아닌 하나의 집단으로 뭉뚱그려질 거라는 불안이 늘 따라다닌다. 존재가 상실할 거라는 염려는 일부 시인들의 시에서 본능적이고 동물적인 감각을 표상하는 비린내로 나타난다. 몸을 가진 존재만이 풍길 수 있는 냄새는 그 사람만의 순수한 존재성을 타인들에게 전달한다. 균질화된 사회 속에서 자신을 변별하려는 시인들의 존재성 찾기는 비린내에 천착하는데, 이는 스스로에 대한 불안이나 걱정인 '자기 염려'(하이데거, 『존재와 시간』)의 표출이다.

이러한 실존적 불안에 대한 '자기 염려' 방식은 김언과 이원에게서 혼종의 정체성을 가진 문명과 관련된 상태로 나타난다.

> 산 사람의 냄새가 빠지지 않는 방에서 거울이 있으면 그의 모든 것을 집어넣으리라 한번 담겨진 물은 매일 이만큼씩 달아난다 달아나는 그를 위하여 착실한 6개월이 있었고 10년 정도의 이별이 있었고 그때는 나를 망자라고 불러다오 내가 아는 한 사람

> 그가 눌러 쓴 종이에는 이런 날들이 빠지고 없다 옷장과 침대와 검은 이불이 일어서서 한꺼번에 말하는데도 그는 자기가 누울 적당한 장소를 찾는다 그러는 중이다 몸 밖으로 독이 퍼지는 데도 마음에는 비린내뿐인데도 종말에 가까운 맹세도 그 흔한 서약도 여기서는 다음날의 일이다 그는 빠지고 없다
>
> ― 김언, 「다음날」 부분, 『거인』

길은 계속해서 제 속에서 제 몸을 천천히 빼내고 있다
미끈거린다 길에서는 늘 시간의 피비린내가 난다
길은 여기에 서서 멀리까지 간 제 몸을 그리워 한다
…(중략)…
달리는 오토바이 위에서 몸은 계속해서 팽창하고 있다
두 발이 가까스로 남은 눈알처럼 허공을 더듬는다
빛 속에서 생겨난 그림자가 앙상하다
몸보다 커진 심장이 벌컥벌컥 시간의 고삐를 잡고 간다

— 이원, 「길, 오토바이, 나이키」 부분,
『세상에서 가장 가벼운 오토바이』

김언이나 이원은 실존의 불안을 비린내로 상징화한다. 두 시인의 시에서 비린내는 물질문명의 과도한 발전으로 인해 망가지는 자연적 존재성에 대한 위기감을 표출한 것이다. 물질문명이 만들어내는 혼종의 정체성에 저항하는 두 사람의 태도는 정반대의 양상으로 나타난다. 김언이 문명의 상품을 거부하는 형식으로 실존의 불안을 제시한다면, 이원은 문명을 현대인의 삶과 동일선상에 놓는 방식으로 실존의 불안을 제시한다.

김언은 물질문명을 진정한 실존의 자리로 생각하지 않는다. 그가 생각하는 인간의 실존이란 "산사람의 냄새"가 가득 채워져 있는 세계의 형상이다. 김언은 존재가 소멸하는 과정을 "6개월"이나 "10년" 등 냄새가 탈취되는 시간의 변화를 통해서 보여준다. 그는 존재의 냄새가 다 소멸된 순간을 "망자"의 시간이라 부른다. 김언은 생명체의 몸에서 나는 냄새를 진정한 존재의 실체로 보고 있다. 인간의 신체는 모든 '지각의 도구'(에드문트 후설, 『순수현상학과 현상학적 철학의 이념들 2』)로서 개인 의식의 근간이 될 뿐 아니라 집단의 사상이나 사회적 이데올로기의 바탕이 된다. 후각의 정신적 가치와 판단 영역은 사회의 도덕성과 관계가 깊다. 그렇기 때문에 시인이 지각하는 후각적 지각은 현 사회를 판단하는 도덕적 기준일 가능성이 많다. 따라서 시에서 냄새의 소멸은 한 인간의 소멸을 의미하기도 하지만 인간적인 사회의 소멸을 의미한다. 김언의 시에서 냄새는 현대적 인간과 자연적 존재성을 경계짓는 기준이 된다. 원래 인간의 문화는 자연적 능력과 문화적 능력이 동시에 작용하여 형성된 것이다. 그런데 현대 사회는 인간이 가진 능력보다는 이성적 토대 위에 세워진 문화적 능력을 더 중시하고 있다. 이러한 것에 대한 경고가 김언의 후각적 지각이다. 물질문명이 지향하는 '향기로운 유토피아', 즉 냄새가 제거된 사회에 대한 불안을 표출한 것이다.

이것과 관련해서 소설가 올더스 헉슬리는 "문명은 소독"이라는 유토피아의 모토를 제시한 바 있다. 하지만 문명은 환경만 소독하는 게 아니라 존재의 본질도 함께 소멸시킨다. 냄새가 없는 존재란 인위적 존재로 순수성을 상실한 것이다. 김언은 인공적인 존재로 거듭난 상품들이 "독"을 뿜어내어 인간의 실존을 위협한다고 본다. 희망적인 "다음날"인 미래를 없앤다고 생각한다. 탈취 문화가 인간의 생명과 도덕성을 담보로 발전한다는 것을 인식하고 있는 것이다. 따라서 김언이 감지하고 있는 "마음의 비린내"에는 혼종의 정체성을 가진 문명에 대한 부정이 내포되어 있다. 자연적 존재성에 대한 불안을 후각적 기호로 제시한 것이다. 다름 아닌 인간성 회복의 강조인 것이다.

김언과는 달리 이원은 현대인의 삶 자체가 혼종의 정체성을 가졌다고 본다. 이원 시에서 오토바이를 탄 것으로 형상화된 현대인은 빠른 속도의 균형 잡기로 인하여 여유가 없어 보인다. 현대사회가 원하는 빠른 속도만큼이나 이원의 의식은 과거로 회귀한다. 이원에게 과거로의 회귀는 현실 세계의 문제를 해결하기 위한 균형잡기이다. 과거의 시점이 원시화에 가까울수록 현실의 문제들은 더 심각한 양상을 띤다. 이원의 이런 의식은 김언과 다르지는 않다. 하지만 이원은 김언보다는 인간의 실존성을 더 희망적으로 보고 있다. 그것은 생각하는 동물로서의 인간의 속성을 지각하고 있는 것인데, 인간은 혼종화되면서도 끊임없이 생각을 하는 존재로 보고 있다. 현대인은 "길과 몸" 즉, 현실 세계의 빠른 속도와 느린 몸이 일치되지 못하는 분리현상을 겪는 실존에 처해 있다고 보는 것이다. 삶의 존재성이 인간이 아니라, 물질문명이 주도하는 현실에 처해 있다는 것을 보여준 것이 "시간의 피비린내", 즉 자연적 존재가 상실하는 불안으로 기호화한 것이다.

인간의 혼종의 정체성을 만드는 요인들은 그의 다른 시에서도 볼 수 있다. 물리적인 화학작용을 통해서 만들어내는 "갓 출시된 공산품 냄새"(이원, 「삼면화」)들은 인간의 혼종적인 정체성을 만들어나가는 주범이다. 이원 시에서 냄새와 관련된 말들은 그동안 물질문명의 비판이라는 이원의 시적 탐색 속에서 나온 말들이다. 시에서 비린내는 쇠의 억압이나 강도에 짓눌려서 "숨구멍을 모조리 틀어막힌 화초가 사방"(이원, 「쇠 난간에서는 비린내가 난다」)으로 뿜어내는 호르몬의 발산이다. 후각적 차원에서 호르몬은 생명의 잉태 욕망을 가진 냄새로 표상된다. 그러므로 이원 시에서 비린내의 농도는 '자기 염려'에 대한 인식이라 해도 무방할 것이다.

이렇듯 김언과 이원은 인간 실존의 불안을 자연적 능력의 환기를 통해서 표출한다. 인간이 가진 자연적 능력이 진정한 실존을 부여하는 요인이라는 것을 주지시킨다. 이러한 세계가 주는 실존적 불안을 박해람과 류인서는 존재성 자체가 가진 속성을 통해 형상화한다.

머리가 잘린 닭이 더 이상 길이 없다

순환에서 탈선으로 바뀐 피가 솟구친다

…(중략)…

눈에 보이지 않는 곳으로 영원히 숨고 있는 것들이

밥상에 둘러앉아

다 숨고 남은 빈 몸의 날갯죽지며 다리를 뜯고 있다

그중 몇은

지금 어디에도 없다

아무 곳에서도 찾지 못할

달그락 후루룩거리는 소리들이 달라붙은 그릇에

죽음의 냄새가 구수하다

구수함이 식어 다시 비린내가 되듯이

죽어가는 것들은 끊임없이

삶에 협조하는 것들이다

　　　　　　— 박해람, 「릴레이」 부분, 『낡은 침대의 배후가 되어가는 사내』

무거운 하역의 시간을 풀어내듯 나른히 어둔 물살에 발목 잠그고 선
그녀의 얼룩덜룩한 방뇨자국, 바다 쪽으로 부푼 치마폭은 접안의 흐린
부두일까 치마폭 북북 찢어 돛 올리고 싶은 몸은 기실 제 그림자 속을 표
류하는 한척 멍터구리 배일까

　　혹, 물비린내 끼치듯 내게로 뻗치는 요의(尿意)!

　　　　　　— 류인서, 「삽화─부산역」 부분, 『그는 늘 왼쪽에 앉는다』

박해람은 몸이 그 어떤 존재보다도 혼종의 정체성을 가졌다고 본
다. 사회학적 관점에서 몸은 "개인의 정체성과 가치를 표현하는 수
단"(크리스 쉴링, 『몸의 사회학』)이다. 몸의 혼종성은 신체뿐 아니라
인간적 가치의 혼종성도 내포한다. 이러한 것을 박해람은 시에서 존
재의 냄새를 풍기는 닭의 몸을 통해서 지각한다.

그는 죽은 닭으로 식사를 하면서 다른 존재들을 먹어야 하는 몸의
혼종성을 인식하기에 이른다. "죽어가는 것들은 끊임없이" 누군가의
삶을 위해 자신을 희생해야 하는 것이다. 어떤 생명체가 다른 생명체
를 먹어야 하는 이런 먹이사슬의 삶이 박해람을 불안하게 한다. 먹이
사슬의 정점에 있는 인간은 너무나 많은 존재를 희생시키면서 삶을
영위하고 있다. 신체적으로는 가장 본능적인 존재인데도 인간의 정
신적 지향점은 물질화되어간다. 그가 그의 다른 시에서 현실을 "조
립된 이승"(「미확인 비행물체」)으로 상징한 것을 보면 알 수 있다. 가
장 감각적 신체를 가졌으면서도 인간의 정신은 조립된 세계 속에서
부속화되어가는 것이다. "규격품처럼 걷고 또 걷는"(「천공의 성 라퓨
타」) 인공의 존재가 현대인이다.

박해람은 이러한 혼종성을 극복하기 위한 대안으로 발효하는 존재
성을 중요하게 여긴다. 혼종적인 삶을 발효할 수 있는 것은 의식밖에
없다. 박해람의 비린내는 발효의 성격을 대신한다. 발효는 물질이 익
어서 좀 더 긍정적인 의미로 변하는 것이다. 몸이 발효를 통해 숙성
하는 과정은 존재의 전환이기도 하지만 자기정체성의 확보이기도 하
다. 박해람의 이런 깨달음은 생물학적인 인간의 존재성이 숙명이라
는 것을 알려준다. 그런 탓인지 박해람 시에서는 죽음을 숭고라 부
를 수 있을 만큼의 원초적 감각이 느껴진다. 죽음의 불결함과 생명의
향긋함을 역설적으로 말하는 그는 장례 절차에 향료를 사용하는 고
대인의 의식에 근거해 있다. 고대인에게 장례 절차에서 쓰이는 향료
는 사자(死者)로부터 남은 가족들을 보호하려는 의식과 영혼이 신성
한 곳에 가기를 바라는 소망이 담겨 있다. 죽음이 구수함으로 느끼는
것은 영혼이 성스럽기를 바라는 인간의 묵시적인 욕망이 담긴 것이
다. 그는 이런 의식이 "냄새 없는 눈물"(「승객들」)을 흘리는 현대인에

게 희망이 되기를 원한다. 생명성과 소멸성을 알려주는 삶의 비린내가 치열한 존재의 모습이라는 것을 각성시켜준다.

박해람과 같이 류인서도 인간 자체가 혼종적 정체성을 가졌다는 것을 후각적으로 지각한다. 박해람이 혼종적인 정체성의 대안을 냄새의 발효 미학으로 승화했다면 류인서는 혼종적 사회에 동질화되지 못하는 존재의 고립성으로 비린내를 기표한다. 이 고립성은 본능적 후각으로 감지한 '자기 소외' 현상이라 할 수 있다.

류인서는 한 여자의 방뇨 자국에서 "훅, 물비린내 끼치듯" "뻗치는 요의(尿意)!"(「삽화 – 부산역」)를 지각한다. 방뇨를 통해 현 세계에 동질화되지 못하는 자신의 존재 표지를 드러내고자 하는 충동을 느낀다. 나와 타자의 관계를 본능적 인간 존재로 소통하고자 하는 방식은 그의 다른 시에서도 볼 수 있다. 그것은 "갓 버무린 겉절이 같은/사람 냄새"(「표정」)인데, 류인서는 한 사람이 가진 정체성을 냄새로 감지하는 것이다. 원래 냄새란 세상의 어떤 이데올로기도 개입되지 않은, 자연 그대로 소통되는 언어이다. 하지만 이런 본능적 언어에도 사회학적 의미가 담겨 있다. 후각사회학으로 볼 때 방뇨 행위는 집단의 구성체를 이루는 가장 근원적인 경계 의식이자 사회화의 시작이다. 냄새를 통해 나와 타자를 구분하여 집단을 만들고, 타자의 무리로부터 나를 보호하는 행위인 것이다. 모든 생물들이 냄새를 공기에 퍼뜨려 종족과의 원활한 유대 관계를 유지하듯이 말이다. 따라서 순간적으로 지각된 후각적 감각에는 '너'와 '나'라는 개체성에 대한 경계와 불안이 깔려 있다. 사회적 소외자로서의 불안을 후각적 기호로 나타낸 것이다.

이렇듯 몇몇 시인의 시에서 후각적 기호는 혼종적 정체성에 대한 대응체로서 사용되고 있다. 자연적 능력에 의해 의식화되는 후각을 통해 인간적 존재성에 대한 소중함을 인식시켜준다. 그들은 물질문명이 지향하는 혼종적인 정체성이 인간적인 실존을 잠식해간다는 사실을 보여준다.

2. 몸의 생명적 냄새와 존재 표지(標識)

우리 몸에서 나는 냄새는 주로 생명과 관련되어 있어 근원적 실존성을 나타내는 경우가 많다. 그렇기 때문에 몸에서 풍기는 냄새는 심리적 뿌리 의식이나 생명의 원천으로 회귀하는 매개체가 된다. 이러한 측면은 사회학적 존재론보다는 생물·사회학적 존재론에 더 근접해 있다. 생명의 원천으로서 생물학적인 존재론은 우리가 생각하고 있는 이상으로 많은 존재의 가치를 함의하고 있다. 우리가 흔히 말하는 정신조차도 생물학적인 몸이 없다면 무의미하다. 몸의 생명적 냄새로 실존의 상태를 말하는 인간의 존재 표지는 인위적으로 만든 사회적 실존성과는 다른 측면의 실존성을 보여준다는 점에서 시간적으로나 공간적으로 훨씬 폭넓은 함의를 갖고 있다.

후각적인 인간의 존재 표지는 그것이 사회적이든 개인적이든 간에 체취를 중심으로 나타난다. 특히 후각은 기억을 통해 회귀되는 인간의 존재성과 관련이 깊다. 이러한 냄새의 기억은 경험을 통해서 얻어지지만 냄새의 자극으로 인해서 다시 재구성되거나 의식화된다. 특히 모태와 연결되어 있는 양수와 자궁, 태(胎)의 냄새는 최초의 기억으로 내재되어 있다가 어떤 경험과 함께 무의식적으로 떠올라 근원에 대한 존재 표지가 된다. 그런 만큼 존재의 본질을 드러내는 냄새는 시원(始原)적인 정체성을 확립해주는 요소가 많다.

나는 오늘도 '아마존'엘 간다.

올해로 만 십오년째 매달 한번,

박달희 씨가 일자리를 옮기는 목욕탕마다 따라다니며

이발하고 샤워한다

 …(중략)…

나는 또 슬쩍 따라붙고 싶다. 하지만

나와는 무관한 곳. 충청북도 영동군 매곡면……이하

그의 배꼽,

말단 본적지 지명은 자꾸 까먹는

두 남자 은근히 함께 늙었다. 어떤 장면도 인연도 눌어붙지 않지만

거울도 깊어지는구나, 싶다.

그 심연을 물끄러미 들여다본다. 번뜩이는 연어,

한칼! 깨끗한 이별이거니와

이번에야말로 바짝 다잡아 새기는 마을이름,

공수리 오리곡.

— 문인수, 「아마존」 부분, 『배꼽』

　　최초의 고향인 에덴동산에서 추방당하는 그때부터 인간은 근원을 찾아 헤매는 존재가 되었다. 인류의 노마드(nomade, 유목민)적인 삶은 자신이 최초로 태어난 장소나 고향으로 회귀하려는 본능으로 세대 전승되어왔다. 이러한 원형적 세대성은 장소와 관련된 인간의 깊은 뿌리 의식, 즉 개인이나 집단의 정체성을 말해주는 존재의 표지가 된다.

　　문인수는 모태에서 기억한 태(胎) 비린내를 존재 표지로 삼아 근원적인 정체성의 의미를 찾는다. 그의 시에서 태의 비린내는 냄새 통로를 따라 고향으로 회귀하는 모천의 냄새와 동일시된다. 공간적 의미

를 가진 모천의 냄새는 모태 공간과 같은 의미를 가진다. 자신이 탄생한, 가장 근원적인 사회가 이루어진 곳이며, 물질문명이 갖는 어떤 경쟁도 없는 순수성을 간직한 공간으로 존재한다. 그런 공간을 문인수는 물비린내를 통해서 환기한다. 모천의 냄새를 찾아가는 기억의 물줄기로 삼은 것이다.

일반적으로 뇌에 저장된 기억을 끌어오는 냄새는 잠재된 무의식을 이끌어내어 과거와 현재의 실존 양상을 현전화한다. 생명적 본능을 기억하는 냄새를 통해 실존적 가치를 이끌어낸다. 문인수는 한 달에 한 번씩 이발소를 옮겨가며 유랑 생활을 하는 박달희 씨를 보면서 자신의 심연 속에 내재되어 있는 존재의 회귀성을 발견한다. 이러한 존재의 회귀성은 어떤 면에서 인류가 가지고 있는 집단적 무의식이다. 근원에 대한 의식은 인종과 국가와는 상관없이 누구나 가지는 의식이기 때문에 그 어떤 것보다 본래적인 면을 간직하고 있다. 혼종적인 정체성을 상쇄해주는 자연적 자아이다. 그런 점에서 문인수에게 "물비린내"는 심연에 깊이 내재되어 있는 근원적 정체의 이정표이자 정신적인 근원처이다. 이런 근원적 의식에는 인류가 오랫동안 갈망해온 생명의 재생성이 내포되어 있다. 근원을 통해 또다시 재생하고자 하는 것, 그것이 무엇이든 간에 생의 순환 고리를 찾고자 하는 열망이 담겨 있다. 나이가 들어 몸에서 비릿한 냄새가 풍기면 자연스레 탄생의 냄새를 떠올린다. 비릿한 모태 냄새와 젖 냄새 최초의 기억을 떠올리며 죽음 이후의 신생을 갈망한다. 우리의 몸에서 노화의 냄새가 짙을수록 의식이 탄생의 시점으로 휘어 마치 원의 고리처럼 둥글어진다. 재생의 희망은 끈질긴 인간의 실존적 집착일 것이다.

문인수가 인류가 갖는 보편적 실존성을 '물비린내'로 환기하고 있다면 김경주는 개인에게만 기억되는 실존의 근원을 향기를 통해서 보여주고 있다.

> 봉인해 놓은 듯 마른 꽃잎 한 장, 매개의 근거를 사라진 향기에게서 찾
> 고 있다. …(중략)… 나는 그때 식물이 된 막내를 업고 어떤 저녁 위로 내
> 휘파람이 진화되어 고원을 넘는 것을 보았다 …(중략)… 그런 때에 휘파
> 람에선 어떻게 환한 아카시아 냄새가 나는 세속을 떠난 종소리들은 어떻
> 게 손톱을 밀고 저녁이 되어 다시 돌아오는 누이야 지금은 네 딸들에게
> 내가 휘파람을 가르치는 사위 쓸쓸한 입술의 냄새를 가진 바람들이 절벽
> 으로 유배된 꽃들을 찾아간다 절벽과 낭떠러지의 차이를 묻는다
>
> ── 김경주, 「어느 유년에 불었던 휘파람을 지금 창가에 와서 부는
> 바람으로 다시 보는 일」 부분, 『나는 이 세상에 없는 계절이다』

김경주에게 "봉인해 놓은" 꽃잎의 향기는 유년의 추억을 불러일으
키는 매개체이자 현재의 실존성이다. 이때 향기를 상실한 꽃잎은 프
루스트가 말하는 '마들렌 효과'를 일으키는데 이는 어떤 냄새를 접할
때 떠올리게 되는 무의식적 기억을 말한다. 향기 없는 "마른 꽃잎"을
매개로 상기되는 무의식적 기억은 휘파람 소리에서 아카시아 향으로
변주되어가면서 유년에 내재되어 있는 비린내를 존재 표지로 세운
다. 김경주에게 아카시아 향은 현실을 재생시키는 생명적 의미를 가
진 비린내의 성격을 가지고 있다. 이것은 아카시아 향의 비릿함에서
도 지각되기도 하지만 휘파람 속에 묻어 나오는 "입술 냄새", 즉 침
냄새로 감각의 변주가 이루어지면서 더욱 선명해진다. 향기와 관련
된 유년의 기억들은 개인적 실존의 근원처이면서 힘든 현실을 견디
게 하는 생명적 시간인 것이다.

김경주가 몸의 냄새를 존재 표지로 생각하고 있다는 사실은 그의
또 다른 시에서도 나타난다. "목화향이 나는 삼층 집에서" 관찰하던

'비린내', 혼종의 경계성에 지향하는 존재

여자는 사내가 왔다 가면 "자신의 겨드랑이 냄새"(「우주로 날아가는 방—창문은 멸종하지 않기를 바란다」)를 통해 자신의 존재성을 확인한다. 겨드랑이에서 나는 사향성 냄새를 여성의 존재 표지로 기호화하고 있는 김경주는 냄새가 존재의 본질을 대변한다고 보고 있다.

기억되어 있는 추억이란 과거의 박제가 아니라 현실에서 계기가 있을 때마다 다시 그 향기를 떠올리게 하는 냄새의 저장고이다. 문인수와 김경주에게 이 냄새의 저장고가 열리는 순간은 "아마존"을 헤매거나 존재성을 잃은 "마른 꽃잎"을 마주 대할 때일 것이다. 인공적인 세계를 경험하면서 겪게 되는 황량한 고립감이 시시때때로 고향이나 유년에 대한 기억을 환기하는 것이다. 어릴 때의 경험적 기억으로 표상되어 있는 존재 표지는 대체로 생명이나 죽음과 관련되어 있다는 점에서 무의식적 현상에 가깝다. 이러한 현상은 대체로 베르그송이 말하는 '순수 기억'에 의한 작용이라 할 수 있는데, 우리의 정신 속에 각인되어 있는 과거를 재구성하여 보여주는 의식이다. 이것은 곧 존재 표지를 찾아가는 우리의 통로가 본능적 무의식이라는 것을 말해준다.

근원적인 정체성 찾기에 있어서 기억에 의존하는 비린내가 정신적 근원처로서의 존재 표지라고 한다면 남성의 정액이나 모태의 냄새들은 생명의 원천으로서의 존재 표지이다. 종족 보존을 위해서 풍기는 이 몸의 냄새는 후각적 기호를 볼 때 본능적 의미로만은 해석이 되지 않는다. 이 생물학적인 존재 표지는 이미 사회적으로 상징화된 후각 의미에 따라서 다르게 설정된다. 생물학적인 의미에서 성징(性徵)이 풍기는 비린내는 성(sex)의 존재 표지로 설정되어 있지만 사회학적으로는 부성과 모성의 존재 표지로 설정된다. 몇몇 시인들은 몸의 생명적 냄새를 자연이 가지는 질서로 파악한다.

알 것 같네 어머니는 물로 빚어진 사람
가뭄이 심한 해가 오면 흰 무명에 붉은,
월경 자국 선명한 개짐으로 깃발을 만들어
기우제를 올렸다는 옛이야기를 알 것 같네
저의 몸에서 퍼올린 즙으로 비를 만든
어머니의 어머니의 어머니들의 이야기

월경 때가 가까워오면
바다 냄새로 달이 가득해지네

— 김선우, 「물로 빚어진 사람」 부분, 『도화 아래 잠들다』

저만치 산부인과에서 걸어오는 저 여자
옆에는 늙은 여자가 새 아기를 안고 있네

저 여자 두 다리는 마치 가위 같아
눈길을 쓱쓱 자르며 잘도 걸어가네
…(중략)…
비린내 나는 노을이 쏟아져 내리는 두 다리 사이에서

눈 폭풍 다녀간 아침 자꾸만 찢어지는 하늘
뒤뚱뒤뚱 걸어가는 저 여자를 따라가는
눈이 시리도록 밝은 섬광
눈부신 천국의 뚜껑이 열렸다 닫히네

— 김혜순, 「붉은 가위 여자」 부분, 『당신의 첫』

김선우에게 여성의 몸은 모성 원형이 가지는 존재 표지로 여성을
넘어 어머니, 어머니를 넘어 모든 종의 암컷, 나아가 우주를 품는 창
조의 산실로 지각되고 있다. 김선우는 자신과 어머니 몸에서 풍기는

월경 냄새를 생산력이 충만한 바다의 의미로 생각한다. 김선우에게 월경은 그 자체로 생명의 원천이 되는 "깊은 우물"이기도 하지만 "계수나무가 흘러나오고/사랑을 나눈 달팽이 한 쌍이 흘러나오고/재 될 날개 굽이치며 불새가 흘러나"오는 모든 종(種)의 생명들이 태어날 수 있는 우주적 모태로 형상화된다. 우주의 자궁인 이곳에서는 "늘 조금씩 바다 비린내가 묻어" 있어, 생명을 성장시키는 물 냄새를 풍긴다. 김선우에게 비린내는 인류학적인 어머니의 존재 표지를 넘어선 우주적 어머니의 존재 표지로 나아간다. "어머니의 어머니의 어머니들의 이야기"를 넘어선 창조의 산실로 월경 비린내를 지각하고 있다.

이런 측면에서 비린내는 생(生)과 사(死)의 경계를 잇는 연결 고리라 할 수 있다. 앞서 말했듯이 비린내를 탄생의 순간과 죽음 이후에 풍기는 냄새이다. 우리의 생이 연결되는 접점에서 풍기는 냄새인 것이다.

김선우가 보인 우주적 모성의 형상을 김혜순의 시에서도 볼 수 있다. 김혜순은 시에서 비린내의 지각은 새 아기를 안고 있는 "늙은 여자"의 다리 사이에서 비롯된다. 방금 태어난 아기에게는 젖비린내가 풍기고, 늙은 여자의 가랑이에서는 노화한 자궁의 비린내가 난다. 이 시에서 비린내가 우주적 모성 원형으로 표상될 수 있는 것은 세 여자가 이루는 구도 때문이다. 시에서 이 세 사람은 아기는 탄생, 젊은 여자는 모태, 늙은 여자는 모성 원형으로 구성되어 있다. 늙은 여자가 모태의 기능을 상실하고도 모성 원형으로 남아 있는 것은 아기를 안고 있는 형상 때문이다. 늙은 여자와 아기의 모습은 생명과 죽음을 연결하는 순환 고리의 상징이다. 늙은 여자의 다리 사이에서 "눈부신 천국의 뚜껑이 열렸다 닫히"는 이 형상은 인간의 실존이 우주론적 질서의 근거해 있다는 것을 보여준 것이다.

이렇듯 두 여성 시인이 몸의 생명적 냄새를 우주적 질서로 지각하고 있다면 차주일은 몸의 생명적 냄새를 감각적 실존의 양상으로 본다.

> 사람이 황소에게서 지우지 않은 단 하나의 본능은 토정의 본능
> 황소는 상상으로 교미를 한다
> 매시간 발기하는 자유는 섭리보다도 빠르게 꽃을 피운다
> 토정은 제 몸이 하는 것이라 알고 있는 황소
> 제 몸에서 가장 먼 등을 향해 토종을 한다
> 꽃망울이 향기를 밀어낸 흔들림이 저랬을까
> 정액이 살 속에 박히는 동안 등짝에 이는 경련이 길다
> 가장 맛있는 몸무게가 목숨의 눈금 앞에서 멈춘다
> 정사만큼 뜨거워야 향기를 허락하는 꽃이 익는다
> 사람들은 꽃잎을 씹어 향기를 버리고 포만을 가둔다
>
> — 차주일, 「꽃등심」 부분, 『냄새의 소유권』

차주일은 실존의 한 양상을 살(肉)의 맛을 통해 지각하고 있다. 차주일의 후각적 상상력은 음식을 통해 삶의 즐거움을 얻는 미각에서부터 비롯된다. 많은 사람들이 선호하는 "꽃등심"의 맛을 "정액이 살 속에 박히는 동안 등짝에 이는 경련"으로 인해 생긴 것으로 본다. 이는 삶의 진정성을 감각적 실존으로 인식하고 있는 것인데, 이것이 가능한 것은 우리의 삶이 환경적 능력과 자연적 능력의 상호작용을 속에 이루어지기 때문이다. 이 시에서 소의 등은 인간이 해야 할 노동을 대신하는 운명을 상징하고 있다. 나아가 이것은 삶의 가장 고통스러운 시점의 상징이다. 이런 지점에서 인간은 살의 맛, 즉 삶의 진정한 의미를 획득하게 된다고 본다. 그것은 비린내를 풍기는 "정액이

살 속에 박히는 동안"에 획득된다. 차주일은 삶의 진정한 생명성과 의미가 처절한 고통 속에서 탄생된다고 보는 것이다. 이러한 의식은 "정사만큼 뜨거워야 향기를 허락하는 꽃이 익는다"는 말을 통해서도 알 수 있다. 현실의 고통이 생의 오르가슴이 되어 우리 삶을 성숙하게 만든다고 본 것이다.

몇몇 시인들을 통해 알 수 있듯 인간의 실존적 존재 표지는 상당 부분 자연적 질서에 의거해 있다. 정신 또한 이성적으로 지향하는 게 아니라 본능적 지향성으로 형성된다는 걸 알 수 있다. 그런 점에서 이런 의식은 이성적 질서를 가진 자본주의적 삶의 대척점에 있다. 인공적 자아를 추구하는 현대인에게 자연적 자아를 강조하고 있다. 어쨌든 몸의 생명적 냄새는 지각하는 관점에 따라 그 의미가 조금 다르지만 인간이 가진 자연적 능력의 중요성을 강조한다. 우리가 이성적 사회에 몸담고 있다고 해도 인간은 감각적 존재라는 사실을 다시 한 번 인식시켜준다. 이것은 이성의 중요성만을 강조해온 시대에 대한 경고라 할 수 있다. 이런 시대에 우리가 잊지 말아야 할 것은 인간이 인공적 미학물이 되어가는 것이 아닌가 하는 것이다.

이렇듯 현대 시인들이 인식하는 '비린내'에는 존재론적인 면모가 드러난다. 혼종적인 정체성에 대한 불안에서 비롯된 '자기 염려'의 양상은 근원적인 존재성으로 회귀하려는 본능과 이어져 있다. 본능은 인간의 기억을 통해서 태의 비린내로 거슬러 올라가 존재의 표지를 세운다. 이러한 현상의 이면에는 실존의 불안을 극복하려는 강한 생명성이 내재되어 있다. 여기에서 우리는 사회학적 존재의 반대편에 생물학적 존재가 대치하고 있다는 사실을 주목할 필요가 있다. 그것이 물질이든 정신이든 간에 인류가 가진 모든 것은 자연적 능력과 환경적 요건의 상호작용을 통해서 이루어진다. 자연적 능력보다 더 비대해진 인위적 능력을 어떻게 해석해야 할까? 문명의 발전이 인간의 실존을 더 나아지게 한다고 말하지 못한다. 아무리 문명적 존재가 되어가도 인간은 생물학적 존재라는 것을 부정할 수가 없다. 그러므로 시인들이 지각하는 후각적 지각은 생명의 존재성이 가공되었을 때보다는 자연 그대로 남을 때 더 가치가 있다는 걸 보여준 것이다. 이러한 가치는 그동안 그물망 같은 정보와 지성에 의해 왜곡되어왔지만 시시때때로 우리 몸에 갇혀 있는 자연적 본능은 세계와 소통을 하고자 한 것이다. 결국 존재의 정체성을 확립하기 위한 소통은 존재 자체로만 이루어지는 것이다. 우리 몸의 감각적 네트워크와 뇌의 작용이 어우러지면서 존재의 의미를 만들어나가는 것이다. 그것은 과거와 현재, 미래와 연결되어 있으며, 시간과 공간을 초월하는 의식과 무의식과도 연결되어 있다.

　결국 비린내를 통해 전달되는 시적 담론들은 혼종적인 정체성을 가진 문명적 인간의 실존성에 대한 부정이다. 그것이 비린내로 가능한 것은 인간의 감각이 이 시대 어떤 언어보다는 정신적 본질을 보여주는 근원적인 언어, 즉 '아담의 언어'(진중권,『현대 미학 강의』)이기 때문이다. 21세기에 내재되어 있는 실존적 불안은 개인의 문제를 넘어 집단의 문제로 인식할 수밖에 없다. 인공적 정체성이 범람하는 한은 우리의 의식은 언제나 감각으로 되돌아갈 것이다. 그때는 후각이 중심 담론으로 놓일 것이다. 가공된 현실과 본래적 자연 사이에서 균형을 잡는 것, 후각적 언어가 문제적 이미지가 될 것이다. 인간이 멸종되지 않고 역사를 이루어나가는 힘의 원천이 될 것이다.

악취, 남성적 질서의 저항 기호

— 김혜순 시의 여성학적 의미

요란한 냄새가 나는 세상은 어떨까? 냄새로 남성들의 성찬을 전복할 수 있다면 세상은 냄새의 난장판이자 여성의 축제가 될 것이다. 세상이 전복되면 여성들은 진정한 역사의 주체가 될 수 있는 것일까? 손쉽게 얻어진 축제는 광란을 잠시 허용하는 출구일 뿐, 진정한 여성 해방을 의미하지는 못한다. 현재 여성들은 평등의 논리 속에서 축배를 들고 있지만 소비자본주의 사회에서 여성성은 평등이라는 포장지 속에서 상품화되어간다. 달라진 사회적 위상에도 불구하고 여성들은 남성이 원하는 이미지를 만들기 위해 스스로 자신의 몸을 가공하고 있는 실정이다. 소비자본주의가 생성해내는 가공 이미지를 모방하면서 스스로 소비적 존재로 전락해 가는 여성의 행위는 어쩌면 젠더(gender)의 우위를 더 견고하게 하기 위한 영악한 전략인지도 모른다. 상대를 알면 백전백승(百戰百勝), 매혹적인 몸을 이용하여 남성을 장악하는 고도의 정치성일 수 있다. 하지만 가공된 이미지로 존재 가치를 추구하는 이런 여성성은 결코 진정한 존재성은 아닐 것이다.

그래서일까? 김혜순은 스스로 오물을 뒤집어쓰는 마녀가 되어 요란한 냄새가 나는 세상을 구현하고 있다. 그동안 김혜순은 몸의 현상학이나 환상, 신화적 상상력 등 다양한 기표로 여성학의 의미를 도출해내온 시인이다. 특히 1980~90년대 그녀가 쓴 시들은 군부 정치가 만들어내는 파괴적인 남성 이데올로기적 현실을 비판한 것들이다. 이후 민주화로 인해 정치적인 이슈는 약화되었지만 그녀가 2000년대 쓴 시들은 여전히 여성의 문제에 천착하고 있다. 집요하게 여성의 존재성을 탐색하는 김혜순의 문제의식은 일부 시에서는 후각적 정치철학으로 담론화되어 나타난다. 왜 후각이어야 했을까? 가장 본능적인 감각이자 사회학의 첫 출발점인 후각적 감각은 이성적인 논리로 구축되는 남성적 질서에 응전하는 것이기도 하지만 그 지점엔 계급이 존재하지 않는 평등한 공동체가 있다. 하지만 이러한 후각적 감각도 인류의 진화와 함께 개인이나 집단의 존재성뿐만 아니라 계층적 분화가 만든 사회 권력과 정치성을 가늠하게 하는 요소로까지 발전하게 된다. 이러한 후각적 요소들을 김혜순은 남성적 질서의 저항 기호로 삼거나 여성적 질서를 새로이 구축하는 희망 기호로 삼는다. 의도적으로, 때로는 무의식으로, 시로 담론화하면서 남성적 질서 안에서의 여성의 문제를 진단해나간다.

1. 남성적 양육을 거부하는 스컹크와 냄새의 정치성

김혜순 시에서 후각적 기표는 역사의 주체로 살아온 가부장적인 폭력과 이에 순응하는 여성의 문제를 감각적으로 지각한 것이다. 그 대표적인 것이 시에서 '왜 여성은 역사의 바깥에 존재하는가?'에 대한 질문이다. 현재 우리가 향유하고 있는 물질문명과 자본주의 소비 양식들은 역사의 주체로 살아온 남성 이데올로기가 구축한 것이다. 남성 이데올로기는 가부장적 권력의 세습을 통해 여성이 남성의 하위 주체가 되도록 무의식적으로 조장해왔다. 그동안 여성들은 스스로 역사의 주체가 될 수 없다는 자가당착에 빠져 있었다. 현대에 와서는 각종 미디어나 매체, 광고 이미지 등을 쏟아내는 소비자본주의에 의해서 남성의 기호에 맞도록 여성성 이미지를 바꾸어가도록 세뇌한다. 그러는 사이 자신도 모르게 남성이 원하는 스테레오 타입(Stereotype)으로 길들어가는 여성이 되고 있다. 이러한 여성 현실을 거부하는 김혜순은 시를 통해 남성적 권력에 저항을 하는 냄새의 정치철학을 나타낸다.

　아래 시는 스스로 하위의 후각적 신분을 인정하는 방식으로 남성 이데올로기에 저항하는 의지를 드러낸 것이다.

> 아버지는 아이들을 길렀다
> 당연히 잡아먹으려고
> 이 세상에서 제일 맛있는 것
> 그건 내 아이들의 통통한 뺨
>
> …(중략)…
>
> 나는 스컹크가 되었다
> 건드리기만 하면 매캐한 기침을 하루 종일 할 수 있었다
>
> ―「Delicatessen」 부분, 『당신의 첫』

　김혜순은 가부장적 질서에 반기를 드는 여성의 후각적 신분을 "스

컹크"로 알레고리화한다. 특히 후각 이데올로기에서 악취는 사회적 타자나 지배계층이 혐오하는 하층계급의 표상이다. 그녀는 이 하층 계급의 표상인 후각적 신분을 당당히 인정하고, '그래서 어쩔래?' 하 는 식의 도발적인 태도를 보인다. 시 제목 "델리카트슨"이 상징하듯 아버지의 자식들은 가공된 육류나 치즈처럼 아버지의 의도대로 사육 되고 가공되는 존재들이어야만 한다. 아버지가 길러내는 자식들은 그의 상징 권력을 유지시켜주는 사회적 하위 주체들이어야만 한다. 수직 서열의 사회에서 아버지 외에는 누구도 권력의 주체가 될 수 없 다. 그런 점에서 아버지께 저항하고, 전복하려는 욕망을 가진 여성의 태도는 불경스러움으로 이해되어 사회적 타자인 악취로 규정될 수 밖에 없다. 그럼에도 불구하고 남성들이 원하는 감수성의 노예를 거 부하는 스컹크 냄새의 발산은 여성에게 '향기로운 신화'를 강조하는 남성들에게 '마녀 선언'을 하는 것과 다름이 없다. 여성이 삶의 주체 가 되려는 이런 마녀성은 남성들이 절대 용납할 수 없는 행위이다. 하지만 김혜순은 남성보다 덜 분화된 생물학적 존재자로서 혹은 문 화적 하위자로서의 여성성을 당당하게 냄새의 정치철학으로 대응한 다. 스스로에게 부여되는 존재성이 오물에 젖은 날개로 "기어다니는 나비"(「기어다니는 나비」 부분)의 비상일지라도, "쓰러진 육체의 구 멍"을 통해 나오는 "고통에 찬/영혼"의 몸부림일지라도 그 길을 의연 하게 가겠다는 의지를 표명한다. 이런 고통의 과정이 없이는 제도적 으로 양육되고 있는 여성의 존재성을 전복하는 것이 어렵다고 본다. 때문에 김혜순 시에서 악취는 고통 혹은 현실을 지각하는 영혼과 동 일한 개념이다. 아버지가 세운 허수아비의 삶에서 일탈하는 형상을, "영혼이 항문을 빠져"(「상습적 자살」)나가는 상습적 자살이라고 말한 것은 이 때문이다. 그녀의 상습적 자살은 남성적 질서 안에서는 일탈이지만 여성의 질서를 새롭게 구축해나가는 저항의 시간이라는 것을 유념할 필요가 있다. 자살의 시간은 곧 진정한 여성적 자아를 찾기 위한 고통스런 여정인 것이다. 남성의 '사랑 기계'가 되어 같은 여성 위에서 군림을 하는 여성들과는 달리 김혜순은 '그래, 나는 오물을 뒤집어쓴 여자인데 어쩔래?' 하는 식의 도발적인 태도를 당당하게 보이는 것이다. 이런 도발적인 태도는 여성을 평등한 존재로 대하지 않는 남성 비판과 함께 거기에 순응하는 여성을 동시에 비판하는 양상으로 나아간다.

> 그들이 시체를 뒤적이고 있네. …(중략)… 서울의 아우슈비츠가 밤새도록 펼쳐지네. 어금니는 어금니끼리, 손톱은 손톱끼리, 비 오는 밤 고약한 냄새는 흩어지지 못하고 자꾸만 그 자리를 맴도네. 분리를 끝낸 그들의 육즙이 뚝뚝 흘리는 시신들을 싣고 아파트 옆 도로를 빠져나가네. 오늘도 화장장은 만원이고, 시신으로 땅은 다 메워졌으니 서둘러야 한다네. 무너진 분홍색 백화점, 5백 구의 시체 더미 속에서도 늙은 아기들처럼 청소부들이 살아 나왔을 때 우리는 울며 불며 얼마나 박수를 쳐댔었는지

> —「성자 청소부 아저씨 아줌마들」 부분,
> 『달력 공장 공장장님 보세요』

어서 고백해보시지
아가리를 찢어놓기 전에
아가리 속에서 냄새의 긴 끈을 꺼내
조사해보기 전에
대는 게 신상에 좋을 거야
모두 불었어 정말이야 너만
남았어

그래도 나는 연기를 피워본다

실내 가득히 냄새를 피워본다
음험한 구름기둥 불기둥을
사라지며 부서지는 지난날의
날개 그림자를 가슴에 품어보려
연기를 피워본다 헛되이
손짓하며 몰래몰래 온 집을
허우적거리며 뛰어올라본다

—「연기의 알리바이」 부분, 『아버지가 세운 허수아비』

「성자 청소부 아저씨 아줌마들」을 보면 김혜순은 남성이 구축한 사회가 어떤 건지 냄새를 통해 신랄하게 풍자하고 있다. 서울을 "고약한 냄새"가 "그 자리를 맴도"는 "아우슈비츠"로 비유한 것은 현 사회의 계급적 차별을 단적으로 보여준다. 유대인을 대량학살한 아우슈비치의 비극은 인종차별이 그 원인이다. 인종적 차원의 계급적 차별을 비가시적인 남성 사회의 구조로 보고 있는 것이다. 때문에 죽음의 고난을 이기고 살아남은 "청소부"들이 "성자"라는 말은 그 자체로 사회적 계급의 전복을 의미한다. 평소에 남성들이 혐오하거나 무시하는 사회적 약자들이 오히려 그들보다 도덕적으로 더 순결하다는 것을 보여준다. 악취는 주로 사회적 약자나 타자 등 하위 주체들에게만 부여하는 후각적 신분이다. 김혜순은 이 신분을 뒤엎음으로써 사회적 계급을 전복하고자 하는 의지를 드러낸 것이다. 이것은 권력을 가진 남성의 질서에 희망이 없다는 것을 우회적으로 풍자한 것이다. 서울의 "화장장은 만원이고" "시신으로 땅은 다 메워"진 죽음의 현장이 남성적 질서가 만든 설계도인 것이다.

하지만 김혜순의 의지와는 달리 남성이나 여성 모두 진보적인 여성을 쉽게 인정하지는 않는다. 남성들은 '남성의 방울'(조세핀 도노

번,『페미니즘 이론』)이 되어 움직이는 여성들에게만 권력을 이양해
준다. 남성의 페르소나를 쓴 이런 여성은 개인의 권력을 확보하기 위
해 남성보다 더한 여성의 적이 되는 경우가 많다. 그런 의미에서 몸
속 오물이 출렁거리고 끓는 시적 자아의 내면은 현실을 뚫고 나아가
고자하는 여성 전사로서의 김혜순의 고통이며, 존재론적인 진통이
다. 그래서 이 진통의 여정은 "땡볕에 지린내 구린내 칠갑"(「비단길」)
하면서 열병을 앓는 비단길이 될 수밖에 없다.

이러한 그녀의 지각은 남성적 질서 안에서 비판적 능력을 잃은 여
성에 대한 패악으로 발전한다. 여전히 사회에서 여성들이 지향하는
평등은 여성적 특성을 가진 질서가 아니라 남성들과 동질감을 얻기
를 원한다. 남성 사회에 안주하고자 하는 욕망은 "아버지가 세운 허
수아비"(「연기의 알리바이」)로 살아가게 한다. 그래서 김혜순은 여성
들에게 자각하기를 바란다. 침묵하지 말고, 순응하지 말고 "아가리
속에서 냄새의 긴 끈을 꺼내" 여성으로서 생물학적인 제 존재성을
명확하게 드러내라고 촉구한다. 후각적 관점에서 냄새의 동질성은
구성원의 연대를 강화하는 기능을 한다. 여성들의 단합이 먼저 이루
어져야 남성적 질서를 전복할 수 있다고 보는 것이다. 여성이 남성이
원하는 후각적 신분으로 치장할 게 아니라 제 고유성의 냄새로 제 신
분을 찾을 때 주체적인 여성으로 살 수 있다는 것을 보여준다. 하지
만 "연기의 알리바이"가 시사하듯 주체적인 여성의 삶은 역동적으로
활활 타오르지 못하고 연기만 피우는 비연소적인 상태로 남는다. 이
러한 안타까움이 그녀의 또 다른 시에서는 몸의 형식부터 바꾸어야
한다는 간절한 춤 냄새로 나타난다.

2. 육체의 형식을 바꾸는 춤 냄새와 존재 전환의 시도

여성이 주체적인 삶을 살아야 한다는 김혜순의 생각은 몸의 현상학을 통해서도 구체화된다. 우리 몸은 의식을 만드는 '지각의 주체'(메를로 퐁티,『지각의 현상학』)일 뿐 아니라 사회 이데올로기나 문화적인 사고를 만드는 정신의 근원이다. 정신의 근원으로서 육체가 가진 형식은 단순히 외모만을 지칭하는 게 아니라 개인의 생각이나 이데올로기로 지칭될 수 있다. 그 순수성을 간직할 때는 본질적인 개인의 자아나 집단의 정체성을 대변하기도 하지만 인위적일 때는 비진정성의 의미를 갖게 된다. 몸의 한 현상인 후각적 감각 또한 이와 다르지 않다. 특히 후각적 심리에서 우리 몸은 감정의 상태에 따라서도 다른 냄새를 풍긴다. 몸의 현상학은 곧 정신의 현상인 것이다.

김혜순은 여성들이 갖고 있는 후각적 심리를 통해 남성적 질서에 순응하는 양상을 보여준다. 마녀가 아닌 향기의 미학을 지향하는 여성이 가진 비진정성을 비판한다.

> 한 달에 한 번 미용실에 간다는 거, 그건 너무 야속해
> 나, 뷰티 헤어 살롱 자꾸만 가고 싶어
> 머리카락이 한 올도 남지 않아도 좋아
> 로션 냄새 샴푸 냄새 향수 냄새 머리 타는 냄새 미용사의 가운 냄새
> 그리곤 무엇보다 손톱용 리무버의 냄새
> 죽음의 향기보다 더 달콤한 곳
> 드디어 그들은 결혼했고 그리고 행복하게 살았단다
>
> …(중략)…
>
> 그곳에선 들숨 날숨이 행복, 행복 하면서 교차하고

향내 나는 병들이 열릴 때마다
거품 속에서 영화배우의 거실이
잡지 속에서 내 머리 끝으로 달려오네

　　　—「그들은 결혼했고 아주아주 행복하게 살았단다 그래서,
　　그 다음엔 어떻게 되었나요?」 부분, 『달력 공장 공장장님 보세요』

　인용 시를 보면 여성의 후각적 심리는 남성이 원하는 방향으로 나
아가고 있다. 여성은 몸의 한 형식인 후각적 감각을 인위적으로 조장
을 하고 있는데, 남성이 원하는 감수성을 만족시키기 위해 한 달에
한 번씩 헤어 살롱에 가서 "로션 냄새 샴푸 냄새 향수 냄새 머리 타는
냄새" 등으로 자신의 몸을 치장한다. 인공적인 냄새로 몸을 치장한
여성은 남성에게 매혹적인 존재로 거듭난다. 하지만 화학적 요소가
만들어내는 향기의 아우라는 여성에게 내적 진정성을 갖게 하지는
않는다. 헤어 살롱은 여성이 추구하는 자의식을 만족시켜주는 환상
의 대행물을 창조해내는 공간으로, 남성이 원하는 "사랑 기계"를 대
량으로 복제해내는 공간이다. 결국 여성은 남성들이 원하는 이미지
를 만들기 위해 인공적인 존재성으로 나아간다. 이러한 정황을 두고
울스턴 그래프트는 여성들이 남성의 질서 속에서 안주하기 위한 수
단으로 남편을 한 방편으로 사용하는 것이라 했다. 인위적인 향기의
아우라를 통해 여성은 새로운 신분을 획득한다고 생각하겠지만 남성
이 그들을 '사랑 기계'로 생각하는 한 독립된 주체로 서기는 힘들다.
　이러한 현실에 대한 김혜순의 문제의식은 시에서 육체 형식을 바
꾸고자 하는 춤 냄새로 변주되어 나타난다. 여성의 감수성에 맞는 육
체의 형식으로 존재 전환을 꾀하려고 한다. 하지만 남성적 질서의 틀
에 갇힌 육체가 형식을 벗는 일은 그리 만만하지 않다.

아마존 히바로 인디언에게서 머리를 샀다
이 머리는 길 잃은 자를 죽여 그 시신에서 목을 댕강
자른 다음 그 머릿속의 해골을 바수어내고
그 살 주머니에 뜨거운 모래를 넣어 구운 것이다
…(중략)…
가방을 헤집어 조금 전에 산 머리를 꺼내려는데
그 머리가 바로 내 머리라는 생각이 든다
아무리 찾아도 가방 속에서 머리가 나오지 않는다
전화벨이 울리고 나는 대번에
그게 누구 전화인지 알아챈다 굉장히 불길한 전화다
아까 그 제복 입은 아가씨인가, 누군가 전화를 받으라 한다
전화기 속에서 그가 흐느끼고 있다 떨고 있다
나는 떠는 그를 국제 전화용 부스 안에서 바라보지만
그는 모르는 사람이다 그는 내가 모르는
먼, 먼 언어로 말하는 사람이다
나는 40여 년 만에 다시 한 번 요에다 오줌을 쌌다

　　　　　　　—「태양의 축제」 부분, 『달력 공장 공장장님 보세요』

춤 냄새 한번 고약했었지
지독한 슬픔을 견디는 건 저 거친 날숨 들숨 따라서 찍는 발자국뿐
다리를 얽으며 쓰러질 듯 다시 돌아오는 질긴 싱커페이션,
그대는 나, 나는 그대라고 노래하지만 정녕 너는 내가 아니라는
다만 허공에 주형을 뜨듯 찍어보는 육체의 얽힌 형식이 있을 뿐
통곡이 올라오는 몸은 앞뒤로 흔들어줘야 하는 법
칙칙한 조명 끝자락 속에서 내 이마가 홍색으로 젖는다

　　　　　　　—「0시의 부에노스아이레스」 부분, 『달력 공장 공장장님 보세요』

「태양의 축제」를 보면 사회적 약자로서의 김혜순의 내면에 불안이

유동한다. 일반적으로 남성적 질서가 만들어내는 폭력성은 강자보다는 사회적 약자에게 더 강한 힘을 발휘한다. "태양의 축제"가 보여주듯 기존의 질서에서 이탈한 자는 누군가에게 희생을 당하는 대상이된다. "모리"라고 하는 "아마존 히바로 인디언"에게 죽은 사람의 머리는 상품이 되어 있다. 모리는 집단을 이탈한 인간의 존재가 타자에게 물질화된다는 것을 보여준다. 집단은 곧 힘이며 집단에 저항하는 자나 이탈하는 이들은 다른 집단의 부를 축적해주는 물질에 불과하다. 그래서 김혜순은 "죽은 사람의 인상을 그대로 간직"한 모리의 표정을 자신과 동일시한다. 남성적 질서에 저항하려는 자신의 행위는 다름 아닌 길 잃은 모리인 것이다. 출구가 없는 현실은 본능적인 공포를 가져오고, 자기 존재에 대한 표지를 강하게 찾아가게 한다. 자신이 표방하고 있는 '마녀 선언'이 '마녀 사냥'으로 이어질 수도 있을 거라는 생각을 한다. 남성들의 성찬을 위한 디오니소스적인 축제의 제물이 될 수도 있다는 불안감은 "요에다 오줌을" 싸는 존재 표지의 행위로 나타난다. 배설물 냄새를 통해 자신의 존재성을 알리고자 하는 이 욕구는 강렬한 자기 보존의 욕구로서 여성의 본래적 자아를 보존해야 한다는 본능적인 반응이다.

이런 투쟁의 끝은 언제나 '세계'와 '나'의 연결 고리를 찾거나 아니면 세계와의 단절로 귀결된다. 여전히 김혜순의 시에서 남성적 세계와 나를 연결하는 희망은 보이지 않는다. 그런 심정을 김혜순은 「0시의 부에노스아이레스」에서 "통곡이 올라오는 몸"으로 형상화하고 있다. 투쟁적 자아로 형상화되는 "춤 냄새"는 남성들이 "그대는 나, 나는 그대"라고 세뇌하면서 만든 "육체의 얽힌 형식"을 털어내는 의지로 상징된다. 춤 냄새는 사실 투쟁의 대가로 흘리는 땀 냄새의 환유로서 여성들의 호응이 없이 김혜순이 홀로 흘리는 피눈물이다. 외로

위치, 남성적 질서의 저항 기호

운 투쟁의 냄새이다. 제도적 박자를 발랄하게 바꾸어보려는 김혜순의 춤추기는 몸의 언어로 표출하는 존재론적 몸부림이다. 춤의 형식을 통해서 묻어 나오는 냄새는 억압적 현실에 대한 강박증과 불안을 내포하고 있는 히스테리컬한 반응이라 할 수 있다. 존재의 전환을 꾀하고자 하지만 그것을 용납하지 않는 현실에 대한 공포를 드러낸 것이다.

여성적 질서의 현실 불가능성은 김혜순을 현실 부정의 양상인 비(非)현실적 세계의 지향으로 나아가게 한다.

3. 여성적 질서 구축의 꿈 냄새와 모권적 유토피아

남성과 여성 모두 불신하고 있는 김혜순의 현실에 대한 전망은 부정적이다. 이러한 부정성을 김혜순은 저항의 한 형태인 꿈이나 비현실 세계를 추구하는 후각적 유토피아의 형식으로 나타낸다. 김혜순의 후각적 유토피아는 보편적으로 말하는 향기로운 유토피아가 아니라 악취를 자양분으로 새 생명을 잉태하는 모권적 유토피아로 형상화된다. 이것은 로지 마리 잭슨의 말처럼 남성 지배 이데올로기와 문화적 속박을 전복하려는 저항의 의지로 꿈의 차용이라는 환각적 말하기 방식이다. 남성적 이데올로기에 응전하는 수단으로 후각적 이데올로기를 차용한 것이다. 부정에 부정을 더하는 강력한 시적 언술이다. 이러한 언술 방식은 여전사인 김혜순도 세상을 쉽게 바꿀 수 없다는 생각에 근거해 있다. 남성 이데올로기의 견고함은 제도적인 측면에만 머물지 않고, 학문과 문화, 경제 등 전 분야에서 여성을 사회적 타자로 간주하고 있다. 억압받는 사회적 타자들만의 세계를, 즉 남성은 근접할 수 있는 여성만의 세계를 김혜순은 여성이 가진 생물학적 존재성으로 특성화하고 있다.

> 꿈속에서도 화장실이 넘치긴 마찬가지야 아무리 손잡이를 튕겨봐야 아무것도 씻겨내려가지 않아. 촛불도 악취가 풍겨. 화염 방사기 같은 것 있으면 좀 보내줘 …(중략)… 세상의 엄마들의 젖꼭지가 썩은 콩처럼 떨어진다. …(중략)… 살아 있으나, 우리 뇌엔 쉰 밥덩이들이 들었을 뿐. 모든 형식이 파괴된 채, 똥통 속에서 내용만 끓어오르다, 떨어지고, 또 끓어오른다.

―「플러그가 빠지면」 부분, 『달력 공장 공장장님 보세요』

꿈은 정상적인 사람이 체험하는 환각이라는 점에서 약물에 의한 환각과는 구별된다. 꿈의 상상력으로 재생되는 세계는 일상에서 억압된 욕망이나 불안 등의 트라우마(trauma)가 투사되어 나타나는 심리적 현상이다. 그런 점에서 김혜순의 꿈을 통해서 형상화되는 비현실적인 냄새는 현실에서 해소되지 못한 심리적 욕구의 표상이다.

「플러그가 빠지면」에서 여전히 출렁거리는 화장실 냄새는 사회적 타자로서 느끼는 억압이나 불안이 표상된 것이다. 꿈에서 오물 냄새는 썩지 않는 비닐의 존재성과 동일시되는데, 썩지 않는 비닐의 영원불멸성은 여성의 사회적 지위의 영원불멸성으로 이어지지 않을까 하는 불안의 반영이다. 이러한 불안의 책임이 남성에게만 있는 것은 아니다. 여성들에게도 책임이 있다는 것을 김혜순은 여성의 "뇌엔 쉰 밥덩이들이 들"어 있다는 말을 통해서 보여준다. 여성의 뇌에 든 쉰 밥덩이란 이미 스테레오 타입으로 굳은 여성의 사유 방식이다. 그것은 여성의 존재성을 저해하는 요소로, 그것에 대한 불안감을 "형식이 파괴된 채, 똥통 속에서 내용만 끓어오르다, 떨어지고, 또 끓어오"른다는 후각적 상황으로 말하고 있는 것이다. 끓어 넘치고 있는 꿈속의 배설물 냄새는 마녀로서의 김혜순에게 덧씌워진 굴레의 농도이자 저항해야할 심리적 열정이라 할 수 있다.

하지만 김혜순의 저항과 전복은 그리 녹록치 않다. 그것은 자신의 우군이 되어야 할 여성조차도 남성 이데올로기의 이미테이션이 되어 있기 때문이다. 그래서 김혜순 시의 꿈에서 재생되는 악취는 현실 불가능한 여성의 평등 사회에 대한 우회적인 메커니즘이다. 여성의 질서를 구축하고자 하는 욕망이 투사되어 유토피아의 세계를 형상해내고 있다. 현실이 아닌 가상의 공간에서 김혜순은 여성적 질서를 세우려고 한다. 여성들만이 전유할 수 있는 공간에서 남성들은 금기의 대상이 될 수 있으며, 사회적 하위 주체로 전락할 수 있다는 것을 산란성의 욕망으로 구체화한다.

> 당신의 나날 속에서 날마다 잠들었던 당신이
> 스스로 만들어낸 진공 속이니
> 그렇게 함부로 대소변 보지 마세요
> 그렇지 않으면 이 몽유 비행선 내부를 당신의 똥오줌이
> 영원히 사라지지 않고 떠다닐 테니까
>
> ─「몽유 비행선 탑승 규칙」 부분, 『달력 공장 공장장님 보세요』

> 내 방을 유영하는 잠의 비행선에서 내가 부화한다
> 잠옷을 입은 채 끌려 나온 탑승자의 몸에서 비린내가 난다
> 아직 다 부화하지 못한 내 유령에서 아가미 냄새가 난다
>
> …(중략)…
>
> 동그라미는 싫어 순환하는 건 싫어 낮 다음에 밤이 싫어

동그라미 같은 세상이라는 말은 누군가 나를 속이려는 말
알 낳고 그 알 품은 여자들 속이려는 말 계속 알 낳으라는 말

　　　　　　　　　　　—「탑승객」 부분, 『슬픔치약 거울크림』

흰 벽이 웃더니 토끼 귀 한 쪽이 들어왔다
나는 그 냄새나는 것을 당겼다
토끼구름 뭉게뭉게 피어났다
…(중략)…
내 비명이 똥처럼 쏟아져 우산으로 받았다

젖꼭지 천 개가 내 몸에서 돋아났다
젖꼭지마다 흰 젖이 마려웠다
젖이 가득 출렁이는 몸은 항아리처럼 불룩했다
항아리에서 흰 토끼 냄새가 났다

　　　　　　　　　—「구름의 노스탤지어」 부분, 『슬픔치약 거울크림』

욕취, 남성적 질서의 저항 기호

　「몽유 비행선 탑승 규칙」에서 비현실 세계는 남성의 질서가 통하지 않는 곳이다. 그곳에서는 남성의 영역으로 표지되는 "대소변"을 볼 수가 없다. 비행선 탑승 규칙 또한 남성 이데올로기를 버린 사람만을 태운다. 여성의 세계에서 절대 남성의 질서를 허용하지 않겠다는 의사를 후각적 이데올로기로 주지하고 있다.
　이러한 김혜순의 의지는 「탑승객」에서 개체를 통해 그 존재성을 인정받으려는 산란성의 욕망으로 변주된다. 김혜순의 산란성 욕망은 인간과 유령, 동물 등의 사이에 종(種)의 경계가 없을 뿐 아니라 스스로도 여러 개의 자아로 분열된다. 시에서 "잠"은 현실로부터 도피시켜주는 수단인 동시에 새로운 생명을 부화하는 공간이다. "잠옷을 입은 채 끌려나온 탑승자의 몸에서" 나는 "비린내"는 생명체를 출산

하거나 살(肉)이 부패할 때 풍기는 냄새이다. 생의 순환적인 관점에서 비린내는 탄생과 죽음의 순간에 풍기는 냄새로 순환론적인 시간을 연결하는 위치에 있다. 생(生)과 사(死)가 한 덩이로 엉켜 있는 우주적 질서의 형상을 하고 있다. 우주의 질서 안에서는 남성이 만든 이데올로기가 통용되지 않는다. 이는 곧 모든 사회의 질서가 무화(無化)된다는 것을 의미한다. 이런 세계에서는 누구나 평등하게 자신의 존재성을 드러낼 수 있다. 그래서 나의 존재가 "유령"으로도 탈바꿈하는 존재 변형의 가능성을 가진다. 이 가능성은 "알 낳고 그 알 품은 여자들"을 속이면서 "계속 알 낳으라는 말"을 하는 남성의 논리를 거부하는 것인 동시에서 우주적 모태로 거듭나려는 모성적 욕망이다.

이러한 욕망은 억압을 받을수록 더 강한 정체성을 가진다. 「구름의 노스탤지어」에서 "비명"은 "똥"에 비유되고 있는데, 이때 똥은 여성의 존재성을 새롭게 태어나게 하는 자양분이다. 이 자양분은 곧 그동안 여성이 겪었던 고통이다. 그동안 남성에게 받아온 고통이 한 아이의 어미가 아니라 모든 아이의 생명을 키우는 "젖꼭지 천 개"가 달린 모성 원형으로 탈바꿈하는 계기이다. 비록 비현실 세계이지만 "젖이 가득 출렁이는 몸"은 인공화되어가는 여성의 존재성을 생명성으로 되돌리려는 김혜순의 의지이다. 하지만 이것은 현실에서는 가능하지 않는 화석화된 자아일 뿐이다. 산란의 욕망이 가지는 강도는 곧 남성적 질서의 벽이라 생각하면 될 것이다.

이와 같이 김혜순은 악취를 남성적 질서에 저항하거나 전복하기 위한 전략으로 사용한다. 하지만 남성적 질서는 오랜 역사를 토대로 구축되었기 때문에 그 뿌리가 견고하다. 견고한 이 뿌리를 걷어내고 여성의 진정한 존재성을 획득하기 위해서는 여성 스스로 남성 이데올로기에 의해 훈육되는 자아에서 탈피해야 된다고 본다. 또한 남성의 감수성에 의해 만들어지는 인공적인 육체 형식을 과감히 벗어던져야 된다고 본다. 그러기 위해서는 여성 스스로가 투쟁을 해야 하는데, 그들에 대한 김혜순의 신뢰는 그리 깊지 않다. 이러한 불신이 김혜순으로 하여금 꿈이나 비현실적인 세계를 갈망하게 한다. 현실이 아닌 비현실 속에서만이 김혜순의 저항은 그 꿈을 이룬다. 우주적 질서와 진정한 여성성 회복을 모토로 하는 김혜순의 모권적 유토피아는 여성의 존재성 회복인 동시에 비(非)생명성을 지향하는 남성적 질서에 대한 저항이다. 하지만 이러한 저항이 비현실 세계에 머물러 있다는 점은 현실에서 여성의 지위는 투쟁 중이라는 것을 의미한다. 어쩌면 그녀가 시적 언술로 후각적 환각을 택한 것도 스스로 영매가 되기 위한 것인지 모른다. 샤머니즘 세계에서 영매자는 환각 상태에서 경험한 우주적 자아를 사회에 환원해야 할 의무가 있다.

  하지만 어느 누구도 존재론적인 차원에서 완결된 의미를 찾을 수는 없다. 인류의 역사가 끝나는 그날까지 우리의 존재성은 미완으로 남을 것이다. 세상은 늘 불평등하고, 불안하기 때문에 유토피아 의식은 사라지지 않을 것이고 그래서 시는 존재할 것이다. 김혜순의 시적 의미가 여성의 삶을 한 차원 승화시키는 성소(聖所)가 될 수 있는 것은 이 때문이다. 이 성소의 의미에서만이 냄새는 여성적 존재의 전환 표지이면서 세계를 전환하려는 의지의 표상이 될 수 있다. 시가 '신성한 냄새'를 풍기는 모권적 유토피아로 가는 매개체가 될 수 있다. 김혜순이 온몸에 오물의 냄새를 풍기고 있는데도 사랑스러운 마녀로 보이는 것은, 그녀가 '남성의 방울'이 아니라 정당한 게임 플레이를 하는 페미니스트이기 때문이다.

냄새의 사회학과 역설적 화법

— 최승호

추(醜)를 지향하는 미학은 결핍이나 과잉에서 비롯된다. 대상을 변형하여 부조화의 비틀림으로 형상화하는 추의 이미지는 미(美)보다 극적이고 강렬한 전달 효과를 가진다. 그로테스크한 현대의 자화상을 그리는 최승호의 시적 미학 역시 추의 관점에서 세계를 본 것이라 할 수 있다. 최승호 시는 자본주의와 문명이 만들어내는 여러 현상들, 즉 가공의 현실 속에서 변형되어가는 존재들이나 소외 현상을 주제로 삼고 있다. 이런 주제들은 도시 공간을 중심으로 펼쳐지는데, 시적 대상들이 혼합 교배되어 있거나 변종된 이미지로 나타난다. 그리고 세계 내 문제가 인간과 문명의 불화로 나타난다. 이처럼 흉측한 세계의 표정에도 불구하고 최승호의 시가 일면 순환론적인 세계나 생태주의로 이해되는 것은 시적 의식의 바탕에 생명적 존재를 환기하는 정서가 깔려 있기 때문이다. 최승호 시에서 그런 정서의 공명통을 형성해내는 촉매제가 '냄새' 이미지라 할 수 있다.

후각은 본능적 자극에서 비롯되지만 대뇌와 연결되면서 우리의 의식층을 폭넓게 아우른다. 생물학을 사회학의 담론으로 이끌 수 있는 감각은 후각뿐일 것이다. 후각이 아우르고 있는 넓은 의식의 영역은 예술의 진솔한 미와 추를 부각시키는 장점이 될 수 있다. 본능적 감각이 사회의 도덕적 가치를 형성하고 종교적 신성으로까지 연결된다는 사실은 참으로 흥미로운 일이다. 인간의 두뇌는 원래 후각의 줄기에서 발생한 것이다. 냄새와 인간 문화의 상관성을 연구한 콘스탄스 클라센은 "냄새를 맡기 때문에 생각한다"는 말을 했다. 이것은 냄새만큼 본질적 존재감을 해명해줄 수 있는 감각이 없다는 것을 의미한다. 냄새로 인한 의식 작용은 우리가 생각했던 것 이상으로 의식 깊숙이 내재되어 있으며 폭넓은 활동을 하고 있다.

그렇기 때문에 시인의 직관을 거쳐 나온 후각적 기표는 후각기관에 감지된 냄새 그 자체로 설명해서는 안 된다. 그것은 시인 개인의 의식이자 인류가 가진 유전적인 요소, 나아가 사회제도와 정치, 문화의 상징체로 보아야 한다. 공시적이고 통시적인 관점에서 사회의 모든 사람들이 공유하고 있는 상식적인 "공통감각(상식)"(나카무라 유지로,『공통감각론』)을 넘어서는 지점에서 이해되어야 할 것이다. 그런 점에서 최승호 시에 나타나는 후각적 기표는 물질문명으로 인해 소멸되어가는 본질적 존재에 대한 향수로 볼 수 있다. 또한 가공의 현실이 삶의 진실이라 오해하는 인간에 대한 원초적 전언이다. 최승호가 말하는 후각적 정체성은 익명화되고 사물화되어가는 시대에 대한 거부이며, 이런 문화로 인해 마네킹 집단이 되어가는 인간성에 대한 비판이다. 따라서 그의 시에 나타나는 후각 담론은 바로 이러한 시대에 대응하는 시적 전략일 것이다.

1. 그로테스크한 얼굴, 사체(死體)로 변형된 존재성

최승호 시에서 시대의 얼굴은 그로테스크하다. 이런 형상은 인간의 과욕이 빗어낸 솜씨이다. 생명이 생존하기 위해서는 자연을 가공할 수밖에 없지만 그것은 최소한이어야 한다는 자연의 논리를 어긴 결과이다. 인간이 행한 '자연의 화학적 거세'는 화학적 폐수라는 돌연변이를 낳는다. 공장에서 가공된 것들은 자연사(自然死)를 하지 못하고, '사체'의 모습으로 변형되어 그 존재성을 획득한다. 어떤 것은 불멸성을 부여받아 영원히 죽을 수도 없다. 부패되지 않는 존재의 몸에서는 개체의 정체성을 발산하는 냄새가 나지 않는다. 스스로의 정체성을 발산하는 냄새는 이미 공장의 굴뚝이나 하수구로 빠져나가버린 것이다. 존재와 분리된 냄새는 발효하지 못하고 악취의 존재로 세상에 떠돌 수밖에 없다.

시인 윌리엄 블레이크는 자본주의가 주는 이익을 '악마의 맷돌'이라고 했다. 최승호 시에서 악취는 잉여의 행복에 도취된 우리의 자화상을 형상화한 것이다.

> 화장한 문둥이 얼굴을 들고
> 미소 짓는 자본주의의 밤에
>
> ―「적신(赤神)」부분, 『세속도시의 즐거움』

> 상복 허리춤에 전대를 차고
> 곡하던 여인은 늦은 밤 손익을
> 계산해본다
> …(중략)…
> 냄새나는 이쑤시개를 들고 기웃거리는

죽음의 왕

—「세속도시의 즐거움 2」 부분, 『세속도시의 즐거움』

등에 달린 가짜 날개에서
쓰레기 썩는 냄새가 났다.

—「구토물을 먹는 아침」 부분, 『그로테스크』

최승호가 생각하는 문명의 얼굴은 "화장한 문둥이 얼굴을 들고/미소 짓는" 형상이다. 몸의 면역 체계가 무너져 형태가 이지러진 문둥이 얼굴은 흉악한 천형(天刑)의 얼굴이다. 후각적 차원에서 화장의 냄새는 자본주의가 가진 가공적인 속성을 말한다. 자본주의는 문명의 폐해라는 "문둥이" 얼굴을 감추고 있다. 그런데도 우리들은 자본주의가 파는 향기의 마케팅에 현혹되어 있다.

이러한 실상은 그의 또 다른 시에서도 볼 수 있는데, 자본주의 속성을 "상복 허리춤에 전대를 차고" "늦은 밤 손익을 계산"하는 교활한 장례식장의 여인으로 은유하고 있다. 잉여의 행복에 도취된 우리들은 이 무섭고 괴기한 자본주의의 이중적 얼굴에 농락당하고 있는 것이다. 자본주의가 가진 페르소나는 당장은 우리에게 이익을 주지만 자연적인 존재성 상실을 담보로 하고 있다. 우리가 물질문명에 함몰되어갈수록 자본주의가 가진 식욕은 왕성해지고 "냄새나는 이쑤시개를 들고 기웃거리는 죽음의 왕"은 많아진다. 문명이 가진 욕망의 흉포성은 어떠한 형태로든 우리와 연관되어 있다. 잉여의 행복을 누리려는 우리의 안이한 욕망이 문명의 얼굴을 만든다.

이와 같이 최승호가 생각하는 시대의 자화상은 그로테스크한 풍경이다. 이러한 그의 성찰은 문명의 발전이 언젠가는 추락할 "가짜 날개"라는 결론에 이른다. 이카루스의 날개처럼 문명과 적정한 거리를 유지하지 못한 인간의 탐욕은 문명의 뜨거움에 데어 언젠가는 추락할 것이다. 이런 추락의 징조를 최승호는 인공 호수가 된 바다, 시화호의 죽음을 통해서 보여준다.

> 달마가 보니 바닷속에 대충이라는 큰 이무기가 썩고 있었다. …(중략)… 달마는 해안에 육신을 벗어놓고 바다로 들어간다. 그리고 썩고 있는 대충을 먼 바다로 끌고나가 내다버린다. 하지만 돌아왔을 때 자신의 몸, 해안에 벗어놓았던 몸이 사라진 걸 알고는 당황한다. 달마는 결국 자신의 육신을 찾지 못한다. 대신 누군가가 바닷가에 벗어놓은 얼굴 흉측한 육체, 그걸 뒤집어쓰고 중국으로 건너간다 …(중략)… 무력감에서도 악취는 난다. 산 송장들, 시화호 바닥에 누워 공장 폐수와 부패한 관료들의 숙변을 먹는 산 송장들. 이것은 그로테스크한 나라의 풍경인가. 시화호라는 거대한 변기를 만드느라 엄청난 돈을 배설했다.
> 달마는 시화호에 오지 않는다.
>
> ─「누가 시화호를 죽였는가」부분, 『그로테스크』

죽은 시화호의 모습은 문명의 가시적인 형상을 함축한 것이다. 시화호가 되기 이전 바다는 자연적인 생명체의 존재들이 살아 있던 실존의 공간이다. 그러나 방조제로 인해 인공 호수가 된 바다는 '시화호'라는 인위적인 정체성을 갖게 된다. 원래 이것은 자본주의의 속성상 생산성을 높이려는 의도였지만 과잉의 이익을 바라는 우리의 욕망이 시화호를 죽음의 공간으로 만들었다. 생명이 사는 실존적 공간의 의미는 상실하고 문명의 배설물을 받아내는 "거대한 변기"로 변해 버렸다. 존재의 연속성과 관련해서 조르주 바타유는 과잉은 필연적으로 죽음을 초래한다고 한다. 시화호라는 거대한 변기의 배설물들은 본질적 존재의 경계를 지워 없애고 있는 가시적 현장이다.

최승호는 인간의 과욕 때문에 죽은 시화호를 달마와 이무기의 행적을 매개로 비판한다. 달마가 가지는 삶의 태도가 '느림의 미학'이라면 "대충이라는 이무기"는 '빠름의 미학'이다. 달마가 인간의 과욕을 제어하는 장치라면 이무기는 결핍을 충족하려는 가속 페달이다. 이렇듯 문명의 외형은 인간이 가진 삶의 태도에 의해서 형성된다. 용의 외형을 갖기 위해서는 오랜 시간의 준비가 필요한 것인데, "대충이라는 이무기"는 승천을 위해 견뎌야 할 시간을 견디지 못해 썩은 구렁이가 된다. 그것은 중의적 의미를 가진 "대충"이란 말을 통해서도 알 수 있다. 조급한 마음과 큰 벌레라는 의미를 한 몸에 지니고 있는 이무기는 문명의 속성을 그대로 보여준다. 문명은 제어장치가 없는 괴물인 것이다. 자본주의가 가진 이점을 맹신하는 현대인을 두고 최승호는 "숙변을 먹는 산송장들"이라고 풍자한다.

이러한 최승호의 생각은 아래 시에서는 인간과 문명의 혼종화 현상으로 제시한다.

무뇌아를 낳고 보니 산모는
몸 안에 공장지대가 들어선 느낌이다
젖을 짜면 흘러내리는 허연 폐수와
아이 배꼽에 매달린 비닐끈들.
저 굴뚝들과 나는 간통한 게 분명해!
자궁 속에 고무인형 키워온 듯
무뇌아를 낳고 산모는
머릿속에 뇌가 있는지 의심스러워
정수리 털들을 하루종일 뽑아낸다.

　　　　　　　　　　—「공장지대」 전문, 『세속도시의 즐거움』

본질의 냄새를 잃은 인간의 육체는 기형으로 변형되어 있다. "젖을 짜면 흘러내리는 허연 폐수"의 악취는 인간적인 정체성의 죽음이다. 자본주의화된 산모는 생명을 낳는 게 아니라 "고무인형" 같은 "무뇌아"를 낳는다. 이것을 최승호는 "간통"이라는 말로 표현한다. 문명과 인간은 해서는 안 될 관계를 맺은 것이다. 적정한 거리를 유지하지 못해 낳은 "무뇌아"는 문명과 인간의 사생아다. 인간에게 뇌가 없다는 말은 "사유하는 동물로서의 인간"의 자격을 상실한 것이다. 자연과 인간은 그 어느 누구도 존재성을 보존하지 못하고 혼성화되어간다.

산모는 온갖 폐기물로 합성화된 젖 냄새 때문에 자신의 존재성이 무엇인지도 구별하지 못한다. "아이 배꼽에 달린 비닐끈들"을 보며 "머릿속에 뇌가 있는지 의심스러워/정수리 털들을 하루종일 뽑아낸다". 인공의 냄새로 인한 후각 기능의 상실은 영혼적 사유의 능력을 잃게 한다. 원래 건강한 사람은 자신의 냄새와 '견고하게 결합'되어 있다. 때문에 감각의 둔화는 인간이 가진 본질적인 삶의 둔화로 이어질 수밖에 없다.

존재를 혼합하는 과학의 발달은 이제 인간을 예외로 하지 않는다. 현대사회가 보이는 죽음의 징후들은 우리 스스로가 초래한 것이다. 자연을 변형하여 인간의 존재성을 극대화한 그 대가를 톡톡히 치르는 셈이다. 이런 측면에서 합성의 냄새인 폐수는 이미 돌이킬 수 없을 정도로 소외되어버린 존재의 육체와 정체성을 표상한 것이다. 폐수에서 나는 악취는 후각적 유토피아를 생산하고 남은 존재의 찌꺼기이다. 혼종의 얼굴을 가진 괴물이다. 그런데도 현대인들은 본질의 냄새를 회복하려고 하기보다는 탈취제나 냄새를 억제하는 길항제 등을 이용해서 폐수가 가진 본질을 은닉하려고만 한다.

2. 탈취 문화의 코드, 마네킹 집단의 위기감

삶의 공간이 악취로 변할수록 사람들은 후각적 유토피아를 지향하게 된다. 현대사회가 가지는 무취의 속성은 인공 향을 부추기는 현상으로 나아간다. 우리 사회에 난무하고 있는 온갖 향들. 인공적으로 만든 합성 향기는 부재중인 사물의 존재를 환기시킨다. 사람이 자연이 가진 냄새 대신 인공 향기가 만들어내는 '욕망의 아우라'를 지향하는 행위는 냄새의 계급적 측면과 관련이 있다.

냄새의 정치학에서 후각은 대중과 제도의 양면에서 권력관계를 구성하는 요소가 되고 있다. 특히 계급적 차원에서 나쁜 냄새는 진화가 덜 된 야만인이나 타락한 프롤레타리아로 규정되어 혐오의 대상이 된다. 냄새가 가진 근본적 내면성은 존재의 경계를 뛰어넘기도 하지만 정서적 잠재성은 악취가 비인격적 체제를 가지고 온다고 믿는다. 이에 따른 인간의 신분 상승적 욕망은 존재의 전환을 보장하는 후각적 유토피아를 지향하게 하는 요인이 된다.

최승호는 현대사회의 탈취 문화가 정서를 동질화시키는 마네킹 집단을 생성한다고 생각한다. 그중에서도 마네킹 집단이 거주하는 주거 환경의 동질화가 가장 큰 문제라고 보고 있다.

> 텅 빈 차들, 번호판의 3쿠 5624, 6라 1978, 도는 5너 2044, 기둥에 써
> 놓은 E 또는 G, 벽 저쪽에서 사람이 하나 물건 걸린 선인장(仙人掌)처럼
> 걸어온다. 트렁크 열리는 소리, 시동 거는 소리, 그는 지하 주차장에서 사
> 라진다. 콘크리트 기둥들, 천장의 배관, 여기 대도시의 한 냄새가 있다.
> …(중략)…
> 먼지와
> 시멘트가루

매연이 뒤섞여
콧구멍을 말리는 냄새

지하주차장에서 상상할 수 있는 것은 패총(貝塚)과 조개박물관, 또는
무덤에 조개껍질을 깔았다는
…(중략)…
조개껍질사다리
무덤에서 자궁으로 올라가는 긴 조개껍질사다리를

—「지하주차장」 부분, 『모래인간』

먼지에 반죽될 사물들의 주소는 불확실하다
그리고 모든 별들은 먼지 냄새를 풍긴다

—「사물들의 주소」 부분, 『모래인간』

냄새의 사회학과 역설적 화법

  도시는 탈취 문화를 지향하는 전형적인 공간이다. 사람의 체취는
향수나 화장품의 냄새로 대치되고, 나무나 흙의 냄새는 철근이나 콘
크리트 냄새로 바뀌어져 있다. 주거의 후각적 환경은 단순히 감각의
즐거움만을 주는 것이 아니다. 순수한 물기, 생명의 내적 진실이 증
발한 존재들은 생명이 갖는 순환성을 갖지 못한다. 순환이 되지 않는
생명의 시간은 흐르지 못하고 발효도 하지 않는다. 그렇기 때문에 도
시의 공공장소는 무취의 세계를 형성하고 있다. 후각적 차원에서 보
자면 도시는 혼종의 정체성으로 살아가는 포스트모던 감각의 세계
이다. 혼종의 냄새가 갖는 복제 행렬은 진정한 생명성을 갖지 못하기
때문에 도시인의 자아를 소외로 나아가게 한다.
  이렇듯 도시 건물의 지하 주차장은 "매연이 뒤섞여/콧구멍을 말
리는 냄새"로 진동하고 청정해야 할 하늘마저 "모든 별들의 먼지 냄

새"로 뒤덮여 있다. 광물질로서의 존재성을 상실해버린 자동차는 "3 쿠 5624, 6라 1978, 또는 5너 2044" 등 문명이 창조해놓은 숫자 기호로 변화되어 있다. 자동차가 놓여 있는 공간 또한 "기둥에 써놓은 E 또는 G로" 기호화되어 무개성적 풍경을 연출하고 있다. 이런 무취의 세계에는 본질적 존재성이 은폐되어 있기 때문에 인간에게 정서적 영향력을 줄 수가 없다. 때문에 이런 공간을 향해 걸어오는 인간의 모습은 마치 황폐한 세계에서 살아내야 하는 "선인장"에 비유되는 것이다. 무취의 문화를 지향하는 도시의 지하주차장은 존재성 상실의 현장인 것이다.

최승호는 이러한 탈취 문화의 공간에서 패총, "무덤에서 자궁으로 올라가는 긴 조개껍질사다리"를 발견한다. 본질적 존재성은 상실하고 새로운 존재로 재생되고자 하는 것들. 가공된 존재들은 영원불멸성을 담보로 한다. 순환론적인 관점에서 보자면 이것은 영원히 사는 것이 아니라 영원히 죽는 것이다. 썩지 못하는 것은 새로운 것을 잉태할 수 없다. 그러므로 "먼지에 반죽될 사물들의 주소는 불확실"할 수밖에 없다. 부패되지 못하는 존재는 생명체로 명명되는 이름을 가질 수 없다. "구관조 학교의 구관조들은/선생의 말을 흉내내"듯(「무인칭 시대」 부분)너와 나의 존재성이 변별되지 않는 무인칭 시대의 구성원이 될 뿐이다.

이렇듯 최승호 시에서 도시 공간은 존재성을 상실한 비인격적 공간으로 지각되고 있다. 이러한 탈취 문화가 주는 위기감을 그는 자연사의 환기를 통하여 해결하려 한다.

죽음이 우리를 박제로 만들지는 않을 것이다. …(중략)… 만약 천사(天使)나 저승사자들이 인간 표본에 관심이 있어서 당신이 박제가 되었다면 당신은 멋진 동물을 닮았다고 말할 수 있다. 박제수집가들은 훌륭한 털가죽, 기품 있는 자태를 원한다.

—「박제」 부분, 『모래인간』

풍성한 시체의 한 해야, 추수철이 안 된 시체가
왜 이렇게 공짜로 자꾸 넘어오는지.
강 건너 지옥의 불빛. 우리는 노래하는. 저승의 땃쥐들.
자연사 아닌 이상한 시체엔 주둥이를 안 대지.
거들떠보지도 않지. 풋내기 시체들이란
죽어서도 슬픔의 냄새가 지독하니까. 우리의 태평가가
저 강 건너 도살업자들의 시장에 들리는지 안 들리는지
이렇게까지 푸짐하지 않아도, 자연사만으로도 우리는 태평성댄데.

—「노래하는 땃쥐」 부분, 『진흙소를 타고』

자연사하는 존재들은 냄새를 풍긴다. 따라서 감정을 유발하는 "슬픔의 냄새"를 갖고 있다. 후각적 차원에서 죽음의 의미는 신생과 소멸이라는 이중적 의미를 가지고 있는데, 그것이 어떠한 양상이든 존재의 전환을 의미한다. 영혼 지향성 관점에서 이는 새로운 생명의 전이나 신성으로의 전이를 의미한다. 따라서 자연사하는 생명들은 새로운 존재로 거듭날 가능성을 갖고 있다. 그래서 자연사한 시체가 풍기는 냄새가 오히려 태평가가 될 수 있는 것이다.

그러나 "추수철이 안 된 시체가" "공짜로 자꾸 넘어오는" 이 시대의 돌연사(突然死)는 가공의 존재들을 창조하기 위해 희생된 것들이다. 자신의 냄새를 탈취당한 존재는 죽음조차 이미 상품화해버려서 문명의 손아귀로부터 벗어날 수가 없다. 이런 인간을 보는 천사나 저승사자들은 임종의 순간을 존재가 전이되는 시간으로 보는 게 아니라 잘 박제해야 할 동물 가죽으로 본다. 탈취를 지향하는 문화는 결국 생명의 순환론적인 속성을 차단하여 존재를 재생 불능의 상태로 만들어 버린다. 순환하지 않는 존재는 죽음의 찌꺼기를 먹는 "저승의 땃쥐"들조차 입을 대지 않을 만큼 무서운 악령으로 지목되고 있다. 결국 박제화된 인간이란 "제 내장 썩는 줄도 모르고 하얗게 날밤들을 새고 있"(「광이 차면 노름꾼들은 발광한다」, 『진흙소를 타고』)는 우리들의 군상인 것이다. 이런 위기감으로 인하여 현대인은 "번데기 통조림 속의 나비떼"(「나비떼」, 『진흙소를 타고』)처럼 결코 우화하지 못하는 존재가 될 거라고 경고한다. 탈취 지향의 문화가 없어지지 않는한, 세상은 문명이 가공한 거대한 통조림이며, 인간의 체취가 느껴지지 않는 마네킹 군단이라 풍자한다. 냄새가 방부 처리되어버린 박제의 사회에서 인간은 재생 능력이 없는 존재로 전락할 것이다. 최승호는 이러한 위기감에 대한 대안이 자연의 순환이라고 강조한다.

3. 발효의 시학, 냄새의 생명성

유기물에서 나는 부패의 냄새는 자연적인 삶의 조건이다. 순리대로 부패되는 존재의 냄새는 순환성을 갖기 때문에 생명의 질료가 된다. 최승호는 이러한 점에 천착하고 있다. 최승호가 발효의 냄새를 진정한 후각적 정체성으로 생각하는 것은 가공되지 않는 사회를 갈망하기 때문이다. 인공 향이 가진 포스트모던 감각이 말해주듯 가공된 현실을 생명의 해체로 본다. 원본보다 더 현실적인 시뮬라크르의 균질화된 정서는 유사한 자아를 끊임없이 생성해낸다. 이러한 현상은 결국 존재의 몰개성화로 이어지고 인간성의 해체로까지 이어진다.

그런 맥락에서 발효의 시학은 인공적 삶에 반발한 것이라 할 수 있다. 냄새는 자아와 동일시될 뿐 아니라 존재의 체취는 그 내부에서 발산되기 때문에 본질적인 정체성을 표상하는 수단이 된다. 그러므로 존재의 신체에서 풍기는 냄새는 강력한 정서적 영향력을 갖는다.

> 강아지의 시체라 할지라도
> 나의 나에 대한 집착처럼
> 끈질기게 발효를 거부하지는 않을 것이다
> 회반죽통에 넣어 저어도 녹지 않을 아상(我相),
> 나의 감옥, 나의 마야,
> 나에게 씌어진 마야의 쇠사슬,
> 내 안에 가둔 내 억압의 찌꺼기들을
> 대낮의 빛 속으로 끌어낼 것인지
> 발효시킬 것인지 흘러가게 할 것인지,
>
> ―「조용한 연못」 부분, 『세속도시의 즐거움』

> 네 무덤 속의 무인칭들은 갈수록 썩으면서
> 끙끙거리기만 하지만
> 밖으로 기어나갈 엄두를 내지 못한다.
> 누가 나갔다가 '아 난 풀려났어, 혼 나갈 뻔했지'
> 그리고 무덤으로 들어온다.
> 울타리들이 무덤을 삥 둘러싸고 행진하고 있다
> …(중략)…
> 발효하는 시체의 냄새 아내는 설거지 통 속의 그릇들을 씻고 있고
> …(중략)…
> 발효하는 시체의 냄새 속에 이렇게
> 모범 가정이 무덤 속에 여러 개의 관처럼 많을 줄이야.
>
> ―「무인칭 대 무인칭」 부분, 『진흙소를 타고』

문명이 창궐하는 세속 도시에서 존재의 정서는 가공된 현실에 의해서 억압되어 있다. 하지만 최승호는 "강아지 시체라도" "끈질기게 발효"할 것이라는 의지를 보이며, 희망을 버리지 않는다. 그는 존재의 생명성은 발효하는 데에 있다고 본다. 세속 도시를 "무덤 속의 무인칭"이란 말로 표현한 것을 통해서도 알 수 있다. 도시는 거대한 무덤이고 사람들은 존재성을 상실한 채 그 속에 갇혀 있다. '무덤'으로 상징되는 세계의 군상은 현재 우리의 모습이다. 인격체를 부여받지 못하는 존재들은 스스로에게 악취의 존재성을 부여하면서도 세계를 벗어날 생각을 하지 않는다. 존재의 전이니 갈망 같은 것은 아예 없다고 할 수 있다. 그런 점에서 최승호는 문명에 안주하는 습성을 "씻어"내야 한다고 생각한다. 설거지통 속의 그릇들처럼 찌꺼기를 씻어내야 생명이 순환된다고 생각한다. 하지만 문명의 습성에 젖은 사람은 플라톤의 동굴 속 사람들처럼 비가시적인 세계에 대한 두려움을 갖고 있다. 이런 상황 속에서도 최승호는 새로운 물을 만나면 냄새가 정화될 거라는 믿음을 버리지 않는다. 냄새는 물에 용해되어 점막에 흡수되어야 후각기관에 감지될 수 있고, 새로운 이데아(ideal)를 생성할 수 있다. "변기의 물도 샘에서 온다"("비」, 『모래인간』)는 믿음은 문명의 폐해를 정화할 수 있으리라는 믿음이기도 하다. 이러한 믿음은 아래 시에서 그 절정을 이루고 있다.

> 두엄냄새 속의 햇살은
> 심심하고 또 심심하기만 하다.
> 땅에 끌릴 듯 늘어진 젖통들,
> 퉁퉁 불어나 묵직해져서
> 젖소 뱃가죽을 당기고 늘어뜨리는 엄청난 젖통들,

무료한 사람은 저걸 베고 낮잠을 늘어지게 잘 수도 있지 않을까.

―「젖통」전문, 『모래인간』

두엄은 혼합이지만 자연적인 냄새라는 점에서 발효의 과정을 갖는다. 짚, 잡초, 낙엽 등을 물을 끼얹어 발효시켜 퇴비로 만드는 과정은 문명에서 해방되어 자연 속에 방목되어 있는 시간이다. 두엄이 햇살을 받아 발효되고 있는 것은 공기와 바람, 물과 땅, 햇살과 동시에 소통하는 구조 속에 있기 때문이다. 이러한 시적 세계는 단순히 두엄에만 국한되는 게 아니다. 두엄이 풍기는 발효의 냄새를 최승호는 정신적 매개 고리와 시적 의식으로 동시에 사용하고 있다. 한 생을 다하고 유용한 물질로 분해되고 있는 두엄에서 풍기는 냄새는 불쾌한 게 아니라 생명과 관련된 기억으로 우리를 이끈다. 평화로운 자연 속으로 퍼지는 두엄 냄새는 공기와 관련되어 있어서 기억이나 잔상을 상징한다. 기억의 잔상을 가진 냄새는 존재의 뿌리에 닿아 있는 질료로 존재론적인 교감을 불러일으킨다. 만일 신성(神性)으로 이해할 수 있는 '신적 유전자'가 존재한다면, 이 유전자가 불러일으키는 향기는 발효의 냄새일 것이다. 생명이 잉태할 때마다 느끼는 생물학적 행복감은 그 어떤 것과 비교할 수 없다. 그러므로 "두엄냄새 속의 햇살"은 역동적인 생명을 품고 있는 현장이다. 이러한 역동성은 "땅에 끌릴 듯 늘어진 젖통들"이 "퉁퉁 불어나 묵직"해지는 모습에서 더욱 박진감이 가해진다. 참으로 생명력이 넘치는 장면이다.

이렇듯 발효의 냄새는 현실의 경계를 넘어 근본적인 내면성으로 접근한다. 존재성을 획득한 냄새는 생명성을 갖고 있다는 걸 말해준다. 본질적 자아가 가지는 생명력과 정신적인 에너지를 상징하고 있다. 그런 맥락에서 최승호가 지향하는 발효의 시학은 가공되어가는 현실에 대한 역설적 화법이자 문명과는 차별화된 자연의 화법이다.

이렇듯 최승호 시의 냄새는 이중적 속임수를 쓰는 문명의 얼굴과 기형으로 뒤틀려버린 현대인의 자화상을 그려내고 있다. 우리는 자신도 모르게 문명이 통제하는 시스템에 갇혀 비인격적 존재가 되어가고 있다. 이것의 원인을 최승호는 냄새의 정치성으로 생긴 계급적 차원의 인간의 욕망, 무취 문화의 지향성 때문이라 진단한다. 이러한 현실적 상황을 그는 '마네킹 집단의 위기감'이라고 부른다.

결국 최승호 시의 후각적 담론은 무인칭 시대를 극복하고자 하는 발효의 시학이라 할 수 있다. 발효하는 세상을 희망으로 삼는 것, 그 것은 시인으로서의 최승호가 지향하는 세속 도시의 즐거움이 아닐까 싶다. 그는 냄새가 가진 정서의 영향력이 외형적 삶만 변형하는 게 아니라 존재의 상실로 이어진다는 사실을 똑똑히 보여준다. 그래서 그는 문명의 습성을 탈피하고 현실을 직시하는 것이 그 어떤 것보다 선행되어야 할 과제라고 보고 있다. 더불어 발효의 시간을 통해 현재의 가치를 재정립하고 세계를 새롭게 정의해야 된다고 생각한다. 발효의 미학이 인간 모두가 공유하는 집단의 정체성이 되었으면 하는 바람이다. 또한 사회적 현상을 진단하는 후각적 기표라 할 수 있다. 이 세상 모든 것의 존재성은 인공으로 가공되었을 때보다는 자연 그 대로 남을 때 가치가 있다. 이러한 가치들이 그동안 그물망 같은 정보에 의해 왜곡되어오는 동안 자연의 언어는 비명을 지르고 있었던 것이다. 존재성을 회복하기 위한 해법은 자연의 논리대로 움직이는 우주적 질서 속에 있다는 것을 최승호는 말하고 있는 것이다.

제2부

현실에 응전하는 여성의 존재론

여성시에 나타난 욕과 저항

문명의 불모성에 저항하는 실존적 형상

사생아적 사유, 생태 윤리로의 귀환

가면적 세계와의 불화와 발칙한 언술

제3의 존재를 생성하는 발효 화법

영혼 감각과 환지통의 진동

2000년대에 오면서 욕이 현저히 줄어든 것은 자의든 타의든 간에 사회적으로나, 상처의 측면에서나 이 많이 해소되어있기 때문이다. 욕이 줄어든 것은 사회가 그만큼 변화했다는 것을 의미한다. 여성의 시각은 이제 질서와 대치한다는 시각에 벗어나, 현실의 가치나 인간의 총체적인 문제 등을 바라봐야 할 시점에 와 있다. 미래

여성시에 나타난 욕과 저항

한 사회에서 새로운 언어의 생성이나 사용은 기존의 것과는 다른 새로 생긴 문화와 사회의식을 반영하는 경우가 많다. 1980년대 이후 여성 시인들 시에 나타나는 불경한 언어들 또한 사회적 변화와 깊은 관련이 있다. 여성 시인들의 불경한 언어의 사용은 1980년대 이후 서구 페미니즘의 이론의 번성과 사회민주화 운동이라는 시대적 상황과 맞물려 있다. 1987년 민주화 운동으로 사회는 여성의 정체성과 자아에 대한 인식이 높아졌으며, 이것이 90년대로 넘어오면서 여성 전반의 정체성의 정치학으로 형성된다. 가부장적 질서에 대한 저항이나 성차별주의에 주목하던 시선이 여성의 성이나 몸, 문화, 권력에 대한 재해석 등의 다름의 정치학으로 변화된다.

이러한 사회 변화로부터의 담론은 여성 시인들의 시 언어에도 반영된다. 1980년대 이후 가부장적 질서와 사회 현실 그리고 자본주의의 현상에 저항하거나 전복하려는 의도를 보이는 여성 시인들의 다양한 언술은 푸코가 말했듯 언어가 지니는 권력성을 담론으로 삼아 여성 스스로의 자아와 사회적 지위를 바꾸고자하는 의도로 사용된다. 그런 점에서 그동안 여성이 담론화해서는 안 되는 언어로 취급되었던 욕을 여성 시인들이 담론화한 것은 기본적으로 여성의 언어는 조신하고, 우아하며 부드러워야 한다는 남성적 이데올로기에 저항하는 태도에서 출발한다.

일반적으로 욕은 욕설(辱說)이라고도 하는데, 남을 흠집 내고 욕보이는 말을 이른다. 욕은 크게 보아서 대가리(머리)·주둥이(입) 등의 비속어 및 남녀의 성기며 성행위를 지칭하는 따위, 또는 개와 같은 짐승을 가리키는 따위, 쌍스러운 표현이나 '뒈져라', '꺼꾸러져라' 따위 사납거나 저속한 표현으로 남을 흠집 내고 욕보이는 것을 말한다. 그러나 같은 욕이라도 애칭이나 농담을 의미할 때는 사교성의 수단이 되지만 남을 흠집 내거나 공격성이나 스스로를 괴롭히는 자학성을 의미할 때는 비사교성의 수단이다. 때문에 욕에는 화자의 자기 지시적인 발화와 타자 지시적인 발화가 중첩되어 있고, 사교성과 배타성이 중첩되어 있다. 또한, 웃음과 폭력 그리고 응징과 훈계가 중첩되어 있다. 화자의 처지나 소통의 상황, 문장의 맥락에 따라 다른 기능을 발휘한다.

이런 욕의 기능은 여성 시인들의 시에서 크게 두 가지 특징으로 부각이 되는데, 하나는 언어 자체로 남성적 질서에 저항하는 것이고, 다른 하나는 그동안 모성과 조국의 상징으로 고정화되었던 여성 신화를 깨트리는 방식으로 남성적 이데올로기를 전복하려는 것이다. 그렇다면 이런 욕들이 여성시에서 어떠한 기능을 하고, 저항성을 갖는지를 규명해보기로 하자.

1. 여성 정체성과 자아 인식의 욕

여성 시인들이 불경한 언어를 사용한 것은 80년대 이후이다. 80년대 이전 여성 시인들의 언어는 대체로 완곡하고 부드러우며 겸양적인 어법을 사용하는 것을 당연시하였다. 하지만 민주화가 되고 그동안 봉쇄되었던 문화적 억압이 풀리고, 자본주의의 문화가 팽배해지면서 시 언어의 자유로운 사용이 성행하였다. 이런 사회적 맥락 속에서 여성들은 그동안 남성적 질서로 강요되었던 여성의 시각에서 벗어나 스스로의 정체성과 자아를 인식하게 되었다. 시에서의 불경한 언어의 사용은 그 자체로서 남성적 질서에 반기를 드는 행위이다. 인류가 사용하고 있는 언어는 대표적인 문명의 산물이다. 문명이 남성적 질서에 의해 구축되었다고 볼 때 언어 또한 남성 이데올로기의 산물이다. 때문에 여성이 사회적 언어의 관습에 반기를 드는 것은 남성 주체의 사회를 해체하려 드는 행위이다. 때문에 여성시에서 언어 해체로 인한 반기는 근원적으로 남성적 질서에 전복하려는 의지로 시작되었다 볼 수 있다. 그렇다고 하더라도 대상에 대한 전복이 남성에게만 향해 있는 것은 아니다. 자기로부터의 개혁, 여성 스스로 변화되어야 한다는 의지를 드러낸 시인들도 있다. 일부 여성 시인들에게서 나타나는 내면의 성찰과 여성의 정체성을 탐색하는 욕들이 그런 것들이다.

> 엄숙한 자리이니 좀 점잖아져라,
> 제발 조용해 다오-
> 나는 내 몸속의 짐승에게 간곡히
> 타이릅니다

무슨 이유에선지
언제부턴가 나는 내 몸속에
한 마리 짐승을 기르고 있습니다
부어라—마셔라— 내 피를 빨아먹고
붉은 혀를 다시며 내 뼈를 발라먹고

— 김승희, 「야시장터에서 2」 부분, 『왼손을 위한 협주곡』

그 계단을 내려갈 때마다
아주 익숙한 냄새가 났었어
우우우 작게 신음하는
말을 빼앗긴 짐승

…(중략)…

갑갑해서, 언제나 여기,
〈있음〉의 사슬에 묶여

— 김정란, 「내 안의 계단―코폴라의 드라큘라」 부분,
『그 여자, 입구에서 가만히 뒤돌아보네』

김승희와 김정란은 "짐승"이라는 비속어를 사용하여 억압받는 여성의 자아와 정체성을 은유한다. 욕에서 스스로를 비하하고, 탈인격화하는 동물의 사용은 "자기 보존의 욕동(慾動)을 대상으로 압축(condensation)하는 형식을 띤다. 욕동은 주체의 삶을 역사에 의존하는 방식으로 발전한다는 점에서 본능과는 다르다."(이병혁, 「한국인의 욕에 대한 정신분석학적 해석」) 때문에 남성적 질서에 온순하게 길들어가는 여성의 성향을 짐승이란 인상으로 표현한 것인데 자신의 정체성에 대한 불안 심리가 내재되어 있다.

김승희는 현실에서 "점잖아져라"라는 의미를 본능을 통제하고, 남성적 질서가 원하는 부드럽고, 겸손한 여성 신화의 모습으로 살아가기를 강요받는 것으로 해석한다. 하지만 자의적으로 삶을 선택하지 못하고, 남성적 질서에 맞게 순응해나가야 하는 이런 모습은 인간이 아닌 탈인격화된 여성의 모습이다. 여성으로서의 주체성이 없이 남성에게 길들어가는 여성을 김승희는 짐승과 다름없다고 생각한다. 원초적인 짐승으로 은유되어 있는 여성의 정체성은 "피를 빨아먹고" "뼈를 발라먹는" 육체의 비인칭화와 행동의 비인칭화로 변주하면서 여성의 정체성이 얼마나 비인격적인가를 보여준다. 식(食)본능을 바탕으로 하고 있는 욕을 통해 명랑하고, 공격적이며 활기가 넘치는 욕을 하는 것이다.

여성의 억압적 현실은 김정란의 시에서 동굴의 내밀성에 안주하여 성장 기제를 막는 '요나 콤플렉스(Jonah Complex)'로 나타난다. 내면의 계단을 내려가면 보이는 "말을 빼앗긴 짐승"은 여성의 정체성이다. "계단을 내려"가는 하강 이미지는 여성의 내면을 성찰하는 것인데, 이 심연의 세계 형상은 마치 요나가 3일 동안 갇혀 있던 고래 이빨을 연상하게 한다. 이러한 '요나 콤플렉스'를 두고 심리학자 에이브라함 매슬로는 자신의 근본적인 가치와 능력을 발휘할 기회로부터 후퇴하는 현상이라고 한다. 스스로 현실을 자각하고 자아에 눈뜨지만 앞으로 헤쳐 나가야 하는 현실의 두려움과 능력의 한계가 내밀한 동굴 속에 안주하고자 하는 심리로 나타나는 현상이다. "갑갑해서, 언제나 여기 〈있음〉의 사슬에 묶여" 있는 현실에서 벗어나고 싶지만 벗어났을 때의 두려움과 불안을 내재하고 있는 것이다. 욕에서 자아는 현실 원칙에 근거해 있다. 때문에 내면의 성찰은 무지각적 자아로부터 지각적 자아로 옮겨가면서 자신의 존재성을 확보해려는 시도

여성시에 나타난 욕과 저항

라고 할 수 있다.

이러한 불안은 김정란의 또 다른 시에서 외연의 나와 내면의 나와
대치하고 있는 갈등 상황의 욕으로도 나타난다.

> 그들에게서 핵을 발견하고
> 싶었다 그들이 무형일수록
> 더욱 초조했다
>
> 내 뼛속에 악마들이
> 달그랑대고 있었다 그들은
> 그 작은 영토가 답답해서
> 종일 뒤척였다 나쁜 년
> 악마들이 말했다

> — 김정란, 「타인(他人)들과의 관계」 부분, 『다시 시작하는 나비』

"나쁜 년"이라는 욕은 대화의 현장에서 '호(號)놈' '호년'이라 칭하
는 갈등 언어의 일종이다. 년에 '나쁜'이라는 관형어가 붙은 이 욕은
갈등의 언어이면서 동시에 반란의 언어이다. 상대가 타자일 경우, 적
개심이나 증오가 개입되면서 공격성을 가지게 되지만 여기서는 대화
의 상대가 화자의 자의식이라는 점에서 화해를 목적으로 애칭 욕의
기능을 한다.

김정란은 내면의 자의식을 타자화하고 있는데, "그들", "악마들",
"나쁜 년"이라는 호칭들이다. 현실의 나와 갈등을 일으키는 내면의
자의식을 적대적 호칭으로 부르고 있지만 실제로는 자의식과 화해를
하고자 해서 생기는 갈등 상황이다. 이런 갈등 상황은 그동안 남성적
질서에 따라 형성되었던 온화하고 부드러운 여성 이미지를 버리고

요녀(팜 파탈)의 이미지로 전환하는 과정에서 생기는 것이다. 스스로를 일깨우는 이런 자의식은 일차적으로는 자기 반란을 의미하는 것이다. 하지만 이런 반란이 김정란에게는 남성적 질서와의 대치를 의미하지 않는다.

김정란은 1998년 월간 『말』 인터뷰에서 "페미니즘이 전투적으로, 남성이라는 현실적 존재와의 대결로만 자신의 정체성을 확립하려는 데에 반대"한다는 뜻을 밝혔다. 남성과의 대결 방식은 진정한 양성 평등이 아니라 또 다른 권력의 주도권 싸움이라는 것이다. 그녀는 여기서 "여성적 정체성을 돌려주는 것이 여성이 할 일"이라고 하였다. 이것은 여성이 가진 장점과 특징이 존중받는 사회를 실현하는 것이 진정한 여성의 정체성을 찾는 길이라 생각한 것이다. 대부분의 김정란 시들에서 타자가 억압하는 존재가 아니라 자신의 내면을 향해 있는 것은 이 때문이다. 김정란의 욕은 사회에서 진정한 여성으로 거듭나기 위해서, 스스로를 담금질하고 제련하는 기능을 하는 애칭 욕, 자기와의 화해를 위한 것이라 할 수 있다.

2. 남성적 질서에 대한 저항과 전복의 욕

여성의 정체성을 탐색하고 변화 의지를 가지려고 스스로에게 한 욕들이 수동적 저항이라면 자신을 억압하는 타자들에게 저항을 하고, 그들의 질서를 전복하려는 의지를 보이는 욕들은 좀 더 능동적인 의미의 욕이라 할 수 있다. 그런 만큼 남성적 질서에 저항하고 전복하려는 의미의 것들은 좀 더 천박하고 쌍스러운 이미지의 욕들로 나타난다. 또한 이러한 욕들은 자아 지각의 차원을 넘어 남성들에게 대한 질타와 공격을 구체적으로 하고 있다는 점에서 차이를 보인다. 이것은 욕이 가진 의미를 통해 상대를 질타하거나 공격하여, 스스로의 심리를 정화하고, 나아가 여성의 사회적 지위를 높이려는 의도까지 갖고 있다.

아래 김혜순의 시는 타자화된 욕을 통해 남성적 질서의 모순과 여성의 저항성을 형상화한다.

> 어서 고백해보시지
> 아가리를 찢어놓기 전에
> 아가리 속에서 냄새의 긴 끈을 꺼내
> 조사해보기 전에
> 대는 게 신상에 좋을 거야
> 모두 불었어 정말이야 너만
> 남았어
>
> 그래도 나는 연기를 피워본다
> 실내 가득히 냄새를 피워본다
> 음험한 구름기둥 불기둥을
> 사라지며 부서지는 지난날의
> 날개 그림자를 가슴에 품어보려
> 연기를 피워본다 헛되이
> 손짓하며 몰래몰래 온 집을
> 허우적거리며 뛰어올라본다
>
> ―「연기의 알리바이」 부분, 『아버지가 세운 허수아비』

아, 시바알 샐러리맨만 쉬고 싶은 게 아니라구
내 고통의 무쏘도 쉬어야겠다구 여자로서 당당히 홀로 서기엔
참 더러운 땅이라고 이혼녀나 노처녀는 더

스트레스 받는 땅 직장 승진도 대우도 버거운 땅

어떻게 연애나 하려는 놈들 손만 버들가지처럼 건들

거리지 그것도 한창때의 얘기지

같이 살 놈 아니면 연애는 소모전이라구 남자는 유곽에 가서

몸이라도 풀 수 있지 우리는 그림자처럼 달라붙는 정욕을

터뜨릴 방법이 없지 이를 악물고 참아야 하는

피로감이나 음악을 그물침대로 삼고 누워 젖

가슴이나 쓸어내리는 설움이나 과식이나 수다로 풀며

소나무처럼 까칠해지는 얼굴이나

좌우지간 여자직장 사표내자구 시발

— 신현림, 「너희는 시발을 아느냐」 부분, 『세기말 블루스』

김혜순의 "아가리를 찢어놓"는다는 욕은 시적 화자를 억압하는 타자들의 언어이다. '아가리'라는 욕은 육신을 세분화하여 자행되는 환유적인 신체의 비인칭화이다. 신체의 일부를 비인칭화하는 욕은 상대를 비하하는 의미를 내포하고 있을 뿐 아니라 질타와 공격을 동시에 함유하고 있다. 시적 화자를 억압하는 타자는 여성인 화자를 질타하고 있을 뿐 아니라 공격을 하고 있다. 뤼스 이리가레에 의하면 여성의 입은 또 하나의 성기로 표상된다. 또한 욕을 하는 심리에서 찢어짐은 여성의 성기를 대유한다. 때문에 이것은 남성을 말뚝을 찬 놈이라고 욕할 때와는 달리 심한 성차별을 자행하는 언어이다. 김혜순이 타자의 입을 빌려 여성의 몸을 해체하는 그로테스크한 욕을 하는 행위는 남성의 폭력성과 야만성을 비판하는 동시에 스스로 자학하는 마조히즘의 심리이다. 남성적 질서에 대한 저항과 동시에 스스로를 자학하는 행위는 자신마저도 부정하는 극단적 부정을 통해 현실의 질서를 무화(無化)시키려는 심리이다.

김혜순의 현실 질서의 무화와 달리 신현림은 사회에서 자행되고 있는 여성에 대한 성차별과 사회적 현실을 "시바알"이라는 욕을 통해서 좀 더 구체화한다.

신현림은 감탄사가 전용된 '씨발'이라는 욕을 통해 남성적 질서 내의 여성의 현실을 비판한다. "시바알"은 사회에서 이혼녀나 노처녀의 편견에 대한 스트레스, 직장 승진의 차별, 남성의 성희롱 등 젠더로서의 성을 존중받지 못하고, 생물학적인 성의 편견에 시달리는 여성의 현실을 한탄하는 추임새나 감정을 발산하는 수단으로 쓰인다. 이런 "시바알"은 상대에 대한 불만을 토로하고 있는 의미가 내포되어 있으면서 자기 처지의 신세타령 내지 팔자 한탄을 하는 자조의 의미도 갖고 있다. 화자는 성본능의 동일성을 통해서 여성과 남성이 다르지 않다는 것을 언급하며, 성에 대한 사회적 태도에 대해 비판한다. 이러한 심리가 반영된 욕은 여성들의 현실에 대한 항변이지만 욕이 무의식 속의 욕망을 일깨워준다는 점에서 사회에서 남성과 같이 등등한 조건으로 대우받고 싶은 욕망을 내재되어 있다. 결핍으로서의 욕망을 욕으로 토로하고 있는 것이다. 언술로서의 욕의 기능이 현실 불만의 토로라는 카타르시스와 남성의 공격이라는 양가성으로 표출되었다고 할 수 있다.

그리고 김언희는 여성의 성기를 지칭하는 욕으로 남성적 이데올로기를 전복하는 전략을 사용한다.

개같은
똥같은
갈보 같은 구멍
천역에 찌들린 구멍, 피로로

썩어가는 구멍

— 김언희, 「황혼이 질 때면」 부분,
『말라죽은 앵두나무 아래 잠자는 저 여자』

김언희의 남성 이데올로기 전복의 방식은 여성의 몸과 언행은 아름다워야 한다는 여성 신화를 거부하는 데서 비롯된다. 욕에서 남녀의 성기를 극단적으로 비하하는 행위는 발화자의 리비도(libido : 프로이트가 규정한, 모든 행위의 숨은 동기를 이루는 근원적인 잠재의식하의 욕망)를 촉진시키는데, 이것은 남성 이데올로기가 규정한 여성의 성에 대한 억압이 분출한 것이라 할 수 있다. 자신의 성을 스스로 비하하고 천대하면서 몰아붙이는 행위는 현실에서 억압된 성 충동이 터트려지면서 심리적 위안을 주는 작용을 한다. 김언희 시에서 성 충동의 발산은 처음에는 여성의 성기가 개로 탈인격화되는 것부터 시작된다. 앞서 말했듯 동물에 비유하여 욕하는 행위는 자기를 보존하고자 하는 욕동이 대상으로 압축된 것이다. 때문에 대상으로서의 여성의 성기가 개로 은유된 것은 남성들의 본능을 충족시키는 성의 기능이 동물적 속성으로 인상화된 것이다. 여성의 성기를 타자가 아닌 여성이 주체적으로 사용해야 한다는 화자의 자기 보존의 욕동은 여성의 성기가 똥이라는 오물로 은유되는 것과도 관련이 있다. 이때 항문의 성욕을 고려한다면 배설의 쾌감과 욕하는 행위의 쾌감 사이에 통로가 열려 있다고 할 수 있다. 그런 뜻에서 욕은 언어에 의한 배설 행위요 배변(排便) 행위라 할 수 있다. 이러한 배설 행위는 자연스럽게 여성의 성기가 갈보라는 패륜과 결합된다. 욕을 똥오줌 다루듯 하는 것과 마찬가지로 불륜이나 패륜은 욕의 세계에서 한통속이다. 간음, 근친상간, 근친 학대나 불경 등은 욕이 즐겨 달라붙는 대상

여성시에 나타난 욕과 저항

들이다. 때문에 개와 똥과 갈보로 은유되는 여성의 성기는 여성의 신화를 거부하는 것이다. 동시에 여성의 성기를 성적 만족의 수단으로 사용하는 남성 이데올로기에 저항하고, 이러한 현실을 전복하려는 것이다.

3. 현실 폭로와 물질화 사회 풍자의 욕

여성 시인들의 불경한 언어의 글쓰기가 여성의 정체성을 인식하고, 가부장적 질서의 모순에 저항하기 위해서 발화되었지만 이런 문제에만 한정된 것은 아니다. 성적 계급 차원에서는 여성에게 타자가 남성이지만 사회적 계급 차원에서는 여성도 민중이나 피지배계급이라는 점에서 정치인이나 자본가 같은 지배자들도 여성을 억압하는 타자라 할 수 있다. 이러한 시대적 현실에 맞춰 여성시학도 다양한 관심과 언술로 발전하는데, 그것이 사회현실의 폭로와 문명적 질서에 대한 풍자적 욕이다. 80년대 문학의 거대 담론인 민중을 억압하는 정치적 현실은 일부 여성 시인들의 시에서 욕으로 나타난다. 또한 90년대 성행한 문화주의나 자본주의의 일상과 관련해서도 욕으로 나타난다.

> 그리운 그 나라에서
> 그대 잔치가 벌어지던 날
> 일류 지면 혹은 4대 일간지가
> 대문짝만하게 그대 잔치를 보도하던 날
> 나는 문간에서 쫓김을 당했다
> 낯선 문지기들이

열두 대문 문간에 버티고 서서
으름장 놓으며 신분증을 강요했었지
처음엔 그대 사신(私信)을 보였다
그러나 거기엔 그대 사인이 없었다
생각다 못한 나는 다급한 김에
유일한 그대 치흔을 보였다 덤으로
내 처녀성을 보였다 그러나 어쩌랴
화냥년 왔다며
쫓김을 당했다

　　　　　　　— 고정희, 「착주(搢奏)」 부분, 『이 시대(時代)의 아벨』

보인다.
저 지조 깊은 증인들과
저 지조 높은 의원들 가운데서
눈꼬리가 쫙 찢어진 놈,
눈꼬리가 순하게 처진 놈,
눈꼬리가 착한 건지 악한 건지 의뭉스런 놈.

보인다, 그 사이에서,
억울하게 목매달아 죽은 놈,
매맞아 죽은 놈,
물 먹어 죽은 놈, 놈 놈 놈……

　　　　　　　— 최승자, 「티브이 앞에서」 부분, 『내 무덤 푸르고』

여성시에 나타난 욕과 저항

　　고정희의 "화냥년"이라는 욕은 남성적 질서와 여성의 사회적 갈등 상황을 극명하게 보여주는 갈등 언어의 기능을 한다. 대화 현장에서 흠집 내기 욕은 사회적 신분이나 계층, 나이, 남녀 등에 따르는 한국어의 위계질서를 완전히 붕괴시키는 것이다. 시에서도 "화냥년"

은 정치 활동에 참여하려는 여성을 흠집 내기 위해 남성들이 한 욕이다. 젠더로서의 사회적 성을 인정하지 않는 남성들은 그들의 질서 내로 편입하려는 여성에게 그들이 허락한 "신분증을 강요"한다. 여기서 신분증이란 그들 질서 내에 호응하는 상황일 것이다. 때문에 화자는 이러한 신분증을 만들기 위해서 사사로이 아는 남자의 인맥도 동원해보고, "치흔을 보였다 덤으로" "처녀성"까지 보였지만 "화냥년"이란 소리를 듣는다. 화냥년은 정조 없이 여러 남자를 상대하는 여자를 일컫는다. 여기서 말하는 잔치 현장, 즉 사회에 참여하기 위해 처녀성까지 보이는 화자의 행동은 현실에서 여성들에게 요구하는 남성들의 작태를 풍자한 것이라 할 수 있다.

80년대 사회에서 여성들의 사회 진출 인식은 확산되었지만 현실적으로는 그렇지 못하였다. 사회에 진출하는 여성은 남성들에게 '마녀'로 인식되면서까지 저항하는 여성이거나 남성의 등에 업혀 사회에 진출하는 '남성의 방울'들이었다. 남성의 방울들은 표면적으로 사회에서 독립된 주체로 선 것처럼 보였지만 실상은 남성들에게 구속되어 있다는 점에서 진정한 여성해방을 행한 자들이라 할 수 없다. 때문에 "화냥년"에는 이중의 풍자와 갈등 상황이 내재되어 있다. 이런 여성들을 자신들의 질서 내로 편입시키면서 비하하는 남성들의 심리와 이런 여성들을 지탄하는 여성의 심리가 동시에 내재되어 있다고 할 수 있다. 때문에 "화냥년"은 남성과 여성, 그리고 여성과 여성의 소통이 부재하고 있으며, 갈등 상황에 놓여 있다는 것을 보여주는 욕이라 할 수 있다.

이렇듯 욕의 기능은 다양한 쓰임새와 다극성(多極性)에 대응되는 수사를 갖추고 있는 언어적 진술이다. 천속하고 거칠고 사나운 낱말이나 어구를 활용하여 상대를 비판하고, 공격을 하는 양상은 최승자의 시에서 정치인의 질타와 지배 욕동을 비판하는 기능으로 사용된다.

최승자는 타브이에 나오는 정치 현실을 정치인의 인상을 비속화하는 욕과 타자의 지배 욕동이 내재되고 있는 형벌의 욕을 사용하면서 비판하고 있다. 최승자는 정치인들의 인상을 "눈꼬리가 쫙 찢어진 놈" "의뭉스러운 놈" 등의 비인격화하는 비속어로 표현하며 그들에 대한 질타와 불신을 표출한다. 상대에 대한 질타와 불신에 대한 원인은 육실할 놈, 오살할 놈, 치도곤 맞을 놈 등 타자에 대한 지배 욕동이 내재되어 있는 형벌을 사용한 욕의 변형이라 할 수 있는 "억울하게 죽은 놈" "매맞아 죽은 놈" "물 먹어 죽은 놈" 등을 통해서 알 수 있다. 이러한 욕은 1980년대 지배자들이 민중에게 행했던 행위로서 폭압한 정치 현실과 억압받는 민주의 현실을 반영하고 있는 욕이라 할 수 있다. 이런 욕을 통해서 최승자는 정치인과 정치 현실을 비판하고 민중의 억압받는 현실을 대변한다. 정치인들을 직접적으로 질타하고, 공격하기보다는 그들의 비인격화하고, 우스꽝스럽게 풍자하는 방식으로 기지를 발휘한다.

하지만 이러한 정치 현실은 1987년 민주화되면서 시인들의 관심 밖으로 밀려난다. 1990년대의 경제적 부유와 물질의 풍요 그리고 문화주의의 팽창은 물질적 가치보다는 탈물질적 가치를 추구하는 경향으로 나타난다. 이러한 가치의 추구 중에 하나가 육체를 해체하여 인간의 물질화와 자본주의 사회를 비판하는 방식이다. 욕 또한 이와 같은 맥락에서 육체를 비속화하는 양상으로 나타난다.

아래 이연주의 시는 자신의 몸을 패륜으로 취급하는 욕을 통해서 물질화된 여성의 몸과 문명적 질서를 비판한다.

능글맞은 유모어들이 살포되는

여성시에 나타난 욕과 저항

소름끼치는 장터에서
간음한다
간음당한다
살아온 날과 살아갈 날이
뼈를 발라낸
도살당한 고깃덩어리와 씹한다

— 이연주, 「유토피아는 없다」 부분, 『매음녀가 있는 밤의 시장』

이연주는 자신의 몸을 강간당하거나 아무하고나 섹스를 하는 패륜적 주체로 풍자하고 있다. 이러한 패륜적 주체는 아무 데서나 "간음" 당하고 "도살당한 고깃덩어리와 씹"하는 탈인격화되고, 물질화된 존재로 형상화된다. 스스로를 자기 모멸의 상황으로 몰아넣는 이런 욕의 언술은 자학적이고 그로테스크한 상황을 통해서 타락한 성과 물신화된 현실을 비판하는 것이다. 자본주의 내에서 여성의 성을 상품화하는 현실을 풍자한다. 욕이 성과 결합하여 쌍소리로 변할 때는 공격하는 이의 리비도 무게만큼 폭발하고, 리비도의 깊이만큼 솟구친다. 이연주는 실제로 매춘에 종사하다가 서른아홉 살에 자살한 여성이다. 근원적으로 여성 신화를 가지지 못한 여성인 그로서는 여성과 남성에게서 이중의 억압을 받았다고 할 수 있다. 때문에 여성이 가진 순결성과 아름다움을 완전히 제거하려는 이연주의 패륜은 자기 모멸의 감정, 즉 자기 비하의 감정이 개입된 동시에 여성의 몸을 상품화하는 자본주의 사회에 대한 공격을 내재한 것이다. 자본주의 체제가 남성적 질서에 의해 구축되었다는 점에서 이연주의 공격은 남성적 질서의 전복을 의미한다. 이것은 또한 남성이 만든 자본주의의 상업성, 여성의 몸을 상품화하는 현실과 맞닿아 있다. 이런 자본주의 질서에 대응하여 여성의 몸에서 관능적 아름다움을 제거하고, 여성의 신화를 스스로 깨트려서 자학을 하는 방식으로 사회적 구속으로부터 자유로워지고자 한 것이다.

어쨌든 여성 시인들의 욕은 그동안의 사회가 여성들을 얼마나 비호의적으로 대하였는가를 보여준 것이다. 억압받는 사회일수록 피지배자는 지배자를 향해 욕으로 대응하게 되고, 욕의 수나 욕의 구성 기교도 높다. 욕을 이악치악(以惡治惡)의 언어 내지 이독치독(以毒治毒)의 언어라 규정하는 것도 그 때문이다. 비인격화든 비인칭화든 간에 인간의 페르소나를 벗어버린 욕은 타자의 공격을 통해 불안을 해소하는 카니발적 언어이다. 언술로서의 욕의 기능은 불쾌감을 해소하는 심리적 방어 기능을 갖고도 있지만 타자를 공격하는 이중의 기능을 갖고 있다는 점에서 새로운 여성으로 거듭나기 위한 통과의례라고 할 수 있다. 내가 정화되어야 상대에게 너그러워질 수 있는 것이다.

이렇듯 여성 시인들의 시에서 욕은 여성의 정체성을 인식하거나 남성적 질서에 저항하거나, 사회 현실을 폭로하고 물질 사회를 풍자하는 다양한 글쓰기 전략으로 활용되었다. 이러한 것이 가능했던 것은 시대의 변화와 페미니즘과 포스트모더니즘 유입이라는 시적 현실 때문이라 할 수 있다. 또한 그것은 여성의 신화를 거부하는 언어라는 점에서 그 자체로 가부장적 질서에 저항하거나 전복하려는 의지를 가진 언술이지만 내용적으로도 볼 때 사회 현실을 비판하는 언술도 있다는 점에서 그 의미를 '남성 저항' 의미로만 한계지을 수 없다. 페미니즘적 시각에서 남성과 여성의 대결 구도는 피해 갈 수 있는 것은 아니지만 여성 시인들의 불경한 언술은 시적 언어의 새로운 장을 열었다고 할 수 있다. 시의 맥락에 욕의 기능과 의미가 더해지면서 주제를 더욱 흥미롭고 감칠맛 나게 소통했다고 할 수 있다. 이것은 또한 여성적 글쓰기가 페미니즘의 시각에서 벗어나기 위한 통과의례로서 중요한 역할을 했다고 할 수 있다. 억압적 현실에 대한 해소의 통로가 욕, 비속어, 금지된 언어와 같은 불경한 언어라 할 수 있다. 2000년대에 오면서 욕이 현저히 줄어든 것은 자의든 타의든 간에 사회적으로나, 성차의 측면에서나 억압적 현실이 많이 해소되었기 때문이다. 욕이 줄어든 것은 사회가 그만큼 변화했다는 것을 의미한다.

여성의 시각은 이제 남성적 질서와 대치한다는 시각에 벗어나, 현실의 가치나 인간의 총체적인 문제 등을 바라봐야 할 시점에 와 있다. 미래의 사회에는 여성과 남성의 지위가 역전될 가능성도 있다. 여성을 전복하려는 욕이 남성 시인들의 시에서 도래할 날이 곧 올 것도 같다. 이렇게 역사는 반복되면서 균형을 잡아간다.

문명의 불모성에 저항하는 실존적 형상

― 이원

존재하는 모든 미학(美學)은 우리의 욕망을 뚫고 나온 것이다. 그것이 선이든 악이든 간에 예술은 현실과의 충돌 속에서 생성된 다양한 형상의 우리 내면이다. 이런 점에서 예술의 역사는 욕망의 역사로 귀결된다. 욕망이 타자 지향적 성향을 가졌다고 볼 때 작품은 현실 세계에 부응하고자 하는 욕망이거나 아니면 욕망의 좌절이다. 그러므로 시로 형상화되는 욕망의 형상 또한 이와 같다고 할 수 있다. 시는 우리의 욕망을 다양하게 투사해내는 반사체인 것이다.

이런 맥락에서 이원 시는 물질문명에 부응하지 못한 욕망의 형상이라 할 수 있다. 물질문명 속에서 좌절된 욕망을 이원은 현재의 감각과 과거의 감각을 상호 교차시키면서 형상화한다. 인간의 심연에 내재되어 있는 심리적 메커니즘을 은근슬쩍 발동하면서, 행복해질 거라는 '미래의 환영'을 탈신화적 상상력으로 풀어낸다. 신화의 차용과 변용, 그리고 장르의 해체 등 다양한 방식으로 비유기적인 세계의 존재성을 포착한다. 이런 대상화 방식은 그 자체로 사회 전복의 성격을 띠고 있지만 물질의 욕망에 포섭된 인간성 결여에 가깝다. 이러한 징후로 대상들은 이원 시에서 서술되지 않고 시인의 감각에 의해서 선택되거나 버려진다. 시적 대상들은 스스로가 완전한 유기체로 살아 있지 못하고 마치 거대한 기계의 부속같이 끼워졌다가 소모되고 나면 버려진다. 거대 문명에 부속화된 현대인의 페르소나를 주제로 삼고 있다.

이것과 관련해서 이원은 현대인의 '그림자(shadow)'에 주목한다. 칼 융에 의하면 '그림자'는 인간의 정신 구조에서 무의식적으로 표출되는 어두운 자아이며, 내적 인격으로서 열등하고 즐겁지 않은 자아이다. 불행하고 우울한 파토스적 정서를 주제로 삼고 있는데도 이원 시의 그림자는 실존적 의미를 찾아가는 동력이 된다. 그림자는 세계와의 괴리 속에서 빛의 행로를 발견하며, 존재의 본질을 투사하는 거울로 전환된다. 현재와 과거의 시간을 넘나들면서 실존의 구심점을 찾아가는 양상을 보인다.

1. 질주성으로 표상되는 현대인의 강박증

이원은 속도라는 카테고리에 묶인 현대인의 의식을 부품화 현상으로 본다. 급속히 변화되고 진보되어가는 사회에서 현대인은 속도감에 떠밀려가면서 자신들의 정체성을 돌아다볼 여유를 가지지 못한다. 인간의 실존적 가치가 신념에 의해서가 아니라 광고와 상품의 이미지 속에서 쏟아지는 기성품적 사고에 의해서 형성된다. 이러한 현대인의 기성품적 사고를 이원은 질주성이라는 코드로 보고 있는데, 이 질주성은 두 방향으로 나아간다. 물질문명 속에서 형성되는 사회적 자아가 미래로 질주하고 있다면 이에 대응하는 개인의 자아는 과거로 질주한다. 현대사회에 난무하는 '속도'에 대한 강박증. 이원은 빨리빨리의 정신, 경쟁 사회에서 누구보다도 앞서가야 한다는 현대인의 병리학적 증세를 '그림자'를 통해 읽어내고 있다. 정신분석학에서 '그림자'는 원형적 심리 메커니즘으로, 현실 문제들이 해결되지 않을 때 나타나는 의식의 퇴행 현상이다. 강박증은 억압받는 그림자의 실체가 현실과 협상하려고 표출되는 상징물이다. 때문에 이원 시에서 역방향으로 질주하는 그림자는 문명의 불모성에서 벗어나려는 의지의 표상이나 존재의 균형 잡기라 사료된다.

아래 「나이키」 연작시는 시적 자아가 미래와 과거의 양방향으로 질주하면서 존재의 균형을 잡고 있는 대표적인 시들이다.

한 무리의 아이들이 자신들의 그림자가 달라붙어 있는 벽을 향해 뛰어간다 …(중략)… 짓무른 길의 가랑이 속에서 그림자를 죽죽 늘이며 아이들은 함성을 지르며 뛴다 함성과 발소리가 아이들 앞에 순식간에 벽이 되어 선다 그러나 자궁을 찢고 나온 적이 있는 아이들은 속도를 줄이지 않는다 …(중략)… 몸에서 떨어져본 적이 없는 그림자도 벽을 계속 밀어낸다 벽 위까지 튕겨 오르던 그림자는 벽을 뛰어넘지는 못한다

—「나이키 1」 부분, 『세상에서 가장 가벼운 오토바이』

땅바닥에 그림자가 가스처럼 새어나오고
고개를 약간 쳐든 얼굴은 하늘 쪽으로 둥둥 떠간다

여섯 조각으로 해체된 아이
발은 나이키가 꼭 조이고 있다

—「나이키 2」 부분, 『세상에서 가장 가벼운 오토바이』

깊은 것은 어둡다 야생이다 아이들의 발은 길의 끝이다 길의 시작이다

발소리가 깊어진다 아니 절벽이 솟아오른다 절벽은 미어져내리는 깊이
다 다시 솟구쳐오르는 날개다 …(중략)… 몸 밖으로 뚫린 눈으로 몸 안을
뚫으며 제자리에서 뛰어오르고 또 뛰어오른다 빗줄기는 절벽 아래까지
단숨에 내리꽂힌다 그 소리도 깊다 야생이다

— 「나이키-절벽」 부분, 『세상에서 가장 가벼운 오토바이』

시에서 문명에 해체되어 있는 현대인의 의식은 심각하다. 물질문
명의 불모성은 이미 어른들을 넘어 아이들에게로까지 감염되어 있
다. 어른들보다 욕망에 대한 내성이 없는 아이들에게 물질문명의 불
모성은 스폰지처럼 빠르게 흡수된다. 거대한 하나의 유기체인 물질
문명 속에 자행되는 정신의 부품화 현상은 아이들에게 빠르게 진행
된다.

"나이키"라는 상표는 외래문화의 상징이다. 나아가 "나이키"는 문
명이 낳은 욕망을 알레고리화한 현대적 개념의 분홍신이다. "속도를
줄이지 않는" 아이들은 자발적으로 외래문화를 선망하는 양상으로
집단화되어가지만 자신들의 정체성이 파편화되는 줄은 모른다. "발"
을 나이키가 꼭 조이고 있어 "여섯 조각으로 해체된 아이"들은 외래
문화·게임·판타지적 성향의 다국적 문화가 만들어내는 문명의 일
부가 되어간다. 스스로가 실존적 형상을 만들어내지 못하고 문명의
이미지를 쫓아다니는 아이들은 외부 지향적 삶을 아무 생각 없이 받
아들인다. 이렇듯 아이들의 실존성은 기계문명이 만들어내는 상품의
이미지로 규격화되고 있다. 물질문명은 아이들이 스스로 독립할 수
있도록 "자궁 밖으로 밀어내지"(「사막에서는 그림자도 장엄하다」) 않
고, 기계적인 모태로 아이들을 키우는 것이다.

이러한 실존적 형상을 견제하는 수단으로 이원은 과거를 이용한

제2부 현실에 응전하는 여성의 존재론

다. 무의식적으로 과거로 회귀하는 습성은 본능적인 위기감의 표출
이다. 그리고 문명으로 진화하지 않은 상태의 야생에 주목한다. 어둠
속에서 인식되는 "야생"은 순수성을 간직하고 있는 존재의 본질이
다. 가공의 문화가 아니라, 날것, 자연스런 상태로 우리에게 내재되
어 있는, 스스로 실존적 형상을 만들어갈 수 있는 원시적인 에너지인
것이다.

현대 문명의 불모성은 그의 또 다른 시에서는 근원의 오염으로 나
타난다.

> 더럽혀지고 축 늘어진 매트리스는 아직도 몸의 대지였던 때를 간직하
> 고 있다 …(중략)… 몸 섞는 냄새가 나는 곳이 몸 썩는 냄새가 나는 곳이
> 고향이다 여자는 헤진 그림자로 온몸을 틀어막고 주저앉아 있고 …(중
> 략)… 오렌지 밑이 낙타의 그림자에 흥건하게 젖어 있다
>
> —「매트리스, 매트릭스」부분, 『세상에서 가장 가벼운 오토바이』

> 여자의 그림자를 핥는다 아기는 새빨개진 얼굴로 젖을 빨아댄다 제가
> 두고 온 어둠을 미끌미끌한 길을 빨아댄다 아기는 제가 알몸으로 빠져나
> 온 자궁으로 돌아가려 한다 …(중략)… 아기는 필사적으로 젖을 빤다 여
> 자의 몸속에 켜켜로 쌓여 있던 울음과 시간이 끌려 올라온다 시간도 태
> 아처럼 머리부터 빠져나온다 …(중략)… 여자의 몸이 어느 생이 이미 벗
> 어 놓은 허물처럼 주글주글해진다 달빛을 끌고 나가는 어둠에서 흙냄새
> 가 난다
>
> —「자궁으로 돌아가려 한다」부분, 『세상에서 가장 가벼운 오토바이』

이원 시에서 세계의 근원이라 할 수 있는 자궁은 처참할 정도로 피
폐하다. "몸 썩는 냄새가 나는" 고향인 자궁은 현재의 실존적 상황

에 저항하는 무의식적 이미지라 할 수 있다. 모태의 젖을 빠는 인간의 처참한 모습은 현재 속에 내재되어 있는 실존의 패배성을 그대로 보여준 것이다. 고어로 자궁이라는 의미를 가지는「매트리스, 매트릭스」에서 자궁의 모습은 "더럽혀지고 축 늘어"져 있다. 이원의 시에서 존재의 근원은 위험하다.「자궁으로 돌아가려 한다」에서 보듯 생명을 잉태시키는 자궁은 병들어 있다. 그런데도 존재의 근원을 찾으려는 인간의 모천 회귀의 행동은 그악스럽다. "그림자를 핥는" 아기는 젖을 통해 "제가 알몸으로 빠져나온 자궁으로 돌아가"려는 몸부림으로 형상화된다. "매장의 시간에 익숙한" 현대인은 "비린내가 담쟁이 덩굴처럼" 뒤덮여 있는 아기의 얼굴로 형상화되어 있다. 실존의 위험성을 간접적으로 보여준 것이다. 하지만 이원은 이러한 행위에서 풍기는 비린내가 생명을 잉태시키는 값진 물이 되기를 바란다. 아기의 얼굴에 나타나 있는 비린내는 새로운 어떤 것으로 거듭나고자 하는 존재론적인 갈망의 표출이다.

이와 같이 이원 시에서의 그림자는 질주성이라는 강박증으로 나타난다. 이러한 강박증은 인간의 정신을 파편화시키는 미래에 대한 제동이다. 이 미래에 대한 제동의 현상으로서 과거로의 역행적 질주가 그림자 이미지로 형상화된 것이다. 하지만 이원 시에서의 이런 염려는 내면의 그림자를 통해서만 보여주지는 않는다. 가시적인 현상으로 보이는 육체성을 통해서도 보여준다. 문명이 가진 육체성과 인간이 가진 육체성을 잘 조립하여 기계화되어가는 현대인의 자화상을 보여준다. 타자와의 관계 없이도 실존을 할 수 있는 현대인의 양상을 보여준다.

2. 무선적 자화상으로 나아가는 현대인의 실존성

　현대사회에서 몸은 거대한 문명을 만들어나가는 프로젝트의 한 기능적 측면을 담당한다. 그러므로 몸이 가진 의미는 단순히 생물적인 차원에 머물지 않고 사회적인 차원까지의 의미를 내포하고 있다. 개인과 사회적인 정체성뿐만 아니라 나아가 자본적 가치로까지 그 의미가 확장되고 있다. 자본적 가치로서의 몸의 의미는 현대인의 실존성을 부품화로 몰고 가는 원인 중의 하나이다. 실존적 형상을 스스로 만들지 못하는 문명의 시스템이다. 하지만 현대인들은 몸이 문명의 수단이 되는 이런 현상을 문명화되어간다는 의미로 착각한다.

　이원은 부품화되고 해체된 몸의 실존성을 통해서 현대인들의 몸과 정신의 해체성을 보여준다. 이원 시에서 기계의 부품으로 변형된 몸의 이미지들은 자아의 변형이다. 문명이 만들어내는 부품화된 실존성을 이원은 자신에게 인지되는 감각의 방향성을 따라 차분하게 그려낸다.

> 한 무리의 주물 같은 남녀가
> 같은 시간의 자루 속에 멈추어 있다
> 그들은 서로 한 방향을 바라보았으나
> 서로 시선을 얽지 않는다 선로처럼
> 그들은 서로 몸이 닿지 않는다
> …(중략)…
> 그들은 제 그림자를 스스로 저당잡고 있다
> 마지막 승차권처럼 저당잡고 있다
>
> 　이제 시간의 부메랑은 그들의 몸 안으로 던져졌다

이제 그들의 프로필은 어둠의 허공에 새로 씌어진다

　　　　　—「노란 정지선」 부분, 『야후!의 강물에 천 개의 달이 뜬다』

몸속에 웹 브라우저를 내장하게 되었어.

　　　　　—「몸이 열리고 닫힌다」 부분, 『야후!의 강물에 천 개의 달이 뜬다』

내 몸의 사방에 플러그가
빠져나와 있다
탯줄 같은 그 플러그들을 매단 채
문을 열고 밖으로 나온다
비린 공기가
플러그 끝에 주렁주렁 매달려 있다
곳곳에서 사람들이
몸 밖에 플러그를 덜렁거리며 걸어간다
세계와의 불화가 에너지인 사람들
사이로 공기를 덧입은 돌들이
둥둥 떠다닌다

　　　　　—「거리에서」 전문, 『그들이 지구를 지배했을 때』

　　인용 시들은 물질문명이 만들어내는 삶의 방식을 몸의 기계화라는 이미지로 표출한 것들이다. 「노란 정지선」에서 이원은 생산 공정에서의 분업성을 현대인의 실존성으로 비유한다. 이원은 인간을 주물 속에서 찍혀 나온 존재로 형상화한다. 물질문명이 가지고 있는 균질화 현상이 인간을 주물적인 존재로 만든다고 본다. 몸과 감정이 모두 동질화되어 있는 이런 현상은 작업의 효율을 올리기 위한 분업화의 공정 과정에서 비롯된다. 상품의 생산 과정에서의 분업화는 자신이 해야 하는 역할 이외에는 돌아볼 여유가 없도록 한다. 예를 들어 제품에 나사 하나를 끼우는 데에도 볼트를 끼우는 사람과 너트를 끼우는 사람은 분리되어 있다. 이들은 한 공간에 있지만 같은 방향을 바라보고 있기 때문에 서로가 소통할 수가 없다. 자본주의 체제 안에서 그들의 몸은 기능적인 가치로 하나의 유기체에 속해 있지만 개인의 실존성은 철저히 해체되어 있다. 이원은 물질문명으로 인해서 해체된 현대인의 자아를 "마지막 승차권"을 "저당잡"듯 그림자로 형상화하고 있는 것이다.

물질문명이 가진 속성에 의해 기계화되어가는 현대인의 자화상은 「몸이 열리고 닫힌다」에서는 아예 "몸속에 웹 브라우저를 내장"한 기계인간으로 상징화된다. 이러한 의미는 「거리에서」라는 시에서 현실과 존재와의 관계를 콘센트와 플러그로 치환하고 있다. 기계화된 두 대상의 접속 불량은 불화를 만들면서 그림자를 생성한다. 물질문명과 존재 그리고 그림자는 삼각형의 욕망 구도로 되어 있다. 르네 지라르식으로 말하자면 그림자는 기계문명과 인간 사이에서 생성되는 욕망의 재생이다. 인간다운 실존을 갈망하는 그림자의 내면에는 기계문명이라는 타자가 숨어 있다. 기계문명이 촉발하는 욕망 때문에 생긴 어두운 자아는 본능적으로 과거로 회귀하면서 인간다운 실존의 형상을 그려낸다. 이런 욕망의 중개 현상 때문에 이원의 내면은 기계문명과 그림자를 경쟁 관계로 여긴다. 앞에서 말한 그림자의 질주성은 이와 같은 이유에서 생긴 것이다. 욕망을 매개체로 하는 문명과 그림자는 각자의 생존을 위해서 역방향으로 질주하는 것이다. 상대를 제어하려는 것이다.

이원 시에서의 인간은 "플러그가 덜렁거리는" 기계로 환치되어 있어 감정이 없는 듯이 보인다. 하지만 기계 인간에 의해서 표상되는 그림자의 능동성은 타자에 대응하는 또 다른 욕망을 내포하고 있다.

일정한 기호학적 질서 속에서 움직이는 기계 인간과는 달리 "세계와의 불화" 마저 에너지원으로 사용할 줄 아는 지혜를 가진 것이다. 기계적 자아에서 인간적 자아로 나아가려는 이원의 그림자는 무선적인 삶을 영위하는 현대인의 자화상으로 심화된다.

> 이곳의 사람들은 머리를 떼어놓고
> 머리 대신 모니터를 달고다닌다
> 모니터 안에 암내가 주입되어 있는지
> 하늘이 자주 지퍼를 배꼽 근처까지 내리고
> 레고블럭 같은 공기들은 허공에 끼워지고 있다
> 그러나 기어이 무선이 된
> 사람들의 몸에서 플러그가 뽑혀나간 흔적은 없고
> 이곳에 전력은 아직도 충분하다

—「공중도시」 전문, 『야후!의 강물에 천 개의 달이 뜬다』

> 날이 저물다. 사람들이 사방의 모래 속으로 뛰어 들어가다. 제 몸의 가죽을 벗겨내고 뒤엉킨 전선들을 미친 듯이 잡아당긴다.

—「모래의 도시」 부분, 『세상에서 가장 가벼운 오토바이』

무선이란 전선을 사용하지 않고 타자와 내가 소통하는 방식을 말한다. 인용 시에서와 같이 이원이 현대인의 실존을 무선적 양상으로 보는 것은 그리 낯선 일이 아니다. 「공중도시」에서 보여주듯 "모니터"로 치환되어 있는 현대인은 자신의 몸에 연결되어 있는 플러그를 뽑아놓고 있다. 시 속의 주체들은 문명으로 표상되는 콘센트에 플러그를 꽂지 않고 에너지를 얻고 있다. 이처럼 현실과 괴리되어 있는 삶은 현대인의 전형적인 소통 방식이다. 이러한 소통 방식은 문명과 개인과의 관계에서만 그치지 않는다. 개인과 개인의 관계에서도 접촉 없이 소통을 하는 방식을 취하고 있다. 그런데 문제는 이런 소통 방식이 만들어내는 고립감이다. 이원의 시에서 기계 인간은 고립감으로 인해서 인간성을 잃어가는 현대인이다.

이런 현대인들은 "제 몸의 가죽을 벗겨내고 뒤엉킨 전선들을 미친 듯이 잡아당"기면서까지 현실을 거부하는 실존적 상황에 직면해 있다. 그런데 아이러니한 것은 세계와 인간이 분리되어 있으면서도 세계로부터 벗어날 수 없다는 사실이다. 눈에 보이지 않는 문명의 감시 시스템이 개인의 삶을 철저하게 통제하고 있는 것이다. 그렇기 때문에 인간의 몸속에 플러그가 내장되어 있는 한 세계로부터 벗어날 수 없다. 문명적인 사유를 하는 동안은 인간적인 존재로 돌아올 수가 없는 것이다. 사람의 머리로 비유되어 있는 기계의 모니터는 "암내가 주입되어 있"어 기계적인 자화상을 끊임없이 생성하는 것이다.

하지만 이원은 현대인의 기계적인 자화상을 비판하면서도 결코 인간다운 자화상을 포기하지는 않는다. 이원의 인간에 대한 애정은 어떤 절대자나 아니면 우주적 원리를 만드는 자들의 공간을 신비의 영역으로 남겨두어 인간 스스로가 만다라를 만들어나가게 한다. 물질 문명로 인해서 생긴 그림자의 실존성은 탈신화적인 상상력으로까지 확장된다.

3. 탈신화적 공간에서 형성되는 미래적 형상

이원의 시에서 인간적인 자아의 가능성을 열어놓은 것이 탈신화적인 공간에서 생성되는 그림자들이다. 주변부적 정체성을 갖고 있는 자아는 중심을 비워두는 지혜로 미래적 형상을 긍정적인 의미로 만든다. 이원 시에서 보이는 '세계의 중심'은 현대적 의미로 재해석되어 있는 탈신화적 공간이다. 원래 '세계의 중심'은 천상과 지상의 연결점이다. 일반적으로 인간은 이를 발견하거나 설계하는 것으로 세계를 창조한다. 이렇게 만들어진 세계의 중심은 인간을 역사적인 시간으로부터 끌어내어 대시간 속에 편입시키고, 인간의 문제를 우주적 차원의 문제로까지 확산시킨다. 이원은 이러한 의미를 위해 중심을 향해서 나아가지만 중심에 결코 도달하지는 않는다. 이것은 문명이 결코 가질 수 없는 숭고적 의미를 보존하기 위한 전략이 아닐까? 인간의 가장 숭고한 정신적 영역을 남겨두는 방식으로 인간성 회복의 가능성을 열어두려고 한 것이다. 이것은 또한 인간 스스로가 회복의 가능성을 찾기 바라는 존재 자체에 대한 믿음을 보여준 것이기도 하다.

> 사막을 건너 아버지가 찾아와. 내 몸이 신전이니 …(중략)… 몸은 구멍 투성이야. 신들의 취미는 피어싱. 구멍은 신들의 수유구. 아니면 주유구. 세상은 구멍이야. 만개하는 몸이야. 열리고 닫히는 몸
>
> —「몸이 열리고 닫힌다」부분, 『야후!의 강물에 천 개의 달이 뜬다』

> 왼쪽으로 기운 것은 오토바이가 아니라 나의 생이야
> 기운 것이 아니라 내 생이 왼쪽을 딛고 가는 거야
> 몸이 기운 쪽이 내 중심이야
> 기울지 않으면 중심도 없어
> 나는 오토바이를 허공 속으로 몰고 들어가기도 해
> 길을 구부렸다 폈다
> 길을 풀어졌다 끌어당겼다 하기도 해
> 오토바이는 내 길의 자궁이야

길은 자궁에 연결되어 있는 탯줄이다

—「영웅」부분, 『세상에서 가장 가벼운 오토바이』

중심을 지운 것들은 전신이 날개여서 바다와 창은 함께 반짝인다 창의 어두운 시간을 견디던 허공들이 튀어오른다 검은 바다의 날개를 따라 돌들도 새처럼 난다

—「중심을 지운 것들은 전신이 날개다」부분,
『세상에서 가장 가벼운 오토바이』

이원 시에서 탈신화적 상상력은 아주 도발적인 양상을 보인다. 인간을 피어싱의 대상으로 생각하는 신을 통해 그림자의 삶이 인간의 숙명인 것을 보여준다. 신의 주유구인 구멍은 그림자다. 그러므로 구멍이 만개시키는 몸은 인간이 가진 어두운 자아가 몸을 활짝 피운다는 의미로 해석될 수 있다. 이원은 신이 있어 인간이 존재한다고 생각하지 않는다. 오히려 인간이 가진 "구멍은 신들의 수유구. 아니면 주유구"라는 말을 한다. 인간이 있어서 신이 존재하는 것이다. 구멍이 없는 인간, 즉 그림자가 없는 인간만 존재한다면 신은 존재할 수 없다는 논리를 보여준다. 그렇기 때문에 이원 시에서 "열리고 닫히는 몸"을 가진 인간은 잠시 신의 주유구를 닫아두고 있는 것이다.

신마저도 인간화하는 이원의 의식은 삶의 중심이 인간에게 있다는 것을 말한다. 인간은 신이 만든 어떤 질서 속에 편입되어 있지 않으면서 미래의 방향성을 알려주는 "나침반을 달지 않"(「즐거운 인생-창세기」)는다. 방향성 없는 삶이 오히려 인간다운 삶이라는 논리를 펴고 있다. "중심을 지운 것들은 전신이 날개다"라는 이원의 말은 중심을 피해가는 지혜가 인간이 실존하는 방식이라고 생각한다. 무서

문명의 불모성에 저항하는 실존적 영수

운 속도로 달려가는 일상에서 "왼쪽으로 기운 것은 오토바이가 아니라 나의 생"이고, 오토바이가 "기운 것이 아니라 내 생이 왼쪽을 딛고 가는 거"라고 하면서 세계의 중심 먼발치에서 조심스럽게 배회한다. "몸이 기운 쪽이 내 중심이"고, "기울지 않으면 중심이 없"다고 한다. 스스로 넘어지면서 균형을 잡는 기울기의 미학인 것이다. 이원에 의하면 이 시대의 진정한 영웅은 세계의 중심을 비워두면서 날개를 펴는 자들이다. 그래야만 이러한 길이 "자궁에 연결되어 있는 탯줄"이 된다. 삶의 기울기를 조절할 줄 아는 삶의 지혜가 인간을 지탱시키는 세계의 중심을 공존하게 하는 것이다. 중심을 비워두고 세계로 접근하는 지혜는 시간을 통해 삶을 완성시키는 시간의 만다라를 만드는 과정으로도 해석할 수 있다.

> 시간의 만다라로 타오르며 폭주족들은 길을 꿀꺽꿀꺽 삼키며 달린다 하나의 길을 삼키는 순간 다시 두 개의 길이 생겨난다 …(중략)… 길은 시체와 꽃이 함께 떠다니는 갠지스 강이 된다
>
> ──「폭주족들」 부분, 『세상에서 가장 가벼운 오토바이』

> 거울 속에서 나는 마르고 긴 빵을 먹는다 …(중략)… 빵이 내 얼굴을 뜯어 먹는다 읽을 수 없는 꿈이야 수천의 시간이 타고 있는 만장이야 마르고 뻣뻣한 내 살을 죽죽 뜯어 먹는다 …(중략)… 암벽으로 최초의 그림자가 생겨나고 있는 맨드라미 씨앗이 먼저 기어오른다 어둠이 차오르지 않아도 대지의 시간이 다시 시작되고 있다
>
> ──「거울이 얼굴을 뜯어 먹는다」 부분, 『세상에서 가장 가벼운 오토바이』

만다라는 "상상을 통해 이룰 수 있는 정신적인 상(象)"(칼 융, 『꿈에 나타난 개성화 과정의 상징』)이다. 일반적으로 정신적 균형에 장애가

생긴 경우에 생기는 만다라는 신성한 교의를 갖지 않은 자들에게서 많이 보인다. 종교적 율법에 의지할 수 없는 사람에게 신성으로 접근하기 위해서는 어떤 정신적인 상징이 필요하다. 이원의 시에서 현대인에게 만다라는 이와 유사한 의미를 가진다. 현대인에게 물질문명은 정신을 구축하는 중요 요소로 작용한다. 과학적인 진리로 명확하게 해명되는 물질문명은 영원성을 담보로 하지는 않는다. 일정 기간 소모되면 버려진다. 종교적인 진리로 성립될 수 없는 사회가 물질문명의 사회인 것이다. 종교란 존재의 신비화 현상에서만 성립될 수 있다. 그래서 이원은 현대인이 시간의 만다라를 만들어나가기를 바라며 중심은 신비화의 공간으로 비워두려고 하는 것이다. 이원이 만들어 내는 만다라 형상은 중심을 향해 가는 행위이지만 생이 끝나지 않는 한은 여전히 진행 중인 형상이다. 매몰의 시간을 잘 아는 사람만이 볼 수 있는 길, 시간의 만다라가 타오르는 모습은 어둠을 지혜로 전환할 수 있는 사람만이 볼 수 있는 꽃이다.

이원 시에서 시간의 만다라는 이렇듯 그림자의 능동적인 태도를 통해서 완성되어간다. 이원은 물질문명이 만들어내는 어두운 자아를 그림자로 알레고리화하고 있지만, 한편으로는 현재적 존재의 자화상인 얼굴을 과감하게 벗겨내어 "맨살이 새잎 나고 꽃 필 것"(「얼굴이 그립다」)이라는 희망적 메시지로 변주한다. 욕망하는 곳으로만 달려가지 못하도록 조절하는 자아의 반사체, 시간의 만다라를 만들어내는 공간이다. 그렇기 때문에 이원이 비워놓은 중심은 보편적인 세계의 중심과는 다른 의미를 갖고 있다. 성스러운 공간이 아니라 욕망을 제어하는 방어벽인 것이다. 게오르크 지멜은『현대의 현상학』에서 벽을 보고 있다는 것은 벽과 나 사이가 공재(共在)하고 있다는 것을 말하며, 이는 인간이 현존하고 있다는 것을 증명하는 것이라 하였다.

이원의 그림자에 대한 인식 또한 세계와의 공재를 경험하는 방식으로 존재를 증명한 것이다.

이와 같이 이원의 시에서 그림자는 중심을 비워두는 방식으로 인간이 가진 실존의 의미를 유보한다. 이는 세상의 모든 것들을 과학으로 해명하려는 문명적 삶에 대한 저항일 것이다. 모든 것이 명확할수록 존재에 대한 감시와 통제의 방법은 용이해지고 정신의 영역에 남아 있는 숭고의 의미는 없어진다. 이것은 단순히 자연적 현상에 대한 해명이 아니라 정신의 소멸을 의미한다. 오히려 삶에 대한 두려움을 갖게 한다. 때문에 탈신비화 현상이 오히려 문명이 갖고 있는 질주성에 대한 강박증으로 나타난 것이다. 그러므로 이에 대응하는 그림자의 질주성은 인간적인 실존성을 회복하는 이원의 무의식이다. 하지만 고립 속에서도 소통을 하는 문명의 발달은 인간을 더 고독한 존재로 만든다. 타자와 나의 관계가 없어도 소통이 가능한 무선적인 자화상으로 인해 현대인은 더욱 많은 그림자를 생성한다. 이러한 것을 극복하기 위해 이원은 탈신화적 공간이 미래적 형상을 만드는 곳이라는 논리를 전개한다. 마지막 보루로 남겨놓은 신화적 공간이 인간의 욕망을 제어할 수 있는 방어벽인 것이다.

현대인의 실존성에 저항하는 이원 시는 그림자가 가진 양의적인 가치를 읽어내고 있다는 데에 그 의미가 있다. 그림자가 희망이 되어야 한다는 양의적 가치는 현재의 시간을 부정하는 거울의 상(像)에서 시작된 것이다. 인간은 거울에 자신을 비추면서 실존의 공간을 조금씩 확보해나가는 것이다. 무언가를 성찰하고 있는 거울은 현재의 피폐한 상황과 존재의 본질을 동시에 비춰보는 매개체로 작용한다. 이러한 매개를 통해 이원은 실존적 차원의 희망을 하나씩 제시해나간다. 결국 인간이 가지고 있는 어두운 자아란 현실의 문제를 인식하는 데에서 오는 심리적 현상이다. 인간에게 인식이란 정신이 있는 한은 문명이 인간을 삼킬 수 있도록 버려두지는 않을 것이다. 이것에 대한 믿음이 이원의 그림자가 미래적 형상으로 나아가게 한 것이다.

사생아적 사유, 생태 윤리로의 귀환

— 김선우, 『도화 아래 잠들다』

신화와 전자 매체의 사생아, 요즘 젊은 세대의 환유적 서정은 문학이 일구어낸 정통 족보를 외면한다. 비디오와 영화, 게임, 인터넷 등 전자 매체와 더불어 성장해온 젊은 시인들 내면에는 신화와 환상이 낳은 사생아적 사유가 내재되어 있다. 이는 전자 매체에 사용된 텍스트의 주제나 내용들이 현실의 문제를 다루기보다는 판타지적 성향을 갖고 있기 때문이다. 판타지는 미래지향적인 동시에 가장 신화적이다. 신화란 인간의 역사와 문화가 만들어낸 결과물로서 그 속에는 인류가 누적해놓은 절망과 희망, 미래적 비전이 제시되어 있다. 한 개인의 비전뿐 아니라 공동체의 비전도 제시되어 있다. 특히 신화 속에 나타나는 공동체적 비전은 21세기를 지배하는 패러다임인 생태 의식과도 관련이 있다.

인간이 가진 탐욕주의가 만든 산업사회의 치유책으로 생태의식이 부상되었다. 21세기를 지배하는 생태 의식은 산업사회가 양산해놓은 것들에 대항하는, 생태 사회로의 패러다임 전환이다. 생태에 대한 인식은 다양한 분야로 확산되어 있으며, 유럽뿐만 아니라 제3국, 아시아 지역까지 확산되어 있다. 이러한 사실은 시적 패러다임을 생태주의적 관점이 주목하고 있는 지구와 환경, 그리고 과학기술이 양산한 문제들, 다른 문화, 성(性), 종족, 계급과 주변부 문화들에 대한 자본주의의 타자에 대한 인식으로까지 확산해야만 할 당위성을 부여한다. 이러한 생태 사회로의 패러다임 전환은 공동체적 사유의 유물인 신화로의 귀환이라고 볼 수 있다. 산업사회에서 생태 의식은 현실의 문제들을 극복하는 신화 속 영웅과 같은 존재이다. 신화에서와 다른 점이 있다면 현대사회에서의 영웅은 특정 인물이 아니라 환경을 생태의 공동체로 인식하는 우리들이다.

이런 시점에서 김선우 시에 나타나는 생태적 담론은 아주 많은 것을 시사한다. 김선우의 생태적 담론은 시의 뜨거운 파토스에 기댈 뿐 아니라 논리 대신 구체적인 수사(修辭)에 기대기 때문에 다른 담론보다 생태에 대한 호소력이 훨씬 크다. 생태적 상상력을 가진 김선우 시들은 현실의 문제를 강하게 고발하는 환경 문학이 아니라 일상과 자연을 소재로 하고, 생태적 상상력을 통해서 생태 의식을 환기시키는 생태 문학, 나아가 심층 생태의 범주에 속한다. 세상 만물이 공동체를 이룬다는 신화로 귀환한다. 이러한 신화로의 귀환은 김선우의 시를 도발적이고 발칙함으로 이끌기도 하지만 시를 읽는 독자들에게 생태 의식을 불러일으키는 전략이 되기도 한다. 김선우의 두 번째 시집 『도화 아래 잠들다』(창비, 2004)에서 보이는 시적 행위들은 제도권 밖에서만 가능한 사생아적 사유이다. 불륜적 행위라 할 수 있는 종(種)의 영역을 넘나들고, 자연과의 공생을 통해 생태 의식을 환기하는 것이 김선우 시의 특징이다. 이러한 발칙함이 사랑스럽게 느껴지는 것은 개인의 에고이즘을 버리고 이타심(利他心)으로 나아가는 김선우의 의식 때문일 것이다.

1. 창조적 존재성, 순환적 고리로 연결된 생명 의식

배리 커머너는 "모든 것이 어디론가 가고 자리를 옮길 뿐 이 세계에서 없어지는 것은 아무것도 없"는 것이 생태주의 원칙이라고 주장한다. 이 말을 달리 해석하면 이 세상의 모든 것은 존재의 형상이 변할 뿐이지, 어떠한 형태로든 존재하고 있다는 것을 의미한다. 물질적인 관점에서 보면, 생물체를 이루는 몸은 죽어서 거름이 되고, 그 거름이 자양분이 되어 새로운 생명체로 다시 태어난다. 그리고 정신적인 관점에서의 생물체는 영혼이 깃들어 있어 현세와 내세를 순환하면서 존재의 형상을 끊임없이 바꾼다. 이러한 주장은 불교의 윤회 사상과도 일맥상통한다. 생명이 세계를 윤회한다는 이런 생각은 범신론적, 우주론적인 인식으로까지 확산되어 있는 생태 의식이다.

김선우의 시에서도 생명은 창조적으로 형상화되어 있다. 그녀는 자생적으로 생명을 창조하는 생태적 현상을 모성성과 여성의 성징(性徵)을 통해서 보여준다.

월경 때가 가까워오면
내 몸에서 바다 냄새가 나네

깊은 우물 속에서 계수나무가 흘러나오고
사랑을 나눈 달팽이 한 쌍이 흘러나오고
재 될 날개 굽이치며 불새가 흘러나오고
내 속에서 흘러나온 것들의 발등엔
늘 조금씩 바다 비린내가 묻어 있네

무릎베개를 괴어주던 엄마의 몸냄새가
유독 물큰한 갯내음이던 밤마다

왜 그토록
조갈증을 내며 뒷산 아카시아
희디흰 꽃타래들이 흔들리곤 했는지
푸른 등을 반짝이던 사막의 물고기떼가
폭풍처럼 밤하늘로 헤엄쳐 오곤 했는지

알 것 같네 어머니는 물로 빚어진 사람
가뭄이 심한 해가 오면 흰 무명에 붉은,
월경 자국 선명한 개짐으로 깃발을 만들어
기우제를 올렸다는 옛이야기를 알 것 같네
저의 몸에서 퍼올린 즙으로 비를 만든
어머니의 어머니의 어머니들의 이야기

월경 때가 가까워오면
바다 냄새로 달이 가득해지네

— 「물로 빚어진 사람」 전문

이 시는 여성인 시인과 어머니, 나아가 이 세상 모든 어머니의 상징을 통해서 생명의 창조성을 말하고 있다. 일반적으로 생명의 모태로서의 어머니는 '월경'이 있어야 가능하다. "월경"은 여성만이 가질 수 있는 성(性)적 징후인 동시에 생명을 잉태할 가능성의 시사이다. 시적 화자는 "바다 냄새"가 나는 자신의 "월경"을 통해 생명의 존재성을 인식한다. 그런데 이 시에서 인간의 월경을 통해 흘러나오는 것이 "계수나무, 달팽이, 불새"라는 사실에 주목할 필요가 있다. 인간의 모체를 통해 잉태되는 생명이 다양한 종(種)의 개체임을 시사한다. 생명의 모태로서의 월경을 통해 인간과 다른 종과의 차별을 없앤 것이다. 지금은 인간의 몸으로 환생하였지만 망각 속에 묻어버렸던

전생의 존재들을 생리혈을 통해서 보여주어 생명의 순환적 고리를 상징화한다. 또한 우주의 모든 것들이 역동적으로 살아 있다는 것을 보여주어 스스로 생명을 단절하고 재생하는 창조성의 근간인 우주적 현상을 보여주려 한다.

그리고 시인은 어머니를 "물로 빚어진 사람", "갯내음", "바다"로 은유한다. 일반적으로 물 이미지는 존재의 흐름과 존재의 변모를 상징하는데, 이들 이미지들은 모체(母體)의 젖줄로서의 생명 에너지이다. 무한한 젖줄을 가진 존재로 어머니를 상징화한 것은 생명의 존재성이 얼마나 창조적인가를 보여주는 것이다. 이러한 사실은 "월경 자국 선명한 개짐으로 깃발을 만들어/기우제를 올"리는 상징적 어머니가 뒷받침해준다. "저의 몸을 퍼올린 즙으로 비를 만든 어머니의 어머니의 어머니의 이야기들"은 스스로의 존재성을 갖고 끊임없이 순환하는 이 세상 모든 모체들의 이야기이다. 이러한 창조적 존재성을 구체적으로 뒷받침해 주는 것이 다음 시들이다.

> 흰머리 성성한 어머니가 외할머니 젖을 빨듯, 시든 아버지가 할머니의 젖을 빨듯, 이상하게도 자분자분 애틋한 소리가 온방에 가득해져서 오는 거라 방구들이 천장에게, 모서리가 벽에게, 한 시가 두시에게, 삶이 죽음에게 젖을 물리며 늙은 방이 쌔근쌔근 숨을 쉬고 있는 거였다.
>
> —「69-삼신할미가 노는 방」 부분

낭떠러지가
붉고 비린 꽃 속으로 들어간다

생리혈 가장 붉은 월경 둘째날
허공을 디디고 선 내 몸의

벼랑으로 진달래나무가 건너온다

—「절벽을 건너는 붉은 꽃」 부분

당신은 깊이깊이 대궁 속으로만 찾아들어 나팔관 지나고 자궁을 거슬러 당신이 태어나지 않을 운명을 찾아 아직 태어나지 않은 어머니를 죽이러 우주 어딘가 시간을 삼킨 구멍을 찾아가다 그러다 염천을 딱! 만난 것인데 …(중략)… 염천을 능멸하며 제 몸의 소리 스스로 깨뜨려 고수레—던져 올리는 사잣밥처럼 뭉텅뭉텅 햇살 베어 …(중략)… 당신이 염천 아래 자꾸만 아기 울음소리로 번져갈 때 나는 듣고 있었던 거라 향기마저 봉인하여 끌어안고 꽃받침째 툭, 툭 떨어져 내리는 붉디붉은 징소리를 듣고 있었던 거라

—「능소화」 부분

위 시들에서도 생명은 순환적 현상에 근거하고 있다. "삶이 죽음에게 젖을 물리며 늙은 방이 쌔근쌔근 숨을 쉬고 있"(「69-삼신할미가 노는 방」)다는 말은 현실적 삶을 내세로 연결시키는 절묘한 표현이다. 죽음에게 젖을 물리는 내세적 세계가 아기처럼 쌔근쌔근 숨을 쉬고 있다. 여기서 죽음은 삶의 연장이다. 몸은 죽지만 영혼은 살아 생명을 잉태한다. 존재는 사라지지 않고 새로운 존재로 변형된다. 존재가 변형되는 이런 순환론적인 세계관은 「절벽을 건너는 붉은 꽃」에서도 나타난다. 이 시에서 "낭떠러지"는 무언가의 끝일 것이다. 하지만 시적 화자는 죽음의 장소라고 생각한 곳에서 "생리혈이 가장 붉은 월경 둘째날"에 "벼랑으로 진달래나무가 건너온다"고 한다. 벼랑 끝에서 진달래나무가 탄생한 것이다. 죽음의 장소를 존재가 잉태하는 장소로 전환시켜놓은 것이다. 김선우의 시에서 '생리혈'이나 '월경'은 재생과 죽음을 반복하는 모태라는 점에서 고착된 집으로서의 '자

궁'보다 많은 의미를 갖고 있다. 스스로의 창조성에 의해서 새로운 생명을 잉태하는 집이다. 그녀는 「능소화」에서도 능소화가 피고 지는 과정을 통해 존재의 순환성과 창조성을 보여준다.

시인은 염천에 피고 지는 능소화 붉은 빛깔을 통해 자궁을 연상한다. 꽃들이 한 송이씩 피는 순간을 통찰하면서 생명의 본질적 문제로 접근을 한다. 여기에서 생명은 "자궁"을 거슬러 올라가 "태어나지 않을 운명"의 "어머니"를 삼킬 만큼의 거대한 "우주"적 차원의 생성이다. 보이지 않는 우주의 원리에 의해 생명이 탄생하고 죽는다는 생명의 순환론은 범우주론적으로 확산되어 있다. 그녀는 죽음에서 생명이 생성되기까지의 과정을 "염천"이라고 말한다. "아기 울음"을 만나는 염천의 과정은 생명이 순환하는 과정이다. 이는 "제 몸의 소리 스스로 깨뜨려 고수레"라는 말과 "사잣밥처럼 뭉텅뭉텅 햇살 베어 선연한 주홍빛 속내로만 오는 꽃대궁"을 지나 "삼킨 구멍을 찾아"가면 "아기의 울음소리" 생명을 만난다는 말을 통해서 입증된다. '고수레'나 '사잣밥'은 망자와 관련된 언어이다. 시인이 말하는 염천, 자궁 속에는 생명과 죽음이 동시에 공존하고 있다. 이는 곧 생명의 모태로서의 자궁이 죽음과 재생을 동시에 함유하고 있다는 것을 시사한다.

김선우는 모성성과 여성적 징후를 생명의 모태로만 보지 않는다. 이들을 통찰하여 생명이 순환하는 필연성의 의미를 찾는다. 이러한 것은 곧 스스로의 창조성을 가지고 순환하는 우주론적인 존재에 대한 인식이다. 세계를 인간중심적으로 이해하지 않고, 다원적으로 보는 세계의 인식이라 할 수 있다.

2. 공동의 자아실현, 생태 윤리로서의 상생 의식

생태윤리학은 제임스 러브록이 주장한 "지구가 거대한 생명체"라고 한 가이아적 가설에 근거한다. 지구를 만물의 공동체와 생명 중심의 평등 사상을 지향하는 유기체로 보는 이 인식은 세계를 복합성과 다양성으로 이해하는 방식이다. 생물과 환경이 서로 의존하며 진화한다는 개념으로, 지구의 유기체와 무기체가 하나로 상호작용한다는 개념이다. 이는 지구상에 있는 어떤 한 생명이라도 소중하지 않은 것이 없다는 것을 의미한다. 한 종(種)이 멸종하면 생태계의 균형을 깨지고, 이것은 다른 종의 멸종에 영향을 준다. 생태학적 다양성을 유지하여 공동의 발전을 꾀하는 자연은 그 자체로서 가치를 가진다. 개인의 자아를 공동의 자아로 확대시켜주고, 유연성과 적응성, 생태계의 조화와 균형을 추구한다.

인간과 자연이 함께하는 공동의 자아실현은 김선우 시에서는 물활론적 세계관으로 나타난다. 세상 만물에 혼이 깃들어 있다고 생각하는 물활론적 세계관은 세계를 다원론적으로 인식하고자 하는 의지이자, 세계와 공존하고자 하는 상생 의지이며, 인간으로서의 생태 윤리를 실현하고자 하는 의지라 할 수 있다.

제주 우도에 들어간 밤 흰소를 낳는 꿈을 꾸었다 풀밭 위에 치마를 펴고 벌린 내 가랑이 사이 어린 소가 뭉클, 쏟아졌다 안간힘으로 일어서려는 어린 것이 자꾸 쓰러졌다 달빛이 밀반죽처럼 어린 소의 등을 타고 내렸고 몸 속에 붉은 빛을 감춘 어린 흰소가 댓잎처럼 울었다 서서 견뎌야 할 시간이 너무도 기니 누워라 흰 빛 속의 붉은 어둠아 달빛이 눈도 못 뜨고 여린 몸으로 뒤채였다 어미소는 물 위를 걸으며 쑥돌 같은 파도를 뜯어 삼키고 있었다 어미소가 파도를 뜯어 삼킨 자리로 돛배들 반디처

럼 고와서 울금빛 유채꽃이 부리부터 아팠다. 간신히 네 발로 선 어린 흰
소가 어미소의 가랑이에 얼굴을 들이민다 누워라 서서 견뎌야 할 시간이
너무도 기니, 흰소가 길게 누워 내 옆구리를 핥았다 오래 전 나를 낳은
흰소의 되새김질 속에서 따뜻하고 비린 물이 왈칵 토해졌다 어미소의 흰
배를 베고 눕는다 내 아랫배를 쓰다듬으며 덜 비린 바닷물이 더 비린 바
닷물에게로 흘러간다

　　　　　　　　　　　　　　　　　　　──「흰소가 길게 누워」 전문

　　세상에서 얻은 이름이라는 게 헛묘 한 채인 줄

　　진즉에 알아낸 강원도 민둥산에 들어

　　윗도리를 벗어올렸다 참 바람 맑아서

　　민둥한 산 정상에 수직은 없고

　　구릉으로 구릉으로만 번져 있는 억새밭

　　육탈한 혼처럼 천지사방 나부껴오는 바람 속에

　　오래도록 알몸의 유목을 꿈꾸던 빗장뼈가 열렸다

　　흰해진 젖꽃판 위로 구름족의 아이들 몇이 내려와

　　어리고 착한 입술을 내밀었고

　　인적 드문 초겨울 마른 억새밭

　　한기 속에 아랫도리마저 벗어던진 채

　　구름족의 아이들을 양팔로 안고

　　억새밭 공중 정원을 걸었다 몇 번의 생이

　　무심히 바람을 몰고 지나갔고 가벼워라 마른 억새꽃

　　반짝이는 살비늘이 첫눈처럼 몸속으로 떨어졌다

　　바람의 혀가 아찔한 허리 아래를 지나

　　깊은 계곡을 핥으며 억새풀 홀씨를 물어 올린다 몸속에서

　　바람과 관계할 수 있다니!

　　몸을 눕혀 저마다 다른 체위로 관계하는 겨울풀들

　　풀뿌리에 매달려 둥지를 튼 벌레집과 햇살과

　　그 모든 관계하는 것들의 알몸이 바람 속에서 환했다

더러 상처를 모신 바람도 불어왔으므로

햇살의 산통은 천년 전처럼

그늘 쪽으로 다리를 벌린 채였다

세상이 처음 있을 적 신께서 관계하신

알 수 없는 무엇인가도 내 허벅지 위의 햇살처럼

알몸이었음을 알겠다 무성한 억새 줄기를 헤치며

민둥한 등뼈를 따라 알몸의 그대가 나부껴 온다

그대를 맞는 내 몸이 오늘 신전이다

—「민둥산」 전문

인용 시에서 생물은 인격화되어 물활론적 세계관에 근거해 있다. 인간과 비인간계의 생물이 관계를 맺어 서로 소통을 하고 동일시되면서 그들은 수평적 관계를 이룬다. 「흰소가 길게 누워」에서 시적 화자는 제주 우도에서 흰소를 낳는 꿈을 꾼다. "오래 전에 나를 낳은 흰소의 되새김질 속에서 따뜻하고 비린 물이 왈칵" 쏟아졌다고 한다. 인간인 시적 화자가 "어미소"의 몸에서 태어난 것이다. 어미소에게서 인간이 탄생하고 인간에게서 어린 소가 탄생하는, 이 황당한 상상력의 의미는 종(種)의 차원에서는 해석할 수 없다. 오로지 생태주의적 의사 진술로만 해명될 수 있다. 시인은 종과 종이 교차하는 모습을 통해 존재가 순환해가는 과정을 보여준다. 우주론적인 관계로 얽혀 있는 만물이 공동의 발전을 꾀하여 공동의 자아를 실현할 수밖에 없는 필연성을 시사한다. 이러한 시적 의식은 개체로서의 자아실현이 공동체로서의 자아실현으로 대치되어 자아가 확대된 것이다. 그리고 우주가 역동적으로 살아 있는 유기체라는 것을 인정하여서 인간 중심에 가치를 두는 이원론적인 사고를 거부한다. 그러면서 다양성 속의 통일성, 통일성 속의 다양성을 지향한다. 이처럼 만물 평등

사상을 지향하는 심층생태학은 지구에서 어떤 종(species)의 특권도 인정하지 않는 "문화윤리학이며 생태윤리학"(장정호,『탈근대 인식론과 생태학적 상상력』)이다.

생태윤리학으로서의 상생 의식이「민둥산」에서는 더 다양한 생물과 혼접하는 양상으로 구체화된다. 시적 화자는 "바람과 관계!"를 한다. 그런데 바람은 시적 화자뿐만 아니라 겨울풀과도 "다른 체위로 관계"를 한다. 그리고 "풀뿌리에 매달려 둥지를 튼 벌레집과 햇살과/ 그 모든 관계하는 것들"과 관계를 한다. 바람이 지나간 곳에서 "환해진 젖꽃판이" 생기고 "아이들이 수유"를 한다. 그리고 시적 화자는 신과도 관계를 한다. 종의 경계를 무시하고 관계하는 모든 곳에서 생명이 탄생한다. 인간과 신, 생물과 무생물 이들 사이에는 어떠한 계급적 질서도 없을 뿐 아니라 타자에 대한 경계도 없다. 존재의 모든 것이 하나의 공동체 속에서 움직이고 서로의 장벽을 없애 공동의 자아를 실현한다. 이러한 상생 의식은 자연과 자연, 인간과 자연이 공생하는 모습을 보여주는 시들을 통해 더욱 확고하게 나타난다.

나비에게도 몸을 주고 벌레에게도 몸을 주고
즐거이 자기 몸을 빌려주는 사이
결구(結球)가 생기기 시작하는 거라
알불을 달 듯 속이 차오는 거라
마음이 이미 길 떠나 있어
몸도 곧 길 위에 있게 될 늦은 계절에
채마밭 조금 빌려 무심코 배추 모종 심어본 후에
알게 된 것이다
빌려줄 몸 없이는 저녁이 없다는 걸
내 몸으로 짓는
공양간 없이는 등불 하나 오지 않는다는 걸

처음자리에 길은 없는 거였다.

—「빌려줄 몸 한 채」 부분

이 시는 자연과 자연이 공생하는 모습을 통찰하면서 생태 윤리를 인식한다. "나비에게도 몸을 주고 벌레에게도 몸을" 즐거이 빌려주는 배추를 통해서 나눔의 미학을 인식한다. 나눔의 미학을 통해 존재의 무늬가 생기고 속이 차오르는 걸 깨닫는다. 그런데 여기서 시인은 배추의 몸을 벌레에게 주는 게 아니라 빌려준다는 표현을 쓴다. 이는 현생에서 내가 주는 공양이 내세에는 내가 받을 수 있는 공양이 될 수 있다는 것을 염두에 둔 말이다. 이와 동시에 시인은 환경개량주의에 빠져 자연의 모든 것을 빼앗아올 뿐 "빌려줄 몸"이 없는 인간을 생각한다. 어둠 속으로 꺼질 운명적 빛을 살리는 방법은 나눔의 미학이라고 말한다. "내 몸으로 짓는 공양간 없이는" "등불"이 오지 않음을 깨달은 것이다. 우리 인간이 자연의 모든 것을 독식하려 든다면 지구는 언젠가 폐허가 될 것이다. 결국 "등불"은 서로가 양보하고 베푸는 과정에서 그 에너지를 생성한다. 생물체의 다양성을 유지하고 자연을 그 자체의 가치로 인정하는 김선우의 태도는 공간을 인간의 소유로만 생각하는 땅의 윤리로 확산되어간다.

인간의 배변 장소와 돼지우리가 함께 있는 아주 재미난 방인 셈인데요 지붕을 덮지 않은 널찍한 호를 파고 지푸라기 조금 깔아준 방 안에서 이 짐승은 눈비 맞고 흙과 똥과 뒹굴면서 비바람 햇볕을 고스란히 살 속에 아로새기게 되었다는데요 음식물 찌꺼기며 설거지 물까지 버릴 것 없이 모아둔 큰 독 속에서 한때 빛나던 것들이 제 힘으로 다시 빛날 때 발효한 이 먹이를 돼지가 먹고 돼지의 배설물은 보리밭 거름으로 이쁜 보리들을 길렀다는데요 그래도 이 짐승의 주식이 사람의 똥이었던 것은 생명은 생

명에게 공양되는 법이라

―「신(神)의 방」 부분

인용 시에 묘사되어 있는 "인간의 배변 장소와 돼지우리가 함께 있는 아주 재미난 방"에는 인간과 돼지, 흙과 똥, 비바람과 햇볕이 공생하고 있다. 하나의 주거 공간에 다양한 생물체들이 공생하고 있다. 이러한 시적 형상화는 자연을 인간 혼자서만 독식하려는 생각을 여지없이 깨뜨린다. 또한 땅에 대한 윤리 의식을 상기시킨다. 이러한 상생 의식은 이 시 전반에 나타난다. 이들의 공생은 배설물을 통해서 이루어진다. 인간은 돼지에게, 돼지는 보리에게 생명의 에너지를 제공해준다. 이들의 공생 속에는 인간이 중심이라는 이원적인 사고는 없다. 다양한 생물체의 생존 방법 속에서 배설물을 통해 서로에게 생명을 부여하는 나름대로의 질서가 있다. 그리고 이 시를 통해 또 하나 알 수 있는 것은 한 생물이 다른 생물에게 주는 역할의 상이성이다. 인간이 쓸모없는 것이라 단정짓는 배설물을 생명의 에너지로 인식한 것이다. 이 세상에 쓸모없는 것이란 없다. "생명은 생명에게 공양되는" 먹이사슬의 구조는 인간이 가져야할 생태윤리학의 방향을 제시해준다. 타자의 가치를 인정하지 않는 인간의 계급적 의식이 얼마나 모순인가를 말해준다. 그러나 현실은 아직도 끔찍하다. 살신성인으로 생명의 에너지를 공급하는 생물체와는 달리 환경에 대한 인간의 오만은 여전히 건재하다.

어느 산길에서 갓 낳은 산고양이 두 마리를 보았다
어린 고양이들 혀를 내밀어
가을볕 냉큼냉큼 받아먹고 있었는데

이뻐서 그저 무심히 쓰다듬었던 노랑털

어린 것은 몸에 밴 사람 냄새에

어미는 새끼의 숨통을 끊어놓고,

더 깊은 산으로 들어갔을 것이다

…(중략)…

밤마다 쓰레기더미를 파헤치는 고양이

산으로 가, 비굴하게 인간의 쓰레기 따위 뒤지지 말고

돌아가 제발, 돌멩이를 던지던 내 맨발이

가로등 불빛에 찔려 피흘리던 밤

후미진 담벼락을 걷던 달 속에서

눈썹 성근 새끼고양이 밤새 울고

—「오, 고양이!」 부분

　이 시는 동물이 인간을 얼마나 경계하는가를 비판적인 관점으로 보여주면서 생태 의식을 일깨우는 시이다. 시인은 "갓 낳은 산고양이가 이뻐서 그저 무심코 쓰다듬"어주었지만 인간을 경계하는 어미는 "사람 냄새"가 "몸에 밴" "새끼 숨통을 끊어놓고/더 깊은 산으로 들어"가버린다. 인간의 냄새조차도 거부할 만큼 동물은 인간에게 적대적이다. 그러면서도 우리는 쓰레기더미를 뒤지면서 배회하는 동물에게 산으로 돌아가라고만 종용한다. 그들의 영역을 인간의 소유로 만들어놓고, 마음대로 생물에게 이름을 붙이고, 그들을 인간의 삶에 편리하게끔 관리한다. 그들은 "사람에 의해 이름 붙여지는 순간/사람이 모르는 다른 이름을 찾아 떠나야 하는"(「매발톱」 부분) 존재가 되었다. 거주 공간과 땅의 윤리에 대한 인간의 현재 모습을 보여주는 이 시는, 자연을 유용성의 가치로만 판단하는 인간의 태도, 산업사회의 패러다임을 보여준다.

김선우 시에 나타나는 생태 의식은 생명의 순환론적인 세계관과 집단윤리학으로서의 상생 의식으로 함축할 수 있다. 순환 고리로서의 존재에 대한 필연성을 통찰하면서 생명의 소중함을 일깨워준다. 이는 인간 중심의 인식을 해체하여 인간과 자연 사이에 있는 역동성과 상호작용성을 인정하여 생태를 회복하려는 의식이다. 또한 인간의 자아를 공동의 자아로 확대시켜나가고자 하는 의식이다. 이러한 만물 공동체의 지향은 생태 윤리와 닿아 있다. 하지만 만물 공동체가 지향하는 평등 사상은 마르크시즘을 통해서 입증되었듯이 인간의 본래적 성격에는 부합하지는 않다. 그러나 내 것을 나누어주려는 소박한 의식의 발화는 생태계를 조금씩 변화시킬 것이다. 김선우는 이러한 작은 실천이 인간과 자연을 보호할 거라 확신한다. 그리고 개인주의를 타파하고 공동체적 비전을 제시하는 김선우의 생태시는 신화로의 귀환이다. 그렇기 때문에 인간과 신, 세상의 만물들이 혼접하고, 공존하는 김선우의 사생적 사유가 그 정당성을 획득할 수 있는 것이다.

그리고 김선우 시를 통해서 또 하나 간파해야 할 것은 생태 위기를 극복하고자 하는 생태시의 본질적 가치 외에도 21세기를 주도하는 시적 패러다임에 관한 문제이다. 심층생태학은 가장 강력한 포스트모던 운동 중의 하나이다. 탈근대 의식으로서 이번 시집의 시적 의식이 기존의 질서와 인간중심주의를 비판한다는 점, 거대 담론이 내세우는 권위와 관련된 보편성과 객관성을 비판하고, 인간이 큰 체제의 일부임을 깨닫는다는 사실은 포스트모더니즘적 인식과 맥락을 같이 한다. 김선우의 시는 난해한 시적 기법의 난립과 개인적 문제로 축소되어가는 시적 패러다임에 대한 비판일 뿐만 아니라 가장 전통적인 소재와 방법으로 탈근대 의식을 지향하는 시적 패러다임으로서 그 가치를 가진다.

가면적 세계와의 불화와 발칙한 언술

― 정안나, 『A형 기침』

정안나의 시는 사유의 무거움과 언술의 발랄함으로 인해서 진동이 느껴진다. 내용의 섬뜩함에 마음이 무거워지다가도 발칙한 상상력과 경쾌한 언술의 전개로 인해서 미소 짓게 되는 그녀의 시들은 냉엄한 현실 인식에 닿아 있다. 가면으로 무장한 현 세계에 대한 불신을 저돌적으로 돌파하려는 시인의 시적 태도는 도발적이기까지 하다. 이런 도발성은 시에서 시간과 공간적 질서를 무시하거나 현실과의 경계를 깨뜨리는 등의 형식 파괴의 형태로도 나타나지만 의식의 분열 증상으로도 나타난다. 부정과 경쾌함이 충돌하면서 전해지는 마음의 파동과 이미지와 이미지의 거리가 너무 먼 '무선적 상상력(wireless imagination)'은 시를 읽는 이를 곤혹스럽게 하지만 발칙한 생각을 품은 소녀 마녀 같은 화자들은 귀엽고도 사랑스러운 매혹적인 개성체로 다가온다. 정안나의 화자들은 순수하다고 말하기에는 너무 어른스러운, 세상을 너무 빨리 알아버린 애어른 같은 감수성을 갖고 있다. 하지만 이것은 허위적인 세계의 대응하려는 시적 전략의 하나로 볼 수 있다.

이런 화자들의 언술은 성장기의 어느 순간에 나버린 생채기가 시적 감수성으로 표출되는 의식의 고착 현상으로 보이는데, 이것이 현 세계의 문제를 투사하는 프리즘이 된다. 시대적 고민과 존재의 아픈 통증이 함께 느껴지는 정안나의 프리즘은 그녀가 개인의 삶에 집착하는 나르시시즘에 빠지지 않고 사회적 현실을 기꺼이 받아들이고 있다는 것을 보여준다. "꿈을 꾸는 가시"가 "나를 뚫는다"는 시인의 말은 참으로 많은 것을 시사한다. 진정한 실존의 방향성을 찾기 위해서는 시인으로서의 가시덤불의 행로를 기꺼이 받아들이겠다는 의미로 해석되고 있는데, 그럼에도 불구하고 정안나의 시적 프리즘은 일관되게 무언가와 불화하고 있다. 세계와의 불화와 순수성의 고착이라는 두 개의 줄기로 투사되는 의식은 인간 실존에 관한 질문과 비판으로 이어지고, 궁극적으로는 인간 풍자의 방식으로 나아간다. 발칙하게도 어린 감성의 언술을 기존의 세계를 비판하는 수단으로 사용하고 있다.

1. 허위적 세계 비판과 실존 불안의 틱 장애

현실에 대한 정안나의 시적 인식은 그리 건강한 편이 아니다. 그녀는 현 세계의 실체가 허위로 가득 차 있으며, 이에 따른 우리의 실존성을 가면으로 보고 있다. 가면적 현실에 대한 그녀의 인식은 주로 풍자적 형식을 가진 언어의 당돌함이나 경쾌함으로 표현된다. 당돌함 탓인지 정안나 시는 부정적인 의식이 무겁게만 느껴지지 않는다. 무거워지려고 하는 마음을 톡톡 세워 일으키는 언술들 때문에 진동을 느끼게 된다. 이 진동 속에서도 결코 간과할 수 없는 것이 허위적인 세계에 대한 불신이다. 이 불신을 정안나는 기괴하고 그로테스크한 이미지들을 무질서한 양상으로 병치하면서 현재적 실존과 내면적 고민을 개성적인 페르소나로 펼쳐나간다.

> 까마귀가 수상한 하늘이다
> 아무도 까마귀인지 모르는 까마귀가
> 전봇대에 눌어붙은 자투리 부업 광고지에 떨어진다
> 지나가는 거짓말이 땅바닥을 뒹굴다
> 신발자국 선명한 똥에 질척질척하다
> 눈물이 글썽이는 마을은 주검처럼 조용하다
> …(중략)…
> 가스통 떨어지는 소리가 아파트를 흔든다
> 누군가 또 떨어졌다 끈끈이 덫에 걸린 무서움이 할퀸다
> 말똥한 정신을 못 견딘 짐승이 살얼음판에 얼어붙었다
> 머리에서 흘러내린 무표정하고 싸늘한 가스가 허공을 난다
>
> ─「마감뉴스」부분

정안나의 시적 의식의 바탕에는 세계에 대한 불신이 있다. 그녀는 세계 내의 대상들을 정체를 알 수 없는 존재로 묘사하거나 아니면 불신하는 나의 내면을 통해서 주로 드러낸다.

시에서 세계 내 대상들은 정체성이 모호한 상태로 구체화된다. "아무도 까마귀인지 모르는 까마귀"라는 말이 그것인데, 화자는 시각적으로는 까마귀인 것을 인지하지만 심리적으로는 그것을 까마귀로 인정하지 않고 있다. 시각적인 진실을 믿지 않는 것이다. 까마귀를 보면서 까마귀가 아닐 거라는 현실에서의 통용은 현 세계의 허위성이 어느 정도인가를 보여준다. 이러한 세계의 부정은 대상들 간에 유기적인 관계성을 가지고 전개되기보다는 이미지와 이미지들이 무질서

하게 병치되어 그 불신을 가속화시킨다. 이런 시적 전개의 형식은 자아가 내면적 불안으로 인해서 세계를 논리적으로 인식하지 못할 때 표출된 무의식이기도 하지만 세계에 대한 불신을 무질서 논리로 대응하려는 시적 전략이기도 하다. 벤(G. Benn)은 이런 시적 자아를 '돌파된 자아(ein durchbrochenes Ich)'라고 하는데, 일체의 논리적 관련성 자체를 파괴하는 자아를 말한다. 형식과 언어의 무질서의 전략, 의식의 연결 고리를 파괴한 당돌한 언술로 현 세계에 대응하는 자아라 하겠다.

이런 전략을 정안나는 말(言)이 만들어내는 불신을 통해서 구체화하고 있다. 시인은 세계 내에서 통용되고 있는 말을 어디서나 뒹굴고 있는 "거짓말"로 생각하고 있는데, 시에서 이러한 것의 표상은 뉴스라는 미디어 매체이다. "마감뉴스"를 통해서 재구성되는 세계는 사회의 여론을 주도하는 권력자인 언론인들에 의해서 편집되고 재구성된다. 여론의 재구성에는 대중의 의식을 자신들에게 유리한 방향으로 이끌려는 권력자들의 의도가 개입되어 있기 마련이다. 이런 권력자의 의도성을 시인은 간파하고 있으며 그것이 현실과의 불화를 일으키는 원인이 된다는 것을 알려준다. "말똥한 정신"으로도 그 진실을 알 수 없을 만큼 왜곡되고 포장되어 있는 가면적 세계를 무질서의 전략으로 비판하는 것이다.

이런 불신은 개인에게 공포감을 조성하고, 이로 인해 심리적 불안감을 갖게 한다. 불신을 조장하는 문명의 한 현상이 한 개인의 삶을 불안으로 몰아넣는 것이다. 이것은 프로이트가 말하는 '문명 속의 불안'으로, 모든 것이 비인간화되어 상대를 믿을 수 없는 세계에서 갖게 되는 심리적 공황 상태를 말한다. 심리적 공황 상태는 "누군가" "떨어"지는 나락의 현실이 내게 전이되어 "끈끈이 덫에 걸린 무서움"

으로 다가올 거라는 불안을 갖게 한다. 이런 공포와 불안은 궁극적으로 감정 자체를 부정하거나 상실하게 하여 무표정한 인간으로 만들거나 혹은 내가 누군지 정확히 알지 못하는 분열된 존재를 만들게 된다. 이러한 측면은 정안나도 인식하고 있는데, 아래 시를 보면 그것을 알 수 있다.

> 너는 네가 아니라며 영정사진 속에서 웃는다
> 나도 네가 아니라며 흑백사진 속에서 웃는다
> 머플러 속에 감춘 네 웃음에 무릎 꿇는다
> 지우고 긁어도 웃음은
> 뺨을 때리고
>
> 내겐 웃음이 없어
> 추어탕 육개장에는 네가 없어
> 추어탕 먹으며 염불하는 스님
> 화장실에서 성가하는 여신도의
> 웃음을 쳐다본다
>
> ──「굿모닝장례식장」 부분

세계를 불신하는 시적 대상들이 희화(戱畫)적으로 형상화되고 있다. 죽음을 앞에 두고서도 진실이라고는 찾아볼 수 없는 현실은 참으로 우스꽝스러운 상황을 연출한다. 혼을 천도하는 "스님"이 "추어탕"을 먹는 행위나 "화장실에서 성가"를 부르는 "여신도"와 같은 존재들은 내면과 외면이 다른 위선 덩어리들이다. 장례식장의 모든 사람들이 나와 상대를 속이기 위한 이중적 자아를 갖고 있다. 이들에게 "존재하는" 세상의 "모든 표지판"은 "두 그릇의 밥으로 향"(「나의 어부」)하고, 이중적 실존의 방향성은 현실에 대응하는 수단으로만 끝나지 않는다. 타인을 속이기 위한 허위가 궁극적으로 나를 속이는 자기기만의 모순으로 나아간다. 자신의 정체성마저 누구인지를 모르는 혼란을 겪게 된다. 허위로 가득 찬 세계에 대응하기 위해서 자의든 타의든 간에 나를 감추고 탈을 상대에게 내밀다 보니 자기기만의 모순 속으로 빠져드는 것이다.

중요한 것은 이런 현실이 현 세계에서만 통용되는 게 아니라 신비의 영역으로 생각하는 내세의 존재에게도 적용된다는 사실이다. 절대적 타자의 자리를 차지하고 있는 영정 사진 속 망자는 웃음을 지으면서 생전에 만든 허위적 관계가 진실이 아닌 진실이라는 것을 깨닫게 해준다. 이 진실은 이제 산 자의 몫으로 남는다. 인간관계에 대한 진정성에 대한 고민은 산 자 혼자서 감내해야 할 생의 과제이다. 장례식장 상황에 대한 화자의 냉소적 시선은 여전히 그 난제를 풀지 못하고 있는 정안나의 내면적 고뇌라고 볼 수 있다. 허위적인 인간관계가 삶의 모든 정황을 부정으로 보게 한 것이다. 남을 속이기 위한 허위의 말이나 행위는 자신을 정당화하기 위한 것이지만 당하는 사람의 입장에서 그것을 반복해 듣거나 보다 보면 나중에는 진실을 말해도 믿을 수가 없게 되는 것이다.

앞의 시들에서 알 수 있듯 정안나는 사회적인 말과 개인의 정서를 모두 허위로 보고 있다. 이것은 정안나가 모든 대상과 불화를 겪는 원인으로 볼 수 있는데, 나와 타자와의 관계로만 끝나지 않는다. 이 불화가 자신과의 불화로 이어진다는 것이다. 인간으로서의 자신에 대한 불신으로 이어져 사회나 집단의 공동체로부터 나를 분리시켜는 자기 고립의 현상으로 나타난다.

나는 내게 제발 피아노 치며 찾지 마

축구 하지 마
발뒤꿈치 들고 걸어, 말하곤 하지
멱살 잡힌 채 일 년 내내
뛰어 나가 내 집의 방문을 받는다
내가 내게 손 내민다고 악수가 되는 건 아니잖아
참기름 바르고 감을 주고받는다고
창문이 없어지는 것도 아니잖아

…(중략)…

나는 한 번도 잠을 자지 않는다

— 「늘그린아파트」 부분

플라스틱 케이크를 나눠주지 말아야지
대문을 닫아버리고 이웃은 찾지 않아야지
냄새를 흘려보내지 않아야 이웃이지

생크림을 아껴서 먹네
내가 장미를 보고 웃고
장미 꽃밭이 나를 보고 흥분하네

축하해
플라스틱 케이크라서 완벽해
행복을 탄생시키는 소품은
문화적인 상징이지

— 「플라스틱 케이크」 부분

인용 시들에서 정안나 속에는 정안나가 있다. 세상을 차단하고 홀로 성벽을 쌓고 있는 화자의 모습은 타인과 소통할 생각은 하지 않고 내 속에 있는 나와 대화하면서 나만의 행복을 만들고 나만의 문화를 만들어나가고 있는 형상이다. 타자와의 불화를 줄이기 위해서 나의 존재를 드러내지 말아야 한다는 화자의 강박증은 본래적 나를 통제하다 보니 진정한 나와 "악수"를 하지 못하는 불화로 대치된다. 자신조차도 가면으로 바라보는 불행한 현실은 개인의 사생활을 너무 존중하는 데서 오는 사회의 현상으로 비롯되었다고 할 수 있다. 그로 인해서 개인은 철저히 고립되고 인간관계는 단절되고 무관심해지는 현실적 실존을 정안나는 예리하게 간파하고 있는 것이다.

시에서 인간관계의 불화는 아파트라는 공동체 주거지를 통해서 구체화되는데, '나'로 의인화되어 있는 "늘그린아파트"는 철문으로 닫혀 있는 대표적인 자기 고립의 공간이다. 주택과는 다르게 아파트라는 공간은 철저하게 나의 사생활을 보호해주는 공간이다. 철저하게 한 덩이로 엉켜 있으면서 철저하게 고립되어 있는 아파트라는 공동체 형식은 '피로사회'의 전형을 보여주는 공간이다. 그곳은 감정을 교류하는 곳이라기보다는 불신을 소통하는 곳이다. 상대를 배려하지 않고 치는 피아노 소리, 쿵쾅거리는 소리 등 층간 소음을 유발하는 다양한 요소들은 서로 간의 불화의 원인이자 소통 부재를 만드는 원인이다. 상대의 소음을 견디지 못하는 불화의 심리가 나와 타자의 관계를 차단하고 나를 고립시키는 것이다. 때문에 "창문을 향해 굴을 파는" 행위는 곧 세계를 더욱 견고하게 차단할 수 있는 장치를 만든다. 타인에게 피해를 입히지 않으려는 화자의 심리는 타인을 배려하려는 것을 넘어 나를 괴롭히는 강박증의 원인이 된다. 평화를 유지하려는 긴장감이 나를 "잠을 자지" 못하게 하는 불면의 현상으로 몰아넣은 것이다. 고립의 강박증은 점차 자기 고립의 의식으로 변주되어 문화와 역사를 변질시키는 요소로 작용한다.

「플라스틱 케이크」를 보면 시적 화자는 홀로 문화와 역사를 만들고 있다. 세계의 밖으로 나가는 "문"이 닫혀 있는 것은 물론이고, 물질이 아닌 "냄새"조차 집 밖으로 "흘려보내지 않"는다. 이웃에게 냄새를 풍기지 않으려는 행위는 이웃에 대한 배려라기보다는 이웃과의 불화를 만들지 않기 위해 선택한 삶의 방식으로, 현대사회에서 볼 수 있는 고립적인 실존의 한 방식을 보여준 것이다.

그동안 인류의 역사를 되돌아보면 사회와 개인은 많은 부분 교집합을 이루어왔다. 집단이나 인간과의 관계가 개인의 실존에 많은 영향을 미쳤다. 그런데 지나치게 개인을 존중하는 현대사회는 인간을 고립시키고 폐쇄의 실존성으로 몰고 간다. 타인과의 평화를 유지하기 위해서 본래적 자연성의 얼굴보다는 가면적인 표정과 언술로 인간관계를 유지한다. 자연적인 호흡을 상실한 일상은 인위적인 실존성을 만들고 문화와 문명을 만들어나가는 것이다. 때문에 화학적으로 조립한 "플라스틱 케이크"라는 말은 생명성이 가공되어 인공적으로 변질되어가고 있다는 것을 상징한다. 화학적인 케이크를 달콤하게 먹는 화자의 모습은 스스로 비인간적 존재임을 보여주는 자기 풍자의 모습이다. 이러한 자기 풍자의 모습은 우리의 실존이 인위적으로 변한 것에 대한 시인의 신랄한 비판이다.

이런 비판은 일상을 넘어 몸의 감각을 비생명적으로 묘사하는 인간풍자의 모습으로 나아간다.

여자가 기침을 한다

플라스틱 꽃냄새가 난다

사방팔방 무덤가에 굴러 떨어진 꽃을 깨우며

가면을 고쳐 쓰고 나간다

…(중략)…

눈알이 입속에서 씹히고

가면을 빌려 쓴 시계

틱틱 톡톡 틱틱틱 톡톡톡 틱 장애를 일으킨다

—「A형 기침」 부분

　"기침을" 하는 여자의 몸에서 "플라스틱 꽃냄새"가 난다. 화자는
여자를 후각적으로 지각하고 있는데 상대에게서 지각되는 감수성은
자연의 냄새가 아니라 화학적 성분을 풍기는 냄새이다. 질 들뢰즈는
우리 몸속에서 꿈틀거리는 감각의 현상을 생명의 내부에서 일어나는
'존재론적인 사건'이라 했는데, 자연적인 성분이 분해되고, 화학적으
로 지각되는 감각은 비생명적 물질에게서 일어나는 사건이다. 때문
에 대상을 비생명적 존재로 인식하는 것은 인간 상실의 극한을 보여
주는 것이다. 인간성을 상실한 관계는 서로에게 "가면"일 수밖에 없
으며, 가면적 대화는 가면의 실존을 만들고 가면의 생을 만들 수밖
에 없는 것이다. 이런 인위적인 실존이 시인을 불안하게 만든다. 자
기 눈알을 자신이 씹어 먹고 있는 그로테스크한 시적 대상의 모습은
시인의 내부에서 일어나고 있는 불안의 표출로, 극단적인 자학의 모
습이며 자기 고립과 불화를 보여준 것이다. 때문에 정안나가 말하
는 "가면을 빌려 쓴 시계"는 현대의 역사가 만들어내는 실존성의 방
향이며, 스스로는 통제할 수 없는 불안을 몸 언어로 표출하는 "틱 장

애”는 존재의 실존 상태를 표상하는 현재적 시각이다.

이렇게 정안나는 허위적이고 신뢰하지 않는 인간의 관계가 세계와의 불화를 조장할 뿐 아니라 궁극적으로 자신과의 불화를 조장한다는 것을 보여준다. 고립과 폐쇄성의 문화와 실존성을 만들어나간다는 것을 보여준다. 시를 장악하고 있는 이러한 요소들은 허위성으로 가득 찬 사회에 대한 비판이며 이로 인한 인간 실존의 방향성 상실에 대한 문제의식이다. 이러한 문제의식을 정안나는 해체적 시 형식과 당돌한 언술로 세계를 정면 돌파하면서 시를 읽는 이에게 메시지를 전송하고 있는 것이다.

그렇다면 이런 정안나의 문제의식은 어디에서 발화된 것일까? 그것에 대한 해답은 그녀의 또 다른 시에서 보여주는 가부장적 질서의 변형체, 모성적 권력을 가진 엄마에 대한 불신이 그 원인일 듯싶다. 같은 풍경이라도 렌즈에 따라 다른 사진이 찍히듯이 인간이 가진 성장기의 정신적 특징은 현실을 예각하는 프리즘으로 누구에게나 내재되어 있기 때문이다.

2. 플라스틱 엄마의 선망과 영원한 아이의 고착

불화의 세계를 정면으로 돌파하려는 정안나 의식의 근원에는 남성적인 권력의 변형체인 모성 권력자로서의 엄마에 대한 불신이 내재되어 있다. 평범한 성장기를 거쳐온 사람들에게 엄마에 대한 이미지는 평화롭고 풍요롭다. 그런데 정안나 시에서의 엄마는 아버지가 없는 자리를 대신하는 존재로, 권력적 질서를 재편하는 위치로 형상화되어 있다. 가부장으로서의 질서를 제대로 유지 못하는 아버지에 대한 불신과 그 자리에게 새로운 권력자로 군림해 있는 엄마에 대한 불신은 중첩되어 기존의 세력들과의 불화로 나타나고 있다.

일반적으로 수직적인 계보의 여성들 간에 인간적인 면모가 상실될 때에는 그들의 관계는 가부장적인 질서와 동일한 시스템으로 돌아간다. 오히려 남성들이 휘두르는 권력보다 더 권력적인 게 변형된 가부장적 권력이다. 이런 가부장적인 질서는 여성이 여성 위에 군림할 뿐 아니라 동시에 남성을 등을 업고 있는 경우가 많아 여성들에게 이중의 억압으로 작용한다. 이 이중적 억압은 권력자에 대한 선망과 거부를 나타내기도 하는데, 정안나의 시에서도 그런 이중적 의식이 보인다.

> 식탁에 밥 좀 올리지 마
> 냉장고에서 뒤통수 맞아 짓물러졌잖아
> 더 짓물러야 따뜻한 저녁을 먹을까
> 궁상맞게 숭늉이 그립네
> 아빠는 기억도 없이 오늘도 증발했어
>
> 어제 밤새 휘청거린 삼각김밥은 뭐에요 엄마
> 치명적인 싸구려 같지 않아요
> 아빠도 없는데 덩달아 나가버리면 어떡해요
> 우린 샌드위치야 뭐야
> 그래도 엄마는 하얗게 포장한 얼굴로
> 나가 버렸어
>
> ―「나비효과」 부분

> 쓸쓸한 밥상은 엄마 하세요
>
> …(중략)…

쌀 봉지를 아버지처럼 안고 계단 내려오는 엄마
패대기쳐 버리세요 보내버리세요
떨리는 엄마
나는 절대 엄마는 안 될 거예요

―「이상적인 밥상」 부분

인용 시들에서 엄마에 대한 정안나의 시선은 아주 냉소적이다. 모성적 권력의 억압보다는 방치로 인한 부정 의식이 더 강하게 작용하고 있지만 어쨌든 이런 요소들은 어린 화자에게 그 자체로 불안을 유발하는 심리적 억압으로 작용한다. 화자는 아버지가 증발하고 없는 현실에 엄마가 주도하는 세계의 질서에 호응할 생각이 없다. 정신적 지주로서 자식을 방치하는 부모에 대한 부정 의식은 온 가족이 모일 수 있는 밥과 밥상을 통해서 구체화되는데, 아버지의 부재로 인한 가족의 관계는 이미 공동체적 모습을 해체한 상태로 나타난다. 아버지를 대신하는 엄마의 질서는 가족 간의 관계를 물질적 교환가치로 쉽게 대응하려는 생각을 갖고 있다.

「나비효과」에서 보듯 저녁 밥상을 대신하는 것은 정이 아니라 편의점에서 돈으로 쉽게 살 수 있는 "삼각김밥"이다. 가족의 연대감보다는 한 끼의 허기를 채우는 것에 급급한 엄마의 질서는 가족의 관계를 마음이 아니라 물질로 치환하고 있다. 가부장적 권력의 부재와 물질로 치환되는 권력 사이에서 화자는 이중적인 권력의 불신 때문에 심리적 억압을 받는 "샌드위치" 같은 존재로 살아간다.

이런 상황은 「이상적인 밥상」에서 보듯 엄마가 가진 권력이 아버지에게서 파생된 것이기 때문이다. "쌀봉지"를 "아버지처럼 안고" 있는 엄마는 가부장적 권력의 모방자이다. 화자는 엄마가 가진 권력을 모성이 아니라 가부장적 권력의 변형으로 보고 있다. 자신이 살고 있는 집조차 엄마의 집이 아니라 "외삼촌의 집(「하늘색 팬티스타킹」)"으로 인식하는 것은 여성의 권력이 남성을 등에 업고 있는 상태라는 것을 간파한 것이다. 무의식적으로 엄마가 가부장적인 질서에 조종되고 있다는 인식은 엄마가 행사하는 권력이 "치명적인 싸구려"일 거라는 인식으로 연결된다. 그런 점에서 "절대 엄마는 안 될" 거라는 화자의 말은 가부장적 질서의 꼭두각시로서의 권력자는 안 될 거라는 의미와 함께 여성으로서의 엄마를 거부하는 이중적 심리가 표출된 것이다. 성적 정체성을 떠나 독립된 인격체로서의 자신의 존재성을 갖겠다는 말이다. 엄밀히 말하면 이것은 바쁜 현대의 일상으로 인해서 변질된 모성 권력과 여성 권력에 대한 비판의 변형이라고도 볼 수 있다. 아버지에 대한 불신과 엄마가 가진 권력의 무게가 인스턴트성이라는 것을 알게 되면서 그 권력을 전복할 수 있다는 욕망을 갖게 되는 것이다.

이 욕망은 정안나의 시에서 엄마의 권력을 전복하려는 심리로 나타나기도 하지만 아이러니하게 엄마를 선망하는 심리로도 나타난다.

따라붙는 꼭두각시 춤 지나
엄마가 무릎 꿇도록 달리는 거야
솜사탕이 녹아내린다
엄마는 앞서 달리며 소리 지른다
앞질러 가는 거야
달려라 하니
이참에 네 혀에 베팅해야겠어

—「달려라 하니」 부분

이마를 두드리며 들어오는 날은
새엄마의 치맛자락 속으로 들어가고 싶어

저녁에 달아올랐다 밤에 싸늘해진 표정을 풀어놓는
당신의 인스턴트표정이 좋아
우리는 부담 없는 표정을 좋아하지
탤런트 기질로 나를 덧칠해줘
뜨건 손으로 내 이마를 식혀줘

악몽도 부적도 붙여주지
개미위의 바위고 바위의 장화홍련인,
오늘도 새엄마의 전설은 재해석하고 싶어

…(중략)…

새벽 2시, 목소리를 잃어가는
플라스틱 책은 따뜻해
이마를 짚어주는 엄마가 되는 밤이야

―「나의 전기장판」 부분

「달려라 하니」는 만화 캐릭터인 "하니"를 화자로 치환하고 있는 시이다. 현실의 고난을 견디어내기 위해서 무작정 달리는 하니의 행동은 엄마라는 권력을 전복하기 위한 내면적 질주이다. 가부장적 질서에서 가장 큰 경쟁자가 아들이라고 볼 때, 모성적 권력에 있어서 딸은 아들과 마찬가지의 위치에 있다. 경쟁자로서 엄마는 딸을 자신이 만든 질서 속에 넣어 통제하려고 하고, 딸은 엄마가 만든 질서를 위반해야 권력을 장악할 수 있다. 칼 융은 엄마에 대한 저항 의식을 모성 콤플렉스의 전형으로 본다. 절대로 어머니와 같아지지 않겠다는 생각 때문에 어머니에 대한 동성체(어머니 숭배)에는 이르지 못하지만 다른 한편으로는 선망하기도 한다. 이때 저항으로 자신을 소모하는 경우에는 오성(悟性)의 발달과 함께 남성적인 특징을 보인다. 시에서 남성 우월주의의 이데올로기가 내재된 스포츠를 추월의 표상으로 한 것이 그것이라 할 수 있는데, 아버지로부터 조종되는 엄마의 "꼭두각시 춤"은 내가 추월해야 할 금기의 경계선이자 내가 독립체로 우뚝 설 수 있는 출발선이다. 그 경계선을 뛰어넘어야 "엄마가 무릎 꿇"고 내 스스로 세계의 질서를 만들 수 있다. 엄마의 굴복은 그들의 세계 속에서 벗어나 스스로 주체적인 인격으로 설 수 있다는 것을 의미한다. 그러면서도 정안나는 엄마를 선망하는 의식을 보이기도 한다. 이런 심리는 일반적으로 절대적 권력의 무력함에서 오는 경우가 많은데, 어린 화자의 입장에선 그럴 수도 있는 일이다.

「나의 전기장판」에서 정안나는 "새엄마"가 가진 인스턴트성 질서를 긍정적인 언술로 호응한다. 그동안 세계와의 불화를 조장했던 "악몽도 부적"일 수가 있는 생각은 자기가 넘어설 수 없는 권력자에 대한 공포와 불안이 경외감으로 변질된 심리적 현상인데, 그럴 바에는 권력자에게 기대는 것이 더 안전할 거라는 심리이다. 그로 인해 나를 위협하는 존재를 심리적으로 사랑하거나 존경하는 대상으로 바꾸게 된다. 화자가 "새엄마의 전설"을 "재해석"하고 싶어 하는 이유도 이것 때문이다. 그동안 악독한 존재로만 해석되어왔던 새엄마가 나를 따뜻하게 품어주고 보호해주는 존재라고 믿고 싶어 하는 심리이다. 이런 심리의 왜곡은 그동안 나를 불안하게 했던 요소인 엄마의 "인스턴트표정"이나 필요에 따라 연기를 하는 "탤런트 기질"을 "이마를 짚어주는" 진정한 나의 엄마의 모습이라 착각하게 되는 것이다.

이러한 심리의 또 다른 변용 양상이 성인이 되기를 거부하고, 어린 아이로 고착되고 싶어 하는 화자를 내세운 시들이다.

책상에 올라간 세 살배기
책상 이전의 초록 떡잎에 손깍지 끼고
웃음을 풀어헤쳐가네

미끄럼틀 지나 팔 벌린 정글짐에 이르네
솜사탕 내민 제비 부리만한 기쁨
사탕에 쌓인 잇몸 가려운 투정을
시소에 풀어놓네

훌쩍 키 큰 아이는
백 가지의 입 벌린 나무를 만지네

책상은 언제나 헝클어진 책상인
나는 예민한 울렁증일고
겨우 정글짐에 도착해
세 살의 볼우물에 미끄러지는 사이

…(중략)…

백가지의 궁금증인
백가지의 놀이터인
세상의 아이를
나는 도저히 붙잡을 수 없네

―「책상, 책상」 부분

가면적 세계와의 불화와 발칙한 연습

정안나의 내면에는 아이가 뛰어다니고 있다. 앞에서 보았듯이 가부장적 권력과 엄마의 권력을 비판하는 시들의 많은 화자들이 순수성을 간직한 어린 소녀의 발칙한 감수성을 갖고 있다. 근원적으로 이러한 심리는 어른들이 만든 언술을 신뢰하지 않은 것이라 볼 수 있지만 부정한 현실에 함몰되지 않으려는 정안나의 내적 상태를 표출하기 위한 시적 전략이다.

　시에서 정안나의 시선은 자신 속에 내재되어 있는 "세 살배기" 어린아이의 기억으로 가 있다. 세계의 질서를 제대로 인식하지 못하는 아기 시절은 "초록 떡잎"의 푸릇푸릇한 "웃음"을 마음껏 "풀어헤쳐" 놓을 수 있는 시기이다. 화자는 세계를 호기심의 대상으로만 여기거나 "놀이터"로 인식하는 "세상의 아이를" "붙잡"아두고 싶지만 현실이 그렇지 않다는 것을 알고 있다. 정안나의 시에서 성숙되지 않은 어린 감성의 자아가 많이 등장하는 것은 세계에 길들여지지 않고 순수한 내적 진정성을 간직하려는 의도와 많이 연결되어 있다. "길들여진 웃음만이 소통되는" 순수한 세상을 꿈꾸지만 "함정"(「하이에나의 웃음」)을 가진 세상은 그렇지 않다. 때문에 그녀는 "멀미나는 세상을 잘라"(「귀가 궁금하네」)버리고 싶어 하는 것이다. 이런 순수성 회복의 갈망은 현실 세계의 부정이며 근원적으로 세계의 역사를 다시 써야 한다는 시인이 판단이다.

　이런 판단이 정안나의 시에서 어린 화자들이 가족이나 타인과 융합되지 못하고 홀로 세계에 저항하면서 내적 분열을 겪고 있는 이유이다. 어린 시절을 반복적으로 들여다보는 이런 나르시시즘을 김준오는 혼자 있음을 절대적 신념으로 하는 모더니즘 예술의 특징으로 본다. 현실에서 체감하고 있는 실존적 허위성과 부정이 순수성을 간직하고 있는 어린 시절의 나르시시즘으로 빠져들게 하는 것이다. 이는 곧 현 세계와의 불화로 현실을 기피하고자 하는 심리이다. 순수성을 간직하고 있는 어린 시절의 은밀한 기억을 통해서 현 세계의 불만을 해소하고 심리적 안정을 얻으려는 것이다. 이것이 정안나가 '영원한 아이'로 있고 싶어 하는 이유이다. 하지만 이런 정안나의 의지와는 달리 순수성의 세계 속에서도 갈등을 겪고 있다. 이것은 세계가 정화되어야 한다는 사실이 불가능함을 재확인하는 과정이다. 결론적으로 말하자면 정안나는 허위적인 세계를 정화할 수 없다는 인식에 와 있다. 이것은 우리의 실존 또한 그렇게 나아간다는 것을 의미한다. 때문에 앞으로 정안나의 시적 자아들이 발돋음하는 길은 세계가 좀 더 나은 존재성과 실존을 획득할 때 가능해질 것으로 보인다. 정안나는 무질서한 형식과 도발적인 언술로 세계를 과감하게 돌파하려는 의지를 가졌지만 좌절할 수밖에 없는 현실을 재확인해주었을 뿐이다. 시인의 돌파적인 자아나 무의식적 의지의 현신인 '영원한 아이'는 허위적인 세계와 시인의 내적 진실성과의 괴리에서 발생한 트라우마의 흔적이라 할 수 있다. 세계와의 간극을 좁히기 위해 택한 시적 행로이며, 삶의 진실을 추구하려는 내면의 꿈틀거림과 이에 호응하지 못하는 세계 사이에서 진동하는 정안나의 통증의 보고서이다.

제3의 존재를 생성하는 발효 화법

— 안효희, 『서른여섯 가지 생각』

시인은 수만 가지 꿈을 꾸는 사람이다. 다양한 시로 형상화되는 그 꿈은 세계에 대한 단순한 감상이 아니라 좀 더 완전한 인간으로 거듭나고자 하는 시인의 의지를 표출한 것이다. 그런 점에서 시인이 세상에 내어놓는 한 권의 시집은 인간적 존재가 가진 삶의 가치와 방향성에 관한 탐색이라 할 수 있다. 안효희 시인 또한 이번 시집을 통해 '나'의 존재성과 '너'의 존재성 그리고 이들 상호 간에 생성되는 실존적 문제들을 형상화하고 있다.

시집에서 안효희는 거대 사회 속에서 고립되어가는 현대인의 일상을 경계 의식으로 인식하고 있다. 존재의 분리와 결합을 문제시하는 안효희의 경계 의식은 일상의 응시로 포착된다. 일상의 포착은 시에서 무심한 듯이 제시되지만 그의 또 다른 시들을 보면 이것들을 존재의 변이로 심화하고 있다는 것을 알 수 있다. 특히 촉각적 상상력을 보이는 시들이 그것인데, 촉각은 '나'의 존재와 '너'의 존재에 관한 문제를 가장 폭넓게 아우르고 있는 감각이다. 촉각적 상상력은 일상의 문제들에 대응하는 안효희의 의식적 현상이다. 인간의 의식을 원초적인 감각으로 나타내는 것은 대체로 이성적 현실의 부정을 의미한다. 원초적 순수성을 통해 현실의 문제들을 극복해보려는 것이다. 하지만 안효희의 감각 언어는 원초성을 환기하기보다는 발효의 방식을 택한다. 그런 점에서 이번 시집의 한 특징으로 나타나는 경계 의식과 촉각적 상상력은 현실의 문제들을 존재론적인 차원에서 탐색한 결과로 보인다.

1. 분리와 결합의 경계의식 : 들여다보기

현실 문제를 들여다보는 안효희의 의식은 일상을 객관적으로 응시하는 데서 시작된다. 문명사회의 성장 속에서 사라져가는 것들, 특히 인간으로서의 존재성에 대한 문제에 주목하고 있다. 안효희는 문명사회에 대응하는 존재의 이중성을 끈질기게 바라본다. 예컨대 시에 사용되는 상충되는 의미들, '사라지는' 것과 '드러나는' 것(「울음의 주기」 부분), '상승하는 것'과 '상승하지 않는 것'(「엘리베이터」 부분), '여는 것'과 '웅크린 것'(「연(開) 다(多)」 부분) 등이 그것이다. 이것들은 어떤 면에서 존재의 결합과 분리를 표상한다. '여는 것'은 존재와의 결합 가능성을 보여주는 것이고, '웅크린 것'은 단절을 의미한다. 이러한 경계 의식은 안효희의 시편들 속에서 서로 대비되거나 상충하면서 존재의 양상을 보여준다.

건너편 고층빌딩이 통유리 넓은 창으로 24시간 들여다보지

행복인지 불행인지 알 수 없는 것들로 점점 배가 불러지면, 아치형

창을 내고 40층 50층까지 올라갈 수 있지 …(중략)… 더불어 사는 무덤 1605호

　불룩한 배를 만지며 하루에도 몇 번씩, 아무도 몰래 작은 아이를 낳지 바깥으로 기어나가는,

　　　　　　　　　　　　　　　　　　　　　　　　—「순장」 부분

　존재의 양상에 대한 안효희의 시적 의식은 처음에는 시각적으로 인지된다. 카메라의 프레임이 한 컷 한 컷을 찍듯이 무심하게 세상을 들여다보는 시적 화자는 세계와 직접 대면하지 않는다. 창이라는 매개를 통해 세상을 보고 있는데, 이때 "창"은 세계에 대한 결합과 분리를 동시에 표상한다. 안효희의 경우 창은 결합의 의미보다는 분리의 의미가 더 강하게 작용한다. 그녀는 창을 방패막으로 세우고 세계를 '들여다보고' 있다. 이러한 의식은 그녀의 또 다른 시 「단층집」에서도 보이는데, "34층 베란다에서 무료한 오후 2시를 내려다"보는 시적 화자가 그것이다. 여기서의 베란다는 "통유리 넓은 창"과 유사한 의미를 가진다. 이 둘은 세계를 보는 장치인 동시에 세계를 막고 있는 장치이다. 안효희의 시적 응시가 이렇게 조심스러운 것은 현재의 세계를 비인간화로 인식하기 때문이다. 안효희가 지각하고 있는 존재와 존재성은 시에 나타난 바와 같이, "24시간"이나 "오후 2시"와 같은 숫자와 함께 나타난다. 그녀는 현대인의 행복과 불행을 감정지수로 나타내지 않고, "40층"과 "50층"과 같은 아파트의 높이로 나타낸다. 이처럼 세계를 비인간화로 보는 의식은 생활의 터전인 주거 공간을 "무덤"으로 표상한 것을 봐도 알 수 있다.

　이러한 인식은 그녀가 자연적 존재로서의 개인은 이미 죽었다고 생각하는 데에 있다. 물질문명의 성장은 "쑥쑥 너무 잘 자라"이제는

"버려지는 이유"(「정리 혹은 정리(定離)」 부분)가 되고 있다. 인위적 존재성에 길든 인간은 스스로 인간적 존재의 소외자가 되어가는 것이다. 그런데 흥미로운 것은 이러한 현실 문제들을 그녀가 촉각적 상상력으로 표출한다는 것이다. 감정의 정체를 알 수 없는 존재의 "불룩한 배를", "하루에도 몇 번씩" 만지는 시적 화자의 행위는 물질문명과 인간의 결합에서 오는 문제를 지각하는 언어로 이해된다. "아무도 몰래 작은 아이를 낳"아, 새로운 존재로 거듭나려는 안효희의 의식은 문명적 존재는 거부하고, 자연적 존재를 지향해야 한다는 메시지를 우리에게 주고 있다.

자연적 존재로의 회복이 아래 시에서는 근원에 대한 갈망으로 나타난다.

사는 동안 한바탕 비가 지나갔다 동물원 인공증식장에서 키우던 수 만 마리 개구리가 거짓처럼, 진실처럼 사라졌다 존재는 사라지는 순간 드러나는 것, 어른들이 작대기를 들고 풀숲을 뒤진다 망각이라는 풀들이 잠시 일어섰다 누울 뿐, 어둠은 아무런 기척이 없다

꼭꼭 숨어라 배꼽! 꼭꼭 숨어라 울음!

…(중략)…

누구도 가본 적 없는, 돌이킬 수 없는 습지가 있다 꼼짝하지 않는 흑색 점무늬 개구리, 몸을 찢고 날개가 돋기 시작한다 달이 뜬다 숨바꼭질은 끝난다 주기적으로 건너오는 울음의 늪이다

―「울음의 주기」 부분

인용 시에서 인간의 존재성은 "거짓"과 "진실", "사라지는" 것과 "드러내는" 것 등의 양상으로 상충되어 나타난다. 존재의 생성과 소멸은 우리의 일상에서 늘 내재되어 있다. 하지만 물질문명 속에서 성장한 현대인은 곧 "동물원 인공증식장에서 키우던 수만 마리 개구리"와 같은 존재성을 갖고 있다. 물질문명 속에서 성장한 인간은 사라진 개구리처럼 한순간에 거짓이 될 수 있다. 그런 점에서 사라진 개구리를 찾기 위해 "풀숲을 뒤"지는 행위는 '존재가 무엇인가'를 고민하는 안효희의 시적 탐색과 같다고 할 수 있다. 이에 따라 안효희의 근원에 대한 역설은 존재성 회복을 위한 일종의 주술인 것이다. "꼭꼭 숨어라 배꼽! 꼭꼭 숨어라 울음!"은 자연적 순리가 세상의 중심이 되기를 바라는 것이다. 우주적 세계의 중심을 의미하는 "배꼽"은 결국 자연적 존재의 회복을 의미하는 것이다. 그래서 개구리의 주기적 울음은 "돌이킬 수 없는 습지", 즉 현재의 우리를 되돌아보는 내면적 성찰의 주기라 할 수 있다.

2. 가려움으로 존재성 알리기 : 촉각 언어의 화법

감각 작용을 통해 현실 문제를 표출하는 안효희 시는 때로 알레르기나 가려움 같은 이상 반응의 표출로 정신적 상태를 드러낸다. 일반적으로 알레르기는 어떤 종류의 물질을 섭취하거나 접촉할 때 부작용으로 생기는 몸의 반응이나 과민증, 재채기, 가려움증, 호흡곤란, 두드러기 등의 증상을 말한다. 따라서 시로 형상화되는 가려움이나 알레르기적 상상력은 '나'와 '너'의 관계에서 생기는 불협화음이나 파편화되어가는 현대인의 존재성에 대한 모색이다. 거대 사회에 짓눌려 고립화되어가는 인간의 존재성 알리기이다.

> 드르륵 창을 열면 태양이 말을 걸었지 햇살도 김치 항아리처럼 발효작
> 용 일으키지 애벌레가 생기고 수백 마리 환한 나비, 빛 속에서 부화되었
> 지 눈이 부신 하얀 살결, 하얀 눈밭은 빛살에 먼저 반응했고 미세한 진동
> 느끼며 들었지 태양이 방금 낮은 봄을 말하였어 그것은 함부로 교신할
> 수 있는 것이 아니지 음지식물이 빛을 모르고 살듯 눈 어둡고 귀 어두운
> 자는 모르지 맨살에 지글지글 끓어오르는 풍경, 붉어지고 다시 붉어져
> 맺히는 눈물집, 따뜻하고 환한 손길로 쓰다듬는 빛의 사랑법이거나 대화
> 법이지 꽃밭이거나, 들판이거나, 산중턱이거나, 머지않아 온 대지에 필
> 것이니, 간지러움, 간지러움, 이 꿈틀거림

—「알레르기」 전문

안효희의 정신적 간지러움은 "시간의 알갱이로" 채워지는 "집"에서 발병한다. 안효희 시에서 기호화된 존재의 정신적 반란은 몸의 반응으로 나타난다. 물질문명으로 인해 지친 삶이 "잠복기를 거"쳐(「잠복기」 부분) "알레르기" 같은 "꿈"으로 나타나는 것은 존재가 소외될 때 나타나는 현상이다. 일반적으로 경계에 대한 느낌이 차단될 때 인간은 알레르기나 가려움 같은 이상 반응을 표출한다. 인간의 가려움은 물질적 결합의 이상 반응이기도 하지만 심리적 이상 반응이기도 하다. 존재와 존재의 관계가 불협화음을 이룰수록 촉각적 특성은 어떤 초월적인 대상을 지향하게 된다. 루돌프 슈타이너는 촉각적 특성에서 접촉은 심리적인 안정감과 관련이 있다고 본다. 사회적 소외자로서 시적 화자의 분리감은 어떤 새로운 존재를 갈망하게 한다. 새로운 존재로의 과정이 시적 알레르기의 반응인 것이다.

안효희의 촉각적 반응은 주로 그늘과 태양의 교차 지점에서 발생

한다. 접촉이 발생하는 이 지점에는 서로 존재가 만나지만 결국에는 두 존재가 모두 사라지게 된다. 안효희는 존재의 논리를 흑백으로 단언하지 않는다. 시에서 흑과 백, 그늘과 빛, 상승과 하강 등 상충된 것들을 언급하지만 이것은 제3의 존재가 생성하기를 바라는 것이다. 이러한 바람은 그녀의 시를 빛의 지향성으로 나아가게 한다. 세계를 가로막고 있는 창이나 베란다 같은 경계의 막을 열어 젖히고 빛과 어둠은 결합하게 한다. 어둠과 빛의 어우러짐이 "수백 마리 환한 나비"로 부화하여 새로운 존재의 양상을 만들어낸다. 삶의 가치들을 발견해낸다.

3. 열린 존재성 지향 : 빛의 발효체로서의 시

안효희의 촉각적 상상력은 의식의 감각화라는 점에서 자연적 존재성 알리기라 할 수 있지만 새로운 존재성을 창출하는 발효의 과정으로도 볼 수 있다. 삶의 가치들을 발견하는 발효의 매개체로서 안효희의 시가 자리하는 것이다. 이것은 그녀가 현실을 긍정적인 방향으로 보는 데서 비롯된다. 이 긍정성은 존재와 존재의 관계를 열어두는 작용을 한다. 세계 속에서 우리의 존재성은 미미하고, 인정을 받지 못할 때가 많지만 그래도 내가 먼저 경계를 풀어야 존재성의 양상이 바람직한 방향으로 간다고 믿고 있다.

하얀 봉투를 연다 연다 라는 말을 열며 입술을 오므려 휴! 불어본다 쉽게 다가서지 못하고 손발 저리도록 웅크린 몸의 오래된 닫힘이 거기에 있다 고독한 마라토너의 길은 끝없이 멀다 평행할 수 없는 길과 승부를

걸어야 하는 생의 마지막에, 문은 언제나 열려있다고 손짓한다 언덕을
바라보며 희미해져가는 눈을 비빈다

…(중략)…

환한 빛 속에서 방금 건져낸 빨래가 팔랑거린다 물기 머금은 채 건조
를 기다리는 내가 서 있거나 앉아, 또 다른 순간의 나를 연(開) 다(多) 열
기 이전엔 언제나 밀랍이었고, 열면 열수록 사라져가는 나는 어디에 있
는 것인가!

―「연(開) 다(多)」 부분

세상을 긍정적으로 보는 안효희의 의식은 자신이 먼저 타인에게
경계를 풀어주는 방식으로 전개된다. "연(開) 다(多)"라는 말을 통해
알 수 있듯이 그녀는 내가 먼저 타인에게 다가갈수록 존재의 발효 가
능성이 높다고 본다. 이러한 인식은 쉽게 얻어진 것은 아니다. "손발
저리도록 웅크린 몸의 오래된 닫힘"을 경험하면서 존재의 문제를 탐
색한 결과라고 할 수 있다. 시인으로서의 안효희가 이러한 것들을 시
로 형상화하는 순간은 "밀랍"의 존재성이 사라진다. 나를 개방하는
능동적인 존재론은 물질문명이 지향하는 기계화된 존재론과는 "평행
할 수 없"다. 안효희가 지향하는 시적 세계는 "환한 빛 속에서 방금
건져낸 빨래"와 같이 존재의 발효를 통해 삶의 가치들을 새롭게 세
탁하는 것이다.

이렇게 안효희가 존재의 발효를 꿈꾸는 것은, 생은 다양한 맛을 가
지고 있어야 가치가 있다는 것을 알기 때문이다. 가시적으로 보이는
일상은 무료하고 따분해 보이지만 그래도 생은 살 만한 것이다. 이러
한 존재의 다양한 가치들을 안효희는 고래고기의 다양한 부위별 살

(肉) 맛을 통해서 보여준다.

> 살아있는 것은 모두 펄떡이는 자잘치 어시장, 한때 갈매기였던 그가 고래고기 한 접시 뚝딱 썰어왔네 서른여섯 가지 부위별로 다른 맛이 난다는, 그래서 우리는 서른여섯 가지 골목길을 생각하네//당신의 쫀득한 맛과 질긴 집착을 씹다가 꿀꺽 삼키네 몸길이 25미터 고래의 바다를 음미하네 평택에서 무궁화를 타고 온 그의 망설임도… 언제나 24시간 전에 도착한다는 그녀의 집착도

> …(중략)…

> 점점이 박힌 시간이 다칠세라 서로의 궁륭을 만드네 겹겹의 웃음과 손짓으로 한 번 더 우겨보네 더 넓은 곳으로의 이동, 기형의 물고기인 채로, 썩은 고목의 뿌리인 채로, 서른여섯의 토막 난 꿈인 채로,

> ─「서른여섯 가지 생각」 부분

이 시에서 안효희는 존재와 존재의 접촉을 통해서 존재의 다양한 가치들을 발견한다. 고래고기의 다양한 부위별 맛은 다른 존재성으로 생긴 결과라 할 수 있다. 고래의 오른 몸과 왼쪽 몸의 역할이 다른 맛을 창출해 내듯이 인간적 존재도 이와 같다는 것을 깨닫는다. 그래서 그녀는 자신만의 삶의 패턴을 고집하는 인간의 "집착"도 이해할 수 있는 것이다. 또한 존재의 충돌과, 존재의 고립이 "서로의 궁륭을 만"들어 존재와 존재를 분리시키기도 하지만 때로는 "더 넓은 곳으로의 이동"을 재촉하는 원동력이 된다는 것을 보여주고 있다. 비록 그 시도가 세계에서 "기형의 물고기"가 되어 떠돌아다녀도 존재의 양상은 나름대로 가치는 있다는 것을 깨닫는다. 그런 점에서 시적

화자의 혀끝에서 음미되는 고래고기의 맛은 존재와 존재의 접촉으로 인해 생긴 의식의 변화라고 볼 수 있다. 의식이 변화되는 순간에 존재는 발효되는 것이다. 시가 발효체가 되는 것이다.

결국 이번 시집에서 안효희는 열린 존재를 지향하는 발효 화법을 쓰고 있다. 세계를 거부하지 않고, 세계를 수용하는 그녀의 의식은 많은 시적 경계 체험에도 불구하고 나의 변이를 통해서 타인을 포용하는 열린 존재의 지향성으로 나아간다. 특히 시각적으로 인지한 물질문명의 폐단과 문명적 존재의 문제들을, 촉각적으로 변주하여 보여준 것은 특징적이라 할 수 있다. 촉각 언어의 선택은 그동안 능동 화법을 택하지 않았던 그녀 시의 우회적 비판 장치이다. 이 장치는 또한 현실의 문제들을 발효의 화법으로 해결하려는 그녀의 의도와도 잘 어우러진다. 외연적으로는 강하지 않지만 포용과 부드러움으로 상대를 제압하는 것, 이것이 안효희의 시적 원동력이 아닐까 싶다. 안효희 시가 새로운 존재론을 생성하게 하는 발효체가 되는 원인이 아닐까 싶다. 삶의 그늘 속에서 빛을 접속하는 그녀의 시적 세계는 그래서 앞으로 더 잘 숙성될 것으로 믿는다.

영혼 감각과 환지통의 진동

— 신선 · 김근희

'나'라는 인간은 현재, 지금, 여기에 존재한다. 내가 존재함을 여기에서 느끼는 것은 유기체인 몸이 끊임없이 진동하여 의식을 만들어내기 때문이다. 이 진동의 파동은 인류가 생긴 이래 세상에 울려 퍼져 문명과 문화를 만들고, 예술가와 시인들이 실존적 미학을 형상화하는 근거가 되었다. 데카르트는 정신의 진동으로 인간이 존재한다고 했지만 그 정신이 신체의 감각으로부터 나온다는 사실을 그가 알았더라면 근대 진리의 역사가 달라졌을지도 모른다. 어쨌든 신체와 정신이 하나로 유기체로 활동한다는 것이 밝혀진 이 시점에서 여기에 대한 논란은 이제 의미가 없다. 그 양상이 어떻든 간에 인간 존재와 실존성을 표출하는 신체적 현상인 것이다.

이런 신체적 실체를 신선과 김근희도 예리하게 포착하고 있다. 신선이 정신의 진동을 통해 존재가 나아가야 할 방향성을 영혼 감각으로 포착하고 있다면 김근희는 신체 내 진동에 포착해 현실 속 존재의 의미를 퍼즐 게임하듯 맞추어나간다.

1. 이무기의 비상 의지, 영혼 감각 ─ 신선

정신의 진동은 신선에게 잔잔한 수면의 물결처럼 조용히 다가온다. 들뢰즈의 말대로 신체의 진동은 '존재론적인 사건'이지만 신선은 감각 속에서 파생하는 정신을 실존적 방향을 찾는 더듬이로 사용하고 있다. 세상을 탐색하는 신선의 촉수는 육체성을 가지지는 않았지만 이것 때문에 오히려 승천을 꿈꾸는 이무기의 몽상을 할 수 있다. 현실에서 어둠으로 치부되는 이무기가 천년의 수행 끝에 하늘로 비상하는 꿈을 꾸듯, 현실에서는 그늘일 수밖에 없는 존재들이 고난을 뚫고, 길로, 대로로, 허공으로, 하늘로 발돋움하는 비상의 시적 상상력을 펼칠 수 있는 것이다.

> 내 길은 협소한 틈새로 뻗어 있어
> 나의 원대의 포부는
> 항상 비상에 걸려 있다
> …(중략)…
> 아무리 발돋움해도
> 상승을 모르는 나의 열망
> 차라리 변함없이 낮은 키로서
> 다윗의 하늘을 손 안에 움켜 쥔다
>
> ─「잡초 1」부분, 『봄의 현상학』

> 빈 봉지 안의 허망한 무게를 못내 포기하지 못하는 열정, 떠나간 새들의 까만 눈동자를 돌아다보고 또 발돋움한다 아득한 허공에 기대어 바라보는 산과 들판이 구르는 너의 넓은 품에 안겨 한뼘씩 금을 그으며 내게로 온다 …(중략)… 하늘과 땅의 경계를 넘어 허망한 어둠을 밀어내고 있다.
>
> ─「폐교 4」부분, 『봄의 현상학』

신선의 존재론적 용틀임은 어두운 현실을 지각하는 자리에서 발화된다. 그 용틀임은 "그림자"나 "협소한 틈새" 혹은 "폐가"와 같은 현실의 주체가 될 수 없는 비(非)주체의 공간에서 새로운 길을 만드는 시도로 발화된다. 시적 메타로서 빛이 들지 않거나 외면되거나 좁은 공간은 현실에서 외면하는 곳, 이곳은 존재가 안주할 수 없는 세계로 불안과 외면, 고립감으로 표상된다. 그늘에 주목하고, 소외된 것들을 외면하지 않는 시인의 눈이 육체적 감각을 넘어서는 정신적인 에너지, 즉 영혼 감각의 활동을 범람하게 하지만 이 범람을 시인은 분노로 받아들이지 않고, 새로운 길을 만드는 동력으로 포용한다. 현실의 그늘을 어설픈 동정이나 연민이 아닌 새로운 실존의 방향으로 이끌어나가는 그녀의 정신적 동력은 궁극적으로는 현실을 떠나 몽상의 단계로 나아간다.

신선이 몽상의 단계로 들어가는 이유가 시에서는 구체적으로 나타나 있지 않지만 추측컨대 현실이 "항상 비상에 걸려 있"다고 생각하는 데에 있는 것 같다. 또한 이런 현실에서 느끼는 "허망한 무게" 때문인 것으로 보이는데, 그 허망을 극복하는 한 방식으로 몽상의 길을 모색하게 했다고 볼 수 있다. 현실의 문제를 현실 속에서 해결하지 않고, 다른 세계로 선회하여 해결하려는 의도인 것이다. 이것은 현실 속 문제를 인간이 해결할 수 없다는 한계상황을 드러낸 것이기도 하다. 이러한 생각 때문인지 그녀는 현실과 역사적 공간을 넘어 인간이 닿을 수 없는 추상 공간의 세계로 나아가려는 욕망을 보인다. 공간적 관점에서 넓은 세계와 같은 추상 공간은 현실 욕망의 대용화로서 우리의 실존적 양상을 바꾸려는 의도와 맞물려 있다. 공간 전환을 통해 인간에게 내재된 의식을 바꾸고 실존적 방향성마저 바꾸려는 의도인 것이다.

이런 세계에 도달하기 위해 신선은 심적 에너지를 스스로 만들어내는 '열정'이나 외부로부터 만드는 '빛'을 매개로 삼는다.

바위 그림자에 숨어서
끌고가는 목숨이 더운 불꽃을 태운다

—「달팽이 혹은 패러독스 2」 부분, 『봄의 현상학』

유약이 벗겨진 굽은 등판에서
포만하던 육신의 열정이 흐려져 있다
…(중략)…
육계단지로 부활하는 허공
다시 불꽃 속에서
타오르는 정념을 그리워한다

—「외고산 옹기 1」 부분, 『봄의 현상학』

인간은 현실적 난관에 부딪힐 때 스스로 심적 에너지를 발산하거나 누군가의 도움으로 현실을 극복하려고 하는데, 신선은 이 둘을 다 가지고 있다. 아니 정확히 말하면 외부와의 마찰을 통해 심적 에너지 얻고자 하는 욕망을 더 강하게 보인다. 외부와의 마찰로부터 심적 에너지나 희망을 얻고자 하는 이런 심리는 바슐라르가 말하는 노발리스적 콤플렉스이다. 자의든 타의든 간에 누군가와의 마찰을 통해 내면의 열망과 불꽃을 일으켜 현실적 억압을 해방시키려는 심리, 자유의지의 표상이다. 누군가와의 능동적인 마찰을 통해 에너지를 얻는 심리는 황홀감을 갖는다는 점에서 구체적인 현실적 대안이 아니라 길의 방향을 알려주는 등불이나 정화적 의미로서의 빛으로, 현실적 실존을 한 단계 높은 경지의 순수성으로 이끌어나가는 데에 일조를 한다. 이것은 곧 현실이 정화되어야 희망적 실존을 가질 수 있다는 의미로 해석이 될 수 있다. 현실이 외부로부터의 정화가 필요하다는 생각은 「못에 관한 명상 1」이란 시를 보면 알 수 있다. 이 시에서 빛은 '아침의 절대성(absolumatinal)'(바슐라르, 『공기와 꿈』)으로 나타나는데, 현실에서 내 존재성에 대한 "모멸감"을 극복하는 한 방식으로 여명이 비치기 시작하는 "새벽"을 지향한다. 순수한 아침의 도래는 실존적인 부대낌으로 얻어지는 희망이 아니라 어둠 속에서 느닷없이 찾아오는 암묵의 과정 끝에 얻어진 것이다. 이때 어둠을 헤치고 이루어지는 나와 우주적 존재인 여명의 접촉은 문명적 존재가 아니라 자연적 존재와의 만남이다. 때문에 여명과의 만남은 문명적 현실에 오염된 내 존재를 정화시켜주거나 인도하는 현실 승화의 의미를 가진다.

　우주적 존재와의 접촉으로 얻은 내면의 황홀감과 리듬감, 파동 등의 정서적 힘은 무한 공간인 하늘로 비상하려는 의지의 촉매제가 된다.

> 햇살의 깃털에서 벗어난
> 내일의 푸른 하늘을 열어보인다.
>
> 　　　　　　　　　　—「신발」 부분, 『봄의 현상학』

　현실 속에서 용이 될 수 없는 이무기는 이제 하늘을 향하고 있다. 햇살의 도움을 받아 그늘의 기운을 없애고 가벼운 몸이 되어 하늘로 승천하는 형상, 그것이 신선이 꿈꾸는 실존적 방향의 형상이다. 신선의 대다수 시에서 비상 의지를 드러낸 공간적 종착지는 푸른 하늘이다. 그런데 이 푸른 하늘은 그녀에게 닿아 있으면서도 현실에서는 가지 못하는 갈망이나 그리움의 대상으로 존재한다. 하늘과의 경계선에 맞닿아 있지만 무한하게 확장되어 있다. 궁극적으로 가고 싶은 곳이기는 하지만 실체성이 없는 이 추상적인 공간을 손에 쥘 수는 없다. 쥘 수 없기에 무한한 가능성, 우리에게 희망으로 남아 있는 것이다. 하지만 세속의 경계에 있으면서 갈망하는 하늘은 현 존재의 희망이 현실에 있는 게 아니라 우주적 순리가 가진 힘에 있다고 믿는 것이다. 열린 세계를 갈망하는 하늘의 상징이 우주적 차원이든 종교적 차원이든 간에, 그것이 탈(脫)물질화의 동력, 즉 물질적 실체만을 중시하는 현대사회를 부정하는 의식이다. 인간이 만들어내는 실존적 역사에 회의를 가지고 있다고 보면 된다. 실존적 희망을 문명화되지 않은 세계, 순수한 자연의 섭리 속에 있다고 믿는 것이다.

2. 존재의 퍼즐 게임, 환지통 – 김근희

신선이 존재의 방향성을 정신의 진동을 통해 보여준 것과는 달리 김근희는 '존재란 무엇인가?' 하는 근원적인 문제를 신체의 진동을 통해서 보여준다. 김근희의 시는 '인간은 추억을 먹고 산다'는 말을 떠올리게 하는데 그것은 실체가 분명한 추억의 기억이 아니라 현실속에서 소멸되어버린 존재를 환기하는 기억이라는 점에서 문제의식을 가진다. 존재가 지나간 자리를 퍼즐 조각을 맞추듯 환기하면서 의미를 찾는 고통스런 기억의 미학이라 할 수 있다. 신체가 잘려나가고 없는데도 그 부위의 통증이 느껴지는 환지통, 상실된 존재가 남긴 통증의 결에 눈을 뜬 것이 김근희의 시안(詩眼)이라 할 수 있다.

사람만이 발톱을 깎는다

욕심도 깎고 내리막길 비탈길에 채인 화병도 잠재운다

…(중략)…

깎이고 깎이는

사람의 길이여

—「발톱」 부분, 『외투』

몸 안에는 온전한 형태가 없으므로 당신을 그려내기가 더욱 용이하다
불손한 손가락을 부러뜨리려 달려드는 당신을 또 먹는다 눈을 떠보면 당
신은 낙서더미 안에 살아 움직인다 …(중략)… 나를 이해하기에 앞서 숨
겨둔 자신의 흉터가 더 아프기 때문이다. …(중략)… 당신을 밀어뜨리
며……우리는 휘청거리고 쉽게 덧칠한 가려움마저 먹어버린다

—「얼룩을 먹다」 부분, 『외투』

그 여자의 한 쪽 가슴의 생략된 채 조용히 흔들리고 있다 수술자국이
불모의 땅에 선명한 밑줄을 그었다 환상통의 저린 바람이 내 몸의 흉터
도 뒤적였다 증발되고 남은 흔적이 다시 아파온다 …(중략)… 그 고통의
자리에 단풍잎 손들이 두 젖무덤 사이를 오가며 아직 살아있다고, 토닥
이고 어르며 젖을 나눈다

—「에곤 쉴레를 위한 江」 부분, 『외투』

김근희는 인간에게 부여된 실존의 속성이 통증의 과정이라고 생각
한다. 그것이 신체의 일부이든 정신의 일부이든 간에 깎아내야만 하
는 존재가 사람이고, 잘려나간 것을 추억하며 사는 것이 인간 실존이
라 보는 듯하다. 하지만 반복적으로 잘려나가는 부위는 감각을 무디
게 하는데, 그녀는 이 점에 전착하고 있다. 내게서 반복적으로 소멸
되거나 타인의 존재성이라서 무관심하기 쉬운 것들에 시의 날을 세
우고 있는 것이다. 때문에 "발톱을 깎는"(「발톱」) 일로 상징화되는 무

(無)통증의 절단은 실존 또한 무통으로 나아가고 있음을 보여주는 측면이다. 우리의 실존이 무통에 근접해가고 있는 것에 대해 그녀는 경계하고 있다. 타인이 가진 통증이 나의 흉터에 전이되는 시적 정황은 통증의 속성이 우리 실존의 본래적 모습이라 생각하기 때문이다. 그래서 김근희의 존재 탐색은 존재가 소멸된 자리의 형상을 맞추듯 퍼즐 게임을 하는 형식으로 제시된다.

「얼룩을 먹다」라는 시에서 김근희는 존재가 오히려 "온전한 형태가 없으므로" 더욱 유추하기 "용이하다"는 말을 한다. 누군가가 부재하는 자리에서 그녀가 환기하는 것은 그 사람의 "흉터"이다. 흉터란 상처와 통증이 지나간 자리, 이 또한 감각하던 역사적 시간이 소멸된 흔적이다. 이 자리에서 그녀는 상처가 아물 때 촉각적으로 감각되는 "가려움", 타인과 아픔과 내 아픔의 경계에서 환지통을 느끼고 있다. 타인과 나의 아픈 기억의 접촉이 가려움을 유발한 것이다. 타인의 아픔을 나의 환지통으로 자각하는 이런 심리는 「에곤 쉴레를 위한 江」에서도 볼 수 있다. 한쪽 가슴을 잃은 여성의 환지통이 내 몸의 흉터로 전이되는데 가슴이 잘려나간 자리는 여성으로서의 존재성을 소멸시켜버렸지만 여전히 여자 몸은 살아 있고, 한쪽 젖가슴이 살아 있다. 여기서 그는 존재의 일부가 상실되었다고 해서 모두 죽는 것은 아니라는 결론을 내린다. 그녀에게 환지통은 존재의 의미를 재발견하는 진동의 과정, 생의 완성된 퍼즐을 그리기 위한 고뇌의 흔적인 것이다.

이러한 고뇌의 흔적은 퍼즐의 완성만이 생의 진정한 그림을 그리는 것인지에 대한 의문으로 변주되어간다.

주민 센터에 갔습니다

인식기에 엄지를 찍었습니다

여러 번 시도해도 식별이 되지 않습니다/당신은 당신이 아니군요 존재

하지 않습니다

…(중략)…

나는 내가 아니므로 완벽한 자유를 선고 받았습니다

살짝 죄를 짓고, 도망쳐도 무방하도록

새로운 기회를 선택 받은 것입니까

나는 가벼워졌습니다

―「행방불명」 부분, 『외투』

이력서 한편에 나의 주민등록번호를 적어 넣는다

차갑게 맞물린 거울조각이 나를 요약하려든다

꼬리표를 달아 떠나보낸 짐 꾸러미들

내일은 몇 개의 문을 더 통과해야할까

신생아에게 채운 발목 띠가

납골당 상자 위에 얹힐 때까지

기호들이 지나간다

―「주민등록번호」 부분, 『외투』

'틀에 맞지 않는 퍼즐 조각이 오히려 자유롭지 않을까?' 하는 생각
은 주민센터에서 지문이 인식되지 않아 자신의 사회적 존재성이 소
멸되어버린 정황에서 발화된다. 대한민국 국민으로서의 존재성이 인
식되지 않는 순간에 그녀는 해방감을 가진다. 내가 대한민국 국민이
아니라면 사회적 의무도, 제도적인 법에도 얽매일 필요가 없다는 생
각. 내 자의적으로 판단하고 생각하며 살아갈 수 있는 자유를 누리는

것이다. 이러한 생각은 공동체의 운명을 강조하는 역사적 주체로서의 인간이 과연 필요한 것일까? 하는 화두를 우리에게 던져준다. 개인이 주체가 되는 그런 세계에서 우리의 존재성은 의미가 없는 것인지에 대한 의문을 불러일으킨다.

그런 맥락에서 김근희는 국가가 개인에게 부여한 주민등록번호를 자유를 구속하는 올가미로 본다. 「주민등록번호」라는 시에서 그녀는 국가를 "차갑게 맞물린 거울조각", 즉 나를 틀에 끼워 맞추면서 내가 나를 감시하게 하는 눈, 소위 벤담이 말하는 팬옵티콘 감옥 속 죄수와 같은 존재성을 주민등록번호로 표상한다. 국가는 눈에 보이지 않는 실체로 나를 얽어매고 나를 통제하는 것이다. 집단 속에서 우리들은 "납골당 상자 위에 얹힐 때까지" 사회 내 일부를 이루는 "기호"로 존재하는 것이다.

이러한 생각은 생 자체가 퍼즐 게임이라는 의식으로도 나타난다.

> 거울은 열려 있는 감옥이다
> 적어도 막다른 골목으로 쫓는 일은 하지 않는다
> 자리도 피할 구멍도 뚫어준다
> 매번 도망치다 내 눈은 정말 커졌다
> …(중략)…
> 오늘 아침, 퍼즐을 맞추듯 다시 조립된 내가
> 말라죽은 벤자민을 화분에 뽑아낸다
> 구멍 아래로 빠져나온 잔뿌리들이 땅을 움켜쥐고 놓아주질 않는다
>
> ─「퍼즐 거울」 부분, 『외투』

투명한 길은 그 길로만 가야 하기 때문에 감옥이 된다. 막다른 골목은 없지만 내 스스로 그 틀을 지키려는 "열려 있는 감옥"이다. "퍼

즐 거울"(「퍼즐 거울」)로 상징되는 이런 사회 속에서 내 존재성은 "퍼즐 조각을 맞추듯" 매일매일 "다시 조립된"다. 완벽한 사회의 구성원으로 내가 제대로 조립되는 순간 내 존재성 또한 완벽하게 성장한다. 이런 나와는 달리 화분 속에서 독립적으로 자라는 "벤자민"은 성장하지 못하고 죽어간다. 공동체 속의 나와 벤자민은 극명하게 대립이 되는데, 이때 나의 깨달음은 개체로 기원과 생성을 동시에 이루는 '리좀(rhizome)'의 존재성이라고 해서 그리 허약하지만은 않다는 것이다. 집단의 거대한 뿌리에 의존하고 있는 나와는 달리 스스로의 생명력으로 "잔뿌리"를 내려 생을 영위하고 있는 존재의 경이에 대해 알게 된 것이다.

이러한 깨달음은 "아픔 없는 아름다움은 유희에 불과하다"(「토르소」)는 결론으로 이어진다. 시인들이 "공복의 허전함을 덧칠하려"(「이미지 메이킹」) 만들어내는 시적 퍼즐 조각은 세상의 논리에 맞지 않을 수밖에 없다. 하지만 우리가 사회의 한 구성원으로 태어나는 이상은 개인은 역사를 완성하기 위한 퍼즐 조각이기 마련이다. 김근희는 그것을 알기 때문에 아귀가 맞지 않은 퍼즐들이 남긴 통증을 기꺼이 자신의 환지통으로 받아들인다. 아파야만 인간적이라는 실존의 속성을 사랑한 것이라 할 수 있다. 이것은 또한 무통의 사회로 나아가는 현실에 대한 경계라고도 할 수 있다.

그것이 정신의 진동이든 신체의 진동이든 간에 인간 실존을 자각하게 하는 요소이다. 이 두 진동 사이에서 우리는 때로는 정신을 지향하는 인간으로, 때로는 자연적 존재로서의 생물학적 인간으로 살아간다. 두 시인은 각각 어떤 한 면모만을 보이고 있지만 어쩌면 자신이 가지지 못한 측면의 단면을 더 크게 부각한 결과인지도 모른다.

그것이 어떤 양상이든 결론은 인간으로서의 실존적 방향 탐색이라는 점에서는 같은 맥락 속에 있다. 이것은 예로부터 고민해온 화두이자 미래에도 고민해야 할 화두라는 점에서 영원히 회자될 인간 본질적 문제이다. 하지만 중요한 것은 이들 시의 의미가 그들만의 시안으로 현재, 지금, 여기에 존재하는 방식의 실존적 문제를 제시했다는 데에 있다. 그것은 이 세상에 많은 시집이 나와야 할 이유이고, 시인이 시를 써야 할 이유이기도 하다.

제2부 현실에 응전하는 여성의 존재론

제3부

고뇌와 실존의 형상화 의지

생물학적인 인간의 존재 방식은 모두 같다. 하지만 자아라는 것이 생기면서부터 하나의 몸은 여러 겹 분열된다. 자아가 만든 몸의 형상은 실존의 문제들과 긴밀하게 연결되어 있다. 개인이 가진 인식과 욕망의 방향에 따라 다른 형상으로 나타나는 실존의 문제들. 빛과 어둠이 수없이 교차하는 그것은 불안의 요체이다. 그 불안은 때로

소시민의 권력의지 '찔러보기'의 미학

— 최영철, 『찔러본다』

이 시대의 시인은 신(新)중산계급에 속한다. 소시민(小市民, petit-bourgeois)이라고 불리는 이들은 부르주아지와 프롤레타리아 사이의 중간자로서, 아래위를 두루 관망할 수 있는 눈을 가지고 있다. 이들은 현실을 예리하게 응시하고 있지만 갈수록 예술 속 현실은 오리무중이 되어간다. 특히 요즘 젊은 세대들 사이에서 트렌드로 형성되고 있는 판타지적 성향의 예술들은 정체를 알 수 없는 미래로 나아간다. 그들이 그려나가고 있는 미래는 분열되고 파편화된 현대의 또 다른 이름이지만 정작 우리가 함께 고민해야 할 공동체적 실존감은 찾아보기가 힘들다.

그런 반면에 최영철 시인은 공동체적 실존감을 시로 형상화하는 시인 중의 한 사람이다. 나를 배제하고 타인의 삶을 돌아보는 공동체적 실존 의식은 그의 시에서 주로 소외된 존재자들을 통해서 형상화된다. 예술가나 공무원, 교수 등 지식인들이 많은 소시민은 사회 원리를 두루 알고 있기 때문에 계층의 매개체로서 사회 발전의 선구적 역할을 하게 될 가능성을 가지고 있다. 최영철 또한 그 가능성을 믿고 있다.

문명사회에서 마이너리그로 살고 있는 존재자에 대한 그의 애정은 이번 시집에서도 변한 것이 없다. 달라진 것이 있다면 그들의 모습에서 체념과 환멸의 양상이 보인다는 것이다. 존재자의 생명성을 탐구하던 이전과는 달리 무력함에 주목하고 있다는 사실은 이번 시집의 특징이다. 사실 소재나 주제 면에서 이전 시집들과 크게 달라진 것은 없다. 그런데도 시적 주체들이 뿜어내는 의식의 깊이가 어둡고 불안한 소용돌이를 그려내는 현상을 무어라고 설명할까? 평소에 최영철이 구사하는 시적 어조는 격렬한 파노라마를 가진 정서를 만들어내지는 않는다. 오히려 담담하다는 말이 더 적합할 것이다.

이번 시집(『찔러본다』, 문학과지성사, 2010)에서 그는 무관심을 빙자한 '찔러보기'의 풍경을 통해, 거리 두기의 정점을 획득한다. 상대를 자극하지 않으면서도 상대를 내 쪽으로 돌아보게 하는 이런 노회(老獪)함은 소외된 존재자의 불안을 더욱 증폭한다. 자신이 몸담고 있는 세계가 회복할 수 없는 상태라 말해준다. 체념과 환멸이 만든 무관심의 거리가 역설적인 의미를 만들어내면서 정서적 촉매제로 작용하고 있는 것이다. 오랜 시력이 만든 전달 화법은 니체의 말대로 '스스로 움직이는 힘인 동시에 창조하고 정복하는 힘'의 근원이라 할 수 있다. 존재의 가장 심오한 본질이며 삶의 근본적인 충동이라 할 수 있는 시인으로서의 '권력 의지'이다. 시의 가능성으로 무의미한 가치를 가진 니힐리즘 의식을 극복해보려는 작업이라 할 수 있다.

1. 시적 이미지로 만들어내는 의식의 무기화

시인이 사회를 전복하는 방법은 무엇일까? 그것은 독자가 공감할 수 있는 시적 이데올로기를 통해서 현재의 문제들을 환기하는 것이다. 시적인 이데올로기라는 것이 노동시나 리얼리즘 시처럼 명확하게 드러나는 것도 있지만 비가시적인 정서들을 통해서도 얼마든지 전달된다. 인간에게는 오랜 역사와 경험이 누적된 유전자와 수많은 기억들이 내재되어 있다. 이것들은 상황에 따라 다른 이데올로기를 만들면서 일파만파(一波萬波)의 파장을 가진 무기로 변화될 수 있다. 시적 정서에 공감하는 사람들이 많은 시일수록 더 강력한 무기가 된다. 한 편의 시가 시인의 의식을 걸러 제련되었을 때 부르주아지들이 가진 자본이나 권력보다 더 강력한 삶의 에너지가 되는 것이다.

최영철은 시가 가지고 있는 병기(兵器)적 힘을 알고 있다. 시적인 이데올로기가 무기가 되기를 바라는 최영철의 의식은 현실 세계의 법칙이 공명정대하지 않다는 데 근거해 있다. 어떤 위급한 상황을 알려주는 비상 경고음은 사회 주류들에게 해당된다. 평소에 하찮게 여기는 "파리 모기" 같은 존재에게는 "화생방 경보 발동해주는 이가 없다"(「게임의 법칙」). 인간의 역사와 문명이 늘 그래왔듯이 세상은 힘 있는 자들에 의해서 설계되고 만들어진다. 세상을 주도할 힘이 없는 자들은 억압과 통제의 대상으로 전락할 수밖에 없다. 타자를 나와는 다른 계층으로 규정하는 존재자들의 의식을 지우는 것이 그의 권력의지이자 시의 힘임을 다음 시를 통해 알 수 있다.

이것 하나면 뿔뿔이 흩어진 창세기와 계시록을 붙이고
비운에 찢겨나간 백제와 가야를 붙이고

마지막 숨 넘어가는 생물도감의 실밥을

단단히 이어 붙일 수 있는데

폭격으로 동강 난 반도의 허리도 이을 수 있는데

무엇이 걱정

동전 두어 개로 이 엄청난 무기를 손에 쥐고

씽씽 찬바람 이는 내 가슴살부터 이어 붙일 생각에

어깨가 우쭐

자꾸만 떨어져 너덜거리는 지구 곳곳

—「엄청난 무기」 부분

누군가에게 의미 있는 존재가 되기 위해서는 대상을 새롭게 보는 상대적 인식이 필요하다. 최영철은 일상적인 언어와 사물들을 의식의 숫돌에 갈아 양날의 칼로 만든다. 그의 상상력 속에서 제련되어 나온 시적 상징들은 세상을 전복하려는 그의 권력 의지로 재탄생한다.

인용 시에서 딱풀은 분리되면서 역사와 신화의 운명을 바꾼 것들을 연결하는 매개체로 상징화된다. 외연적으로 "창세기와 계시록" "백제와 가야" "반도의 허리"를 붙이는 것은 풀이지만 내포된 의미에서 이는 역사를 원점으로 회귀시키고 싶어 하는 시인의 갈망이라 할 수 있다. 인간의 역사에 대한 부정 의식은 "자꾸만 떨어져 너덜거리는 지구"를 바라보는 시선으로까지 확장되어 있다. 세계의 창조 신화가 기록된 구약성서의 첫 권과 신약성서의 마지막 권을 붙여서라도 이전의 순수 시대로 되돌리고 싶어 한다. 역사와 신화가 증명했듯이 분열은 대각선과 같이 회복할 수 없는 지점으로 뻗어간다. 최영철은 역사의 분리가 계층의 분화를 만들었다고 생각한다. 그는 "곧 가라앉을 것이"고, 곧 "숨 쉴 구멍이 없어질"(「지구 수족관」) 세계의 회복을 위해서, 시가 괴리와 불화를 아우르는 도구가 되기를 바라고 있다. 시를 읽으면서 자기 중심의 가치관이 변화하기를 바라는 것이다.

그의 이런 의식에도 불구하고 시적 대상들은 문명사회가 만들어내는 거대한 프로젝트에 편승해가고 있다. 이런 그들을 그는 '운명애'라는 관점에서 형상화하고 있다.

2. 그늘을 향해 가는 존재자들의 내비게이션, '운명애'

이번 시집에서 시적 대상들은 내비게이션의 화면을 보는 듯이 정해진 행로로 가고 있다. 문명사회가 가진 거대한 시스템은 그 사회를 움직이는 상부 계층에 의해서 만들어진다. 그것이 인간에 관한 시스템이든 자연에 관한 시스템이든 하부 계층의 존재자들은 미래의 프로젝트에 포함되지 않는다. 소외된 자들을 배제한 현대의 시스템은 그들을 무기력으로 몰아넣는다. 무기력한 존재자들의 모습은 세계의 전복이 불가능성하다는 인식이기도 하다. 오히려 최영철은 이러한 인식을 독자들에게 보여주면서 현존재자에게 생명의 의지를 불어넣는다. 텍스트의 이미지를 역방향으로 이용한 것이라 할 수 있다.

일반적으로 사회를 전복하려는 인간의 의지는 그것이 가능하다고 생각할 때만 역동성을 가진다. 생의 역동성을 상실한 이들을 최영철은 스스로 운명을 긍정하고 감수하고 살아가는 '운명애(amor fati)'로 형상화한다. 하지만 그가 그려내고 있는 운명애를 현재 체제에 순응하고 살아가라는 의미로 해석해서는 안 된다. 그것은 무기력한 소외자의 군상을 거울로 사용하면서 우리에게 삶의 역동성을 강조하는 장치이기 때문이다.

아무도 운전하지 않는 차가 줄지어 출발하고 있다
어디로 가는지 말해주지 않는 차에 사람들이 올라타고 있다
…(중략)…
다음 역은 아니라고 중얼대는 길을 가고 있다
다음 역은 아무도 가서는 안 되는 길이라고 적힌
번호표를 뽑아들고 있다 다음 역은 천당 같은 지옥
그다음 역은 지옥 같은 지옥이라고
커다랗게 소리치는 차에 올라타고 있다
새치기로 출입문이 닫히지 않는 차에
바퀴가 닳아 없어진 지 오래된 차에
벌겋게 묻은 핏자국이 지워지지 않는 차에
찢어진 머리통을 꽁무니에 매달고 있는 차에
사람들이 올라타고 있다
캄캄한 천길 벼랑을 탄탄대로라고 으스대며
아무도 어디라고 말해준 적 없는 길을
누가 지나가는 투로 한마디 일러주고 간 길을
기어가고 있다 뒤집어진 채 사지가 잘린 채

—「적막 또는 막막」 부분

"어차피 해가 뜨지 않는다는"(「태양수퍼」) 것을 아는 시적 대상들은 스스로가 설계한 삶이 무엇인지 모른다. 저항의 무용지물론에 젖은 군상은 "아무도 운전하지 않는 차가 줄지어 출발"하는 사회의 시스템에 전혀 이의를 제기하지 않는다. 남들이 하는 대로 "어디로 가는지 말해주지 않는 차에" 편승하면서 사회체제에 순응한다. "뒤집어진 채 사지가 잘린" 그 길을 가고 있는 것이다. 이것은 애덤 스미스의 말대로 '보이지 않는 손'이 거대한 자본주의 사회를 조종하듯이 보이지 않는 문명의 체제가 현대인들의 생을 조종한다고 보는 시각

이다. 이들은 자신도 모르는 사이에 문명이 만든 거대한 시스템 속에서 부품화되어간다. 마치 자본주의 체제가 미리 입력해놓은 내비게이션을 따라가듯이 그들의 삶은 이미 정해진 행로로 가는 것이다.

현대사회는 문명의 원리에 필요한 것들만을 중요시한다. 그것이 사람이든 자연이든 자본주의 논리에서 무가치한 것으로 규정될 때 무참히 버려지고 훼손된다. 그들에겐 생존을 위해서는 현실을 받아들이는 체념의 방식도 어쩌면 생명성의 한 양상일지도 모른다. 하지만 시를 읽는 독자들에게 이 깨달음은 시적 이데올로기를 스스로 만들게 하는 계기가 된다. 스스로가 세상을 바꿀 수 있는 방향을 제시한 것이다. 그럼에도 불구하고 최영철이 가진 니힐리즘은 현실을 전복할 가능성보다는 죽음에 더 많은 가능성을 두고 있다. "삶이 형기에 불과할지도 모른다는 생각"(「문득」)에 이르고 있다.

최영철에게 죽음은 카니발적인 의미를 가진다. 육체의 의지가 사라진 죽음을 모든 것으로부터 해방되는 축제의 시간으로 보고 있는 것이다. 그래서인지 그는 생명에 대한 욕동으로 몸부림치는 실존의 모습을 풍장으로 묘사한다. 무르익은 삶일수록 부패가 "상당히 진행된 상태"(「풍장」)라고 보는 현실의 세계는 "쇠창살"(「참배」)로도 은유된다. 그는 망자들이 산 자들을 보면서 울고 있는 기이한 형상을 통해서 그동안 우리가 가지고 있던 고정관념을 단숨에 뒤엎는다. 예수가 피를 흘린 "골고다 언덕"(「돼지예수」)은 축제의 현장으로 흥청거리고, "끝없이 흘러내리는 썩은 죄"와 함께 화형되고 있는 존재를 바라보는 그는 운명론자가 되어 있다.

결국 최영철의 '찔러보기'는 존재의 생명력을 확인하는 작업이라는 것을 알 수 있다. 문명의 체제 아래서는 인간의 그 누구도 소외자가 아닌 사람은 없다. 그러므로 존재의 상태를 확인하는 '찔러보기'

는 존재 스스로 일어서기를 바라는 소시민으로서의 권력 의지이다. 존재자들이 "죽었나/살았나/쿡쿡 찔러"(「찔러본다」) 보는 순간에 보이는 가능성, 꿈틀거림의 반경이 클수록 시인으로서의 자긍심은 빛이 난다. 무서울 정도로 정제되어 있는 시인의 심중이 화살촉이 되어 미래로 날아간다.

양수로의 회귀, 불(火)로 승화되는 존재의 꿈

— 김충규, 『물 위에 찍힌 발자국』

양수에서의 시간만큼 인간에게 공평한 것은 없다. 망각이라고 생각한 그곳에서의 기억은 소멸된 것이 아니라 인간의 무의식에 침전되어 세상 밖으로 나온다. 인간은 탯줄을 끊고 나온 것이 아니라 탯줄을 의식 속에 숨기고 태어난다. 탯줄은 현실에서의 절망과 만날 때마다 싹을 내밀고, 기억의 역류성을 작동시켜 그곳으로 회귀하게 만든다.

김충규의 시집 『물 위에 찍힌 발자국』(실천문학사, 2006)에 상재된 시들을 보면 양수가 물질의 고향으로 자리하고 있다. 이러한 심리적 현상은 그가 원시적인 감정과 근원적인 몽상의 기질에 지배당하고 있다는 것을 보여준다. 이번 시집의 대부분 시들이 물 이미지와 연결되어 있거나, 혹은 타는 물로 전이되어 불(火)로의 변환을 꿈꾼다. 한 권의 시집을 관통하는 출렁거림. 그는 분명 양수로의 회귀를 꿈꾸는 것처럼 보인다. 현실 세계가 주는 부정성을 직접적으로 드러내지 않고 물의 세계로 변용시켜 자아와 세계가 동일성을 이루고 있다. 철저하게 현실을 회피한 듯이 보이는 시 언어들. 그의 시는 인위적인 서

사보다는 자연적으로 생성된 우주적 서사에 더 주목한다. 이러한 이미지의 자연화(naturaliser)는 현실에 반응하는 존재 양식을 역설적으로 말하는 능동적인 삶의 방식이다. 그리고 그의 시는 주관과 상상적 시간에 의해 자아를 전개해나간다는 점에서 심리적 현상으로서의 모더니즘 특성을 가지고 있다. 자연화된 이미지를 통해 추구하는 원시주의는 기존의 미적 현상을 부정한다. 원시주의란 추상화된 삶, 비인간화된 삶의 심층에서 읽을 수 있는 사람의 원형들을 추구, 동경하는 것을 말한다. 그렇기 때문에 그의 시에 나오는 물, 불, 뱀, 새 등의 날 것 이미지들은 서정시에서처럼 자연의 주체로 등장하는 게 아니라 문화적 단계에서 자연적 단계로 퇴행한 심리적 현상의 상징물로 존재한다.

바슐라르는 "인간의 존재는 흐르는 물의 운명을 가지고 있다"고 한다. 물로 상징화된 인간의 존재는 다른 것들과 결합이 되면서 존재론적 변모를 한다. 역동화된 물은 싹(germe)이 되며, 인생에 무궁무진한 비약을 준다. 그리고 생명을 잉태시키는 값진 물은 정액이 된다. 그리고 불은 어떤 대상과 결합하면 존재론적 변모를 꾀한다. 불에 대한 인식의 바탕에는 자연적인 것과 사회적인 것이 있는데, 이 충동에서 지배적인 것은 언제나 사회이다. 선과 악이라는 상반된 가치를 가지고 있는 유일한 현상인 불은 '낙원'에서도 빛나고 '지옥'에서도 타오른다. 욕망과 열정의 최초의 심리 상태에 따라 특성화할 수 있는 불은, 심리적인 진보에 대한 인간의 저항 흔적이라고 한다.

김충규 시 또한 '물'과 사회와의 저항 흔적인 '불' 이미지를 통해 인간의 존재론적인 변모를 꾀하고자 한다. 그 속에서 원초적인 것과 영원적인 것을 동시에 찾아내어, 현실세계에서 받은 정신적 외상(trauma)을 유토피아적 상상력으로 극복해나간다.

제3부 고뇌와 실존의 형상화 의지

1. 헛것의 세계에 흐르는 존재, 고인 물

내가 식탁에 앉아 살점 발라먹은 생선들,
내 몸 속에 들어와 온전한 몸을 얻어
핏속을 헤엄쳐 다닌다
그들의 배설물로 내 피는 탁해지고
…(중략)…
세상이 큰 강인 줄 알고
물고기들이 내 눈으로 거슬러 올라와
눈동자 시뻘겋게 충혈이 되기도 한다
내가 눈물이라고 흘리는 순간이 오면
물고기들이 그 눈물 줄기를 따라 날렵하게
세상 밖으로 우르르 도망치기도 한다.

—「내 몸 속의 물고기」 부분

인용 시에는 김충규가 생각하는 존재의 양상이 드러난다. 그가 먹은 생물이 그의 몸속에서 새로운 몸을 얻는다는 생각은 죽음을 생명의 시발점으로 보는 의식이다. 이런 생각의 기저에는 순환론적인 세계관이 있다. 그는 존재란 것이 상호 연관성을 가지면서 흐른다고 생각한다. 양수란 존재가 변모하는 순간마다 있다. 그런 맥락에서 생선들에게 양수는 모태로서의 몸을 제공한다. 이런 의식을 가진 그에게 세상은 "큰 강"일 수밖에 없다. 현실은 우주로 통하는 강, 흐르는 존재의 일부이다. 그런데 그의 눈에 보이는 강은 흐르지 않고, 순환되지 않아 썩어가고 있다. 썩은 현실을 바라보는 시적 자아는 삶의 역동성으로 출렁거리는 것이 아니라 양수에서의 평온한 기억을 그리워한다.

김충규의 시적 자아는 철저히 현실의 반대편에 서 있다. 현실을 도

피하는 듯한 심리적 현상을 보이는 그는 직접적인 현실 비판은 하지 않는다. 문명이 만든 제반 현상을 무시하는 듯한 태도로 일관한다. 하지만 이러한 반(反)현실성은 역사적 위기에 대한 현실적 비판을 암시하기 때문에 고도의 사실주의를 촉진시킨다. 또한 정신분석학 비평에서는 시적 이미지가 의식적이든 무의식적이든 간에 현실과의 인과성(因果性)에 의해서 표현된다고 보기 때문에, 현실적 문제들에 대응하는 시의 요소, 즉 시적 이미지가 결과로서 나타난다고 본다. 그렇기 때문에 그의 시에 나타나는 자연화 현상들, 그리고 시의 주체를 이루는 물과 불의 이미지들은 현실과의 인과성에 의해서 생성된 언어라 할 수 있다. 원시주의를 지향하는 그의 시적 세계 뒤에는, 쾌락적 도구들이 넘쳐흐르는 후기자본주의 사회의 부정성이 웅크리고 있다. 이러한 부정성은 그의 시에서 '고인 물'과 '썩은 물'로 알레고리화되어 나타난다. 또한 흐르지 않는 존재자와의 갈등 대립이 '정화적 심리'를 촉구하는 현상으로 나타난다.

> 노출된 반쪽 눈동자의 망막에 맺히는 형상과
> 노출되지 않은 반쪽 눈동자에 맺히는
> 우리 심연의 형상이 다정하게 만날 때
> 그때 우리의 눈동자 전체는 가장 투명해진다
> 우리의 심연이 깊은 어둠에 잠겨 있을 때
> 노출된 반쪽 눈동자가 보는 것은 헛것에 불과하다
>
> ―「눈동자」 부분

그는 "노출된 반쪽 눈동자가 보는 것은 헛것에 불과하다"는 말을 통해 눈에 보이는 현상만이 삶의 실체가 아니라는 것을 보여준다. 존

재란 결코 눈에 보이는 현상만을 가지고 가치 부여를 할 수 없다는
것이다. 보이는 것과 보이지 않는 것을 동시에 인식할 때 우리는 존
재의 본질에 더 가까이 접근할 수 있다. 여기서 주목해야 할 것은 노
출되지 않는 눈동자에 맺히는 "심연의 형상"이다. 여기서 심연(深淵)
은 인간의 의식 속에 흐르는 본질적 존재이다. "어둠에 잠겨" 있는
"심연"을 고인 물, 헛것이라 한 것은, 인간에 대한 본질을 인식하지
않고 사는 삶은 헛것이라는 말이다. 이러한 의식은 그의 시에서 많이
나오는 '물' 이미지들이 흐르는 존재로서의 물이라는 것을 시사한다.
고인 물을 '헛것'이라고 표현하는 냉소적인 그의 말에는 세상을 변화
시키고자 하는 정화적 심리 현상이 내포되어 있다.

격렬함이 없는 것은 죽은 것이나 다름없다
저 저수지에게 나는 죽음을 명한다
…(중략)…
그들은 저수지의 고요를 참을 수 없어
스스로 아가미를 닫아버린 것
그들의 감지 못한 눈이
붉게 충혈돼 있는 것은 그 때문이다
…(중략)…
헛것인 것
헛것에 집착하는 자는
죽은 저수지를 보면서도 인정하려고 하지 않는다

―「환자여 환자여」 부분

그는 "죽은 저수지를 보면서도 인정"하지 않는 "헛것에 집착하는
자"들을 통해 실존의 문제를 되짚어본다. 그의 눈에 죽은 저수지를

인정하지 않는 자들은 헛것의 존재들이지만 정작 그들은 죽은 저수지 속에서 살아 있다는 착각을 하며 산다. 세상이란 순환을 통해서 생명력을 가지는데 사람들은 고요한 그릇 속의 물에 안주하기를 원한다. 그는 "죽은 저수지"로 알레고리화된 현실에 안주하는 사람들의 실존을 헛것으로 본다. 그의 시에서 "헛것"은 현실에 대한 결과론적인 응답이다. 이러한 헛것에 대한 인식이 자본주의 사회가 형성해 놓은 문명에 대한 긍정적 가치를 버리게 한다. 그리고 문명의 혜택으로 누릴 수 있는 것들의 반대 방향에서 문제를 해결하려 한다.

이러한 측면의 한 양상이 그의 존재 양식을 자연적 세계관으로 변용시켜, 세계와의 동일시를 이루려고 하는 것이다. 그렇기 때문에 그의 시에 나오는 원형 이미지로서의 물과 불, 나무와 우주적 문제들은 시적 장치물로서의 풍경이 아니라 현실에 대응하는 심리적 현상으로서 존재한다.

저 일몰이란 것, 밤이 되기 전에 보여주는
하늘의 통증 빛깔이다
통증을 참으며 밤의 캄캄함을 견디는 하늘의
살갗에 돋아나는 별은 통증의 열매이다
지상에서 통증 가진 사람만이 피멍 들도록 입술 깨물며
별을 더듬으며 시간의 잔혹을 견뎌낸다
자궁을 막 빠져나온 신생아는
그 어미의 통증 덩어리인 것,
신생아가 태어나자마자 우는 것도
이내 눈 뜨지 못하는 것도 그 때문이다
나무에 열린 열매를 쳐다보며
입 속 가득 달콤함의 침이 고인 사람아,
그 열매는 나무의 통증인 것

통증으로 쑤시는 생애를 살아온 또 다른 사람에게
그 열매는 피가 굳어버린 멍으로 보인다

　　　　　　　　　　　　　　　　　　　　　—「통증」부분

　자연친화적 이미지들로 형상화된 이 시에서는 심리적 현상이 마조
히스트의 특질로 나타난다. 현실에 안주하여 헛것을 생성하는 사람
들과는 달리 그는 "피멍이 들도록 입술 깨물며" "별을 더듬으며 시간
의 잔혹을 견뎌낸" 사람만이 생명을 잉태한다고 본다. 열매란 것이
탐스러운 결과물이 아니라 시간을 견뎌낸 "피가 굳어버린 멍"인 것이
다. 존재를 고통을 견뎌내는 순환적 과정으로 본 것이다. 그렇기
때문에 그의 시를 통해서 언급되는 고요한 '물'은 순하거나 부드러움
을 상징하는 여성적 물 이미지는 아니다. 오히려 역동적 삶을 갈망하
는 역설로서 상징화된 물이다. 그가 생각하는 존재의 완결성, 평화와
희망이란 오염된 세상과의 타협에서 오는 것이 아니라 치열한 삶을
토대로 이루어낸 정신적인 순수성인 것이다.

　　고요한 물 위에 발자국이 찍혀 일렁거린다
　　새가 날지 않고 저 저수지의 수면을 밟고 간 흔적
　　그 새는 수면을 더듬으며 허기 달랠 먹이를 구했을 것
　　그 사이에 사람 발자국 찍혀 있다
　　간밤에 누가 저 수면에서 서성거렸다는 증거,
　　그 발자국 미세한 빛을 품고 있는 걸 보니
　　세상에 대해 그래도 미련이 남은 채
　　물속으로 사라진 사람의 것인 듯 저수지가 거센 물결을 일으키지 않
　은 건
　　다 저렇게 제 위를 건너가거나 제 속으로 들어온 것들을
　　애틋하게 보듬고

양수로의 회귀, 불(火)로 승화되는 존재의 꿈

있는 까닭인 거지, 중얼거리며

나도 발자국 찍어보려는 순간

물 위에 찍혔던 발자국들 이내 사라지고

내 앞에 보이는 건

거대한 아가리를 벌린 한 마리 검은 짐승이었다

—「물 위에 찍힌 발자국」 전문

이 시에서 '고인 물'로 상징화된 존재는 원활하게 흐르지 않고 갇혀 있다. 이러한 인식은 삶을 영위하고 있는 존재자로서의 인간이 어떤 카테고리, 즉 묵은 제도나 관습, 문명화된 기계주의적 세계관 안에 갇혀 있다는 것을 의미한다. 그것이 어떤 카테고리인지는 그의 시를 통해서는 정확히 알 수 없다. 단지 "새가 날지 않고 수면을 밟고 간 흔적"을 세상에 대한 미련이라고 표현한 것으로 보아 '저수지'가 인간이 사는 세상의 치환이라는 걸 유추할 뿐이다. 그가 말하는 헛것은 세상에 대한 허무 의식, 이는 곧 현실에 대한 부정성이다. 부정의식은 양가적 감정을 함유한다. 현실의 부정성을 그는 "수면을 밟고 간 흔적" 속에서 발견한 "미세한 빛"을 통해 뒤엎는다. 누군가 저수지를 흔들고 간 흔적 위에서 빛을 발견하여 현실이 변화될 수 있을 거라는 희망을 가진다. 고여 있는 저수지를 출렁이게 하는 존재를 저수지는 거센 물결을 일으키지 않고 "제 속에 들어온 것들을/애틋하게 보듬고" 있는 것이다. 이것은 현실에 대한 희망적 메시지이다. 또한 이러한 희망적 시선은 세상과의 타협할 여지를 보여주는 부분이다. 그러나 그는 세상을 "아가리를 벌린 검은 짐승"이라는 말로 치환하여 죽은 자들을 포용하고 있는 현실을 여전히 두려운 세계로 본다. 그는 순환의 과정을 통해 존재들이 희망을 찾아가기를 바라지만 현실은 그렇지 못한 것이다.

2. 존재의 투영, 정액으로서의 물

김충규는 고인 물을 역동화하는 방식을 통해 정신을 역동화한다. 그는 고인 물로 상징화된 현실을 바라보는 것으로만 그치는 게 아니라 물의 수면을 통해 존재의 문제들을 투영한다. 존재를 투영하여 현실을 반성하고 새로운 길을 모색하려 한다. 이러한 모색의 길목에 그는 생명을 생성시키는 물 이미지를 사용하고 있다. 현실이 내재하고 있는 여러 문제를 비판하기보다는 존재의 본질을 형상화하여 정신을 역동화 한다. 세상이라는 객체를 통해서 주체의 형상, 즉 존재의 형상을 드러낸다. 존재는 자신을 비추고 있는 물을 통해서 열린 길로 나아가게 된다. 물 이미지는 심화와 비약이라는 두 개의 방향에서 가치부여가 되는데, 이는 곧 '열린 상상력(imagination ouverte)'을 이끌어낸다. 인생은 자라나고, 존재를 변형시키고 순결함에 취하여 꽃을 피게 하며, 상상력은 가장 먼 은유로 열려 갖가지 꽃의 삶에 참가하는 것이다(바슐라르,『물과 꿈』). 이러한 꽃의 역학(dynamique)과 함께 현실의 삶이 비약된다는 바슐라르 말처럼 김충규 시도 물의 상상력을 통해 존재를 투영하고, 삶의 비약을 시도한다.

물속에 잠긴 달이 처연해서 손가락에 물을
묻혀 내 마른 눈썹에 발라보는 밤,
눈썹이 가늘게 떨리는 소리
물 위에 뚝뚝 떨어진다 물속의 달이

거기 자리잡고 살겠다는 듯

환하고 가느다란 뿌리를

사방으로 뻗고 있다 그 뿌리들 사이에서

칭얼거리는 물고기들을 가만히 들여다본다

그들과 함께 나도 돌아다니고 싶다

물의 표면 고요하지만 물속은

물고기들이 일으킨 물결로 사나워진다

그 일렁거림에 몸을 맡기면 지느러미 없이도

편안하게 돌아다닐 수 있을 것

물속 저 환한 것이 달이 아닌

헛것이라고 말하지 말아요 헛것이라도 나는 달이 좋아요

저 달이 태아처럼 부풀고 있잖아요

갑자기 배꼽이 아려요

태아 시절의 탯줄이 그리워요

내 젖은 눈썹 위로 떨어진 달빛이

달라붙어 떨어지지 않는다

—「헛것」 부분

돼지의 살점을 도려내듯 풍경의 살점을 도려내

물에 놓았더니 푸들푸들 떨어낸다

풍경의 피가 사방으로 번져나가

물이 이내 퍼렇게 물든다

물고기 떼가 무슨 먹을 것인 줄 알고

풍경의 살점 쪽으로 급류같이 몰려온다

쿡쿡 주둥이를 들이대며 한 점이라도

더 먹겠다고 격하게 지느러미를 뒤챈다

물고기들도 죄다 물이 들어,

갓 잡은 것을

땅바닥에 서너 차례 패대기친 듯 푸르죽죽하다

풍경의 살점 놓인 자리가

마치 강이 스스로 드러낸 급소같이
치명적으로 열려 있다

—「풍경의 살점」 부분

「헛것」이라는 시에서 그는 달빛이 투영된 물을 통해서 신생하려는
꿈을 꾼다. "물속에 잠긴 달이 처연해서 손가락에 물을/묻혀" 시적
화자의 "마른 눈썹에 발라보"았더니 물속의 달은 물기가 묻은 눈썹
위에서 "뿌리를/사방으로 뻗"는다. 여기에서 물은 생명을 잉태시키
는 정액으로서의 물이다. 일반적으로 달은 자궁을 상징한다. 이러한
상징성은 이 시를 수동적이고, 여성적이며 수용성을 갖게 한다. 여기
에서 달은 능동적인 존재로 변모된 물과 결합하여 생명력을 가진다.
이때의 생명력은 시적 자아의 정신을 일깨우며 태어난 생명이다. 눈
썹 위에서 "태아처럼 부풀고" 있는 달은 열린 길로 흘러간 물의 상상
력이 삶의 은유로서 꽃이 핀 경우라 하겠다.

이처럼 김충규의 시에서 삶의 비약은 물의 역동성에서 시작이 된
다.「풍경의 살점」이란 시에서도 고인 물을 정화시키는 물의 역동성
에 대해 이야기한다. "풍경의 살점"을 도려 물에 넣었더니 "풍경의
피"가 번지고, 물이 꿈틀거리기 시작한다. 죽은 살점의 혈액을 통해
물이 재생하고 물속의 생명도 재생한다. "풍경의 피가 사방으로 번
져나"가서 재생된 강물은 그 속에 죽어 있던 존재까지 정화시켜 재
생시킨다. 강물 속에는 생명의 기운들로 가득 찬다. 여기에서 주목할
것은 "피" 이미지이다. 혈액으로서의 피는 끊임없이 순환하는 물일
뿐 아니라 영양분을 공급하는 생명의 저장고다. 이처럼 그는 물을 역
동화하여, 죽은 존재를 정화시켜 생명성을 부여하고, 존재로의 변모
를 꾀한다.

양수로의 회귀, 불(火)로 승화되는 존재의 꿈

비가 숨소릴 참으며 꼬물꼬물 내려왔을 때
평소 다소곳하던 왜소한 나무들이
갑자기 몸이 가려운지 몸을 뒤틀기 시작했다
세상이 한 척의 배처럼 잠시
기우뚱거리는 듯했으나 침몰하지 않았다
…(중략)…
이무기 한 마리가
빗줄기 사이를 뚫고 속도를 내며 하늘로 오르는지
그걸 가려주려고 잠시 천둥이 치고 번개가 내린 사이
벌레는 아무 신음도 내지르지 못하고
점점 시야에서 희미해지고 있었다

—「벌레」부분

뱀이 다리를 버린 것은 지상이 아닌
천상에서의 생애를 꿈꾸었기 때문이다
…(중략)…
천상을 향한 비상의 꿈을 꾼다
천상을 꿈꾸는 것은 곧 불멸의 꿈,
날개 없이도 비상할 수 있는 순간이 올 때까지
뱀은 풀숲에 허물을 끝없이 벗어놓는다
폭우가 쏟아지는 밤이 오면
가장 실한 빗줄기 하나씩 붙들고
천상으로 올라가는 뱀 떼,
천상에 올라가는 순간을 들키지 않으려고
밤을 선택한 뱀 떼, 하지만
천상에 올라간 뱀이 있는지 없는지
지상의 발 가진 것들은 아무도 모른다

—「뱀이 왜 다리를 버렸는지」부분

그의 시에서 물의 역동성은 수평적으로 이동하기도 하지만 수직적으로도 이동한다. 「벌레」라는 시에서의 물도 정액 이미지이다. "비가 숨소릴 참으며 꼬물꼬물 내려왔을 때/평소 다소곳하던 왜소한 나무들이/갑자기 몸이 가려운지 몸을 뒤틀기 시작"하면서 생명력으로 꿈틀댄다. 수직으로 떨어지는 비의 힘이 생명의 기운을 촉진한다. 이 시에서 물은 외연적으로는 영양분의 공급처로서 생명을 부여한다. 하지만 이 시에서 "빗물"은 존재론적인 생명을 부여하는, 형이상학적인 정액이다. 이는 천상으로 상승하려는 시적 자아의 의지 때문이라 할 수 있는데, "빗줄기 사이를 뚫고 속도를 내며 하늘로 오르는" 이무기와(「벌레」) "천상에서의 생애를 꿈꾸었기 때문"에 다리를 버린 뱀(「뱀이 왜 다리를 버렸는지」)을 통해 알 수 있다. "이무기의 승천 같은 신화적 사실은 현대인에게 자아의 시간적 연속감, 변화하지 않는 자기 정체의 지속감을 일깨워준다. 성화(聖化), 죽음, 사랑, 구원 등의 개념이 상승의 상징 속에 내포되어 있는 상승 행위는, 절대적 현실을 향한 길을 상징한다."(미르치아 엘리아데, 『이미지와 상징』) 김충규가 이러한 상승 의식을 나타내는 것은 현실과의 괴리에서 생긴 정체의 지속감에서 비롯되었다고 볼 수 있다. 자신의 의지대로 변화되지 않는 세상은 그를 무기력하게 만들었을 것이다. 이러한 무기력이 존재론적인 변모를 갈망하게 하고, 절대적 현실을 향한 길의 모색을 하게 했다고 볼 수 있다. 현실을 부정하고 천상을 오르려는 꿈은 이무기와 뱀에 국한된 것이 아니라 상승의 기운을 감지하고, 이무기가 하늘에 오르는 것에 동조하고 있는 나무와 벌레들에게도 해당된다. 이는 상승하고자 하는 욕망이 개인의 문제가 아니라 우주적 문제라는 것을 시사하고 있다. 천상은 세상에 존재하고 있는 모든 생명체의 유토피아인 것이다. 이러한 상승에의 욕망은 다른 시에서 타는 물로 변형되어 그가 존재론적인 비약을 갈망하고 있다는 것을 보여준다.

3. 존재론적인 비약, 타는 물

김충규 시에 나타나는 불의 욕망, 시적 자아에 흐르는 '화기(火氣)'는 물의 마찰을 통해서 생성된다. 흐르는 물의 움직임은 또 다른 존재와의 만남으로 이루어지고, 만남의 과정에서 생긴 마찰은 욕망과 좌절을 견디면서 내면의 본질을 들여다본다. 샘물만 해도 홀로 솟아나는 것이 아니라 단층의 결을 어루만지면서 솟아나고, 흐르는 강물 또한 지상의 길, 바위, 나무 등의 몸을 체득하면서 바다로 흘러간다. 흐르는 물의 속성상 다른 존재와의 마찰은 필연성을 갖고 있다. 이러한 만남의 필연성은 조화를 이루기도 하지만 서로 간의 본질이 맞지 않을 경우 화기를 일으킨다. 상대에 대한 욕망이 충족되지 않아서 생기는 그 화기라는 것이, 피멍이 들도록 격렬한 움직임을 상징하는데 이것은 불타는 몸의 형상을 지닌다는 측면에서 '화기(火器)'가 된다. 존재의 이러한 행위는 자신을 불로 태우는 자기연소의 과정에 해당한다. 김충규의 시가 현실과의 마찰로 인해서 원시적인 에네르기를 지향하는 듯 보이지만 사실은 현실적 존재를 무화(無化)시키고, 새로운 존재를 꿈꾼다. 그의 시에 나타나는 이러한 불의 콤플렉스는 현실과의 마찰에서 생긴 좌절된 욕망이다. 욕망의 표출은 현실을 부정하는 의식이기도 하지만 가치의 부조리에 저항하고자 하는 심리적 진로 변경이다.

화산의 분화구를 매몰하고 살아온 날들,
내 생은 폭발하지 않으려고
기나긴 여정을 어둡게 허비했다
…(중략)…
달의 실핏줄을 타고 도는 피의 떨림을 듣는다

…(중략)…

내가 짐승처럼 울 때
내 등을 토닥거려주던
당신의 숨소리가 그러했다

> —「숨소리」 부분

새가 숨어 우는 줄 알았는데
나무에 핀 꽃들이 울고 있었다
…(중략)…
피 흘리지 않는 마음, 버릴 데가 없다
나무 그늘에 앉아 꽃 냄새를 맡았다
마음속엔 분화구처럼 움푹 패인 곳이 여럿 있었다
내 몸속에서 흘러내린 어둠이 파놓은 자리,
오랜 시간과 함께 응어리처럼 굳어버린 자국들

> —「꽃멀미」 부분

석유의 빛깔로 웅크려 있는 구름,
성냥불을 그어 붙이면 금세 타오를 하늘을 다 태울 것 같은 구름,
구름에서 활활 솟구치는 불길을 상상해보라
급격하게 그을리는 하늘을,
그 그을음을 상상해보라

내 눈동자가 심지인 줄 모르고 있었지?

활활 타는 눈으로 나는 날마다 세상을 본다네

세상의 그을음을 볼 때마다 내 눈동자는 더 결렬하게 타오른다네

나의 내장 속에는 석유가 마를 날 없다네

우물처럼 마를 날 없다네

세상의 젖은 것을 만나면 내 눈동자는 물기를 다 말린다네

태워달라고 애원하는 마른 것들을 만나면 뼈까지 바싹 태운다네

내 혈관 속의 피는 눈동자 속에 수북하게 쌓인 재를 하역한다네

몸 속 아픈 것으로 가져가 부려놓는다네

내 몸은 화덕처럼 후끈후끈 달궈진다네

—「신열」 부분

인용 시들을 보면 타는 물로서의 화기는 삶의 본질 속에 내재되어 있다. 그는 지나온 시간을 "화산의 분화구를 매몰하고 살아온 날들"(「숨소리」), "마음속엔 분화구처럼 움푹 패인 속이 여럿 있다"(「꽃멀미」)고 한다. 이는 화기적 욕망이 존재의 본질 속에 이미 내재되어 있다는 것을 시사한다. 일반적으로 인간의 마찰 행위가 생존의 본능과 관련되듯 그의 시에서 화기(火氣)적 욕망은 천상의 존재 생성과 관련이 있다. 그는 상승하고자 하는 욕구를 버리고 세상과 타협하는 일을 "생을 폭발하지 않으려고" 허비한 기나긴 여정이라고 한다. 천상으로의 상승을 위해 자기 연소를 마다하지 않다는 것을 보여준다. 이러한 의식은 「신열」에서 구체화되는데, 시적 자아의 몸은 그 자체가 불꽃인 것을 보여준다. "내 눈동자가 심지"라고 한 표현은 참으로 적절한 표현이다. "활활 타는 눈"에 보이는 세상은 모두 불타버린다. 눈은 직접적인 마찰을 일으키지는 않지만 눈으로 본 것은 존재의 모든 부분에 전달되어 불그릇이 되어버린다. 이는 시적 자아의 "내장

속에는 석유가 마를 날이 없"기 때문이다. "석유"는 타오르는 물이다. 이것은 그의 시적 자아 속에 물과 불의 심리적 현상이 융합되어 있다는 것을 의미한다. 화기를 가진 존재에 불이 붙으면 모든 것이 타버려 재가 되어 무화된다. "불의 재 속에서 낙원을 찾을 수 있다"는 바슐라르 말처럼 김충규 역시 "눈동자 속에 수북하게 쌓인 재"를 통해 새로운 낙원을 찾으려 한다. 이는 삶의 본능과 죽음에의 본능이 대립하는 엠페도클레스 콤플렉스라 할 수 있는데, 그리스 철학자 엠페도클레스의 이름에서 빌려온 이 개념은 삶의 본능에서 자신을 파괴하여 다시 재생의 기회를 얻는 것을 뜻한다.

> 콧등이 벌겋게 달아올라
> 성냥불만 갖다 대면 이내 화상을 입을 것 같던 꽃나무
> …(중략)…
> 그에게서 숯내가 물씬 풍긴다
> 지는 꽃들이 그를 발견하고는
> 허공에서 잠시 멈칫, 하다가
> 땅바닥에 닿기도 전에 파르르 흐느낀다
> 흐느낌의 물결이 사방으로 번진다
>
> ——「새에게서 숯내가 났다」 부분

> —— 내 죽은 뒤 시체에서도
> 꽃 타는 냄새 났으면!
>
> ——「꽃 탄다 꽃 탄다」 부분

위의 시들 또한 자신을 연소하여 재생의 기회를 얻으려는 심리적 현상이 투영되어 있다. 「새에게서 숯내가 났다」는 시에서 "숯내가 물

씬 풍기"는 그를 보는 다른 생물의 태도는 자못 경건하기까지 하다. "지는 꽃들이 그를 발견하고는/허공에서 잠시 멈칫, 하다가/땅바닥에 닿기도 전에 파르르 흐느낀다". 새에게서 나는 숯내를 통해 시적 자아가 말하고 싶은 것은 자기 연소에 대한 경건함이다. 이는 나아가 죽음에 대한 우주적 문제로 연결된다. 현실의 존재를 희생하여 영생을 얻고자 하는 심리적 현상은 "내 죽은 뒤에도", "꽃 타는 냄새가 났으면"(「꽃 탄다 꽃 탄다」) 하는 말을 통해서 확인된다. 모든 것이 지천으로 널려 있는 시대에 그는 천상의 유토피아를 지향한다. 순환의 질서만이 존재론적으로 비약할 수 있는 통로라고 말한다. 일제강점기 시인들이나 지향할 듯한 유토피아가 21세기를 사는 시인에게 보인다는 것은 흥미 있는 일이다. 이는 곧 사회에 대한 인간의 욕망이 영원히 충족될 수 없는 것임을 의미한다. 사회는 영원한 타자로서 개인이 앞에 존재할 수밖에 없고, 사회와 괴리 속에서 개인은 존재의 형상을 들여다볼 수밖에 없는 것이다.

김충규가 헛것이라 하였던 '고인 물'은 열린 상상력을 통해서 불의 현상학으로까지 접근하면서 존재론적인 변모를 갈망한다. 이러한 심리적 여정에서 우리가 간과해서는 안 될 것은 그가 갈망하는 사회적 욕망이 아니라 고인 물을 정화하려는 그의 의식이다. 회귀적 본능으로 인해 인간은 존재의 승화를 꿈꾸지만 헛것의 세상은 변하지 않는다. 이것이 존재가 직면한 본질인지도 모른다. 원초적 본능은 인간을 정화하여 존재성 회복을 꾀하지만 사회적 욕망은 인간을 망가뜨리고 있다. 그가 문명의 언어를 도외시하고 물 이미지를 통해 양수적 회상을 하는 이유 또한 이러한 존재의 본질을 가장 잘 알고 있기 때문이다.

양수를 회귀하는 기억은 생명의 가능성을 함유하고 있는 공간에 대한 그리움이며, 욕망이다. 하지만 양수로서의 공간은 현실 안에는 없다. "입이 이승이고 항문이 저승"인 통로, "헛것처럼, 오가는 사람들 사이에"(「商街와 喪家 사이에서 서성거렸다」)서 서성거린다는 그의 말처럼, 탄생과 죽음의 경계선에 양수가 있다. 그래서 그의 시는 현실성을 벗어날 수밖에 없다. 비록 그의 시가 몽환적인 세계로 난 길을 선택하였지만 끊임없이 출렁이는 존재를 인식하는 그의 눈은 예리하다. 짐승이 벌린 아가리에서 안주하려는 인간의 영악한 본성을 정확하게 꿰뚫고 있다.

양수로의 회귀, 불(火)로 승화되는 존재의 꿈

존재의 혐의를 찾는 시적 수사관

— 김경수, 『산 속 찻집 카페에 안개가 산다』

사는 일을 "아름다운 사건"(「꿈꾸며 살아 있는 것이 아름다움이다」 일부)이라 부르는 시인은 행복할까? 분명한 건 어떤 구조이든 그가 생을 사랑한다는 것이다. 탄생이 선택이 아닌 것은 분명하다. 누구나 좋은 조건을 가지고 태어나고 싶지만 자신의 의지와는 상관없이 부모가 정해지고, 나라가 정해지고, 인종이 정해진다. 탄생과 죽음은 누구에게나 주어지는 고정 값이지만 부수적으로 갖는 환경 조건과 시간을 영위하는 방식은 생의 무늬를 다른 형상으로 그려낸다. 그런 점에서 생은 탄생 X + 시간 Y = 죽음이라는 연산을 갖고 있는 방정식이다. 하지만 그 값이 참일지 거짓일지는 우리 누구도 모른다. 아니 몰라야 한다. 인류가 쌓아놓은 유구한 역사와 아름다운 문명, 미적 가치를 지닌 아름다운 문화들은 다양한 답안이라 할 수 있다.

한 시인의 시집 또한 이 생의 의미를 참값으로 남기기 위한 하나의 사건이다. 김경수 시인은 이번에도 "아름다운 사건"을 하나 터트렸다. 이번 시집(『산 속 찻집 카페에 안개가 산다』, 시와 사상, 2012) 출간은 김경수 생의 아름다운 사건인 동시에 타인들의 사건들을 성찰한 진술서라고 할 수 있다. 이번 시집에서 생의 방정식을 푸는 김경수의 시각은 아름다운 사건을 만들어가는 존재의 혐의를 밝히는 데 있다. 종교인인 그가 생의 기호를 신의 논리로 풀지 않고 인간의 논리로 풀려고 하는 것은 참으로 문제적이다. 무거운 삶의 멍에로 다가오는 "운명의 힘"(「운명의 힘」)을 자연의 원리로 풀고 있는 것이다. 이것은 그동안 그가 풀었던 생의 방정식을 다른 대입 값으로 풀어내려는 시도이다. 아름다운 사건들을 터트리는 존재들에 대한 혐의를 찾는 것, 그 혐의들이 무엇인지를 시적 수사관의 눈으로 탐색한다. 이 의문의 꼬리에는 현실 너머의 세계를 넘보는 인간의 사고 구조, 욕망을 쌓아올리는 바벨탑 쌓기가 용의선상에 올라 있다.

1. 아름다운 사건의 조합 방식, 바벨탑 쌓기

바벨탑은 상승 지향성을 가진 인간의 사고 구조를 표상한다. 현실 세계에 있으면서 현실 너머의 세계를 상상하고, 인간이면서 인간 너머의 존재성을 꿈꾸는 속성을 보여준다. 바벨탑의 형상은 생물학적 본능의 인간과 사유하는 인간이 충돌하는 지점이라 할 수 있다. 죽음에 대한 본능적 공포가 오히려 하늘을 신성시하고 도전하는 양상으로 변주된 것이다. 죽음을 피하는 방법은 스스로가 신이 되는 것, 이것은 신이 분노할 큰 사건이다. 결국 아름다운 사건이란 태어났기 때문에 살아내야 하는 일이기도 하지만 죽음 이후의 값에 대한 다양한 문제 풀이의 양상이라 할 수 있다.

나이 든 베테랑 수사관이 철제 책상 앞에 앉은 피의자를 취조한다. "동해에서 흰 고래를 훔쳤지?" 파란 모자를 눈썹까지 눌러 쓴 새파랗게 젊은 남자가 대답을 한다. "그것은 단지 꽃이 나를 불렀기 때문이고 꽃은 철새를 사랑한 죄지요. 꽃이 두려워하는 것은 바람의 질투이지요." 수사관이 책상을 쾅하고 친다. 조사해온 증거 자료를 내밀며 "흰 고래의 행방을 대란 말이야." 회전문을 밀고 분홍색 옷을 입은 여인이 꽃다발을 들고 나오고 그 뒤를 따라 검은 색 정장 포켓에 빨간 꽃을 꽂은 신사가 나온다. … (중략)… 수사는 미궁에 빠지고 장기전에 돌입한다. '미궁'이란 책의 저자가 독자에게 사인을 해준다.

―「꽃」 부분

창문을 통해 풍경(風景)이 집안으로 들어옵니다. 내가 풍경 속으로 들어갑니다. 풍경의 생각이 들어옵니다. 풍경은 냉정한 얼굴을 하고 있습니다. …(중략)… 결국 창문을 통해 풍경이 품고 있는 생각의 포로가 됩니다.

―「창문(窓門)」 부분

김경수는 생의 본질을 시적 인물들이 하는 질문과 응답의 양상을 통해서 보여준다. 시에서 "베테랑 수사관"이 찾는 "흰 고래의 행방"은 '생이 무엇인가'를 묻는 우리의 고정관념이다. 이 의문에 대한 패턴은 인류가 역사 시작된 이래 변함이 없다. 하지만 이에 대한 응답은 변화무쌍하다. 젊은 남자의 대답을 통해 알 수 있듯이 생의 좌표는 일정한 법칙이 없다. 고래의 행방을 찾는 일이 운명적으로 받아들여야 할 삶을 의미하는 것이라면 꽃이 부르면 쫓아가고 철새를 사랑하는 죄 등은 욕동에 따라 움직이는 인간의 내면이다. 이를 통해 김경수는 존재가 살아가게 하는 것은 운명적 삶의 패턴이 아니라 운동적 삶의 패턴이라는 것을 보여준다. 운동적 삶의 패턴은 역동적이기는 하지만 사방팔방 어지럽게 뻗어나가기 때문에 미궁을 만들어낸다. 그런 점에서 삶은 미궁을 확장시키는 과정이라 할 수 있다. 우리가 만든 미궁 속에서 길을 잃고, 그 속에서 고뇌하고, 방황을 하는 과정을 통해서 생의 방정식을 풀어나가는 것이다. 그러면서 세계의 주체가 되기보다는 객체가 되어가는 것이다.

이러한 의식은 그의 또 다른 시 「창문(窓門)」에서 풍경을 바라보는 방식을 통해서도 알 수 있다. 여기서도 세상이 주체가 되어 나를 함몰시키는 과정을 보여준다. 세상 속으로 내가 들어가 삶을 만드는 것이 아니라 세상이 내 속에 들어와 나를 포로로 만든다. 세상은 무방비 상태인 나를 또 다른 미궁으로 만드는 주체이다. 미궁이 욕망을 만들고, 욕망이 미궁을 만드는 것이다. 그렇다면 생의 구조를 미궁으로 만드는 요인은 무엇일까? 김경수는 "생각하는 동물로서의 인간"이 생을 사건화한다고 본다. 아름다운 사건인 삶을 이해하는 핵심 코드가 생의 고리에 있다고 본다.

2. 사건 해법의 핵심 코드, 생각의 고리

사고하는 인간의 능력은 인류를 문화적인 존재로 만들었다. 감각적 차원에서 볼 때 인간은 태어날 때부터 사회화의 본능을 가지고 있다. 나와 타자에 대한 분리감은 경계를 만들고 같은 종(種)에 대한 동질감은 집단을 만든다. 본능적으로 인간의 감각은 의식으로 분화되고 이 의식은 사회화되거나 어떤 문화적인 토대가 된다. 인간은 태어날 때부터 사고(思考)하는 본능 때문에 사회화되는 것이다. 생각의 고리가 있는 한 인간은 미궁의 삶으로부터 빠져나올 수가 없는 것이다. 김경수 또한 그렇게 보고 있다.

> 생각이 사람을 힘들게 하는 도구다.
> 생각이 없는 생선의 파닥이는 지느러미가 더 자유로운 것이다.
> 삶과 죽음을 초연히 벗어난 아름다운 몸짓이다.
>
> ―「아름다운 인생」 부분

> 파란 하늘의 무게로 기진한 나비는
> 자신이 어디로 가고 있는지도 모르면서
> 열사(熱砂) 위를 쉼 없이 날아가고 있다.
>
> 그냥 날갯짓하는 것이 즐거운 나비는
> 마지막 행로(行路)인줄도 모르고
> 삶의 무게로 무거워진 몸으로 날아가고 있다.
>
> ―「고속도로 위를 날고 있는 나비」 부분

「아름다운 인생」에서 김경수는 "생각이 사람을 힘들게 하는 도구"
라고 본다. 인간은 사유하지 않을 때 삶과 죽음으로부터 자유로우
며, 초연할 수 있다. 생명 유지만을 목적으로 하는 외길로 가지 못하
고 집단을 만들어 싸우고, 문화를 만들어 함께 향유하는 미궁을 만든
다는 것이다. 그래서 "살아 있는 것, 생각하는 것이 슬픔의 근원"(「소
리 없는 것들의 슬픔」 부분)이 될 뿐 아니라 인간을 질주의 강박증으
로 몰아넣는다. 역사가 누적될수록 많아지는 세계의 존재 방식은 존
재를 조급하게 만든다. 그런 존재성을 김경수는 "고속도로 위를 날고
있는 나비"로 은유한다.
「고속도로 위를 날고 있는 나비」에서 나비는 "어디로 가고 있는지

도 모르면서" "쉼 없이 날아가고" 있는 존재의 모습이자 시인의 내면이다. 이런 존재의 눈에 비치는 세계는 자동차들이 질주하고 있는 고속도로의 풍경에 비유되고 있다. 인간의 사유 능력은 진화할수록 가속력이 붙는다. 스스로 만들어놓은 속도의 함정은 세계를 가늠할 수 없는 거대한 미궁이 된다. 인간이 만들어놓은 길 안에 갇혀 스스로 헤매고 있는 것이다. 이러한 질주의 본능은 또 다른 바벨탑 쌓기이다. 그런 점에서 나비는 존재가 갖는 내면의 지향성을 대변한다. 인간의 정신적 수위는 나비가 날고 있는 그 위치에 있다. 하늘을 날면서 높이 날지는 못하는 나비, 잠시 쉬었다 간 자리에 꽃이 피고 열매가 맺는 것처럼, 정신적 인간의 열매가 현실에 주렁주렁 달려 있다.

그런데 문제는 김경수가 현실의 열매들을 부정적으로 보는 데 있다. 세계의 모습이 "벚꽃나무의 사상과 정서"가 "서서히 녹슬어"(「삶의 풍경」 부분) 쇠가 되어가고 있는 것이다. 삶의 열매가 자연적인 형상이 아니라 물질화된 모습으로 인식된다. 이러한 인식은 그동안 김경수가 꾸준히 천착해온 문제였다. 인간의 사유가 진화할수록 삶의 열매들은 물질화되어가고 있다는 것을 진즉에 인식한 것이다. 그래서인지 김경수는 존재의 혐의에 대한 최종진술서를 '아담의 언어'로 쓴다. 존재의 "노래가 노란 나비들로 변해 팔랑이다가/시간이 멈추어 있는 이상향(理想鄕)으로 날아"(「마차를 몰고 달리는 시간」 부분)가는 형상으로 시를 의식화한다.

3. 존재 혐의에 대한 최종 진술서, '아담 언어'의 이상향

김경수가 지향하는 이상향은 원시적인 모습을 그대로 간직한 자연의 세계이다. 김경수는 세계의 미궁이 커질수록 자연적인 능력이 상실되고 가공적인 요소가 진화한다고 보고 있다. 이러한 현실의 부정은 생을 자칫 위험에 빠트릴지 모른다는 염려가 표출된 것이다. 물질화된 세계의 모습과는 달리 순수한, 우리 속에 내재되어 있는 "야만인(野蠻人)의 얼굴을 한 눈빛"(「세상의 얼굴」 부분)이 필요하다는 것을 토로한다. 이 원초적 눈빛은 김경수가 주목하는 또 하나의 세계이다. 자연 그대로의 언어인, 침묵으로 존재와 존재의 소통을 보여주는 '아담의 언어'를 갈망한다.

> 하루가 25시가 되기를 간절히 기원하였지만
> 인생이라는 불확실성의 제국인 산 속 찻집 카페에서는
> 늙음은 오히려 축복이다.
>
> —「산 속 찻집 카페에 안개가 산다」 부분

이번 시집 곳곳에서 보이는 김경수의 이상향에 대한 의식은 신성의 공간이 아니다. 이상적인 세계에 대한 그의 갈망은 "25시"라는 시간을 통해 알 수 있다. 25시는 세상에 존재하는 시간이 아니다. 존재하지는 않지만 인간이 생각을 바꾸면 존재할 수 있는 시간이다. 현실에 없으면서 존재할 수 있는 시간의 의미는 이상향에 대한 김경수의 시적 의식이기도 하다. 이는 곧 인간이 생각을 달리하면 물질화된 세계를 자연의 세계로 되돌릴 수 있다는 메시지이다. 기독교인인 김경수가 천국과 관련된 낙원 의식을 버리고 현실에 근거하는 이상향(理想鄕)에 관심을 갖고 있는 것이다. 기독교의 낙원과 어디에도 없는 세계인 이상향은 현실 세계와 이상 세계 사이의 연결 매체로서의 의미가 다르다. 현실 세계에서 낙원은 상징적인 제의를 통해서 연결되

지만 이상향은 기술, 과학 등의 합리적인 수단이나 메시아로서의 프롤레타리아의 혁명적 행위로 연결된다(라신느, 『낙원, 천년왕국, 유토피아』). 이와 관련해서 김경수의 시적 이상향은 사유하는 인간의 잘못된 방향성을 비판한 것이라 할 수 있다. 아름다운 사건들이 진정성을 잃어가는 것이다. 그래서 그가 강조하는 것이 순수성을 간직한 "푸른 유토피아"이다.

> 하늘문을 열고 들어가면 그곳에는
> 정말로 시간도 흐르지 않고 슬픔도 없는
> 푸른 유토피아(Utopia)가 우리를 맞이해줄까?
>
> ―「나뭇잎들 속의 문」부분

> 고요를 벗어난 조금의 소음도 하나의 사건이네요 …(중략)… 그렇게 물 밑은 수많은 입술들이 소리나지 않게 입을 벌렸다 오므렸다 하며 침묵 속에서 서로의 의사를 전달하였고 수면이 잠시 흔들렸어요 …(중략)… 말하지 않음으로써 더욱더 아름다운 생각과 상상이 있게 하는 것이 그곳에서의 미덕이지요.
>
> ―「그 연못」부분

김경수에게 이상향으로 들어가는 문은 자연이다. 생태계를 이루는 "나뭇잎들 속의 문"을 새로운 세계의 입구로 보고 있다. 김경수에게 "고요를 벗어난 조금의 소음도 하나의 사건"이다. 사건이 아닌 것은 "소리나지 않게 입을 벌렸다 오므렸다 하며 침묵 속에서 서로의 의사를 전달"하는 자연의 몸짓이다. "말하지 않음으로써 더욱더 아름다운 생각과 상상이 있게 하는 그곳이" 이상향이다. 그런 점에서 김경수의 이상향은 하늘에 있는 게 아니라 현실에 있다. 인간들이 "뿌리를 스스로 자르고 하늘로 뛰어오”(「꿈꾸는 도시」 부분)르는 것에 대해 경고를 하고 있는 것이다. 김경수의 이러한 생각은 일면 생태적 이상향이라 볼 수 있다. 현재 우리가 사용하고 있는 물질문명의 기표를 타락을 상징하는 '바벨의 언어'로 보고 있는 것이다. 타락한 현실을 김경수는 원초적인 순수성을 간직한 '아담의 언어'로 바꾸어야 된다고 생각한다. 질주하고 싶은 욕망을 버리고 자연에 순응하면서 사는 것. 그것을 이상향이라 보고 있다. 하지만 김경수의 이상향 의식은 존재가 자연주의로 돌아가자는 말이 아니다. 이것은 두 가지의 의미로 해석할 수 있다. 하나는 그가 삶을 아름다운 사건들로 보고 있지만 훈훈한 사건의 구성이 아니라고 보는 것이다. 다른 하나는 영혼 지향성의 사고 구조에 대한 새로운 인식이다. 그는 우리가 상승하고자 하는 욕망 때문에 현실을 직시하지 못한 것에 대한 문제를 제기하고 있다. 자연의 순리가 이상향이고, 우리의 생의 올바른 해법이라는 것을 강조하고 있다. 타락해가는 세계를 정화시키는 방법론으로 자연의 법칙, 우주의 원리를 재탐색하고 있는 것이다.

결국 김경수가 이번 시집에서 진술한 내용들은 생각하는 동물로서의 인간의 혐의점을 포착한 것이다. 이러한 포착은 '존재성의 진화가 과연 바람직한 것인가' 하는 의문으로 이어진다. 이 의문에 대한 답은 아니라는 것이다. 사고의 진화가 오히려 삶의 질을 떨어뜨리는 전환점을 훨씬 넘어섰다고 본 것이다. 지금의 세계가 신이 창조한 것이든, 자연 발생적으로 생긴 것이든 간에, 인간이 자연의 일부라는 사실만은 변함이 없다. 올봄에는 벚꽃이 3일 만에 피고 지고 가버렸다. 우리 생도 벚꽃처럼 가속력이 붙었다는 사실을 그는 인식한 것이다. 이러한 세계의 변화를 지각한 김경수의 시각은 이전 시집에 나타난

문명 비판적 성향과 무관하지 않다. 그것이 구체화되어 자연의 언어로 소통을 하는 생태적 이상향으로 나타난 것이다. 무조건 진화하기만을 하는 인간의 삶을 이제 자연으로 되돌리자는 것이다. 초월적인 능력을 빌려 현실을 해결하기보다는 인간 스스로의 자정 능력이 필요한 시점이라는 것이다.

　죽음의 순간까지 생에 대한 우리의 신뢰는 미궁 속에 있다. 죽음 너머의 세계 또한 다른 형상의 미궁일 것이다. 사유하기 때문에 하늘로 날아오르지만 인간, 그 인간이라는 것 때문에 지상을 버릴 수가 없다. 이것이 팔랑거리는 나비의 비상이 아름답게 느껴지는 이유이다. 김경수가 말했듯 인생은 미궁이라서 아름답다. 시를 써야 할 여지가 많아서 좋다.

제3부 고뇌와 실존의 형상화 의지

통각 혹은 마루타
그리고 야누스 실존의 프리즘
─ 위선환 · 장종권 · 권현형

이 지상에서 실존의 문제를 탐색해나가는 존재는 인간밖에 없다. 생태계의 다른 생명은 우주적 존재로 주어진 그대로 살아갈 뿐 실존의 방식에 대해서 고민하지는 않는다. '요람에서부터 무덤까지'라는 생명의 유한성(有限性) 앞에서 인간은 불안과 고독, 절망이라는 자기의식을 안고 살아갈 수밖에 없다. 수많은 경험 기억을 환기하는 뇌로 인해 실존의 효율성을 끝없이 찾아가는 운명적 존재라 할 수 있다. 철학자들은 실존을 신(God)과 무(無) 사이의 중간에 있는 내적 존재로서의 인간(키에르케고르), '한계상황'을 인식하고 초월자에게 자기를 결합하려 하는 것(야스퍼스), '세계-내-존재'로서의 자기를 확인하는 것(하이데거), 본질에 앞서는 선택적 삶(사르트르) 등으로 정의하고 있다. 하지만 이 모두가 장님이 코끼리 다리 만지기식으로 드러난 실존의 일부일 뿐 인간은 그 누구도 실존의 범위가 어디까지라고 명확히 말할 수는 없다.

철학자들이 실존을 어떤 개념으로 정의한다면 시인들은 실존의 구체적 양상이나 그 가능성을 언어미학으로 표현해낸다. 어떠한 장르의 내용과 형식을 가진 시든 간에 거시적 차원에서 보면 그것은 유한한 삶의 효율성을 찾기 위한 탐색의 결과이거나 갈망이다. 때문에 시인이 가진 시안(詩眼)은 각각의 삶의 강도와 크기에 따라 개성적인 빛깔로 재배열되는 실존의 프리즘이다. 가시거리를 좁히거나 혹은 넓히면서 정밀한 시각으로 절단한 삶의 투명체라 볼 수 있다.

1. 통각(痛覺)의 실존을 풀어내는 통각(統覺) ─ 위선환

위선환은 시안의 프리즘을 제어할 줄 아는 노회한 시인이다. 그는 역사와 함께 진화의 길을 걸어온 '바벨의 언어'를 자제하고, 자연 그대로의 현상을 소통 수단으로 삼는 '아담의 언어'(진중권, 『현대 미학 강의』)를 실존의 혈맥(血脈)을 간파해내는 혜안(慧眼)으로 사용한다. 이번 시집(『탐진강』, 문예중앙, 2013)에서 그는 우주 생태계의 현상(우주적 실존)을 '강'으로, 우주적 시간을 물의 유동성으로 상징하고 있다. 특히 그는 물의 유동성과 함께 작용하는 촉각적 감각을 인간 실존의 중요한 키워드로 보고 있는데, 그것은 나와 타자와의 관계를 표상하는 사회학적 실존의 치환이기도 하지만 타자성의 관계가 '부대낌'을 본질로 한다는 것을 간파한 것이다. 삶의 본질이 마모되는 과정의 아픔을 통해서 승화되어가는 통각(痛覺)의 실존, '고통의 현상학'으로 본다.

> 소나기가 지나가도 하늘은 젖는다
> 하늘천장에 물기 어린 것 보이고
> 손바닥을 대도 젖는다

그러니까

장마 그친 하늘의 이 끝에서 저 끝까지

강물 한 줄기 뻗어 흐르는 것 사실이고

그 강에 내려앉은 목이 긴 새가

긴 목 가득 물을 머금고 날아오르는 것이나

나는 새의 목 줄기에 담긴 물 모금이

푸른 결 일구며 찰랑대는 것 모두가

말갛게 내비쳐 보이는 사실인데 사람들은 빤하게 쳐다보면서도 왜

안 보인다고만 하는가

—「탐진강 10」 전문, 『탐진강』

위선환은 생태계의 유기체로 살아야 하는 우주적 실존을 하나의
강으로 상징한다. 물이 가진 물질적 상상력을 통해서 존재가 가진 심
원한 본질과 영원성, 그들 간의 유기성을 가진 우주적 시간을 보여준
다. 위선환은 존재가 변모하는 근원적 운명을 우주적 실존의 한 현
상에서 비롯된 것으로 본다. 이것은 노자(老子)가 일정한 형상이 없
는 무유(無有)의 존재인 빛이나 물을 만물의 근원으로 보는 것과 일
맥상통한다. 일정한 형상은 없지만 존재를 터치해나가는 물의 실체
성은 오랜 시간을 거치면서 그것들의 실존성을 만들어나가는 요인으
로 작용한다. 시에서도 만물의 근원인 "소나기"는 "하늘"과 "새" 그
리고 "나"와 연결되면서 우주적 실존이라는 거대한 강을 만들어나간
다. 여기서 강은 자연의 장엄한 숭고미로 소통이 되는 '아담의 언어'
로 도구적 인간의 실존과는 상반되는 개념이라 할 수 있다. 거시적인
차원에서 인간 실존은 우주적 실존과 시간 속에서 순환되는 미미한
존재일 뿐이다.

이러한 의식은 그동안 다른 시인들이 인간 실존의 양상을 인간 내

의 문제에서 찾으려고 하는 것과는 사뭇 다른 양상이다. 시인의 말에서 그가 탐진강을 "사람과 강이 하나로 바라보이는 공간과 사람과 강을 하나로 바라보는 시간"이라 한 것 또한 인간 실존을 우주적 실존의 한 일부로 보는 관점이다. 그런데 여기서 중요한 것은 위선환이 자칫 생태주의적 범주로 국한될 수 있는 실존적 양상을 촉각적 감각이라는 감각의 의식화 작용을 통해서 시적 개성화를 꾀한다는 것이다. 그는 사유하는 뇌를 가진 인간의 실존적 속성을 자신의 경험이나 인식을 통해서 자기의식으로 종합하고 통일하는 통각(統覺)으로 풀어낸다. 다른 생명들과는 달리 몸을 '지각의 주체'(메를로 퐁티, 『몸의 현상학』)로 하여 다양한 의식과 사상을 만들어가는 인간 실존의 본질을 촉각적 감각으로 보고 있다. 마모되면서 생을 승화시키는 '고통의 현상학'으로 구체화하고 있다.

제3부 고뇌와 실존의 현상학 의지

> 자갈바닥에 피라미들이 닳고 있다. 파란 턱뼈와 핏발 밴 아가미가 비치고 지느러미는 이미 물빛이 되었다. 오래지 아니하여 비늘들이 다 갈라지고 생살이 해져서 자잘한 가시들이 드러나리라. 벌써 여울목에 가시가 걸리더니 잔가시에 찔린 물살들이 저민 듯 붉어지면서 물줄기가 홍건해졌다. 사람이 또 아프겠다.
>
> —「탐진강 2」 부분, 『탐진강』

> 발바닥이 파였다 새살이 돋기까지 며칠이 남았다
> 며칠 사이에 들찔레의 가시가 단단해지고
> 자갈돌 틈새에 패랭이꽃 피고
> 강은 희게 닳은 돌부리를 건져 올려서
> 내 살에도 심었다
>
> —「탐진강 3」 부분, 『탐진강』

깊어진 것이 무엇인가
헤아려보아야 고작
속내거나 골이거나 주름살이거나
아니면 그리 아픈 그리움일 것인데

…(중략)…

사람들은 하나씩 강을 기르고 있었다

—「탐진강 13」부분, 『탐진강』

　시에서 촉각적 감각은 강이라는 외부 세계와 만나는 시공간의 지점이자 생물·사회학적 실존성을 획득하는 매개체로 작용한다. 만물의 근원인 강은 생명과 무생물 모두와 관계를 맺고 있는데, 타자에 대한 존재성은 서로의 실체가 맞닿으면서 일깨워진다. 이때 인간을 제외한 다른 생명에게 감지되는 우주적 시간은 본능적으로 생명을 유지하는 생물학적 실존성을 유지하는 데에 그치지만 인간은 이 물리적 세계의 경험을 통해 정신적인 내적 체험에 이르게 되므로 훨씬 다양한 실존의 양상을 갖게 된다. 알베르트 수스만은 인간은 촉각을 통해 우주와 하나였던 상태에서 분리되고, 숙명적으로 다시 그 세계로 돌아가고 싶은 갈망을 갖게 된다고 한다. 촉각적 감각을 통해 인지된 타자와의 경계 의식은 관계성의 감정을 표현하는 사회학적 의미도 있지만 인간에게는 만져지지 않는 초월적 존재에 대한 갈망을 갖게 한다. 인간은 우주 생태의 한 일부이기는 하지만 사고 능력으로 인해 물질적 존재로서의 생물학적 실존성, 나와 타자와의 관계성에서 이루어지는 사회학적 실존성 그리고 정신적으로 존재하는 초월적인 실존성까지 다양한 실존의 양상을 갖고 있다. 이러한 다양한 실존적 양상 중에서 위선환은 특히 나와 타자의 접촉에서 지각되는 '통각 (痛覺)'을 삶의 본질로 보고 있다.

　시에서도 시적 주체들의 몸은 "닳"거나 "물살"에 "저민 듯 붉어지" 거나, 혹은 "파"이고 있다. 시적 주체들의 몸은 물살에 마모되는 과정을 통해 내적으로 "단단해지"거나 "새살"이 돋는다. 신체가 마모된다는 것은 감각적 고통을 동반하는데, 다른 생물과는 달리 인간에게는 그 고통이 정신적 고통으로 확장된다. 육체적 고통의 경험이 내 것이든 타자의 것이든 간에 예전에 경험했던 불쾌한 감각과 사건을 떠올려 그것을 '존재론적인 사건'으로 발전시킨다. 신체의 고통을 보편적인 인간 실존으로 표상하는 사회적 의사소통의 메시지로 사용한다. 인간 실존 양상을 생명적 본능으로 지탱되는 생물학적 실존성보다는 나와 타자와의 관계성 속에서 형성되는 사회학적 실존성에서 더 주목하는 것이다. 그리고 인간 실존을 고통의 현상학으로 보는 관점에는 긍정의 지향성이 암묵적으로 내재되어 있다. 고통은 부정적인 감정이지만 시간성을 갖고 있지 않아서 해방의 기쁨이 있다. 순간적인 고통의 경험을 통해 인간은 더 강렬한 행복을 알게 되고 실존적 가치의 효용성을 알게 된다. 위선환의 촉각적 감각은 인간 실존의 핵심이 부정과 긍정의 반복적 곡선을 그리는 통각(痛覺)의 실존이라는 것을 통각(統覺)한 것이라 할 수 있다. 어쩌면 이것은 오랜 '통증 (痛症)'의 반복으로 무통(無痛)의 매너리즘에 빠져 있는 우리의 실존적 증상을 예리하게 짚어낸 역설일지도 모른다.

2. 마루타 실존에 응전하는 비판적 지성— 장종권

　위선환의 시안이 생의 거리를 제어할 줄 아는 노회한 프리즘을 가졌다면 장종권의 시안은 현실을 몸으로 부딪치는 고투(苦鬪)의 프리즘을 가졌다. 이 말은 곧 장종권의 시안이 현장에 더 깊숙이 침투하고 있다는 말이며 몸으로 부대끼며 상처를 입는 인간 실존의 본질을 더 구체적으로 형상화하고 있다는 의미이다. 장종권은 역사(歷史)라는 것을 있는 그대로의 사실을 기록한 것이 아니라 정치적인 술수로 조작되어 기록되는 역사(歷事)로 본다. 인간 실존의 방향성이 누군가에 의해 조작되고 있다는 의식은 시에서 정치권과 자본주의 권력층 모두에게 적용되고 있다. 장종권의 프리즘은 표제와 시적 구도에서부터 사회 현실에 대한 저항 의지를 내포하고 있는데, 그 구체적인 양상으로 나타난 것이 민중의 실존을 역사(歷事)로 보는 희화적(戱畵的)인 풍자 미학의 구현이다.

누가 이중섭을 산 채로 십자가에 매달았을까.
황금 제단에 탐스러운 천도화를 놓아두었을까.
보는 이마다 간절하게 낙원으로 끌고 갔을까

…(중략)…

눈먼 민중들에게는 어떤 비명도 들리지 않아.
파도 소리에 귀 막고 등 돌려 벼랑으로 가네.
벼랑 끝 도열한 십자가는 오늘도 경매가 한창이고,
경매가 끝나면 또 다른 십자가로 가네.
얼굴 다른 이중섭이 도살장 소처럼 끌려가네.

247

보는 이마다 낙원으로 향하라 시든 꽃비 내리네.

―「오늘이라는 낙원」 부분, 『호박꽃나라』

인간의 간을 넣었다 뺐다 하는 시대에 태어나서
인간이 인간의 로봇이 되는 시대에 태어나서
모든 인간들이 모든 로봇이 되는 시대에 태어나서
모든 인간들이 마루타가 되는 시대에 태어나서

―「토끼해에 1」 부분, 『호박꽃나라』

풍자는 사회의 부조리성을 개혁하려는 의도를 갖고 있다. 장종권은 기술 문명과 의학 기술의 발달로 모든 것이 화폐로 환산되고, 인공화되어가는 자본주의 구조의 부조리를 냉소적인 시선을 바라본다. 「오늘이라는 낙원」에서 그는 예술을 화폐의 가치로 환산하는 경매장을 "이중섭을 산 채로" 단죄하는 "십자가"에 비유하고 있다. 시공간을 초월하여 살아 있는 이중섭의 예술혼을 자본주의 사회는 돈으로 죽이고 있다. 그런데도 이중섭의 예술혼에 고통을 주고 있는 십자가는 현대인에게 "황금 제단에 탐스러운 천도화"로, "보는 이마다 간절하게 낙원으로 끌고 가는" 공간으로 변주된다. 이 또한 경매에서 이중섭의 그림 가치가 올라가는 것을 자본주의의 속성에 빗대어 조소한 것이다. 자본주의 사회의 실존성은 정신의 가치로 환산되는 게 아니라 황금의 양으로 환산되기 때문에 경매로 오른 이중섭의 그림 가치, 즉 돈의 액수는 모든 사람이 갖고 싶어 하는 낙원의 천도화 같은 것이다. 이 그림을 사 가는 사람 또한 이중섭의 예술혼을 감상하는 게 아니라 과시로서의 그림, 돈의 은닉처로서의 그림을 벽에 걸어놓는다. "또 다른 십자가"에 걸려 고통을 받고 있는 것이다. 예술이 화폐의 권력에 의해 전시가치로 전락한 것에 대한 풍자이다. 예술의 사회적 기능이 자본에 의해 좌우된다는 말은 곧 작품을 만드는 주체의 죽음, 인간이 주체가 되는 실존의 가치가 무용지물이 된다는 것을 의미한다.

화폐로 실존의 가치가 환산되는 자본주의 속성은 인간 실존을 비주체적으로 변화시킨다는 것을 「토끼해에 1」에서 더 신랄하게 비판한다. 전래동화에서처럼 생명의 간을 넣었다 뺐다 하는 행위는 이미 고난을 극복하기 위한 인간 기지가 아니다. 의학 기술의 발달로 이것은 실제로 "인간의 간을 넣었다 뺐다 하는 시대"의 현실 극복을 위한 기지나 지혜가 아니라 "모든 인간"을 생체 실험용으로 사용하는 "마루타"나 인공 기계로 대체하는 "로봇"을 만드는 기술이다. 생명을 인위적으로 조작하는 행위는 인간에게만 그치는 게 아니라 "강아지" "성대를 손질"하고 "항문을" "꿰매"(「만화 2」)버리는 등 다른 생명들의 생체조차 조작하는 데로 나아간다. 이러한 행위는 궁극적으로 인간의 생체만 실험용이나 로봇으로 바꾸는 게 아니라 인간의 정신마저 가공적으로 만들어 실존 자체를 비(非)생명적으로 만든다는 사실을 비판한 것이다.

사회 권력이 인간 실존을 조작한다는 의식은 동식물을 알레고리로 하는 정치적 풍자시에서도 볼 수 있다.

개나리꽃이 지랄 같이 피었습니다.
지난 해 호박꽃이 흐드러지게 피었던 담장입니다.
그 담장을 타고 밤새 왕쥐들이 오락가락하고
뱀구멍이 송송 뚫린 아랫도리에서는
미친년처럼 자꾸 치마가 펄럭입니다.
개나리꽃이 지랄 같이 피었습니다.

아무도 정색을 하지 않는 갈보 얼굴입니다

···(중략)···

나리 나리 개나리 개나리꽃이 지랄 같이 피었습니다.

　　　　　　　　　—「개나리꽃이 피었습니다」 부분, 『호박꽃나라』

하루는 토끼가 대단히 화가 나서 호랑이를 걷어찼다.
호랑이는 몸집이 너무 커서 발길을 깨닫지도 못했다.

하루는 호랑이 장난끼가 발동하여 토끼를 걷어찼다.
토끼는 순식간에 허공으로 떠올랐다가 바닥에 처박혔다.

···(중략)···

호랑이와 토끼가 오랜 친구 사이기는 하였지만,
몸집 때문에 감정표출도 반응도 다를 수밖에 없었다.

토끼는 친구인 호랑이가 입만 씰룩여도 몸을 떨었고,
호랑이는 토끼가 제아무리 분노해도 신경 쓰지 않았다.

　　　　　　　　　—「호토전(虎兎傳) 1」 부분, 『호박꽃나라』

　　장종권은 시인의 말에서 현대인의 실존적 양상을 "질서의 얼굴로
우스꽝스럽게 피고 있는 꽃들"로 서술했다. 사회가 민주화되기는 했
지만 여전히 한 사회의 질서는 정치권이나 돈이 많은 자본가들의 권
모술수에 의해서 그 방향성이 결정된다. 이들이 만든 질서에 대항할
힘이 없는 민중들은 주체적으로 자기 실존을 만들어나가기보다는 사

회에 편입되기 위해서 그들이 만든 실존의 양상에 맞추어간다. 그런데 문제는 「개나리꽃이 피었습니다」에서 보듯 권력층들이 만들어나가는 실존의 행태가 지조와 절개가 없는 "갈보 얼굴"이거나 지랄 맞은 개 같은 "나리"라는 데에 있다. 장종권은 권력을 위해서라면 주체성이나 체면 같은 것은 애초에 버린 권력층들의 비도덕성을 서민의 감수성이 반영된 언어적 아이러니와 개나리라는 알레고리를 사용하여 조소하고 있다. 이런 지도층의 행태 때문에 「호토전(虎兎傳) 1」에서 말하듯 권력층들이 장난삼아 "입만 씰룩여도" 민중들은 무기력해지고 실존적 양상은 큰 타격을 받는다. 이에 반해서 민중들은 아무리 거세게 저항을 해도 그들이 민중의 의도를 "깨닫지" 못할 만큼 영향을 미치지 못한다.

그들 의도대로 사회적 실존을 만들어가는 자본가들이나 정치권에 대한 불신과 냉소적 시선은 장종권의 이번 시집(『호박꽃나라』, 리토피아, 2013) 전반에 나타나는 의식이다. 이것은 현재의 사회적 실존이 불신과 무개념의 의식으로 나아가는 데에 대한 비판적 지성이다. 시에서 그는 사회적 실존이 건강하게 나아가려면 민중이 존중을 받는 역사가 되어야만 된다고 본다. 그래서 그는 이번 시집의 표제를 "호박꽃나라", 즉 "너무 착해서" "굶어죽어도 종자씨는 베개 삼아 죽"는 "호박꽃"(「歷史는 歷事이다」)으로 한 것인지도 모른다. 천하게 취급되어 짓밟히면서도 강한 생명력으로 살아남는 민중의 끈질긴 속성이 비틀린 역사(歷事)를 바로잡을 수 있는 수단이라 믿는다. 사회를 주도하는 일부 권력적 세력의 '보이지 않는 손'에 의해 다수 사람의 실존이 조작되거나 조종되고 있다는 무서운 사실을 비판적 지성으로 간파한다.

3. 야누스 실존을 반추하는 '자기 테크놀로지' ─ 권현형

　권현형의 시를 보면 실존적 인간이 선택을 통해 자신을 실현하는 길을 그린 키에르케고르 3단계설이 떠오른다. 인간에게는 감각과 충동 같은 감성을 통해 주어지는 삶과 사회의 보편적 윤리에 따르는 삶, 신과 나의 존재를 고민하는 신앙적 삶이 있다. 하지만 이 모든 실존적 양상은 하나의 얼굴로 현현(顯現)하는 게 아니라 겹의 얼굴로 겹쳐져 있다. 하나의 실존적 양상에 만족할 줄 모르는 인간의 속성은 삶을 반추하고 성찰하는 동력이기도 하지만 비가시적 실존에 대한 가능성을 꿈꾸게 하는 요인이 되기도 한다.

　인간이 가진 실존적 속성을 권현형은 '경계선 들여다보기'를 통해서 구체화하고 있다. 그것은 주로 경계, 거울, 벽, 눈이라는 매개를 통해서 프리즘되는데, 그의 시안에서 굴절되어 개성화된 시적 주체들은 어떤 형태로든지 발화하지 못하는 것들에 전착해 있다. 실존의 외부와 내부를 연결하는 관계적 속성을 반추하는 형식으로 실존의 갈망이나 불안을 해석해낸다. 시적 미학에서 대상과 동일시하려는 심리가 '존재론적 닮기'라면 어떤 경계를 통해 실존의 이면을 들여다보려는 심리는 현 '실존의 거부'라는 의미로도 해석될 수 있다. 그래서인지 그의 시적 주체들은 담론을 형성하거나 상하의 권력 관계를 비판하려거나 호응하려는 움직임은 보이지 않는다. 자기 자신과 타자와의 상호작용을 통해서 역사를 이루는 '자기 테크놀로지'(푸코)를 통해서 심리적 실존의 양면성을 우리에게 보인다.

　　독문과를 다녔고 잉게보르크 바하만의 시집을
　　옆구리에 끼고 다녔던 골초 혜임은

오래전의 끝처럼 앉아 선을 자꾸 그었다

자신은 비겁해서 가고 싶은 길을
가지 못한 사람 나는 가고 싶은 길을
갔으므로 비겁한 사람

…(중략)…

시(詩)는 대로 썩은 가리비처럼 무용하다
지금 서러워하는 사람에게는 금기다

—「저녁 일곱시 해안선」 부분, 『포옹의 방식』

나무는 성자가 아니므로
성찰할 때마다 잎이 마른다

엄지와 검지를 동그랗게 말아 쥐며
깊은 호흡을 하는 동안 지상에 없는 그가 생각났다
거울 속 나무 그림자의 오른쪽 어깨가 울창하여

그림자 속으로 손을 집어넣어 만져볼 뻔했다
그도 거울 속에서 감정이 더 진해졌을까
없는 그의 발을 만져보기 위해 허공을 더듬어본다
사라진 자의 신발 문수를 기억하려 애쓰는데

두부 장수가 종을 흔들어 오른쪽에서 왼쪽으로
거울 안쪽에서 바깥쪽으로 돌아와
막 뜨끈하게 쪄낸 두부를 몇 모 샀고
그 사이 한쪽 눈에서만 흐르던 눈물이 말랐다

떨어지는 눈물의 낱장을

패엽경처럼 보자기에 싸두어도
비대칭의 슬픔은 다시 울창하게 자란다

　　　　　—「패엽경–비대칭의 슬픔」 부분, 『포옹의 방식』

　인용된 시들을 보면 권현형은 어떤 경계를 통해서 타자와 나의 관계성을 인식한다. 경계성 속에서 인식되는 타자는 현 실존을 합리화하기 위한 동병상련의 존재이거나 아니면 혹은 내가 갈망하는 실존을 구현하는 타자로 구체화된다.

　「저녁 일곱시 해안선」에서 타자인 "혜임"은 내가 선택한 현 실존에 회의를 느끼는 "나"가 동병상련의 감정을 가질 수 있는 존재이다. 자신이 선택한 길을 간 사람이나 가지 못한 사람 모두를 "비겁한 사람"이라 칭하고 있는 그는 실존의 속성이 어느 것을 선택해도 미제(謎題)로 남을 수밖에 없다는 것을 보여준다. 시인인 그가 "시"를 "썩은 가리비"와 같은 것으로 인식하고 있는 것은 내가 선택한 실존적 양상이 '과연 옳은 것인가?'의 의문과 연결되어 있다. 현 실존적 방식에 대한 회의는 자신이 선택한 길을 성공적으로 마무리할 수 없을지도 모른다는 불안 의식에서 비롯된다. 이 불안으로 인해 그는 현재와는 다른 실존을 지향하는 욕동을 갖게 되고, 그 욕망의 움직임이 나와는 다른 세계, 즉 타자의 실존을 들여다보게 한다. 현 실존의 불안을 반추하는 야누스의 눈을 등 뒤에 달고 있는 것이다. 야누스 얼굴로 타자를 들여다보는 나는 한 몸에서 분리된 두 개의 머리이기 때문에 나로부터 멀리 달아나지도 못하고 경계선 너머의 다른 실존을 넘볼 수밖에 없다.

　권현형의 들여다보기는 은밀한 내면으로 들어갈수록 더욱 열린 실존을 갈망하는 공격적 자아의 양상을 보인다. 「패엽경–비대칭의 슬품」에서 권현형은 "거울"의 나르시시즘을 통해 현실에서 내가 욕망하는 타자의 실존을 마주한다. 거울을 통해 만나는 타자는 "마른" 나와는 다르게 "울창"한 몸과 "감정"을 가지고 있다. 나의 나르시시즘적인 욕망을 통해 전개되는 거울 속의 타자는 현 실존에서의 결핍을 충족해주는 허상적 이미지이다. 바슐라르는 '거울은 공격적인 사랑의 전쟁놀이(Kriegspiel)', 즉 능동적인 나르시시즘의 양상으로 본다. 현 실존을 자학하는 마조히스트적인 특질이 사디스트적 특질로 옮겨 공격적 망상이라는 나르시시즘의 양의성을 보여준 것이다. 거울은 결국 현 실존에서 도망친 시적 자아를 감금시켜 가짜 세계를 보여주는 도구이다. 그렇기 때문에 거울 속 타자의 실존은 심리적으로는 나와 대칭을 이루려고 시도한 것이지만 실제로 그것은 현실로 현현(顯現)할 수 없는 실존의 등 위에 붙은 비가시적인 얼굴, "비대칭의 슬픔"이다.

권현형의 현 실존에 대한 거부는 어린 시절 겪었던 타자에 대한 불신에서 비롯된 것으로 보인다. "아무도 없어요?"라고 "세 살부터 지금까지 문밖"(「사물의 기원」)으로 나오며 질문하던 버릇과 "윤회라면 넌덜머리"(「롤리타」)를 낼 정도로 현재의 실존을 신뢰하지 않는 그에게 신의 영역을 훔쳐보는 일은 그래서 흥미로운 것인지도 모른다.

무의식의 고랑에 성처투성이 배추처럼 들어앉아
4B 연필로 가느다랗게 감정의 떨림을 그린다
그때의 나는 트라우마가 있는 사람

…(중략)…

건너편 신들의 처소를 훔쳐보는 일을

세상에서 가장 좋아하는 일로 여기며

깊이 빠져들지는 않고
약간의 죄의식을 느끼며, 흰 커튼 안쪽
신들의 맨발이 아름답게 움직일 때마다

― 「봄날의 종묘상회」 부분, 『포옹의 방식』

권현형은 세계 너머를 들여다볼 뿐 신들의 공간으로 완전히 넘어가는 현실도피는 하지 않는다. 이는 어떤 면에서 야누스적인 얼굴을 가진 실존의 속성을 사랑하는 것인지도 모른다. 인간의 눈으로 확인할 수 없는 유토피아나 낙원 등의 상상적 실존은 현 실존의 등 뒤에서 희망이라는 이름으로 있는 허상의 세계이다. 현실에서 그는 상처나 "트라우마"가 작용할 때 "가방과 함께" "입을 닫는"(「나는 이동 중이다」) 방식으로 현 실존과 경계를 긋고, "신들의 처소를 훔쳐"본다. 성스러운 세계를 들여다보는 일은 그의 상처가 치유되는 "세상에서 가장 좋아하는 일"이지만 "깊이 빠져들"지는 않는다. 펄럭이는 "커튼 안쪽" 신의 세계를 잠시 관음하는 즐거움을 통해 현 세계의 결핍을 충족시키는 것이다.

나와는 다른 타자의 실존성을 내 시의 역사를 만들어나가는 시적 테크놀로지로 발전시키려는 권현형의 심리가 가장 잘 반영된 것이 아래 시이다.

무진(霧津) 좋아하세요?
저는 거기에 아끼는 사람이 있습니다
…(중략)…
아끼는 사람이라는 말이 예감으로 다가왔다

갖고 싶은 그 말은 꽃잎 한 점과 함께 사라진 화석어(化石語).
안개와 고로쇠 수액이 쓰인 처방전을 받아 들고 나오며

나를 붙잡고 가기로 했다
자가수혈하기로 했다
아끼는 사람 하나쯤 사라진 지도 위
찾을 길 없는 좌표로 남겨두기로 했다

—「아낀다는 말」 부분, 『포옹의 방식』

이 시에서 권현형은 타자의 실존은 들여다만 보고 "나를 붙잡고 가"는 현 실존의 방식을 "자가수혈"이라는 말로 표현하고 있다. 세계 너머의 타자는 내가 사랑하는 "아끼는 사람"이지만 세상에는 존재하지 않는 "무진"이라는 지명 속에 남겨놓는 방식으로 나의 희망으로 남겨놓는다. 이것은 실존의 정체를 확인할 때마다 갖게 되는 "화석"의 의미를 회피하기 위한 것이다. 역설적으로 이것은 실존이 미제로 남아야 오히려 의미가 있다는 것이다. 때문에 권현형의 시에서 야누스적인 실존의 얼굴은 현실의 욕망과는 일치할 수 없는 비대칭의 형태이지만 그것이 희망과 위안이라는 점에서 인간에게는 없어서는 안 될 또 하나의 심리적 실존 양상이다. 내가 느끼는 실존의 "각도에 따라" 때로는 삶을 디테일하게 기록하는 "블랙박스"이거나 침묵으로 거부하는 "백서(白書)"(「나는 이동 중이다」)로 프리즘되는 것이다.

이렇게 위선환은 통각(痛覺)의 속성을 가진 실존의 본질을 자기 경험을 통해서 통각(統覺)해내고, 장종권은 기술 문명에 실험을 당하고, 사회 권력층들에 의해 조작되는 실존적 양상을 비판적 지성으로 보여준다. 그리고 권현형은 현실 결핍의 욕망으로 상상되는 타자와 나의 관계를 통해서 심리적 실존의 야누스적 얼굴을 보여준다. 때로는 감각적으로 때로는 현실적으로 때로는 비가시적인 실존 양상들은 모두 긍정성과 부정성을 동시에 함유하고 있다. 그동안 실존이라는 개념은 내가 선택한 삶이라고 생각해왔지만 상당 부분 생물학적으로 내게 주어진 것이거나 사회의 권력 구도 속에서 조작되고 만들어져왔다는 것을 알 수 있다. 내가 주체로 설 수 있는 실존의 양상은 거대한 우주의 틀이나 사회의 구도 속에서 아주 미미한 한 부분일 뿐이다. 그래도 시인들에게는 실존의 많은 난제(難題)가 오히려 많은 시를 쓸 수 있는 여지로 작용할 수 있다. 벤야민이 비평이란 '결코 씌어지지 않은 것을 읽는 것'이라 했듯 실존의 해법을 푸는 시인들의 운명적 삶이 희망이 아닐까 싶다.

영속성과 정점의 실존적 시학

— 박태일 · 손택수

'나는 누구인가?' '인간은 어디에 있는가?' 하는 질문은 살면서 누구나 한 번쯤은 가져보았을 것이다. 어떤 누군가는 실존적 의미를 역사적 맥락 속에 찾기도 하고, 어떤 누군가는 현재의 삶 안에서 찾기도 한다. 인간이 연속(連續)적인 존재인지, 단속(短續)적인 존재인지에 대한 해답은 여전히 눈에 보이지 않는 창조주와 우리의 마음속에 은닉되어 있다. 그런데 이 해답 없음이 수많은 철학자나 예술가에게는 축복으로 작용한다는 사실은 얼마나 아이러니한 일인가? 시를 쓴다는 것 또한 이러한 질문에 대한 나름대로의 해답을 찾는 일일 것이다. 노회한 시인일수록 실존적 의미 맥락을 찾는 시안(詩眼)이 넓다. 그들은 과거와 미래의 맥락 사이에서 현재의 의미를 찾는 예지적인 혜안(慧眼)을 가졌다. 반면에 여전히 생의 중심에서 고뇌하는 젊은 시인들은 순간을 잘 포착하는 영리한 매의 눈을 가졌다.

이런 점에서 노회한 시인인 박태일과 젊은 시인인 손택수의 이번 시집은 우리에게 또 다른 의미의 실존 찾기로 다가온다.

1. 죽음과 신생의 풀비릉내, 영속성의 시학 — 박태일

박태일의 시집(『옥비의 달』, 문예중앙, 2014)에서는 강렬한 사람의 향내가 풍겨 나온다. 그의 시안에는 혈육의 매듭에서 풍겨져 나오는 진한 피의 냄새뿐 아니라, 역사적 인물이 남기고 간 인류의 냄새 그리고 스쳐 지나가는 이름 모를 사람의 체취까지 포착이 되어 있다. 그런데 그가 포착하고 있는 사람의 향내는 살아 있는 생명체의 냄새가 아니라 과거나 혹은 미래적 공간에서 환기되는 실존적 냄새이다. 인간이 만든 현재의 실존과 과거의 실존이 교차되면서 의미 맥락을 찾는다. 시인이 시간과 공간의 연속성 속에서 실존적 의미를 찾는 것은 아마 주위의 사랑하는 이들을 떠나보내면서 혹은 학자로서 역사적 인물들의 영향을 받는 과정에서 화두로 자리잡지 않았나 싶다.

이러한 면은 시에서 현재의 실존 공간을 죽음과 신생을 동시적 현상으로 인식하는 시적 의식으로 나타난다.

> 명절이라 마을 안까지 가을이 썩 들어서서
> 산 번지 따시한 햇살 아래 오리불고집 화신슈퍼 간판은 마냥 두렷하여
> 일찍 벌초 끝낸 떼무덤 본 듯이
> 풀비릉내 은근하고 환하게 끼쳐오는데
> 건너 솔잎도 차츰 누런빛을 띠니
> 땅 속 깊은 제 입술 앙다문 것
>
> ─「구름 마을」 부분, 『옥비의 달』

> 아득하게 웃었다 웃음에는 늘 뒤가 뚫렸다는 느낌
> 함께 지냈던 오 층 양회 집에서는
> 가끔 석기시대 풀비릉내가 났고

말수를 줄인 사람들 돌빛 살결도 지녔다

…(중략)…

문득 그가 어디론가 떠났다는 전언

그나 나나 어느새 달뜰 것 없는 예순 골짝인데

무엇이 급해 묵은 부적을 떼듯 스스로 삶에서 내렸는가

…(중략)…

나는 저승 한곳을 보며 섰다 이제

이 자리도 가끔 쓸쓸하다.

—「석기시대」 부분,『옥비의 달』

「구름 마을」에서 시인은 인간이 사는 실존적 공간을 "떼무덤"으로 인식한다. 물론 명절과 연상되어 떠오른 단어였을 것이기는 하지만 마을을 들어서면서 본능적으로 환기되고 있는 "무덤"이나 "풀비릉내" 같은 언어들은 이 시의 공간적 배경인 안창마을에 대한 인식의 잠재적인 상징이라 할 수 있다. 부산에서 가장 못사는 동네 중의 하나인 안창마을, 세속적으로 많은 것이 결핍되어 있는 그곳에서 그는 죽음과 생명이 창궐하고 있는 동시적 현상을 본능적으로 직감한다. 세속에서 사회적 약자로 살아가는 이들에게는 그들이 둥지를 틀고 있는 실존적 공간마저 안식처가 되지 못한다고 본다. 시인은 강한 생명력을 가진 그들의 실존적 상황을 "풀비릉내"라는 후각으로 의미화하고 있는데, 비릉내는 비린내의 경상도 사투리인 듯싶다. 후각적 의미에서 비린내는 생명이 탄생하거나 신체가 부패될 때 풍기는 냄새를 말한다. 월경이나 젖비린내, 정액에서 나는 비린내는 생명의 잉태와 관련되지만 생명체가 훼손되는 과정에서 풍기는 비린내는 생명의 비건강성을 의미하며, 죽음의 전 단계를 의미한다. 시인이 비린내를 굳이 풀 비린내라 한 것은, 풀이 민중을 표상되는 의미를 가졌기 때

문이다. 사회적 약자들이 군집한 실존적 공간을 보면서 짓밟히면서
도 강한 생명력을 가진 민중의 실존적 상황을 죽음과 신생의 의미로
후각화한 것이다.

실존적 공간 속에서 죽음과 신생의 기운을 감지하는 후각적 감각
은 「석기시대」라는 시에서도 보인다. "어디론가" 떠난 "그"와의 추억
이 있는 공간인 "오 층 양회 집"에서 시인은 "석기시대 풀비릉내"를
맡는다. 시간이 흐르고 실존적 공간의 형태는 바뀌었지만 시인은 후
각적 환기를 통해 시간과 공간이 가진 영속성을 끄집어낸다. 공간을
점유하는 존재들은 시간의 연대기에 따라 바뀌었지만 물질적 존재로
서의 유전적 대물림과 역사와 문화의 전승은 세대성을 가지면서 영
속성을 가진다. 석기시대의 냄새를 환기하는 것은 과거의 실존이 현
재의 나에게로 계승되는 순간이다. 이러한 시공간을 초월한 실존적
의미 찾기는 현세의 공간이 아닌 내세의 공간을 좇는 의식으로도 나
타난다. 일반적으로 내세의 세계를 지향하는 의식 속에는 현실적 실
존에 대한 불안이나 결핍이 내재되어 있다. 이러한 것들을 해소하기
위한 공간의 환기가 "저승"이다. 폐쇄된 이승의 공간과는 다른 내세
의 공간을 환기하는 것은 새로운 실존을 잉태할 수 있을 거라는 융합
의 과정을 내포하고 있다. 인간 실존에 대한 영속성의 향수가 죽음과
신생의 의식으로 표출된 것이다. 영성적(靈性的) 차원의 실존을 추구
하는 한 측면이라 할 수 있다.

이러한 존재의 영속성은 영성과 같은 비가시적인 면뿐 아니라 소
멸된 존재가 다른 존재로 전환되어 영속된다는 현실의 논리로도 나
타난다.

　　소는 죽어 가죽만 남기는 게 아니다

소껍데기회 남긴다 청도 풍각장

초등학교 들목 신라 적 돌탑이
잠자리 눌러주는지 낯빛 점잖은 사람들

소시장은 두 십 년 사이 그치고
장거리 오가는 손살림 자주 줄어서

소껍데기처럼 눅눅한 길 뒤우뚱
소껍데기회 자신 어른은 소걸음이다

소가 죽어서도 타 내릴 이승인 양
멀리 가까이 만발한 화악산 푸름

　　　　　　　　　—「소껍데기회」 부분, 『옥비의 달』

식구도 동무도 없이 두만강 건너와
고요히 내 방에 이마 눕힌 책

400쪽 낡은 『레닌과 민족문제』 한 권
얼음 박힌 네 발가락 움찔거리며
떠돈 길 무엇을 증명하기 위해
엇구수한 표지가 머리로 걸은 듯 무겁다

　　　　　　　　　—「두만강 건너온 레닌」 부분, 『옥비의 달』

너는 빈 머리로 누워 나를 본다
…(중략)…
핏줄끼리 낯설어졌는지 정태일
네 성과 내 이름을 묶어 부르면서

내 앉을 자리를 더듬거리는데

　　　　　　　　　　—「성모병원 난간에 서서」 부분, 『옥비의 달』

　존재는 죽은 후 어떠한 형태로든 존재의 전환을 가진다. 우주적 존재로서의 생명들은 물질적 차원에서는 먹이사슬의 구조에 의해 서로에게 식량이 되거나 아니면 부패되어서 자양분이 되지만 정신적 차원에서 시공간을 초월하여 후대에 영향을 미친다.

　「소껍데기회」에서 시인은 물질적 존재의 실존 전환을 '소'라는 생명체의 죽음과 변이 양상을 통해서 보여준다. 소의 죽음은 인간에게 "가죽"이나 "소껍데기회" 같은 형태의 식량으로 제공되면서 인간 신체의 일부로 융합되고 있다. 이러한 융합의 과정과 실존적 양상을 보여준 것이 "소껍데기회를 자신 노인은 소걸음", 그리고 "소가 죽어서도 타 내릴 이승인 양/만발한 화악산 푸름"이다. 인간 신체의 일부가 된 소의 속성이 노인의 행동으로 나타나고 있으며, 이로 인한 실존적 양상의 전환을 만발하는 산의 푸름에 비유하고 있다. 물질적 차원에서 존재는 어떠한 형태로든 다른 존재의 일부로 융합된다는 것을 보여준 것이다.

　이러한 물질적 존재의 전환과는 달리 정신적 실존은 역사와 문화 등의 사회적 관습과 질서의 의식을 통해서 계승되는 방식으로 다른 존재와의 관련성을 가진다. 「두만강 건너온 레닌」이란 시에서 시인은 자신의 민족과 관련된 레닌의 실존적 고민에 대해 생각을 한다. 레닌은 러시아 공산당을 창설한 혁명가로 마르크스 이후 가장 중요한 사람으로 평가되고 있다. 역사적 평가가 옳은 것이든 그른 것이든 간에 혁명가의 고민과 삶의 무게를 시인은 가늠하고 있다. 현 실존자의 이러한 고민은 단순히 고민에서 끝나는 게 아니라 현재와 미래의 실존 방향성을 정하는 데 영향을 미칠 것이다.

그가 이러한 것에 주목하는 것은 그 또한 언젠가는 소멸하고, 누군 가에 영향을 미칠 존재일 거라는 인식에서 온 것이다. 「성모병원 난 간에 서서」에서 보듯, 죽음을 목전에 둔 누군가의 앞에서 자신의 이름과 그의 성을 바꾸어 부른다. 이러한 그의 행동은 그의 죽음과 미래에 다가올 나의 죽음을 동일시한 것으로, 누구도 피해갈 수 없는 인간의 운명적인 실존을 의식하고 있기 때문이다. 인간과 인간의 관계가 단속적으로 존재하는 게 아니라 연속적으로 존재하고, 또 그것을 통해서 영속성을 가진다는 사실을 알고 있다.

박태일의 이번 시집은 인간 실존이 시간과 공간을 초월하여 영속성 속에서 이루어지고 있다는 것을 보여준 것이다. 현 존재의 완성이 과거와 미래의 실존과의 상호관계 속에서 이루어진다는 그의 의식은 인간 실존은 확실히 집단적이라는 의미로도 이해가 된다. 또한 누군 가 영향을 받게 될 현세의 내 실존을 생각하면 생의 무게를 더 신중하게 저울질하라는 전언일 듯도 싶다.

2. 순간 포착의 직관력, 정점의 시학 — 손택수

산다는 것은 정점을 향해 달려가는 것이다. 그것이 물질이든 정신이든 간에 상관없이 사회적 정상을 향해서만 달려가는 사람은 인생의 정점이, 행복의 정점이, 슬픔의 정점이 낮은 곳에서 혹은 내 옆에 똬리를 틀며 비상하는지도 모르고 살아간다. 정점이 사회적 서열 속에만 존재하는 걸까? 발견하는 눈이 없다면 죽는 순간까지 우리는 닿지 못할 정상만을 향해 가다가 죽을 것이다. 죽음이 정점이 아니라는 사실은 앞의 박태일의 시학에서 말한 바가 있다. 우주적 존재로서의 생을 순환적 관점에서 본다면 정점은 지금 내가 서 있는 이 자리에서 무수히 솟아 있다. 삶 속에서 진한 인간적인 감정을 느끼는 것. 그것이 생의 정점이 아니겠는가? 그런 면에서 손택수의 시는 이러한 것들이 가장 많이 내포하고 있다.

이번 손택수의 시집(『떠도는 먼지들이 빛난다』, 창비, 2014)은 생의 정점을 시로 가장 잘 형상화한 것이라 할 수 있다. 시인에게 생의 정점은 외연적으로는 명예의 전당에 오르는 것이지만 생을 발견하는 직관의 순간적 포착 능력이 없이는 불가능하다. 다른 말로 이것은 대상의 본질을 깊이 있게 성찰하는 능력, 그것을 언어로 표현하는 능력일 것이다.

아래 시는 욕망을 향해 질주하는 인간의 실존 과정과 생의 희열이 삶의 과정에서 작용하고 있다는 것을 보여준다.

착지한 땅을 뒤로 밀어젖히는 힘으로 맹렬히 질주하다
강물 속의 물고기라도 찍듯 한점을 향해 전속력으로 장대를 내리꽂는
순간,
그는 자신을 쏘아올린 지상과도 깨끗이 결별한다
허공으로 들어올려져 둥글게 만 몸을 펴 올려 바를 넘을 때,
목숨처럼 그러쥐고 있던 장대까지 저만치 밀어낸다
결별은 그가 하늘을 만나는 방식이다.
그러나 바 위에 펼쳐진 하늘과의 만남도 잠시,
그의 기록을 돋보이게 하는 건 차라리 추락이다
어쩌면 추락이야말로 모든 집중된 순간순간들의 아찔한 황홀이 아니
던가
…(중략)…

출렁, 깊게 패는 매트를 향해 끝없이 자신을 쏘아올려야 하는 자의 고
독이 장대를 들고 달려간다

—「장대높이뛰기 선수의 고독」 부분, 『떠도는 먼지들이 빛난다』

인간은 목표가 정해졌을 때 그것을 향해 전력 질주를 한다. 몸과
정신에서 없던 에너지가 치솟고, 집중력 또한 높아진다. 하지만 문
제는 우리의 마음속에서 욕동(浴動)의 방향성이 바람직하지 못할 때
도 집중력을 발휘한다는 것이다. 먹이를 포획해야 하는 경쟁의 현장
일수록 상대를 제압하는 힘은 예리해진다. 그 경쟁이 타인뿐 아니라,
자신과의 싸움과 중첩될 때 질주하는 자는 고독할 수밖에 없다. 세
상에서 가장 어려운 게 자신과의 싸움인 극기라 했던가? 시인은 이
런 인간의 심리를 장대높이뛰기 선수의 경기 장면을 통해 집약적으
로 보여준다. 그런데 이 시의 묘미는 높이 있는 바를 정복하는 순간
이 아니라 추락의 순간을 생의 정점으로 발견해내는 시인의 눈에 있
다. "추락이야말로 모든 집중된 순간순간들의 아찔한 황홀", 이 황홀
을 현실적으로 따져보면 희열과 후련함 그리고 공허함이 같이 뒤섞
여 있는 감정일 것이다. 타인들이 선수가 기록한 바의 높이에 열광
하는 사이 선수 혼자서만 느끼는 이 감정은 생을 치열하게 살아본 사
람만이 공감할 수 있다. 이러한 실존의 본질은 무언가를 향해 질주해
보지 못한 사람은 가질 수 없는 감정이다. 때문에 시인이 이러한 순
간을 포착했다는 말은 그 자신이 그러한 생을 살아왔기 때문에 가능
한 것이라 할 수 있다. 생의 절정이 결과가 아니라 치열하게 사는 실
존의 과정이라는 것을 대표하는 말이 "죽음까지가 꽃이다"(「대꽃」 부
분)라는 그의 시 구절이다. 정상은 허무한 것이다. 정상을 향해 달려
가면서 희로애락을 농도 짙게 느끼는 것, 그것이 인간 실존의 본질이

면서 생의 정점이 아닐까 싶다.

　실존의 과정을 꽃으로 생각하는 그의 의식은 일상에서 시인으로서의 자신을 풀무질하는 행동과 시적 대상을 성찰하는 방식에서도 알수 있다.

　　　가만히 정지해 있다 단숨에 급소를 낚아채는 매부리처럼
　　　불타는 쇠번개 소리 짝, 허공을 두 쪽으로 가르면
　　　갓 뜬 회처럼 파들파들 긴장하던 공기들, 저미는 날에 묻어나던 생기들
　　　애인이었던 여자를 아내로 삼고부터
　　　아무래도 내생은 좀 심심해진 것 같다
　　　꿈을 업으로 삼게 된 자의 비애란 자신을 여행할 수 없다는 것,
　　　닦아도 닦아도 녹이 슨다는 것
　　　녹을 품고 어떻게 녹을 뛰어넘을 수 있을까

　　　　　　　　　—「녹슨 도끼의 시」 부분, 『떠도는 먼지들이 빛난다』

　　　땡볕에 녹아들어가는 아스팔트 바닥에 허리를 꺾는 순간
　　　마침 녹슨 못처럼 바닥에 들러붙어 말라비틀어져가고 있는 지렁이가
　　　눈에 들어왔습니다
　　　생명이고 평화고 뭐고 중간에 그만두고 싶었던 순간이 어디 한두번이
　　　었을까요
　　　저 지렁이처럼 나도 이 길 위에서 눈을 감을 수도 있겠구나
　　　…(중략)…
　　　얼마나 낮고 또 낮아져야 우리는 비구름을 품은 하늘에 닿을 수 있을
　　　까요
　　　몸속의 땀방울을 빗방울로 바꿀 수 있을까요

　　　　　　　　　—「지렁이 성자」 부분, 『떠도는 먼지들이 빛난다』

　「녹슨 도끼의 시」에서 안주하는 삶 속에서는 생의 치열성이 소멸되

고 있다는 것을 보여준다. 치열성이 없다는 말은 인간으로서의 감성이 무디어졌다는 말일 것이다. 이것을 시인은 스스로도 자각하고 있는데, "급소를 낚아채는 매부리처럼/불타는 쇠번개 소리 짝, 허공을 뒤쪽으로 가르면" 긴장을 하는 공기와 같은 시간을 그리워하고 있다. 자신에게 온 일상의 변화를 가장 적절하게 표현하고 있는 말이 "애인"과 "아내"라는 말이다. 애인과 아내라는 단어는 생을 대하는 내 태도의 농도이자 대상을 관찰하는 내 시안의 날카로움이다. 일상의 안락함에 파묻혀 녹이 슬어가고 있는 시의 날(眼). 오늘날 손택수라는 시인을 만든 것은 시인으로서 끊임없이 자신을 풀무질하는 이런 태도 때문이 아닐까? 이런 풀무질은 시적 시선을 사회적 강자들에게 두지 않고, 사회적 약자들이 있는 낮은 곳으로 향하는 그의 태도를 통해서도 알 수 있다.

사회적 약자의 실존을 파악하는 그의 시안은 「지렁이 성자」에서 "허리를 꺾는 순간"에 날카로운 직관력으로 포착되고 있다. 시인은 "아스팔트 바닥"에서 "말라비틀어져가고 있는 지렁이"의 실존적 상황을 자신에 실존적 상황과 동일시한다. 아무리 열심히 질주를 해도 사회적 서열의 정점에 닿지 못하는 삶에서는 낮아지는 것만이 새로운 세계에 가 닿을 수 있는 방법이다. 여기서도 앞의 시들처럼 보편적인 사람들이 생각하는 생의 정점과는 다른 실존적 의미를 발견한다. 사회적 약자들이 흘리는 노동의 "땀"은 사회적 강자들에게는 하찮은 것으로 여겨지지만 그들의 노동으로 만든 열매가 누군가에게 요긴하게 쓰일 때 땀은 새로운 의미를 얻는다. 이것은 사회 내에서 실존적 의미가 한 방향으로 규정되는 것에 대한 부정인 반면 존재의 실존적 가치를 새롭게 보는 의식이다.

시인으로서 "한 점으로 가장 단순해진/극점"(「극점」 부분), 즉 시인의 정점은 자신만의 개성을 가진 시일 것이다. 그곳에는 타인은 없고 손택수라는 시인만이 있을 것이다. 손택수가 가진 시적 치열성은 독자에게 그의 시에서 다른 시인을 상상하게 할 수 없는 그만의 세계, 한 점으로 단순하게 몸을 낮추고 있는 절정을 보게 한다. 손택수는 이번 시집에서 실존적 의미를 포착하는 뛰어난 직관력과 시인으로서의 정점을 동시에 보여주었다고 할 수 있다.

이 두 시인을 보듯 실존적 의미를 발견하는 눈은 다르다. 현대는 갈수록 자연적 실존에서 문명적 실존으로 변해간다. 자연의 가공은 인간을 가공할 뿐 아니라 우리의 실존마저 가공한다. 이런 상황에서 가장 변하지 않는 것이 인간 본질과 관련된 실존일 것이다. 우리의 의식주가 어떻게 변하든 시인들이 인간 본질의 실존을 성찰하고 있다는 것은 해답 없음 속에서 인간은 인간이어야 한다는 전제를 너무나 잘 알기 때문이다. 실존적 의미를 영속성 속에서 찾든 순간 포착의 직관력에서 찾든 간에 시는 이러한 생의 정점을 잘 포착하고 있는 장르이다. 수많은 생의 능파 속에서 가장 짙은 희로애락으로 다가오는 감정들. 내가 행복해야 정점이라 할 수 있다. 결국 생의 정점이 사회적 지위가 아니라 마음이라는 점에서 이러한 것을 언어로 표현하는 시의 가치는 소중하다.

제3부 고뇌와 실존의 형상화 의지

문(門)을 여닫으면서 문(問)을 만드는 실존의 형상

─ 차영호 · 이종암

생물학적인 인간의 존재 방식은 모두 같다. 하지만 자아라는 것이 생기면서부터 하나의 몸은 여러 겹의 몸으로 분열된다. 자아가 만든 몸의 형상은 실존의 문제들과 긴밀하게 연결되어 있다. 개인이 가진 인식과 욕망의 방향에 따라 다른 형상으로 나타나는 실존의 문제들. 빛과 어둠이 수없이 교차하는 그것은 불안의 요체이다. 그 불안은 때로는 자폐증으로, 때로는 노출증으로, 어느 방향으로든 인간의 마음을 움직이게 한다. 쉴 새 없이 실존의 양상을 그리는 운동성으로 작용한다.

시는 시인의 자아가 만든 또 하나의 몸이다. 이 몸에는 시인이 가지고 있는 욕망의 운동성이 새겨져 있다. 화법이 전혀 다른 두 시인의 시에서 유사한 욕망의 무늬가 느껴지는 것은 문(門)과 문(問)의 속성이 인간의 본래적인 성격이기 때문이다. 처음 자아가 개폐(開閉)되는 그곳, 생물학적인 존재로서의 출발이 문(門)이라면 다양한 실존의 형상들은 문(問)이다. 이렇게 끊임없이 여닫히는 문(門)은 오히려 존재성을 위협한다. 이러한 것을 문(問)에 대한 열망으로 풀어나가고 있는 두 시인의 시는 어둠의 존재성과 빛의 존재성에 대한 탐색이다. 이러한 탐색이 차영호 시인에게는 암실(暗室)에서 인화되는 금의 형상으로 나타나고, 이종암 시인에게서는 허공(虛空)에서 산화하는 불꽃의 형상으로 나타난다.

1. 암실에서 인화되는 금(禁)의 형상 ― 차영호

차영호의 이번 시집(『애기앉은 부채』, 문학의 전당, 2010)은 타자와 내가 겹쳐지는 공간에서 생기는 경계나 내부 균열로 생기는 금에 주목하고 있다. 타자와 나를 구분하는 경계들을 보면서 그가 떠올리는 것은 시간 속에 방치되어 있는 얼룩이다. 차영호의 얼룩에 대한 집착은 현대 정신분석학계에서 말하는 증상신경증의 증상과 유사하다. 증상신경증의 증상은 자기 삶에 침투된 낯선 이물질이 비정상적인 그 무엇으로 인식되는 것이다. 그러므로 어떤 증상에 의해, 증상에 대해, 끊임없이 과민한 반응을 보이거나 스트레스를 받는다. 이러한 증상은 영혼에게 역설적 이중 기능을 한다. 증상이 있는 한 몸과 마음은 고통스럽지만 늘 '자유와 해방'을 갈망하며 증상을 벗어나게 해줄 것 같은 새로운 자극들로 깨어 있게 된다. 역사에 이름을 남긴 위인이나 선각자, 예술가 중에는 이런 증상신경증을 가진 자들이 의외로 많다는 걸 생각하면 예술은 신경증의 일종이라는 말이 맞는 것 같다.

이런 맥락에서 경계에 전착하는 차영호의 심리 현상은 얼룩에 대한 기억으로부터 해방되고자 하는 역설적 의미이기도 하지만 존재성의 탐색이 시작되는 부분이기도 하다.

십수 년 찌든 벽을 도배하려고

액자를 떼어냈다

아하, 외줄로 뻗쳐 있는 까만 길

우주에서 내려다본 만리장성 같다

담배씨같이 자잘한 개미들이

큰짐승 눈을 피해 숨죽이고 줄 서서 다닌

고 작은 발자국들 세발세발 쌓인

길

까마득한 절벽을 타고 히말라야를 넘는 차마고도

님 마중 꿈길마다

바윗돌 부셔져 모래가 되었다는

옛 노래처럼 작은 빨빨거림이 뭉쳐

우주를 꿰뚫은

노래

—「길」 전문, 『애기앉은 부채』

하얀 주차선 따라 콘크리트 바닥에 실금이 갔다

…(중략)…

서툰 쇠발들 기어이 선을 넘을 때는

날래게 한두 걸음 옆으로 비꼈다가

되돌아오기도 하였겠지

연속극본 같다, 요런 데서 옴죽옴죽

꿈을 키우고 있었다니

—「주차장 이야기」 부분, 『애기앉은 부채』

인용 시에서 알 수 있듯 그의 시선은 가시적인 곳보다는 비가시적인 공간과 시간 속에 있는 경계에 주목한다. 그 경계라는 것이 평소에는 방치되어 있다가 "십수 년 찌든 벽을 도배하려고/액자를 떼어

냈"을 때에 눈에 띈다. 액자의 테두리를 따라 "외줄로 뻗쳐 있는 까만 길"은 액자와 벽을 경계짓는다. 이때의 경계는 존재가 의식하지 않은 시간 속에서 생긴 것이다. 이것은 본래적으로 존재의 성향이 타자에 대한 경계를 지니고 있다는 것을 의미한다.

타자와 나 사이의 경계성은 「주차장 이야기」에서 약간 다른 양상으로 나타난다. 주차장에는 주차선과 내부 균열로 인해서 생긴 실금이 있다. 타자와 나 사이를 분명하게 구분하는 주차선은 "한두 걸음 옆으로 비꼈다가/되돌아오"는 행위를 반복하다 보면 그 경계가 조금씩 없어진다. 차영호는 타자와 나 사이의 경계를 지우는 행위를 통해 감동적인 드라마를 창출하거나 꿈을 이루려고 한다. 이를 통해 경계에 대한 의식으로부터 해방되고자 하지만 차영호의 내부에서 균열된 금들은 시간이 지날수록 더 선명한 금이 된다. 그런데 타인에 대한 경계가 명확한 차영호의 시들이 배타적이지 않은 것은 무엇 때문일까? 그것은 경계를 보는 차영호의 휴머니즘에 대한 진정성 탓이다.

인간에 대한 차영호의 태도는 "만리장성"이나 "차마고도" 같은 길에서 명확하게 나타난다. 차영호의 시에서 금은 생기는 양상이나 물질의 속성에 따라서 다른 의미를 내포하고 있지만 삶의 고통이 만든 자아라는 점에서 같은 의미를 지닌다. 만리장성은 진시황제 때의 수많은 백성의 고혈과 죽음으로 만든 길이다. 그리고 차마고도는 중국 서남부에서 티베트를 넘어 네팔·인도까지 이어지는 고산지대에 있는 육상 무역로이다. 만리장성이 타 민족과의 단절을 위해서 만든 경계라면 차마고도는 타 민족과의 소통을 위해서 만든 경계이다. 하지만 그 이면에는 내부 균열이라는 생존의 극한이 있다. 존재의 내부 균열까지 감당하면서 만들어진 이 길들은 타자와 나를 경계짓는 금이지만 진실한 인간의 생존성이 묻어난다. 이렇듯 금에 대한 차영호의 시선은 아주 사소한 사물의 존재성에서부터 역사의 굴곡으로 남아 있는 치정의 존재성으로까지 구체화되어 있다. "밥이야말로 이승의/신발/끈"(「황룡사지에서 비 만나다」)이라는 차영호의 말은 경계 속에는 생존에 대한 절실함이 있다는 의미로 읽혀진다. 그래서 무수한 존재의 희생을 담보로 한 금들이 "우주를 꿰뚫는/노래"가 될 수 있는 것이다.

차영호가 타자와 나 사이의 관계에서 생기는 금이나 선에 집착하는 이유가 무엇일까? 그것은 얼룩에 관한 그의 반응을 통해 짐작할 수 있다.

> 탱자나무 잎사귀가 흔들린다
> …(중략)…
> 방아쇠를 더듬는
> 집게손가락
> …(중략)…
> 어쩌자고 자꾸, 할딱이는 목숨이 겨냥되는 걸까
> 얼룩이다
> 오래 찌들어 지워지지 않는
> 핏빛
>
> —「바람이 불지 않는데」 부분, 『애기앉은 부채』

> 밥 먹듯 집나간다는 아내
> 밥 먹듯 물을 쏘아 강철을 자르는 재주로도 감감한
> 얼룩
>
> —「쇠톱」 부분, 『애기앉은 부채』

> 가족이냐고

연락 못 받았냐고
23일날 동수원장례식장으로 갔다고
…(중략)…
아무도 알려주지 않는 너의 부재를 타전하며
문드러지는 모서리마다, 말뚝을
박는다

—「꽝」부분, 『애기앉은 부채』

차영호의 시에서 경계는 타자와 나의 충돌로 인해서 생기는 것이
아니라 무의식 속에 있는 얼룩에 의해 반응한다. 그의 시에서 얼룩
은 "핏빛"과 "얼룩/끈"으로 환유되어 있다. 「바람이 불지 않는데」에
서 그는 "스스로 흔들리는 탱자나무에 잎사귀" 소리를 듣고 방아쇠
를 더듬는다. 본능적으로 이렇듯 아주 작은 존재의 움직임에도 민감
한 그의 반응은 신경중에 가깝다. 불안감으로 "자꾸, 할딱이는 목숨
이 겨냥되는" 이유는 얼룩에 대한 강박증 때문이다. 그의 의식 속에
내재되어 있는 "핏빛" "얼룩"은 "오래 찌들어 지워지지 않"는다. 그를
괴롭히는 얼룩의 정체성은 「쇠톱」이나 「꽝」에서도 유사한 이미지로
형상화된다. "밥 먹듯 집나간다는 아내"를 가진 남자의 "얼룩/끈"이
나 연락이 되지 않아 외로운 죽음을 맞는 타자 앞에서 박히는 "말뚝"
등은 존재와 존재 사이의 소통 부재로 생긴 금들이다.

세계와의 소통 부재는 그의 시에서 생래적인 반골 기질로 묻어난
다. 소통되지 않는 세계와의 경계성을 인정하지 않으려는 그악스러
움이나 뒤틀림으로 시에 나타난다. 이것에 대한 의문은 종암의 시
「몸꽃─차근우」에서 어느 정도 이해된다. 차영호 시인에게는 "말도
몸도 자꾸 안으로 말려드는" 뇌성마비 1급 지체장애자 아들이 있다.
우연히 들은 말이긴 하지만 현대사의 소용돌이 속에서 '붉은 피'로

낙인이 찍힌 조상도 있다. 존재성부터 세상 밖으로 경계지어진 아들과 현대사 속에서 붉은 줄이 그어졌던 핏줄에 대한 기억은 영원히 지울 수 없는 차영호의 얼룩이다. 바람이 불지 않는데도 늘 바람 속에 있는 것 같은 그는 얼룩으로부터의 자유와 해방을 꿈꾼다. 누구보다도 절실하게 경계를 넘고 싶어 한다. 하지만 그의 자아는 암실에서 늪을 들여다보는 형상으로 인화된다.

> 암실이다 주먹만 한 야광덩이가 희번덕거리고 네모 그릇 찰랑찰랑 진동하는 냄새가 미끄럽다 묵은 필름 더미에서 여남은 살 먹은 내가 인화되어 솔메 장등이로 치달린다
>
> ―「흑백필름을 인화하다」 부분, 『애기앉은 부채』

> 외외갓집 부엌문은 아직도 늪으로 열려 있어 엄마 뱃속에 있을 적 내가 엎드렸음직한 부뚜막에 오늘 다시 엎드려 두멍을 들여다본다 큼직한 쇠눈깔이다 어―소리를 질러본다 어―――어두움 속에서 누가 맞받아친다
>
> 두멍은 샘이 아니다 비워진 만큼 채워야 하는 허공이다 사랑도 매한가지다 마냥 퐁퐁 솟아나는 샘이 아니라 늘 쏟아 부어야 찰랑거리는 두멍이다. …(중략)… 사랑도 두멍처럼 밑이 있다
>
> ―「들여다보다」 부분, 『애기앉은 부채』

늪의 상상력은 근원에 대한 인식으로 연결된다. 「흑백필름을 인화하다」에서 차영호는 "찰랑찰랑 진동하는 냄새" 암실 안 인화 물질을 통해 늪을 감지한다. 「들여다보다」에서 늪은 존재의 근원이자 실존의 근원이다. 모태의 양수에서부터 감지되는 늪의 형상은 스스로의 존재성을 말하는 것이기도 하지만 인간의 생 자체가 늪이라는 걸 보

여준다. 그렇기 때문에 차영호가 인식하고 있는 모태는 생명의 가능태가 아니다. 바슐라르가 말하는 물질적 상상력에서 흙은 휴식의 근원이지만 차영호의 시에서는 고인 물이 융합되면서 휴식처가 아닌 늪으로 형상화되어 있다. 어머니 뱃속에서부터 늪을 들여다보고 있는 차영호는 생명을 품으면 절대 놓지 않는 그악스러운 "늪"의 실존성이 자신의 근원이라 보고 있다. "늪으로 열려" 있는 어머니의 외외갓집은 본태성 얼룩이자 뿌리 깊은 신경증의 실체이다.

차영호는 스스로 봉합사가 되어 얼룩들을 꿰매고 있지만 흔(痕)(「흔(痕)」)은 강박증으로 남아 있다. 아픔으로 쩌억 벌어진 자리는 시간이 지날수록 그늘 짙은 금이 된다. 모태에서부터 세상과 경계 지워진 그의 금들은 "고수강회"(「고수강회」) 같은 맛을 낸다. 씹을수록 쓴맛이 느껴지는 숙명의 맛을 낸다.

제3부 고뇌와 실존의 형상화 의지

2. 신화적 현재를 기원하는 불꽃의 형상 ── 이종암

이종암의 이번 시집(『몸꽃』, 애지, 2010)을 읽으면서 소신공양을 하는 등신불을 떠올린다. 몸을 태우면서 일어나는 불꽃은 "다른 것을 막지 아니하고, 또한 다른 것에 의하여 막히지도 아니하며, 사물과 마음의 모든 법을 받아들이는" 허공으로 나아가려는 욕망으로 보인다. 오뇌와 비원이 짙은 존재일수록 더 강렬하게 타오르는 불꽃들. 이번 그의 시들은 화염 덩어리다. 요람에서 무덤까지 모두 태워 무(無)이기를 바라는 이런 그의 태도는 육화(肉化)된 것들에 대한 허무 의식에서 비롯된 듯하다. 상실에 대한 경험이 세속적인 존재성을 없애려는 의식으로 전이된 듯하다.

이종암의 시에 나타나는 몸에 대한 인식들은 많은 부분 종교적인 색채를 내포하고 있다. 그의 많은 시편들이 절을 소재로 쓴 것이기는 하지만 존재의 순환이 불교적인 느낌은 아니다. 그가 추구하고 있는 무(無)의 세계는 해탈이라기보다는 제단 위에서 태워지고 있는 제물과 같다. 다른 질서를 원할 뿐, 세상으로 다시 환원하고자 하는 윤회론적인 욕망은 보이지 않는다. 이처럼 세속에 대한 미련을 남기지 않는 그의 의식은 가까운 혈육들의 죽음이 그 원인이라 할 수 있다.

> 동생, 너 죽어 석삼 년 나는 폐허다
> …(중략)…
> 월명의 슬픈 노랫가락 물살겨 오는
> 팥죽빛 서녘 하늘로 새 한 마리
> 날아가는 걸 봤다 가릉가릉 그 소리
> 아직 몸에 남아 있어 나는 아프다
>
> ―「사천왕사 터-월명사」 부분, 『몸꽃』

6·25때 운문산 어디에서 전사하였다는 삼촌이 있고, 왜정 때 일본에서 객사하였다는 할아버지도 있는데

> 저 커다란 달꽃 한 송이 내 속으로 자꾸 건너오고
> 살빛 속으로 내가 마구 스며드는 것은
>
> 그렇다, 피의 일은 멈춤 없이
> 속수무책 흘러 흘러 내려오는 것이어서
>
> ―「백중(百中)」 부분, 『몸꽃』

아버지의 아버지 그 아버지의 아버……

보이지 않는다고 없는 것 아니다

저기서 걸어왔고 끝내 우리가 가야 하는
붉은 끈, 저기에 있다

—「끈」 부분, 『몸꽃』

　　이종암에게 죽음은 존재에 대한 단절성, 세계의 비연속성을 알려
준다. 몇 년 전에 죽은 동생과 세상과 대면조차 하지 못한 채 유산된
아이 그리고 "6·25때 운문산 어디에서 전사하였다는 삼촌"과 "왜정
때 일본에서 객사하였다는" 할아버지의 죽음은 "붉은 끈"으로 환유
되어 핏줄이 갖고 있는 비극을 표상한다. 인간에게 핏줄만큼 영속성
을 지닌 것은 없다. 가시적인 측면에서 유일하게 영원성을 보여주는
것이 핏줄의 대물림이다. 그러나 이종암에게는 "속수무책 흘러 흘러
내려오는" 혈육의 영속성이 오히려 비영속성을 인식하게 해준다. 이
러한 인식은 존재 양식에 대한 불안으로 다가오고 이를 극복하려는
심리적 방어기제로 나타난다.
　　불안한 실존을 방어하기 위한 과정 중의 하나가 몸을 앓는 현상이
다. 샤먼이 무병을 앓듯이 되풀이되는 열병과 영매를 통해 새로운 실
존의 양상을 접신하려고 하는 행위이다. 죽음에 대한 종교적 생각
은 주로 원시적인 주술과 제의와 관련해서 이해된다. 이종암은 사천
왕사의 터에서 월명사의 「제망매가」를 떠올린다. 이종암은 월명사가
만든 신화적인 주술을 빌려 죽은 남동생의 영혼을 축원한다. 스스로
몸을 앓아가면서 접신을 하는 인간은 천년 전 신라 시대의 월명사나
지금의 이종암이나 변한 것이 없다. 이처럼 신화적 현재는 긍정적인
현상으로만 지속되는 게 아니라 부정적인 현상으로 지속된다. 죽음

제3부 고뇌와 실존의 형상화 의지

에 대한 인간의 한계성은 시간이 지나도 해결되지 않는다. 이 한계성을 극복하기 위해서 이종암의 자아는 앓는다. "몸이 남아 있어" "아프다"는 말은 결국 이승에 살아 있는 현존재를 함축하는 말일 것이다. 그래서 이종암은 존재의 실존 양상은 앓는 것, 그것을 불꽃이라 말하고 있는 것이다.

이종암의 무의식을 지배하는 이 열병은 존재의 소멸을 통해 존재를 재생하려는 의지로 나아간다. 부정적인 죽음에 대한 이마주가 원시적 감정인 불의 욕망을 자극한다.

오어사 뒷마당 배배 뒤틀린 굵은 배나무
뇌성마비 1급 지체장애자
영호 형님 작은 아들 차근우 같다
말도 몸도 자꾸 안으로 말려들어
겨우 한마디씩 내던지는 말과 몸짓으로
차가운 세상 길 뚫고 나가
뜨거운 꽃송이 활활 피워 올리는 나무
⋯(중략)⋯
자꾸만 뒤틀리고 꺾이는 몸
서지도 걷지도 못하는 형극의 몸으로
⋯(중략)⋯
제 집 한 채 거뜬히 세운
세상 가장 뜨겁게 타오르는
몸꽃

　　　　　　　　　　　　　　—「몸꽃-차근우」부분,『몸꽃』

그예 몸 아래 불길 주루룩 다 쏟아
꽃방석 하나 만들고는 곧장

눈 꼭, 감는다

…(중략)…

또 어저께는 소꿉친구 뒷집 귀숙이

꽃상여 타고 멀리 갔다

— 「봄날도 가고」 부분, 『몸꽃』

이종암의 의식 속에는 불이 가진 원시적 에너지를 통해서 문제를 해결하려는 호프만 콤플렉스가 내재되어 있다. 그는 존재의 근원에서 일어나는 불길로 자신을 태워 새로운 세계로 진입하려고 한다. 그런 측면에서 이종암의 의식 속에 내재되어 있는 불길은 그 어느 것보다도 강렬하다. 이종암의 시에서 붉은 이미지의 증세인 "가려움은 꽃이 피려는 징조"(차영호, 「빨간 모델」)이다. 그의 시에서 "주루룩 쏟아지"는 불길들은 행복과 환희의 순간에 피어오르지 않는다. 삶이 팍팍할수록 체념할 수밖에 없는 고통이 많을수록 뜨겁게 달아오른다. 존재를 태워 한 줌의 재로 만들어버리려 한다. 아니 한 줌의 재가되었으면 하는 강렬한 욕망을 표출한다. 이종암이 가지고 있는 불의 상상력은 어디론가 자유로이 비상하고자 하는 의지이다. 이종암의 시에서 불은 존재의 근원을 태우는 과정을 통해서 원초적이고 영원적인 것을 찾아간다.

「몸꽃」은 "뇌성마비 1급 지체장애자"인 "영호 형님 작은 아들 차근우"에 대한 이야기다. 굵은 배나무의 뒤틀림과 동일시되어 있는 차근우의 몸은 "차가운 세상 길 뚫고 나가/뜨거운 꽃송이 활활 피워 올리는 나무"이다. 이종암은 "서지도 걷지도 못하는 형극의 몸"을 "세상에서 가장 뜨겁게 타오르는/몸꽃"으로 보고 있다. 고통이 많은 몸일수록 치열하게 타오르는 불은 비장하기까지 하다. 이렇듯 화려하게 타오르는 불꽃을 볼수록 이종암이 내재하고 있는 '육체 살해의 욕망'은 강렬하게 느껴진다.

이종암이 가지고 있는 육체 살해의 욕망은 스스로를 학대하는 마조히즘의 성격까지 내포하고 있다. 마조히즘의 욕망은 가까운 이들의 죽음을 방어하지 못했던 자신에 대한 자책일 것이다. 소신공양하듯이 몸을 불사르면서 스스로에게 "암아, 암아, 세상 살면서/제대로 핀 니 몸꽃 하나 가져라"(「홍매도 부처 연두도 부처」)라고 주술을 거는 것은 새로운 존재 양식을 찾으려는 몸짓이다. 이런 맥락에서 이종암 시에서 몸은 고통의 근원이자 죽음을 극복하는 도구이다. 때문에 이종암은 몸이 산화되어야 죽음을 넘어서 영속성의 세계로 갈 수 있다고 믿는다. 그의 시에서 새로운 세계로 올라가는 거룩한 사다리는 허공으로 형상화된다.

허공 높이 층층계로 몸 펼쳐

하늘로 올라가는 사닥다리가 있다

—「하늘사닥다리」 부분, 『몸꽃』

하늘의 북소리 받아 저 화염의
세상 속으로 밀어 넣어야 하는데
내 시여, 너는 아직 멀었다

—「하늘북」 부분, 『몸꽃』

자기 몸 허물어
먼 길 가는 영혼을 위해
아궁이를 놓아둔다

젖은 눈빛, 그걸 들여다보는 것은
생(生)의 욕망을 내려놓는 일
꺼져가는 몸의 아궁이
끝내 돌아가야 할 문이다

문(門) 하나 나를 보고 있다

—「門」 전문, 『몸꽃』

　엘리아데에 의하면 종교적인 인간은 언제나 신성한 공간을 상징하는 '세계의 중심'에 오르고자 한다. 또한 이러한 인간이 갖는 거룩한 시간은 순환적이고 가역적(可逆的)이며 회귀 가능한 시간이라는 역설적 양상 아래서 나타난다. 이때, 영원불멸성의 세계로 가기 위한 제의적 수단은 영속성을 가진 신화적 현재를 재현하려는 의지로 간주한다.

　이종암의 시에서 불의 상상력은 제의적인 수단으로 표상된다. 새로운 존재로 거듭나기 위해 허공을 매개로 삼고, 하늘을 향해 훨훨 타오른다. '세계의 중심'으로 가기 위해 제물을 바치고 기도를 올리는 성소와 같다고 할까. 존재 자체를 고통으로 생각하는 그는 "하늘의 북소리 받아 저 화염의/세상 속으로 밀어 넣"어 새로운 존재로 거듭나는 세계로 가고 싶어 한다. "육화된 모든 것을 태워 없앤" 아궁이 같기를 바랄 뿐이다. 이종암에게 재만 남은 아궁이는 "생의 욕망을 내려놓"은 문(門)이자 고통이 소멸되는 시간이며 신성을 경험하는 접신의 시작이다. 이것이 그의 시이다.

　결국 이종암이 태우고 있는 몸꽃은 영혼의 트라우마를 치유하는 제의이다. 불이 일으키는 근원적인 에너지를 통해 현존재를 넘어서 우주의 진리에 이르고자 하는 갈망이다. 한 존재의 주검을 "몸뚱이로 쓴 경전(經典)"(「절」)이라 말할 수 있는 것도 이승을 수행의 장소로 보기 때문이다. 이종암은 생의 수많은 고통이 소신공양을 하는 불꽃이라 생각한다. 존재의 근원인 몸이 탈육체화에 이르는 그 순간에야 영생을 가질 수 있다고 믿는다. 거룩한 곳은 존재(being)로 가득 차 있어 영생할 거라는 그의 믿음은 현세를 소멸하면서 그 의미를 획득한다. 영원한 현재를 찾아 그의 문(問)이 도달한 곳이다.

차영호와 이종암의 시는 자아가 만든 다른 형상의 몸이다. 차영호의 자아는 실존의 상처들이 만들어내는 경계에 있고, 이종암의 자아는 거룩한 공간을 올라가는 사다리에 있다. 한 사람의 존재성은 암실에서 인화되고 또 한 사람의 존재성은 허공에서 산화되고 있지만 실존의 문(問)을 여는 방식이라는 점에서 동일하다. 핏줄의 영속성으로 생긴 차영호의 얼룩과 핏줄의 단절감으로 생긴 이종암의 죽음은 등을 맞대고 있다. 신화가 갖고 있는 힘을 통해 존재성을 완성하려는 이종암의 시적 태도는 존재 자체를 늪으로 귀결짓는 차영호의 태도와 다르지 않다. 둘 다 실존의 한계성이 열린 문(門)에서 비롯되었기 때문이다. 그러나 실존에 대한 믿음은 이종암보다는 차영호가 더 강하다. 초월하는 것보다 집착하는 것이 더 절실한 실존의 형상이 아닐까? 인간의 자아는 타자와 나의 관계 속에서 수많은 형상을 만들어 나가지만 존재의 문(門)은 한 곳에 달려 있다. 어떠한 방향으로 문(問)을 여느냐 하는 것이 실존의 관건이지만, 형상은 샴쌍생아이다.

제4부

문명과 불화의 표정들

사회로부터의 심리적 분리감이나 혹은 근원성 호출의 현상학을 드러내고 있는 동안들의 시적 양상은 삶과 같지만 실상은 같은 맥락 속에서 출발된 문제의식이라 할 수 있다. 시인의 시안이 현재에 있든 과거에 있든, 그것을 상처으로 비판하든 직관적 감성으로 구체화하든 간에 인간 실존의 진정한 의미를 찾아가는 과정이라 할 수 있다. 이것

데칼코마니의 사회학

생명의 실존성은 하나가 아니다. 내 속의 수많은 자아가 있고 그
것은 야누스적 사회를 만들어내는 주체라 할 수 있다. 사회와 우리,
나와 타자, 상관없는 3인칭의 그와 그녀는, 연대감으로 묶여 있다고
생각하지만 그것은 구성원의 자아가 함께 공유하는 유사 무늬일 뿐
이다.

끊임없이 타인의 삶에 나를 겹쳐 보면서 나를 성찰하는 압착의 심
리를 데칼코마니적 속성이라 부를 수 있을 것이다.

데칼코마니란 '전사법(轉寫法)'으로, 종이에 물감을 발라 두 겹으로
접거나, 다른 종이를 압착하여 떼어내면 대칭적 무늬가 만들어지는
미술 기법이다. 데칼코마니로 만들어내는 무늬를 우리는 같은 무늬
라 착각을 한다. 하지만 두 종이가 겹쳐지는 순간은 원본이 가진 무
늬의 순수성이 소멸하는 순간이다. 종이가 짓누르는 힘으로 만들어
진 새로운 무늬의 존재성은 제3의 의미를 획득한다. 우리는 등을 맞
대고 역방향으로 달리는 무늬를, 겹쳐진다는 이유만으로 같은 무늬
라 생각하는 것이다. 이런 생각의 오류들이 깨지는 순간에 왼쪽으로

달리는 무늬가 문득 오른쪽으로 달리는 것이다.

2011년 봄호에 발표된 시들 중 눈에 띈 것은 데칼코마니적 속성을 가진 정서들이다. 타자에 나를 압착하는 방식으로 유사한 정서를 이끌어내는 시들은, 때로는 나와 타자의 관계로 나타나기도 하고, 인간과 사물, 나의 내면과 외면의 무늬를 대칭적으로 나타내기도 한다. 이들이 그려내는 정서적 무늬는 타자와 자아가 만나는 근원적인 삶의 형식이기 때문이다.

타자라는 말은 자기동일성을 나타내는 '동(同 : tauton)', 또는 성질적 통일로서의 일자(一者 : to hen)에 대립되는 개념이다. 만일 타자를 자기에 대한 타인(他人)으로 한정해 본다면 자기와 타자의 인간관계는 아주 중요한 논점이다. J. 사르트르는 나와 타자의 인간관계를 상극관계(相剋關係)라고 하지만 M. 부버나 G. 마르셀은 이것을 인격적 관계와 비인격적 관계로 구별한다. 전자의 관계에서 타자는 '나'에 대한 2인칭인 '너'이며, 후자의 관계에서는 타자가 3인칭으로서의 '그것'이며, 타자의 인격이 '나'에 의하여 대상화(對象化)되고 물화(物化)된다.

시는 인격적이든 비인격적이든 타자의 인격이 '나'(시인)를 통해서 대상화된다는 점에서 타자에 의해 만들어지는 인식적 미학이다. 그렇기 때문에 시에 데칼코마니적 속성이 나타나는 것은 당연한 것인지도 모른다.

홍승주의 시는 타자에게서 나를 대상화하는 대표적인 시이다.

누구였더라, 누구였더라
손을 흔들며 다가오는 사람의 반쪽이 보이질 않네
뜬눈으로 며칠 밤을 지새운 탓일까

왼쪽만 보이는 얼굴로는 누구인지 영 떠오르질 않네

그는 웃는 듯 우는 듯 점점 다가오네
누구더라, 누구였더라
저 검은 구멍을 아무리 들여다봐도 모르겠네

그의 반쪽 표정을 구멍에 살짝 눌렀다 떼어볼까
대칭이라면 반쪽웃음으로도 충분하네
그와 그 사이가 대칭이라면
그와 나 사이가 대칭이라면
이목구비가 뭉개진들
온 몸에 휘장을 두른들

누구더라,
누구였더라
어느 생에서 겹쳐진 적 있는 듯한
가까이 다가올수록 낯선
그가 자욱하네
　저 검은 구멍이 이끼 긴 바위라면, 엉겅퀴라면, 얼룩말이라면, 절벽이
라면, 모래무덤이라면, 불꽃이라면, 종소리라면, 새벽별이라면……

나도 그의 손을 마주잡은 채
웃는 듯 우는 듯
포개지다가 어긋나다가

— 홍승주, 「데칼코마니」, 『리토피아』 봄호

　　제목에서 시사하듯이 화자는 타자와 내가 유사한 속성을 가진 대
칭적 관계라는 것을 보여준다. 화자는 "손을 흔들며 다가오는" 타자
의 존재성을 "사람의 반쪽" "왼쪽만 보이는 얼굴"로 표현한다. 반만

보여주는 상대를 화자는 결코 신뢰할 수 없을 뿐 아니라 둘의 관계를 견고하게 만들지 못한다. 화자는 인간과 인간의 관계란 상호 소통에 의해서 형성되는 것이지 결코 한 사람만의 문제가 아니라는 걸 깨닫고 있다. 화자는 "웃는 듯 우는 듯"한 모호성을 가진 타자의 구멍을 들여다보면서 자신도 그와 유사한 정서를 가지고 있다고 생각한다. 구멍이라는 공통점을 발견하면서 상대에게 호의를 가진다. 이러한 호의는 나아가 인간의 본래적인 성향이 두 개의 얼굴이라는 쪽으로 이해된다. 뭉그러진 타자의 얼굴이 내 속에도 내재되어 있는 것을 깨달은 것이다. 타자와 내가 "대칭이라면 반쪽웃음으로도 충분"할 만큼 상대에 대해 너그러워진다. 맞배가 형성된 것이다.

이러한 동류 의식은 정서의 일치감이지 존재의 일치는 아니다. 상대에게 내 정서를 압착해내고 있는 순간에도 진실은 반대 방향에 있다는 사실을 유념해야 한다.

이렇듯 홍승주가 인격적 관계를 통해서 타자와 동류 의식을 그려낸다면 이대흠은 비인격적 관계를 통해서 동물과 인간이 가진 얼룩의 유사성을 그려낸다.

장구를 치다가 가죽에 번져 있는 얼룩을 본 적이 있다 커다란 몸뚱이를 감쌌던 소가죽이 몸을 다 잃고 매 맞아 가면서도 놓지 않아 말라붙은 소 울음소리

그날의 소리는 죽지 않았고 떠나간 자들은 아주 떠나지 못한다

누군가를 오래 그리다 보면 문득 그의 얼굴이 얼룩 속에서 살아난다 때로는 마음에 두지 않았던 얼굴이 나타나기도 하지만 뜻하지 않았을지라도 모르는 얼굴은 아니다

몰랐던 한때에 내가 그리워했던 얼굴이거나 나를 잊지 못한 누군가가
난데없이 방문한 것

바람이 비의 몸으로 와서 남긴 발자국이라는 증언이 있었다 꽃의 숨결
이 향기로 와서 쓰러진 것이라는 주장도 있었다 몇 개의 인과는 바람에
꽃잎이 떨어지는 것과 같은 법, 그것들은 어떤 것에 대한 이야기일 뿐 모
든 것을 증명할 수는 없다

내가 꽃의 혀를 건네면 너도 꽃의 말을 걸어온다 잎이거나 가시이거나
내가 준 것을 너는 갚으러 온다 지금은 아니라도 언젠가는 돌아온다 너
와 나 사이에 있는 터트릴 수 없고 말랑한 벽, 거기서 얼룩이 태어난다

눌러 붙은 주검이 있었던 검은 바닥에서 고양이 한 마리 불쑥 튀어 나
와 담 너머로 사라진다

— 이대흠, 「얼룩의 얼굴」, 『시와표현』 창간호

소의 '얼룩'은 인간의 얼룩을 찍어내는 무늬이다. 이대흠은 피학적
인 존재가 느끼는 슬픔과 가학적인 존재가 느끼는 쾌감을 얼룩으로
보고 있다. 두 존재가 만드는 얼룩은 반복된 행위가 만들어내는 중독
성이 원인이다. 중독성은 집착을 만든다. 소는 "몸을 다 잃고 매 맞아
가면서"도 제 울음소리를 놓지 않았다. 소가 할 수 있는 유일한 저항
은 상대의 행위를 제 몸에 새기는 것이다. 약한 자의 슬픔도 피학적
인 중독성으로 남을 수 있음을 보여주는 것이다.

약한 자의 집착은 인간이라고 예외는 아니다. 생전에 많이 맞은 사
람의 시신을 살펴보면 맞은 자국이 시퍼렇게 얼룩으로 남아 있다. 피
학적인 슬픔은 결코 육신을 떠나지 못하고 죽은 뒤에는 전시적인 상
징으로 몸에 남아 있는 것이다. 반복된 매질이 주는 악마적 쾌감은

가학적인 성향의 집착을 만든다. 가혹하게 각인되어 있는 "그날의 소리는 죽지 않았고" 소는 그때의 상처를 "아주 떠나지 못"하는 집착의 존재로 형상되어 있다. 얼룩을 통해 집착이라는 동류 의식을 형상화하고 있는 것이다.

이러한 이대흠의 생각은 우주 생물의 순환적 현상에 대한 필연성을 내재하고 있다. 그는 피학성의 대상이 "잎이거나 가시이거나"가리지 않고 인간이 준 것을 갚으러 온다고 본다. 순환론적인 현상에 의해서 생물의 몸바꿈은 언제든지 이루어질 수 있다고 본다. 나아가 그는 자연을 훼손하고, 동물을 학대하는 인간의 가학성을 "벽"으로 보고 있다. 생존을 넘어선 인간의 과도한 욕망이 가학적인 집착으로 이어진 것이다. 그것이 내 얼룩이라는 걸 모른 채 말이다.

인간이 가진 가학적인 성향은 김성규 시에서도 볼 수 있다. 그는 언어의 폭력성을 통해서 죄수와 검사의 잔인성을 대칭적으로 그려내고 있다.

제4부 문명과 불화의 표정들

또 한 놈을 조져 놓아볼까요 검사가 말을
시작하자마자 등짝에 잉어 문신을 새긴 사내는
눈알을 굴리고 손톱을 물어뜯는다
손바닥을 바지에 문지르며 입술을 떨기 시작한다
검사는 의자를 끌어당겨 사내의
짧게 깎은 머리를 쓰다듬는다
등짝을 헤엄치는 잉어가 연잎 밑을 파고든다
지느러미를 흔들 때마다 혈관이 파닥인다
갑자기 사내가 눈물을 흘리기 시작한다
말 한마디로 사내의 뇌 속 불안에 칼집을 내고
고추장물을 뿌려 혈관이 파닥이게 만드는
힘은 어디에서 나오는 것일까 한번만 살려주세요

무릎을 꿇고 바짓가랑이를 붙잡으며
눈물 콧물을 빼게 만드는 자네는 정말 대단해
폭탄주를 마시며 매운탕 한 그릇을 훌훌 마시며
글쎄, 태몽이 잉어가 구름 속을 헤엄치는 거라잖아요
오늘 일은 끝냈습니다 십년동안 살 속으로
어떻게 불안의 매운 물은 퍼져나갔을까
금빛 비늘을 진흙창에 처박으며 발버둥치도록
말 한마디는 사내의 달팽이관을 지나 뇌 속으로,
신경 속으로 스며들었을 것이다 그의 온몸에서
마약보다 더 빨리 그를 흥분시키는
범죄자의 귓속에서 혈관을 요동치게 만들었을 것이다
누가 그에게 그런 언어를 선사했을까
혀 꼬부라져 물렁물렁해진 말들이 새어나오는 혓바닥에서
어떻게 그렇게 힘찬 말들이 쏟아져 나왔을까
펄펄 뛰는 잉어가 온몸을 떨며
시멘트 맨바닥에서 요리를 기다리며 보고 있다
칼 잡은 자의 선한 눈을 마주보지 못해
온몸을 떨며 천장의 백열등을 멍하니

— 김성규, 「잉어요리(剩語料理)」, 『시와사상』 봄호

옛말에 "자신의 잣대로 남을 잰다"는 말이 있다. "문신을 새긴 사내"의 "검사"에 대한 불안은, 자신에게 내재된 잔인성이 검사의 말에 압착되어 생기는 심리적 현상이다. 사내의 등에 새겨진 잉어 문신과 태몽 속 구름 속을 헤엄치는 형상의 잉어는 잉어 '剩語(잉어)'라는 말을 중심으로 대칭되어 있다. 유사무늬의 성격을 가진 두 사람의 잉어는 현실과 꿈, 몸과 구름, 가시성과 비가시성을 가진 존재라는 점에서 역방향을 지향한다. 사내 등의 문신은 그가 검찰에 불려오기 전에 행했던 일상적 잔인성의 표상이다. '剩語(잉어)', 즉 잉여의 말이

검사에게 쏟아져 나올 때마다 사내는 "뇌 속 불안에 칼집"을 낼 만큼 불안해한다. 세상에서 여분의 언어란 일반 사람들이 잘 쓰지 않는 폭력적 언어일 것이다. 그 누구보다 사내는 폭력적인 언어를 쓰는 사람의 근성을 잘 알고 있다. 반복될수록 집착적인 성향을 보이는 가학적 쾌감을 사내는 알기 때문에 불안에 떠는 것이다. 두 사람 사이에 교감이 되는 잔인성을 동시에 느끼는 유사 정서이지만 검사와 피의자라는 권력적 구조는 한 사람을 칼을 쥔 요리사로 만들고, 한 사람은 요리의 재료로 만든다.

이런 데칼코마니적 사회학은 나와 타자가 대칭을 이루기도 하지만 나를 중심으로 대칭을 이루기도 한다. 어떤 면에서 언행불일치의 행동은 언행일치의 또 다른 모습이다. 말과 행동이 일치하든 하지 않든 생각은 같은 줄기에서 나온다. 이것은 인간이 사회적 동물이기 때문에 어쩔 수 없다. 인간의 몸은 외연적인 행동과 내면적인 의식의 경계이다. 밖으로 보여지는 것이 어떠한 형상이든 나라는 존재를 기점으로 만들어진 또 다른 나의 모습이다.

김선태는 타자에 대처하는 미꾸라지의 외연적 행동을 통해 데칼코마니적 속성을 보여준다.

추어탕용 미꾸라지를 차에 싣고 먼 길을 가다보면
목적지에 도착하기도 전에 허옇게
배를 까뒤집고 죽어버린 녀석들이 많다는데,
이놈들을 살리기 위해 수조에 집어넣는 것이 가물치라지.

갑작스런 절대강자의 출현으로 수온은 급강하고
정적이 감도는 수조 속은 삽시에 아수라장이 되지
무지막지한 아가리 앞에서 살아남기 위해 죽음을

생각할 겨를조차 없어진 이놈들의 활력은 급상승하지
그렇게 사력을 다하여 죽음과 맞서다 보면
한 마리도 낙오 없이 펄펄 살아서 목적지에 안착한다니
참 신통하지 않아?

이렇듯 때로 생과 사는 지척이요 서로의 다른 이름이지
긴장과 공포는 짜릿한 삶의 희열을 불러오기도 하지
허나, 너무 좋아하거나 무작정 믿지는 마
차라리 미꾸라지에겐 죽음이 삶보다 편할지도,
자칫하면 수조 속이 가물치만의 세상이 되어버릴지도,
몰라!

　　　　　　　　　　— 김선태, 「가물치 이론」, 『애지』 봄호

　이 시는 생존이라는 무늬를 강자와 약자의 입장에서 대칭적으로
그려낸다. 수조 속 미꾸라지는 멀리 가면 모두 죽어버리는데 가물치
와 같이 넣어 가면 한 마리도 죽지 않는다. 이 사실은 "생과 사는 지
척이요 서로의 다른 이름"이라는 깨달음으로 이어진다. 어떤 면에서
가물치의 사냥과 발버둥치는 미꾸라지의 몸부림은 생존의 본능이라
는 점에서 동질의 무늬이다. 이들은 생태의 강자와 약자라는 다른 이
름은 가지고 있지만 이들의 행위가 생존 전략의 한 방편이라는 점에
서 다를 바 없다. 그것이 먹는 것이든 먹히는 것이든 타자가 스스로
의 삶을 치열하게 만들고 있다는 사실만은 변함이 없다. 미꾸라지의
죽음을 통해 보여주듯 안락하고 평화로운 삶은 오히려 생의 대한 의
욕을 무기력하게 만든다. 타자에 대한 위협이 클수록 나의 존재성이
강하게 부각되는 것이다.
　하지만 화자는 이런 시각에 대한 자신의 생각을 무화시키고 있다.
강자에 대응하면서 생기는 "긴장과 공포는 짜릿한 삶의 희열을 불러

오기도 하"지만 이런 삶에 대한 회의를 보이고 있는 것이다. 강자와 약자로 구성된 사회구조가 만들어내는 생존의 치열성이 죽음보다 나은 삶인가 그는 묻고 있다. 또한 이는 삶이 꼭 치열해야 할 필요가 있는가 하는 물음으로 이어진다. 이러한 생각 속에는 어차피 죽음을 면할 수는 없는 약자가 미꾸라지라는 데에 생각이 미친 것이다. 수조 상황은 미꾸라지를 위한 치열성이 아니라 더 강한 먹이사슬을 위한 준비 과정이라는 것을 깨달은 것이다.

타자의 삶의 방식이 내 삶의 방식을 만든다는 김선태의 논리는 가장 사회적인 담론을 내포하고 있다. 결국 미꾸라지의 치열성은 개인적 자아의 실현이 아니라 강자 앞에서 살아남기 위한 생존 전략, 강한 자들을 위한 삶의 농락이다. 사회적 권력 구조가 만드는 타자성은 동류 의식으로서의 유사 무늬가 아니라 상극관계에서 형성되는 종(種)의 근원적 무늬라고 할 수 있다.

이런 종의 근원적인 무늬를 류혜란은 선험적 자아가 타자를 감각적으로 받아들이는 형상으로 묘사한다. 류혜란은 미모사의 실존성에 압착된 어린 시절 트라우마를 통해서 생의 실존성을 서술하고 있다.

감각의 태동기에 엄마가 어린 날 보드득 씻겨줬는데, 내 인생 그 부분 하느님의 창작욕 일환으로 그만 미끄러져 이마를 찧었어요. 피가 막 흐르고 오그라진 채 들리는 엄마의 울음이 민망하다고 느끼는 나를 느끼는 내 쫑긋함. 촉에 대한 촉이 깨어난 아이는 그 때 자신이 미모사는 아닐까 생각했지요. 필연이었을까. 그런 아이가 고감각 소녀로 자라 경험한 따돌림의 모욕은요. 해서 아직까지 덜 마른 딱지처럼 떨어지곤 하는 우울한 증후들은요.

신혼의 명절 그렇게 또 불안이 비어져 나온 며느리가 시가의 눈으로는 단지 의문스러운 공주병으로밖에는 보이지 않았을 테지요. 대책 없이 도망을 쳐 낯선 지방의 밤길을 헤매다 며느리란 이름에 어느 순간 주저 앉아 울 수밖에요. 그리고 다음 날 아침엔 너무 환한 바닷가 한가운데 비틀거리는 몸뚱어리가 더더욱 광인 같았단 말이지요. 〈며느리 도망 사건〉 당신의 대하소설 몇 장 쯤 끼워져 있나요.

날 수없이 오그라지게 한 상처들이 숙성된 표정도 이젠 수용될 정도에 는 이르렀다고 여길 그 때 나는 뻐꾸기시계처럼 알리곤 하네요. 가장 날 아갈 듯한 미모사를 통해 그것이 가장 극적으로 낙심될 미모사이었음을. 이생에 밀어 넣은 내 영혼 마법처럼 변화시켜주기에는, 보이지 않는 당신 은 너무 속 깊은 사랑을 하는 건가요. 거절당함의 낙인을 직접 수놓은 적 은 없느냐며 낫지 않는 나를 이제껏 생으로 견디게 하는 당신. 그러나 말 해줄 수는 있나요 당신은 내게 피땀의 공을 들였다고, 수없이 활짝 펴지 다 오그라드는 장애조차 정녕 아름다워질 수 있다고. 꼭 미모사이어야만 한 나는 허투루 된 것 없었던 최고의 반전을 벌일 것이라고. 말이에요.

— 류혜란, 「미모사」, 『시와정신』 봄호

인용 시는 미모사를 경계로 하여 선험적 자아와 현재의 자아의 대 칭적으로 보여준다. 엄마의 손에서 미끄러져 이마를 찧는 순간, "엄 마의 울음이 민망하다고 느끼는 나를 느끼는 내 쫑긋함"은 타자에 반응하는 나의 촉이 된다. 이 촉은 화자의 선험적 자아가 되어 일생 동안 불안의 요체로 작용한다. 화자가 "고감각 소녀로 자라 경험한 따돌림의 모욕"도 이 때문이고, 이로 인한 "우울한 증후"도 이 때문 이다. 화자의 어린 시절의 트라우마(정신적 외상)가 손만 대면 움찔 거리는 미모사와 같은 방식으로 타자를 대응하게 한다. 이러한 습성 은 결혼을 해서도 변한 것이 없다. 신혼 명절에 불안이 불거져 나와 "며느리 도망 사건"으로까지 확대되면서 화자의 생은 선험적 자아가

써내려간 소설이 되어간다.

그런데 화자는 선험적 자아가 쓴 소설의 반전을 기대하고 있다. "거절당함의 낙인"을 회피하기 위해 상대를 먼저 거절하는 미모사의 미학은 "수없이 활짝 펴지다 오그라드는 장애"에 있기 때문이다. 선험적 자아가 만들어내는 "최고의 반전"은 이것을 받아들이는 화자의 태도에 있다. 미모사를 경계선으로, 양 방향의 트라우마가 한 송이 꽃으로 피는 형상은 데칼코마니적 속성을 지닌 그 어떤 시보다 아름답다. 불안의 씨앗을 감싸 안은 채, 끊임없이 꽃잎을 웅크리고 펴는 미모사의 인내가 삶의 반전인 것이다.

류혜란이 타자에 대한 고감각의 존재자라면 박성준은 타자에 대한 저감각의 존재자이다. 배우가 가진 재현의 속성에 압착해서 인간의 실존성을 그려낸다.

유리는 땀을 흘리지 않고 욕조는 배수구에서 벗어나지 못한다
물거품들이 가지는 연대감이랄까 하는 것들은
누군가 잘못 왔다간 환영처럼
불쾌하고 구멍의 형태를 뿌리로 두고 있는 욕조 따위의 것들만
나는 생각한다 고로 나는, 나쁘다
우호적인 물거품들이 서로의 어깨에서 빌려온,
순식간에 왔다 갔던 무지개
소거하고 나면 청결을 요구하는 몸은 대체로 허구같다
아침이면 옷 입은 여자가 찾아와 옷을 갈아입고 가고
배수구에 머리칼을 엉켜놓고 간다
물과 섞이지 않는 것들은 욕조가 아니라 구멍에 뿌리를 남긴다
욕조는 생각한다
무지개 앞을 서성거리다 헤어지는 꿈
유리는 뿌리를 갖지 않고 거울은 바깥을 뿌리로 두고 있다.

거울은 늘 타인이 필요하다, 나는 고로 타인이 필요 없다.

타인의 속성은 욕조이거나 유리이거나 거울이나 늘 젖어 있어

내 중심을 잡고 있던 허리가 쿵

나 미끄러질 각오를 한다, 그럴 때도 무지개는 잠시 왔다가갔을까

나는 아침이면 어제부터 흘린 땀을 씻는다

닦는다는 이유로 입으로도 거품을 물고 있다

바닥은 늘 미끄럽고 욕조는 늘 한쪽으로 기울어져 있어

물이 나를 감각하고, 고로 나는 감각이다

욕조는 뿌리가 없어서 있다

이사를 가도 들쳐 매고 갈 수 없이, 오 욕조여! 가지고 싶은 이름이여!

제발 좀, 나약하게 있다

— 박성준, 「배우俳優 8; 형태론」, 『애지』 봄호

이 시에서 연기는 배우와 인간의 실존성을 찍어내는 대칭축이다. 배우는 타인의 삶을 재현하는 사람이다. 개인의 존재감은 소멸시키고 재현해야 할 타인의 속성만을 기억해야 한다. 화자는 배우가 가진 이런 속성을 욕조에 비유하고 있다. 욕조는 나를 비춰볼 수 없는 존재이지만 욕구를 배출해주는 구멍을 가진 존재이다. 화자는 "불쾌하고 구멍의 형태를 뿌리로 두고 있는 욕조 따위의 것들만" 생각하는 자신을 나쁜 사람이라고 생각한다. 그러면서도 끊임없이 욕조가 "가지고 싶은 이름"이 되는 것은 구멍이 가지고 속성 때문이다. 순간순간 쏟아버릴 수 있는 배설의 쾌감 때문에 화자는 이것이 자신의 정체성을 표상할 수 있는 이름이 되기를 원한다. "고로 나는 감각"하는 것이다.

이 시를 은밀하게 따져보면 배우가 가진 재현성은 복제라고 할 수 있다. 복제는 실존의 진실성이 없다. 그래서인지 화자는 연기의 실존

성을 "물거품"으로 본다. 배우에게 연기라는 것은 자신을 카타르시스 하는 순간적인 배출구인 것이다. 타자의 재현은 뿌리의 부재와 희망의 부재로 이어진다. 배우가 재현하는 삶을 죽은 실존성이라고 보는 것이다.

그렇다면 살아 있는 실존성이란 무엇일까? 화자는 "바깥을 뿌리로 두고 있"는 거울과 같은 삶을 진정한 실존성이라고 생각한다. 바깥에 두고 있는 거울의 뿌리가 타자인 것이다. "무지개"로 표현되는 희망이다. 하지만 화자는 타자에 의해 만들어지는 삶의 정체성보다는 타자가 만드는 감각을 더 지향한다. 화자는 인간의 실존성이 타자와의 관계에서만 성립된다고 생각하지만 타자와의 소통을 거부하고 있다. 이것은 내 삶의 방식이 타자에 의해 결정되지 않기를 바라는 확고한 의지이다.

고립을 두려워하는 인간의 본성이 데칼코마니적 속성을 가진 사회를 만들었다. 만일 인간이 무인도에 고립되어 있다면 다시 동물로 퇴화할 것이다. 타자가 없는 세상은 김선태 시에서의 미꾸라지처럼 삶의 의욕을 잃고 사라질 것이다. 타자는 나를 욕망으로 몰아넣는 경쟁자인 동시에 나에게 형이상학적인 존재자로 만드는 대상이다. 그래서 우리는 타자의 존재를 불안해하면서도 이유 모를 연대 의식을 찾으려고 노력하는 것이다. 공동체에 대한 연대의식이 우리의 역사를 쓰게 했고, 문화와 문명을 발전시켰다. 타자를 통해서 내가 만들어내는 정서가 분명히 다른 것인데도 같을 것이라는 착각도 때로는 행복하다.

데칼코마니적 속성은 현대에 올수록 더 다양하다. 고대나 중세의 사회에서는 강력한 국가나 종교에 의해서 개인의 자아가 통제되었다. 거대한 힘의 통제는 획일화된 나로 세뇌되어가기 때문에 타자와 나의 관계가 순응적일 수밖에 없다. 순응적 관계의 대칭은 단선적인 무늬만을 그려낸다. 그 대표적인 예가 환상적인 유토피아이다. 사회가 복잡하고 혼란스러울수록 타자에 대한 나의 압착 기법은 다양해질 것이다. 한 편의 시가 아름다운 그림으로 탄생하면서 그 자체가 유토피아가 될 것이다. 시에 나타난 데칼코마니적 속성은 자신을 하나의 개성체로 만들려는 현대인의 자아 성찰 방식 중의 하나이다.

통제 불가능한 앨리게이터의 실존성

컴퓨터의 화면이 거대한 앨리게이터의 아가리라는 사실을 아는 사람이 있을까? 우리들은 무심코 이 기형적인 괴물의 입속을 수시로 드나든다. 우리 스스로 앨리게이터의 몸집을 키우고 있다는 사실을 잊은 채 말이다. 인터넷 속 온갖 정보가 괴물로 자랄 수밖에 없는 것은 무엇 때문일까? 그것은 개인은 철저히 고립시키면서 눈에 보이지 않은 다자(多者)와의 대화는 번성시키기 때문이다. 우리도 모르게 위치를 추적당하고, 나를 찍어대는 도시 곳곳의 감시 카메라들. 무심코 지나가는 버스의 카메라 렌즈에도 내가 모르는 내가 찍혀 있다는 사실은, 얼마나 섬뜩한 일인가? 어디선가 내가 감시당하고 있다는 강박증은 세상에 산재해 있는 정보들을 습득해야만 한다는 심리적 압박감으로 이어진다.

사회학자 라이트 밀즈에 의하면, 오늘날 같은 '사실의 시대(Age of Fact)'에는, 정보 자체가 사람들의 관심을 지배하여 그것을 소화할 능력을 압도해버리는 경우가 많다고 한다. 그것을 습득하려는 사람들의 의지가 오히려 한정된 정신적 에너지를 고갈시키고, 그들의 이면에 개입해 있는 구조적인 통제를 극복하지 못하여 허덕이게 된다고 한다(C. 라이트 밀즈, 『사회학적 상상력』).

이러한 비가시적인 통제성이 만들어내는 현대인의 정신적 구조는 2011년 여름호에 실린 시에서도 볼 수 있다. 시란 형식의 문제를 떠나서 현실적 의식을 반영하고 있다는 점에서 이것은 결코 간과해서는 안 될 문제이다. 이 문제의 시발점은 인간끼리는 고립되고 익명의 군상(群像)을 상대로 하는 시간이 많다는 데에 있다. 우리는 수많은 타인들을 훔쳐보면서도 스스로는 결코 마음의 문을 여는 일이 없는 익명적이고 무책임한 존재성의 감옥에 갇혀 있다. 존재성의 감옥으로부터 벗어나려는 시도가 김소연과 강해림의 소통적 의지의 시들이다. 소통적 기능을 가진 '귀'를 통해서 현대인의 실존적 양상을 보여준다. 두 시인의 시를 필두로 하여 이러한 것의 장(場)을 열어보자.

1. 열린 '귀'와 닫힌 '귀', 소통

요즘 같은 유비쿼터스 시대는 귀로 소통하기보다는 눈으로 소통하는 시대이다. 하지만 우리 신체에서 귀는 그 어떤 감각보다는 소통과 깊게 관련되어 있다. 귀를 통해서 들리는 언어들은 단순히 말의 전달이 아니라 의사(意思)의 전달인 것이다. 귀로 전달되는 말의 형태(기표적인 양상)는 누구에게나 똑같지만 말의 의미(기의적인 양상)는 '나'의 의식에 의해서 아주 다른 양상으로 받아들여진다. 내가 타인의 말이나 정보를 어떻게 받아들이느냐에 따라 내 '세계'의 형상도 달라진다. 말의 수용적 양상에 의해서 생기는 '세계'의 두 가지 양상을 김소연과 강해림은 보여준다.

세상사람 모두 눈이 멀어버리는 소설을 덮으며
네가 물었다, 너는 눈 아니면 귀
잃어야 한다면 뭘 선택할래

난 눈을 잃겠다 대답했다
가장 구석까지 닿을 수 있는 몸은 귀가 아닐까 싶어서
가장 멀리까지 닿을 수 있는 몸도 귀가 아닐까 싶어서
…(중략)…
오늘밤은 눈을 감고 지구별을 바라봐야지
마침표 같은 바늘구멍 같은
채송화 씨 같은

나의 두 귀는
우주에서 떠돌다 죽어간 강아지 라이카가
바랄라이카를 켜는 소리를 들었으면

— 김소연, 「도그지어」 부분, 『시와사상』 여름호

김소연의 시는 눈의 소통보다는 귀의 소통이 갖는 소중함을 일깨
우는 데서 시작된다. 김소연의 심저(心底)에 깔려 있는 것은 시각적
소통이 오히려 눈을 멀게 한다는 의식이다. 소설을 보고, 그림을 보
고, 오로지 보는 것에 치중해 있는 현대의 문화는 눈의 피로로 인하
여 오히려 눈을 멀게 한다. 원래 도그지어란 독서를 하면서 페이지의
귀퉁이를 접는 행위를 뜻한다. 독서를 할 때 페이지의 귀퉁이를 접는
행위는 그 페이지의 내용을 다시 한 번 인식해야 할 필요가 있을 때
하는 행위이다. 김소연은 귀를 도그지어하여 소통의 중요성을 독자
들에게 각인시켜준다.

김소연의 시에서 귀는 소통의 도구로서 아주 중요하게 인식된다.

그에게 귀는 "가장 구석까지 닿을 수 있는 몸"이자 "가장 멀리까지 닿을 수 있는 몸"이다. 인간의 몸 중에서 귀만큼 멀리 있거나 보이지 않는 타인의 존재성을 감지할 수 있는 것은 없다. 김소연은 너와 나의 경계가 허물어진 열려 있는 상호 소통의 세계를 원한다. 이성이 아니라 눈시울이 젖고 귓불이 붉어지는 감성에 젖은 세계를 원한다. 이 시점에서 김소연은 "마침표 같은 바늘구멍 같은" "채송화 씨 같은" "지구별"을 발견한다. 바늘구멍과 채송화 씨는 아주 작은 것이지만 분리된 것을 꿰매고 생명을 자라게 하는 근원이 된다. 지구별의 희망은 사소한 소통에서 비롯된다고 본다. 김소연은 이러한 희망을 통해 시각 문화가 잠식해버린 인간의 감수성이 회복되기를 바란다. 우주 한귀퉁이에서 죽어간 하찮은 강아지의 삶조차 노래로 인식하는 존재가 되길 바란다. 물질 만능의 시각적 삶을 배제하고 생명적 감수성을 소중히 여기는 청각적 삶을 주장한다. 결국 김소연이 주장하는 것은 세계에 대한 우리들의 수용 태도이다. 나를 배제하고 세계와의 소통을 통해서 현재적 실존성이 건강해지기를 바란다.

이러한 김소연과는 달리 강해림의 귀는 세계와의 불화로 인해 아주 견고하게 닫혀 있다.

제4부 문명과 불화의 표정들

귀를 잘라,

스스로 못질을 하고 관뚜껑을 닫아버린 귀는
소리가 태어나 죽는 찰나의, 생애를 음각하던 귓바퀴 흔적만 남은 슬픈 귀는
이 세상 먼저 하직한 것들이 돌아와 달팽이관 같은 방마다 알전구 켜지는 소리 듣는, 비로소 적막에 든 귀는
죽을 만큼 쓰리고 아파도 엉엉 소리 내어 울어본 적 없는 귀는

추방된 이교도처럼 일찍이 세상의 모든 소리와 불화의 성전을 차리려
했던 귀는

납빛 귓밥 혼자 달그락거리다 굴러 떨어진 구천(九泉)의, 도무지 바닥
을 알 수 없는 어둠이어서 아득한 귀는

소음과 잡음에 시달리느라 딱딱해진 어둠의 각질을 뜯어내며 고요를
견디고 있는 귀는

나무에 노란리본을 달아주듯, 죽은 혼을 몸에 심을 때마다 윙, 귀신 우
는 소리를 내는 귀는

누가 무덤 밖에서 비문 없는 비문을 탁본하는지, 붉은 지느러미가 돋
는 귀는

— 강해림, 「귀」 전문, 『현대시』 여름호

강해림의 시에서 귀는 "스스로 못질을 하고 관뚜껑을 닫아"버리고
소통의 죽음을 선언한다. 이러한 죽음의 선언 이면에는 세계 속에서
존재하는 소리와의 불화가 있다. 물론 여기서 소리는 타인의 의식과
삶의 태도일 것이다. 어떤 면에서 보면 귀와 소리와의 불화는 앞서
말한 김소연의 의식과 다르지 않다. 다른 것이 있다면 김소연은 세상
과 소통이 되지 않을수록 귀를 열려고 하는 것이고 강해림은 오히려
귀를 닫으려고 하는 것이다. 세상과 화합하려는 의지가 김소연은 능
동적인 반면 강해림은 소극적일 뿐이다.

강해림은 말(言)이 죽은 무덤에 갇혀 있다. 그 속에 그는 "죽을 만
큼 쓰리고 아파도 엉엉 소리 내어 울어본 적 없는 귀"의 죽음을 애도
하면서 견디고 있다. 하지만 그도 "죽은 혼을 몸에 심을 때마다 윙,
귀신 우는 소리를 내는 귀"의 소통을 원하는 것은 아니다. 누군가와
소통하기를 원한다. 소통 부재의 시간을 견디면서도 누군가 "무덤 밖
에서 비문 없는 비문을 탁본"하는 상상을 하면서 "붉은 지느러미가

돋는 귀"를 원하는 것이다. 귀가 붉어지는 순간은 세계에 대한 소통의 의지가 꿈틀거리는 것으로, 굳게 닫힌 귀를 여는 순간, 즉 마음의 문을 여는 순간이다.

김소연이 귀의 긍정적인 함의를 매개로 소통성을 부각했다면 강해림은 귀의 부정적인 함의를 매개로 귀의 죽음을 선언한다. 말하는 방식은 다르지만 김소연과 강해림이 우리에게 말하고 싶어 하는 것은 메시지는 잘 소통되지 않는 세상에 대한 비판이다. 두 시인이 말하는 세계의 소통 부재는 현대사회에서 단순한 문제가 아니다. 인간 상호간에 감정이 교류되지 않고 단절되어, 자기중심적 욕망으로 기형화되어 가는 점은 서로가 서로를 짓누르는 요소가 되는 것이다. 하수구에서 무심코 먹은 성장호르몬 때문에 괴물이 된 영화 속 악어처럼 무심코 습득하는 정보의 홍수는 우리를 거대한 엘리게이트 같은 존재로 만들어간다. 엘리게이트 같은 기형적 실존성은 상대가 피 흘리고 승복해야 멈추는 투계의 현장 같은 세계를 만들어낸다.

2. 투계의 실존성

현대사회에서 투계의 실존성은 눈에 드러나는 것이 아니다. 현대인들은 1대 다(多)의 눈에 보이지 않은 수많은 상대와 경쟁하면서 하루를 살아간다. 이런 시대적 현상을 김유석은 다자 간의 투계 상황을 묘사하면서 신랄하게 풍자하는 반면 전동균은 패자들의 일상을 원시안(遠視眼)적인 시선으로 처리하면서 절망적인 포즈를 보여준다.

다섯 마리 투계(鬪鷄)를 한 우리에 넣는다

모두가 적인,
제각각 4대1이 되어 싸워야 하는 다자간의 투쟁

맞장에 길들여진 것들은 잠시 어리둥절하다.
선택이란 그들 몫이 아니었으므로

먹이가 던져지고
맨 먼저 배고픔을 떠올리는 녀석의 발톱이 허공을 할퀼 때쯤
학습된 싸움의 맹목적성 속에서
공중을 버리고 지상으로 내려온 본능들이 뛰쳐나온다.

하나의 먹이를 두고 여럿이 벌이는 사투
싸움의 진수는
피아 구별 없는 난장에 몰입하는 것,
끝까지 살아남을 한 마리를 가리기 위해
모두의 상처를 지켜보는 동안

힘 센 놈보다 잔꾀부릴 줄 아는 놈, 그 놈보다
오래 굶주려 본 적 있는 녀석이 살아남았을 때
생은 도박이 되었다는 걸 아는지

* 칭기즈칸의 어록

— 김유석, 「모호한 독백」 부분, 『리토피아』 여름호

김유석은 투계 장면의 묘사를 통해서 현대사회의 실존성을 알레고리화한다. 투계장 안에서 경쟁은 선택된 것이 아니라 주어진 것이다. 인간은 가장 이성적인 동물이지만 싸움에 관한 한 본능이 아주 깊숙이 자극된다. 싸움과 관련된 인간의 본능은 가장 근원적인 자기 보존

의 욕구와 관련되어 있다. 자신을 지키고자 하는 경계 의식은 나의 울타리를 만들고 자신의 정체성을 규정짓는 정치적 행위로 나아간다. 자칫 현대사회에서의 경쟁은 가장 이성적인 것이라 착각하기 쉽다. 하지만 싸움에 관한 한 인간의 본능은 자신의 실존을 지키기 위해 분투한다. 세상은 "힘 센 놈보다 잔꾀부릴 줄 아는 놈", "오래 굶주려 본 적 있는 녀석"들에게 유리한 것이다. 생이 "도박이 되었다는 걸" 본능적으로 아는 자만이 살아남아 강한 자가 되는 것이다. "피투성이 울음 속에" 있는 "쓰러진 네 마리의 울음"을 외면하는 잔인성까지 포함해서 말이다.

단적인 예로 인터넷 상에서의 싸움을 한번 보자. 인터넷은 나와 다자간의 싸움이 빈번하게 일어나는 곳이다. 지적인 도구를 사용해서 상대를 공격한다고 해서 지성적인 싸움이 아니다. 네티즌들은 코너에 몰린 상대를 어떻게 죽음으로 몰아가는지 본능적으로 알고 있다. 이러한 싸움에 패자는 빈번히 자살을 선택한다. 우리가 하는 싸움의 도구가 무엇이든 간에 싸움은 본능의 치열성으로 무장되어 있다. 이럴 때 상대의 치열성을 감당하지 못한 패자는 무기력한 실존성을 갖게 될 수밖에 없는 것이다. 이러한 패자들의 군상을 형상화한 것이 전동균의 시이다.

새벽4시 지나면
아파트 복도등이 자주 켜진다

그 어스름 달빛을

뭉뚝코
오리궁뎅이

뽀글이

13호 땡초가 밟고 간다

…(중략)…

가는 곳은 제각기 다르지만

모두 마스크로 얼굴을 가리고 있다

모두 뺑끼 묻은 장화를 신고 있다

모두 고향을 떠나왔다

만리장성을 쌓고 또 허물며

종점으로 가고 있다

— 전동균, 「어그적 어그적」 부분, 『시와정신』 여름호

통제 불가능한 엘리케이터의 실존성

  전동균의 시에서 군상들은 우리 사회에서 주변부적인 계층이다. 주변부적인 계층은 그 자체로 사회에서 패배자의 성격을 지니고 있다. 숙면의 시간에 일을 하러 나가야만 그들은 어떠한 형태로든 자본의 패배, 학벌의 패배 아니면 부자 부모를 만나지 못해서 생긴 태생적 패배자들이다. 이러한 측면을 전동균은 "뭉뚝코" "오리궁뎅이" "뽀글이" "13호 땡초"로 환유하고 있다. 세련되지 못한 싸구려 몸의 성향으로 환치되는 이 시어들은 외연적이든 내포적이든 간에 하층 계급들을 지칭한다. 전동균이 이들을 "가는 곳은 제각기 다"른 "마스크로 얼굴을 가"린 존재들이라고 표현한 것은, 그들의 존재성이 우리 사회에서 대표성을 갖지 못한다는 말로 해석할 수 있다. 그들은 "모두 고향을 떠나"온 부평초 같은 존재들로서 도시에서 쉽게 뿌리를 내릴 수 없는 자들이다. 도시의 영원한 아웃사이더이다. 이러한 이들의 실존성을 가장 의미 있게 상징화한 것이 마지막 연일 것이다.

만리장성은 전 세계적으로 알려져 있는 세계문화유산이다. 고대의 유적은 이제 중국의 중심이 아니라 세계의 중심이 되어 있다. 만리장성이 세계의 중심이 될 수 있었던 것은 패자들의 희생이 있었기 때문이다. 고대 진나라 때, 만리장성을 쌓다 죽은 수많은 백성들이 성벽 안에 흙 대신으로 채워졌다는 이야기가 있다. 이들은 "만리장성을 쌓고 또 허물며/종점으로 가고 있"었던 것이다. 전동균은 현대사회에서 패자들(아니면 소외 계층)의 실존성도 이들과 다르지 않다고 생각한다. 이들은 승자들이 향유하는 중심을 구축해주는 희생자들인 것이다. 그들의 실존성을 마지못해서 걷는 형상, 즉 "어그적 어그적"으로 상징화한 것이다.

김유석과 전통균의 시에서 본 것 같이 결국 승자나 패자 모두 사회의 거대 구조에 갇혀 허덕이고 있다. 이 둘의 모습은 극단적인 상황의 인간 모습이다. 이러한 외연적 모습을 비판하고 성찰하는 것이 최금진과 조연호의 시라고 할 수 있다.

3. 욕망의 반성적 성찰

우리의 외면적 모습은 이러한 극단을 치닫는데도, 인간의 역사는 파멸하지 않고 왜 계속 이어지는 걸까? 그것에 대한 해답은 우리 스스로에게 있다. 우리의 본성 자체는 욕동의 지향성에 끌려서 파멸의 수렁을 헤매지만 바닥에서 자신을 보려고 하는 내면적 성찰 의지가 우리 삶을 균형감 있게 조절하는 역할을 한다. 우리 스스로 수렁을 만들기도 하고 빠져나오기도 하는 인간의 노력 또한 거대 사회구조의 한 양상인 것이다. 최금진은 우리나라 제1의 도시인 서울의 상징성을 통해서 이러한 내면적 양상을 보여준다.

> 익사한 귀신들이 몸을 말리며 비둘기처럼 앉아 있는
> 천호대교를 소 떼가 걸어간다
> …(중략)…
> 소들이 발길질로 아스팔트를 툭툭 걷어차면서
> 녹슨 난간과 굴러다니는 비닐봉지들을 굵은 이빨로 씹으면서
> 우엉, 우엉, 저희들의 우둔한 모국어로 뭔가를 항변하는 게 들렸다
> 갈마도 없고 채찍질도 없는데
> 이랴, 이랴, 등짐을 부리는 마름도 지주도 없는데
> 한 해 4천 80가구가 저렇게 도시를 떠났다는데
> 그리운 벚꽃과 화염병과 아름다운 게이들은
> 고시원에서 수박처럼 숨어 해마다 빨갛게 속이 익어갈까
> 경전처럼 새겨놓았던 표준어들이 여전히 벽지에서 암송되고 있다
> 간절히 원하던 것들의 성지였던 서울이여
> 기도가 돈다발이 되어 쏟아질 것 같았던 낙원이여
>
> ― 최금진, 「서울을 떠나며」 부분, 『문예중앙』 여름호

우리나라에서 '서울'은 정치와 경제, 문화 등 모든 측면의 중심지이다. 서울은 중심부적인 욕망을 생산하는 도시라 할 수 있다. 이 시에는 중심부에 대한 회의와 절망을 비판적 시각으로 제시해놓았다. 최금진은 중심부에서 패배한 자들을 "소"의 존재성으로 환치해놓는다. 도시에서의 소들은 "채찍질도 없"고 "등짐을 부리는 마름도 지주도 없는데" "한 해 4천 80가구가" "도시를 떠"난다. 이것은 노동을 재촉하는 가시적인 폭력보다 더 무서운 비가시적인 폭력이 서울에 내재되어 있다는 걸 보여준다. 이것은 사람을 짐승보다 못한 실존성으로 내모는 주체로 인식되어 있다.

그런데 최금진의 문제의식은 이러한 실존성에 대한 항거의 소멸을 인식한 데에 있다. "그리운 벚꽃과 화염병"으로 은유되는 예전의 투쟁성은 지금 "우둔한 모국어로 뭔가를 항변"하는 웅얼거림으로 변해 있다. 이것은 현대인들의 사고가 자기중심적이 되면서, 실존에 대한 자각이, 사회적 공유 의식을 외면하고 있는 것이다. 그들은 "간절히 원하던 것들의 성지였던 서울"에 입성하기 위해서 또는 "기도가 돈다발이 되어 쏟아질 것 같았던 낙원"의 중심으로 가기 위해서 투쟁보다는 고시원에 숨어서 혼자만의 미래를 설계하는 양상으로 변질되어 가는 것이다.

예전에는 폭력성이 정치적인 국면에서 주로 생성되었다면 요즘의 폭력성은 욕망을 양산하는 수많은 정보들, 이미지화된 욕망의 채찍들로 인해서 생성된다. 이러한 것들을 해소하지 못하거나 견디지 못한 자들은 스스로 주변부로 밀려날 수밖에 없다. 이것이 현대인의 내면에 불안과 공포의 요소로 내재되어 있는 모습을 조연호는 천연두 앓이를 통해서 보여준다.

> 어제 핀 천연두 아래
> 소망 전체와 겨루던 낙천(樂天)은
> 어항 속 물고기에게 판결 내린 이 주요 반발자의 기분을 더 높은 수준
> 에서 비장식적이게 했다
> 꼬챙이에 꽂혀 방황이 붉어질 때
> 자기를 살린다는 생각이 없는 것
> 자기에게 공격 무기가 된다는 것
> 밤마다 만진 물건은 변분색(便糞色)에 물들고
> 눈동자는 돌고 돌아 천사의 트림을 얼굴에 뒤집어썼다
> 나는 왜 스스로에 대해 울고 있는가? 라고 묻는 아홉 살 아이의 말에

지중의 물매가 잠든다

　…(중략)…

　허공의 부재와 싸우던 고요한 미풍은 '바다로 야만이 홀로 가다'라는
구절에 크나큰 다사로움을 느꼈다

　양팔 저울이 되어 인간의 공포에 손을 물려 볼 수 있을까

　　　　　— 조연호, 「어제 핀 천연두 아래」 부분, 『세계의문학』 여름호

　조연호는 현대인의 욕망앓이를 천연두 같은 증세로 보고 있다. 천연두가 가진 바이러스의 전염성을 욕망의 전염성과 동일시한 것이다. 하지만 조연호의 시적 인식 지점에는 천연두를 앓고 난 뒤의 반성적 성찰이 있다. 조연호는 욕망앓이에서 치유된 후 "소망 전체와 겨루던" 즐거운 천국이 "자기를 살린다는 생각이 없는 것" "자기에게 공격 무기가 된다는 것"을 인식한다. 이것은 "밤마다 만진 물건은 변분색에 물"든다는 표현을 통해서 알 수 있는데 욕망이 쾌락의 배설이라는 것이다. 자본주의 사회가 만들어내는 욕망을 천사가 아니라 "천사의 트림을 얼굴에 뒤집어"쓴 배설적 존재, 소화되지 않는 욕망이 역류하는, 역한 냄새와 같은 실존성으로 보고 있는 것이다.

　조연호는 자기 정화적인 눈물을 통해, 자신 속에 내재된 "아홉 살 아이"의 순수성을 인식한다. 순수성의 인식은 지금까지 삶이 "허공"임을 깨닫고 '야만'의 소중함을 재인식하는 데로 나아간다. 일반적으로 야만에 대한 우리의 생각은 비문명화와 관련된다. 비문명화된 사회는 욕망의 구조를 단선적으로 배치한다. 단선적 구조를 가진 사회는 비가시적인 통제성도 많지 않다. 그만큼 불안의 요소가 적은 것이다. 결국 조연호가 지향하는 것은 지성과 야만의 균형성을 통해 사회를 조화롭게 하자는 것일 것이다.

욕망의 반성적 성찰을 통해 최금진과 조연호가 보여주는 것은 극단을 치닫는 현대인의 실존성에 대한 비판이자 모색의 방법론이라고 할 수 있을 것이다.

이와 같이 이번 호에서 시인들이 보여준 것은 현대인의 정신 구조와 실존적 양상 또한 진정한 삶의 방향키를 잡기 위한 반성적 지각이다. 그들은 현대인의 정신 구조가 눈에 보이지 않는 사회의 통제성과 관련되어 있다는 걸 시사한다. 통제 불가능한 앨리게이트의 형상을 만든 것은 우리 자신이다. 우리의 내면에 들어 있는 욕망의 덩어리가 스스로의 아집을 만들고 자연적인 삶을 피폐로 내몰고, 문명이라는 거대한 괴물로 바꾸어놓았던 것이다. 우리의 실존성조차 괴물로 진화시켜버린 것이다. 눈에 보이는 상대보다는 눈에 보이지 않는 상대가 두려운 거라는 걸 보여준 것이다.

텔레비전, 라디오, 휴대폰 등 온갖 매체들 속에서 이미지화되어 있는 상승의 버튼은 쉽게 잡힐 것 같지만 그렇지 않을 것이다. 환각적이고 인위적인 정체성을 지향하는 욕망은 이미지의 상승 경험만 줄 것이다. 자유가 우리의 영원한 지향성이라고 생각한다면, 욕망을 통제할 때에만 그곳에 이른다는 사실을 인식할 필요가 있다.

시공간을 배회하는 고독한 가면들

　수많은 사건들이 도래되는 문명사회에서 시인들은 왜 시공간을 배회하며 시원(始原)적인 현상에 주목하는 걸까? 퇴행을 바라보는 심리는 그동안 진화로만 치달아온 인류학적 욕망에 대한 제동이다. 생물학적인 존재성은 망각되고 인위적인 존재성만을 추구하는 정보사회에서 우리는 각자로 고립되어간다. 큐브같이 사방이 차단된 방에 갇혀 서로의 얼굴은 보지 못하고 소통을 한다. 숫자로 기호로 변환되는 말의 소통 속에서 '나는 누구인가?'에 대한 지각조차 없는 네트워크의 중독자들은 서로가 서로에게 삶의 희열을 주는 견인차 역할은 하지만 비진정성의 가면으로 서로를 대하고 있다는 점에서 많은 문제점을 가지고 있다. 인간적인 표정을 잃은 무표정한 가면의 타자들. 가면을 쓴 존재들이 만들어낸 인위적 세계 대한 시인들의 비판적 시선과 불안이 본래적 삶의 양태를 되돌아보게 하는 것이다.

　이런 심리는 지난 2013년 겨울호로 나온 잡지들에서도 볼 수 있다. 그중에서 네트워크 사회가 생성해내는 고독한 가면들, 즉 인간관계를 상실한 현대인의 불안한 실존이나 이런 실존에 제동을 거는 퇴행적 심리를 구체화한 시들은 주목해볼 만하다. 이런 시들은 비인간화되어가는 사회 속에서 우리의 실존이 바람직한 것인가를 묻는 존재론적 코드라 할 수 있다.

1. 고독한 가면들의 불안한 실존

현대사회에서 무아경(無我境, ecstasy)은 인간의 집단적인 주술이나 행위가 아니라 각종 디지털 매체들을 통해서 경험되는 사회이다. 무비판적으로 생성되고 받아들여지는 매체들이 만들어내는 집단의식은 주로 대중의 의사가 영합된 포퓰리즘(populism)의 양상으로 나타나는데, 이런 사회적 의식을 피에르 레비는 '집합적 지능(Collective Intelligence)'이라 부른다. 인터넷이나 각종 매체를 통해서 형성되는 사회적 의식은 가장 빠른 시간에 최적의 결과물에 도달할 수 있는 새로운 인간 활동 유형으로, 편재성, 지속성, 실시간 상호 조정성, 실천성이라는 특성을 지니는데, 대중의 의사 반영이라는 긍정적인 함의도 있지만 인간관계를 얼굴 없는 가면의 관계로 만들어나간다는 문제도 있다. 비가시적인 타자들과의 결합은 개인을 철저히 인간으로부터 고립시킬 뿐 아니라 자아로부터 이탈시켜 인간으로서의 실존적 가치마저 혼란스럽게 한다. 개인의 정체성에 대한 파열은 인간관계의 파열로까지 이어진다.

이런 사회적 현상은 이제 시인들이 간과할 수 없는 대상이 되었다. 개인의 주체적 자각 없이 형성되는 사회적 의식이 인간성을 상실할 수 있다는 것을 시를 통해서 보여준다.

카톡 프로필은 나의 입에서 흘러나오는 것이 아닙니다 나의 입에서 흘
러나오는 노래는 음악이 아닙니다 수천명과 접속된 나는 먹통이 된 스마
트폰 앞, 어디에도 없습니다 유통된 내 속에는 나가 없습니다

— 김철홍, 「손가락이 없습니다」 부분, 『시와세계』 겨울호

김철홍은 많은 사람과 소통을 하고, 정보를 얻는 다기능의 스마트
폰을 인간성을 상실하게 하는 주범으로 본다. 제목 "손가락이 없습
니다"는 육체 상실의 환유라는 점에서 우주적 질서에 순응하는 생물
학적 존재성, 즉 인간성 상실을 의미한다. 인간은 사회학적 동물이
기는 하지만 우주적 존재로서의 신체를 갖고 있다는 점에서 생물학
적 존재성을 결코 간과해서는 안 된다. 김철홍은 이 점에 문제의식을
갖고 있다. 시적 화자가 수많은 타자들과 소통하면서 스스로의 존재
감을 갖지 못하는 것은, 정보들을 디지털화하여 보관하는 아카이브
(archive)들, 즉 파일들을 통해서 대화를 하거나 인간관계를 만들어나
간 것이 그 원인이다. 파일들을 통해서 소통되는 의식은 개방성이나
공간적 거리를 극복한다는 점에서 마셜 맥루언의 말대로 두뇌의 확
장이라 할 수 있지만 우리의 두뇌마저 물신화로 전락시켜 본연의 존
재성이 상실될 염려가 있다. "카톡 프로필이 나의 입에서 흘러나오
는 것이 아"니라는 말과 "나의 입에서 흘러나오는 노래는 음악이 아"
니라는 말을 보듯 스마트폰을 하는 두뇌는 파일을 열면 자동으로 의
식이 접속된다. 사람의 입에서 나오는 말이나 노래가 신체의 현상학
적 의식화 작용이 아니라 파일들 속에 저장되어 있는 정보화된 언어
들이 자동으로 흘러나오는 것이기 때문에 그 주체가 인간이 아닌 기
계라 할 수 있다. 의식이 없는 인간의 몸은 물질 덩어리에 불과하다.
"카톡"이나 "스마트폰"으로 "유통"되는 "나"가 내가 아니라는 말은

시공간을 배회하는 고독한 가면들

인간적 주체가 상실되었다는 것을 의미한다. 신체의 의식화로 만들어진 사고 능력이 아닌 정보의 의사소통은 이미 두뇌가 물질화되었다는 것을 말한다.

　이러한 형상화는 김철홍이 스마트폰을 인간성을 상실시키는 주범이라고 보기 때문이다. 인간의 진정한 실존은 허상적 존재들끼리의 소통이 아니라 사람의 표정을 느끼는 과정에서 생성된다고 보는 것이다. 상대의 생각을 데이터베이스로 읽는 게 아니라 감각과 감성, 그 느낌들을 아울러서 교감해야 진정한 인간관계가 형성되고, 진정한 사회적 실존성을 획득하게 된다고 믿는다. 위선적인 내 가면의 습관성은 상대에게만 정보화되는 게 아니라 내게도 정보화되어 내가 인간이라는 것을 망각하게 한다.

　이러한 인간에 대한 망각은 인간에 대한 무관심과 불안으로 이어진다. 그것을 극명하게 보여주는 것이 아래 시들이다.

　　　승객들의 얼굴은 창밖을 향한다
　　　텅 빈 눈으로 빈 접시를 핥아대는 고양이처럼
　　　우리들은 모두 말이 없다

　　　…(중략)…

　　　등과 등이 맞닿으면 화들짝 놀란다
　　　등줄기로 흘러내린 땀이 바지춤에 고인다

　　　등과 등 사이에 사람이 있다
　　　서로의 등 뒤에 눈이 내려도 돌아볼 것 같지 않는 사람들
　　　당신 뒤에 서 있다고 해서 모두 적은 아닙니다

　　　　　　　— 신철규, 「등과 등 사이」 부분, 『문학동네』 겨울호

낮에는 복음을 전하러 왔던 사람들을 돌려보냈다
속옷만 걸친 왜소한 몸을 보고 그들은 흠칫 놀랐다
아무도 없어요?
그들은 열린 문틈으로 내 뒤를 곁눈질하고 나는 그들 뒤에 숨어야
한다
네 아무도 없어요.
뒷걸음치다 벽에 부딪힌 짐승처럼 그들의 눈빛이 떨렸다

— 신철규, 「생각의 위로」 부분, 『문학동네』 겨울호

　　인용 시들을 보면 우리 사회에서 타자들은 무관심의 대상이거나 공포의 대상으로 구체화되어 있다. 매체들로 인한 관계 맺기가 인간에 대한 무관심을 넘어 공포로까지 증폭되어 있다. 인간에 대한 무관심과 공포는 근본적으로 인간을 신뢰하지 않는 데서 온다. 이것의 원인은 각종 매체들 속에서 정체성을 보이지 않는 상대들에 대한 불신 때문이다. 인간에게 공포가 가장 극대화될 때가 대상의 정체를 모를 때이다. 비가시적인 타자들과 더 많은 소통을 하는 사회에서 한 번쯤 그 피해를 본 사람들(우리들은 뉴스를 통해 늘 간접적으로 경험한다)이라면 2차적인 공포를 경험한다. 지그문트 바우만은 이를 '파생적 공포'라고 하는데, 그런 공포는 실제 위협이 있든 없든 간에 인간의 행동을 제약한다. 그것은 마음을 구획하는 프레임으로서 자신이 위험에 빠질지도 모른다고 느끼는 감각이다.

　　신철규의 시적 화자 또한 낯선 사람들과는 일정한 거리가 유지될 때 편안함을 느낀다. 오히려 타자의 존재가 "등과 등이 맞닿"는 것과 같이 감각적으로 지각될 때는 "화들짝 놀"라는 불안한 심리를 드러낸다. 이러한 불안은 시적 화자가 말했듯이 부대끼지 않으면 "서로의 등 뒤에 눈이 내려도 돌아볼 것 같지 않는 사람들"이 만든 것이다.

시공간을 배회하는 고독한 가면들

이것은 그만큼 몸으로 대화를 하는 인간의 관계 맺기가 서툴다는 말이다. 우리들의 의식이 이미 인간이 주체가 아니라 기계가 주체가 되어 통제되고 있다는 사실을 극명하게 보여주는 것이다.

이러한 타자들에 대한 무관심이 나아가 공포의 대상으로까지 변주된 것이 신철규의 또 다른 시이다. 시에서 화자는 "복음을 전하러 왔던 사람들을" 극도로 경계한다. 내가 알지 못하는 낯선 사람들이 언제든지 나를 위협할 수 있는 존재로 인식되어 있다. 내가 나를 가두고 있는 고립된 문은 그래서 타인들을 향해서는 쉽게 열리지 않는다. 온라인에서는 그렇게 쉽게 소통되는 인간관계가 오프라인에서는 쉽게 소통되지 않는다. 이제는 인간의 입에서 나오는 말보다는 정보화된 말에 더 익숙하다. 시적 상황에서 두 존재들은 서로의 존재를 감지하면서도 '누구 있어요?'가 아니라 "아무도 없어요?"라는 말로 묻고 "네 아무도 없어요."라는 말로 대답을 한다. 이러한 시적 언술은 내면에 사람에 대한 신뢰가 없기 때문일 것이다. 인간에 대한 불신이 본능적으로 스스로를 보호하려는 자기방어의 심리로 표출된 것이다. 나는 "그들 뒤에 숨"고 복음을 전하러 온 사람들은 "뒷걸음치다 벽에 부딪힌 짐승처럼" 떨고 있는 두 존재의 형상은 인간에 대한 불신이 얼마나 깊은가를 보여준다.

2. 진화와 퇴행을 거듭하는 인류학적 욕망

인간의 장점은 사회적 문제를 끝없이 만들면서도 그 문제들로부터 벗어나려는 일탈의 욕망을 가지고 있다는 데에 있다. 이 일탈의 욕망이 사회를 균형 잡으면서 인간의 역사를 현재까지 끌고 왔다고 할 수 있다. 진보적으로 승승장구할 때보다 패배할 때 과거나 생물학적 존재성이 지각되거나 환기되어, 시공간을 배회하는 등의 행위로 이어진다. 좀 더 나은 실존성을 획득하려는 인간의 욕망은 사회제도와 문화를 만들고 역사를 구축하면서 그 모든 것을 상징 체계로 만들어왔다. 인간의 일상은 관습을 만들고 그것이 세대 전승되면서 그 행위들은 상징적인 의미로 남았다. 상징들은 이제 역사와 문화, 종교적인 의례 등과 같은 정신적인 표상으로만 남은 게 아니라 보편적인 일상이나 의식마저 기호로 전화되는 지경에 이르렀다. 상징화의 궁극적인 지점이 정보화된 파일들이라고 한다면 현실을 일탈하려는 유목적 속성과 퇴행적 심리는 진화로 나아갈수록 원형성이 보존되지 않는 생물학적 존재성에 대한 염려이다. 인간 존재와 실존성 문제를 균형 잡기 위한 것이라 할 수 있다.

이런 맥락에서 박춘석과 박성준의 시는 인간에게 내재되어 있는 유목적 속성과 진화적 욕망을 구체화한 것이라 할 수 있다.

> 나는 사람의 유전자를 가진 시간, 차이코프스키로 태어납니다. 시간을 사는 나는 공기 속에 기록되는 투명한 무엇입니다. 나는 누구이며 누구도 아닙니다. 어디에서도 살고 어디에서도 살지 않습니다.
> …(중략)…
> 시간을 사는 차이코프스키는 안주할 집이 없습니다. 차이코프스키는 유명한 무엇입니다. 나는 누구이며 누구도 아닙니다. 어디에서도 살고 어디에서도 살지 아닙니다. 유목민입니다. 그는 바람의 운명을 가진 자입니다. 그는 쫓깁니다. 끝없이 어디론가 가야합니다.
>
> ― 박춘석, 「시간을 사는 사람」 부분, 『작가와사회』 겨울호

감염된 사람들은 결정을 서둘렀다. 왼쪽으로 울렁거리는 혀와 오른쪽

으로 기울어진 입술에서 뜻하지 않게 뜻이 흘러 나왔다 이것이 당신의
뜻입니까 당신의 의지입니까 누군가 질문을 했지만 질문은 묵살되었고
곧이어 노래가 시작되었다. 찬양할 신이 없었고 허락된 예감이 없었다
　…(중략)…
　말이, 말이 없는 자살을 시작하자 아무도 누가 죽은 것에 대해 말하려
고 하지 않았다 뜻을 보지 않으려고 일제히 눈을 감았고 이제 뜻이 없는
곳에서 길이 보이기 시작했다 주저 없이 우리는 그곳을 꿈이나 혁명 따
위로 바꿔 부르며 감염 속에서 달려나갔다 변종이었고 변화였고 다시 또
감염이었다

— 박성준, 「내일」 부분, 『애지』 겨울호

　박춘석은 인간이 가진 유목적 속성을 운명으로 본다. 그는 인간은
공간을 사는 존재가 아니라 "시간을 사는 사람"으로 규정한다. "사람
의 유전자"와 시간의 속성을 동일시하고 있다. 인간에게 시간은 인
식의 상태에 따라 달라지는데, 박춘석에게 시간은 기호로 변환하는
기계적 시간이 아니라 과거와 현재가 연결되어 있는 영속적인 시간
이다. 시간을 영속적 의미로 보는 인식은 현재의 내 존재가 과거와
미래의 연결선상에 있다고 보는 것이다. 내 존재가 현재에서만 실존
하는 것이 아닌 과거 혹은 미래로 가는 한 순간에 불과하다고 본다.
그렇기 때문에 박춘석의 시적 화자는 현실에 존재하면서도 부재하는
실존성을 갖고 있다. 현실에 살면서 늘 다른 세계를 꿈꾸는 인간의
유목적 속성을 시간 의식을 통해서 드러낸다. G. J. 휘트로는 이러한
영속성의 시간 의식이 과거의 경험이나 미래의 기대치가 현재적 욕
망과 연결될 때 나타난다고 한다. 이것은 기대 감각이 기억 의식보다
앞서서 발달하기 때문인데, 박춘석과 같이 현실에서의 존재감을 찾
지 못하는 사람은 과거나 미래와 같은 또 다른 세계에 대한 기대감을

가지게 된다. 박춘석은 그 스스로도 "나는 누구이며 누구도 아"니며 "나는 어디에서도 살고 어디에서도 살"고 있지 않는 존재이기 때문에 늘 어디론가 가야 할 운명을 지난 사람으로 인식한다. 때문에 "차이코프스키"는 나일 수도 있고, 너일 수도 있는, 유목적 속성을 가진 인류의 표상이다. 시공간을 자유롭게 상상하는 생각하는 동물로서 어디론가로 나아가려는 그 욕망은 결국 현실을 부정하는 심리이다.

현실 부정의 심리가 일탈과 진화 욕망을 만든다는 것을 박성준의 시를 보면 알 수 있다. 우리가 생각하는 내일이란 것이 어떻게 만들어지는지를 보여준다. 시에서 "감염"은 사회문제로 인해 피해를 본 구성원의 병든 사회적 자아를 알레고리한 것이다. 좀 더 구체적으로 말하자면 현 세계에 적응하지 못하는 존재의 사회적 실존성이다. 사회 구성원의 자아를 위협할 만큼의 세계는 "혀"로 환유되어 있는 분분한 의견을 생성하고, 그 말들로 인해 사회는 더욱 혼란 속으로 빠져 들어간다. 하지만 문제는 해결되지 않고 "말이 없는 자살", 즉 현실에 대한 저항의 목소리조차 낼 수 없는 지경에 이르면 인간은 "뜻이 없는" 막다른 곳에서 길을 보게 되는데, 그것이 현실 문제를 해결해줄 "꿈이나 혁명 따위로 바꿔 부르며" 찾는 새로운 세계이다. "변종", 즉 다른 실존성을 줄 수 있는 세계를 지향하며 어디론가 나아가는 것이다. 하지만 이 세계 또한 시간이 지나면 변화되어 "감염"이 된다. 때문에 인간이 만드는 "내일"은 늘 절망적일 수밖에 없고 또다시 무언가를 찾아가야 하는 유목적인 존재, 이 속성을 통해 진화할 수밖에 없는 존재라는 것을 확인시켜주고 있다.

이것은 어떤 면에서 사회학적 존재로서의 인간이 만들어내는 필연적인 구조이다. 문제 해결과 진화를 추구하는 인간의 욕망이 진보된 사회를 만들고, 그 사회 또한 시간이 지나면 문제가 생기는 이런 순환 구조는 인간에 본성에서 비롯된 것이면서 유목적 속성이라는 또 다른 본성을 만들어나간다. 하지만 이런 진화적 욕망도 때로는 지친다. 그것은 앞서 말했듯이 진화적 욕망이 상징 체계로 발전된다는 말은 곧 로고스적인 사고가 중심이 된다는 말이다. 그런 점에서 인간은 때때로 자신을 솔직히 드러낼 수 있는 파토스적인 분출을 필요로 한다. 자신이 몸담고 있는 세계가 인위적으로 변해갈수록 앞으로 나아가기 위한 감정적 출구가 필요하다. 이것이 디오니소스 같은 축제나 태초의 숭고성을 환기하는 퇴행적 심리이다.

이러한 심리를 드러낸 것이 박성현의 시라고 할 수 있는데, 인위적이고 상징화된 세계에 대한 비판을 본능적이고 원시적인 존재성의 환기로 구체화한다.

당신/들에게도 일말의 책임이 있다.
하지만 당신/들은 어떤 단서를 포착한 듯
다른 테이블을 꼼꼼히 살펴본다
누가 벌레를 던진 거야!
(물론 이 말은 깔끔하게 자막 처리된다)

…(중략)…

─여자1: 섹스가 힐링이지. 힐링. 힐링. 힐링.
─여자4: 나랑 잘래?(일제히, 웃음)

의자가 있고
당신/들의 허리는 의자에 완벽히 노출된다.
벌레는 빠져죽는 연기에 집중하고 있다.
술집주인은 바쁘게 눈을 돌리며,

필요한 말만 골라 듣는다. 넥타이만큼

익숙한 결핍과 수치는 이 술집에 울리는
적당한 모조-감정. 당신/들은 일어서야 한다고
결심하지만, 주문한 안주를 들고 누군가 서둘러 오고 있다.
불투명하고 또 도마뱀을 닮았다.

　　　　　— 박성현, 「이봐, 누가 벌레를 던졌나」 부분, 『시와사상』 겨울호

　시에서 이성적이고 과학적인 사고 능력에 길든 현 세계에 대한 자
각은 어디선가에서 던져진 "벌레"를 통해서 환기된다. 여기서 "벌레"
는 지적 능력이 없는 하등동물에 속한다는 점에서 "적당한 모조-감
정"에 길들어 있는 현 세계에 대응하는 상징적 존재이다. 현 세계에
서 야생은 진정성의 문제로 인식되는 게 아니라 진화하지 못한 하등
의 존재로 인식되기 때문에 혼자서만 읽어야 하는 "자막 처리"와 동
일시된다. 하지만 우주의 나이는 자연적 세계와 문명적 세계가 교체
되어가면서 그 명맥을 유지해왔다는 것을 알 필요가 있다. 인간 또한
근원적으로 생물학적 존재라는 점에서 문명화되어가는 존재성에 제
동을 걸 수밖에 없다. 때문에 하등동물인 벌레는 의식화된 존재만을
추구하는 세계에 경종을 울리는 생물학적 존재성의 환기이다.
　이러한 것의 변주가 "섹스가 힐링"으로 통용되는 시적 화자들의 대
화이다. 섹스는 인간 존재성과 생명을 탄생시키는 근원적인 행위이
다. 인간 존재성의 근원이라는 점에서 신성시되어야 할 이것이 로고
스의 사회일수록 은밀하게 감춰져 있다. 때문에 섹스라는 말을 언급
하는 것은 그 자체로 사회의 금기를 위반하는 것으로, 그 세계가 무
너지기를 바라는 아노미적 욕망이다. 하지만 본능적인 것으로의 귀

환은 절망적인 세계에 흥을 돋우는 역할을 한다. 쾌락주의가 사회 전체에 모세혈관처럼 퍼지면 새로운 생명성을 얻게 되는데 그 힘이 다양한 제도와 문화 속으로 스며들어 사회를 지탱하게 한다. 그런 점에서 야만적인 것은 문명화에 대한 대립이 아니라 문명화된 것을 풍요롭게 하는 요소들 중 하나이기도 하다. 때문에 야만적인 것의 힐링은 '모랄린(moraline)', 즉 허위 도덕으로 가득 찬 위선적인 세계를 바로 잡고자 하는 쾌락주의, 흥이다.

이상과 같이 시인들은 인위적인 세계에 대한 불안을 고독한 타자들의 형상이나 인간이 가진 본성의 심리를 통해서 보여주고 있다. 두 유형의 의식은 극명한 양상을 구체화한 것처럼 보이지만 그 근원은 정보화된 사회로 인해 상실된 인간성으로부터 비롯되었으며, 존재론적인 회복을 부르짖는다는 공통점이 있다. 시인들은 사회에 대한 실존적 진리를 진단하고 치유하고 있을 뿐 아니라 앞으로의 실존적 문제를 우리가 어떻게 해야 할지 전망까지 제시하고 있다. 인류가 어느 좌표에 서 있는지, 우리가 기계음과 기호로만 소통을 하는 연극적인 세계, 테크노피아로 너무 진화해버렸다는 것을 알려준다. 요약건대 현 존재의 좌표가 너무 사회학적으로 기울어 좌초의 위기에 와 있는 것이다. 생물학적 존재성이 점차 사라져가는 이 시점에서 시인들은, 가면을 벗고, 인간을 찾아, 인간과 소통을 하고, 인간과 몸을 부대끼면서 새로운 실존성을 찾아가야 할 때라는 것을 재촉하고 있다.

말의 심리적 분장과 몸의 정직성

　인간에게 말의 허위성이 왜 필요할까? 욕망은 수도 없이 생성되지만 그것을 이룰 수 있는 현실은 늘 저 너머에 있다. 끊이지 않고 생성되는 욕망의 좌절과 허무를 극복하기 위해서 인간은 자기 위안이 필요하다. 라캉은 이러한 자기 위안을 위해서 인간이 자기 징벌의 봉인이나 변태로 위장한 말의 허위성을 즐긴다고 한다. 그것이 농담이든 유머든, 거짓말이든 간에 말의 허위성 속에는 삶에 대한 불안이 깔려 있다. 때문에 말은 허위성은 현실에서 결핍된 욕망을 대체하는 심리적인 분장술이다. 그렇게 본다면 이 세상에 존재하고 있는 언어의 변형체들, 즉 수많은 역사와 문화, 지식의 기록들은 우리 삶의 허무를 정당화하기 위한 심리적 분장술이 아닐까? 생물학적 존재성만으로 만족할 수 없는, 생각하는 존재로서의 인간이 만든 허상들이다. 이런 말과는 달리 인간의 몸은 아무리 사회학적 의미로 확산이 된다고 하더라도 죽음이라는 유한성 때문인지 소멸이라는 사유방식과 연관되어 있다.

　2014년 봄호에 실린 시들 중에서 유독 눈에 띄는 것은 말의 허위성과 소멸하는 몸에 대한 존재의 사유 방식이었다. 언어가 갖는 진정성을 통해 삶의 국면이나 존재 방식을 보여주는 대다수의 시인들과는 달리 몇몇 시인들은 농담이나 유머, 거짓말 같이, 말이 갖는 허위성이나 기만성 혹은 정화하는 기능들을 통해 삶의 국면들을 보여준다. 혹은 몸의 현상학적 정직성을 통해 우리 존재의 현 위치와 미래가 어떤 건지를 보여준다.

아래 이돈형과 김정인, 한명원의 시는 말이 갖는 심리적 분장술을 이용해 삶의 국면들을 보여주는 시들이다.

> 증오에 싫증난 사람에게서는 불냄새가 난다
> 삭제된 사랑을 피우면 허사
> 가능한, 해몽의 눈높이에 맞춰 새로 배운 낙담을 산화시켜라
> 돌고 돌아오는 정적(政敵)이 사라진 불의 발화점
>
> 한낮은 야생의 신음소리를 죽죽 찢어
> 눈은 늪의 껍질 위로 푹푹 쌓여 길을 지워버렸다
> 빛 말고는 아무것도 뵈는 게 없으므로
> 그곳에 불이 벌겋게 번져 오른다
>
> 불의 길은 불길하여 조명 아래서 봉인을 풀고 해제된다
> 내일이 없는 오늘의 메인 메뉴
> 시차 적응을 끝낸 꼬리가 꼬리를 물고 있다
> 불타는
> 불타고 있는 옆구리를 빠져나온 진화의 증상들
> 허물을 벗어야 허물이 생기는 미래의 한낮들
> 끝이 없는 농담의 실세들
> 다 탄 것들의 입속에서 혼이 나간 웃음이 발기한다
>
> — 이돈형, 「농담들」 부분, 『시인동네』 봄호

일반적으로 농담이나 유머가 갖는 희극적 속성은 삶의 존재 방식에 접근하거나 본질을 성찰하는 한 방식이다. 이돈형은 시적 자아의 현실적 고통을 농담이란 말로 일축하고 있는데, 이는 시적 자아가 가진 현실적 고통을 희화화(戲畵化)하는 방식으로 현실의 고통을 타인들에게 더 부각시키는 방법이다. 싫증 낼 만큼 증오를 겪은 시적 자아의 분노를, 그런 고통스러운 현실을 어찌 농담으로 일축할 수가 있을까? 시인은 이를 "농담들"이라는 말로 치환하고 있지만 시적 자아가 겪고 있는 현실의 무게는 결코 가볍지가 않다. 시에서 시적 자아는 현실의 고통으로 인해 스스로를 태울 만큼 감정을 통제하지 못하는 상황에 와 있다. 이돈형은 인간이 감정을 통제하지 못하는 상황일수록 생물학적 존재성이 가진 본성을 더 잘 드러낸다는 것을 보여주는데 그것이, "해몽의 눈높이에 맞춰 새로 배운 낙담"이 "야생의 신음소리"를 낸다는 표현이다. 이것을 프로이트식으로 말하면 마음을 생물-에너지학(bio-energetic)으로 나타낸 것으로, 현실에 대한 부정 의식이 본능적 심리적 표출, 즉 신음으로 나타난 것이다. 그런 점에서 시적 화자의 말을 짐승의 수준으로까지 끌어내린 이 표현은 농담이란 제목과 대척점을 이루면서 현실의 고통을 극대화시킨다. "야생의 신음소리"는 증오를 주는 대상으로부터 살아남으려는 본능적 생존의 방식이자 가장 처절한 존재의 인식 순간인 것이다. 때문에 이럴 때 발기되는 "혼이 나간 웃음"은 스스로를 부정 속에서 구해내려는 심리적인 위장술이다. 진화된 말인 농담과는 다르게 시적 존재를 본능적 상태로 보여주어 현실적 고통을 더 잘 부각시키는 시적 장치이다.

때문에 이 시에서 "농담들"이란 말은 시적 진술들이 가진 의미를 부정에서 긍정으로 모두 바꾸어버린다. 이러한 심리적 변장술로 이

333

말의 심리적 보상과 몸의 정직성

돈형이 노리는 것은 시적 자아의 증오로부터의 자유이다. 이런 의도 속에는 고통스러운 현실로부터 자유로워지려고 하는 것도 내포되어 있지만 증오의 관계를 회복하려는 의지도 내포되어 있다. 이돈형은 증오를 주는 사회와의 단절을 원하는 것이 아니라 증오를 견뎌서 사회와의 관계를 계속 유지하기를 원하는 것이다. 그럼에도 불구하고 이 시에서는 제3자의 쾌락 자극(Lusterregung)을 목표로 하는 농담이 가진 의도와는 달리 시적 자아의 고통스러운 존재 방식을 더 부각한다. 부정의 부정을 통해 고통스러운 존재의 국면을 시를 읽는 독자들에게 보여준다.

이러한 심리적 분장술은 고통스러운 상황을 유희적(spielend)으로 바꾸어서 그 상황을 가볍게 하려는 말의 허위성을 통해서도 나타난다.

아버지가 죽자 어머니에게 치매가 왔다
엄마 때리는 아버지였는데
반나절씩 사라지던 엄마
'네 아버지가 왔어야, 둘이 동네구경하다 왔어'
좋은 추억만 남았다면
기억 지워져도 나쁘진 않겠다
모친 요양시설에 맡긴 죄의식과 두려운 가족사를
여덟 컷 만화로 고통을 순화시킨다는 오카노
힘든 일, 화나는 일 누그러뜨려서 끝내는데
그저 유머처럼 위로하고 위로받을 뿐,
슬픔은 그대로야 주술이 필요해

…(중략)…

긴장이 한순간에 풀려버리면
바닥까지 소진한 기력, 들어 올리지 못하면
허공을 파서 파인 허공에 기억을 묻고 싶은 것이다
유머는 고통을 순화시키는 것이 아니라
허공을 메우는 근성이다

— 김정인, 「유머처럼 달콤하지 않다」 부분, 『시와사람』 봄호

　김정인의 시에서 삶의 비극을 희극으로 치환하는 말의 허위성은 치매에 걸린 어머니의 역설적 말을 통해서 나타난다. 아버지가 어머니를 때렸던 생전의 현실이 치매에 걸린 어머니의 의식 속에서는 역전(逆轉)이 된다. 이것은 아버지에 대한 사랑의 결핍과 끔직한 분리를 경험한 뒤에 나타나는 심리적인 변증법적 현상으로 고통스러운 기억에서 벗어나기 위한 어머니만의 문제 해결 방안이다. 욕망하는 아버지에 대한 스트레스와 심리적 억압이 무의식 속에서 해방되는 '출구', 즉 거짓된 페르소나를 만들고 있는 것이다. 어머니는 자신을 때리던 "아버지"와의 시간에서 진실을 허위로 재구성을 하고 있는데, 그것이 "'네 아버지가 왔어야, 둘이 동네구경하다 왔어'" 하는 말의 허위성이다. 심리적으로 볼 때 어머니의 이러한 말은 현실에서 고통을 받고 슬펐던 감정을 역설적으로 분출하는 것이다. 억압당한 현실을 보상하는 대가로 자신을 무의식적으로 속이는 자기기만의 행동이다. 어머니에게는 현실의 부정을 긍정으로 바꾸는 무의식적인 유머이지만 이를 보는 시적 화자나 독자의 마음은 즐겁거나 웃음이라는 반사 행동을 갖지 못한다. 어머니가 하는 말의 허위성은 자신에게는 위로가 되지만 시를 읽는 독자에게 오히려 현실의 고통을 더 강하게 전달해주는 장치로 작용한다. 어머니의 무의식적 "유머는 고통을 순화시키는 것이

아니라/허공을 메우는 근성"인 것이다. 어머니의 말은 아버지에 대한 고통의 기억을 행복한 기억으로 위장하는 거짓 수단인 것이다.

이렇게 이돈형과 김정인의 시에서 보여주는 말의 허위성은 고통스러운 삶을 견디기 위한 심리적 방어기제이자 존재 방식의 한 일면을 보여주는 시적 장치이다. 그런데 같은 말의 허위성이라고 하더라도 거짓말은 조금 다른 성격을 가지고 있다. 거짓말은 철저하게 자신과 타인을 기만하는 것인 동시에 스스로를 정당화하기 위한 한 방편이다. 때문에 거짓말은 그것이 허위라는 것을 알고 대하는 농담이나 유머와는 달리 그것이 비진정성의 의미라는 것을 알아채지 못한다. 교묘하게 진리를 모사(模寫)하고 있는 표정을 가지고 있다는 것이 특징이다.

한명원의 시는 거짓말을 통해 진리를 모사하는 심리적 과정을 보여준다.

제4부 문명과 불화의 표정들

체에 걸린 강력분 500그램과 시치미를 뚝 뗀 표정 5그램을 넣는다. 계량컵에 열변을 반 컵 넣어서 믹싱 볼에 물을 조금씩 흘려가며 섞어준다. 팔다리를 자유자재로 꺾을 수 있는 관절 인형과 베이킹파우더 30그램 넣어서 손반죽을 시작한다. 이때 주의할 점은 너무 차갑거나 뜨겁지 않는 감정을 유지하는 것이다. 반죽이 말랑말랑해져야 발효가 잘된다.
…(중략)…
랩을 넣은 마른 말들이 잘 부풀어 올랐으면 알맞게 자른 뒤 얇게 밀어서 달콤한 말과 씁쓸한 계피가루. 검은 진실을 넣은 후 만두를 만드는 것처럼 잘 오무려 붙인다. 거짓말을 굽는 데는 틀이 없다. 모양도 제각각이다. 자신이 들어있는 것을 숨기기 위해서이다. 최대한 높은 온도에서 최단기간에 구워내는 것이 좋다. 너무 오래 구우면 딱딱해져서 쓸모가 없어진다.
…(중략)…

오븐에서 금방 꺼낸 빵에서 김이 묘략묘략 난다. 많이 부푼 빵일수록
안은 텅 비었다.

— 한명원, 「거짓말」 부분, 『시에』 봄호

　한명원의 시를 보면 거짓말에도 논리가 있고 철학이 있다는 것이
느껴진다. 한명원은 거짓말을 만들어나가는 심리적 당위성과 그 효
과를 빵 만들기에 비유해서 진술하고 있는데, 거짓말 또한 현실을 견
디려는 일종의 심리적 생존 방식(하병학, 「거짓말의 현상학」)인 것은
사실이다. 하지만 거짓말은 기본적으로 진리와 함께 동전의 양면과
같은 관계를 구성하고 있다. 그것이 사건이든 말이든 간에 거짓말 뒤
에는 진실이 있다. 때문에 거짓말은 상대에게 자신이 하는 말이 거짓
말이라는 것을 눈치채지 못하게 해야 한다. 한명원은 "거짓말을 굽는
데는 틀이 없다"고 서술하고 있는데, 이는 거짓말은 진리인 것처럼
포장되어야 한다는 의미이다. 보부아르의 말처럼 진리보다 진리 같
은 거짓이 많은 세상에서 진실로 위장하기 위해서는 상대의 구미(口
味)에 맞는 말로 위장해야 한다. 이러한 위장 과정을 한명원은 밀가
루에 갖가지 재료들을 넣어 반죽을 하고, 빵을 굽는 온도에 따라 거
짓말이 어떻게 발효되고 숙성되어 거짓 진리로 탄생하는가를 보여준
다. 발효가 잘 되고, 잘 구워진 거짓말일수록 속이 텅 빈 허위이지만
상대는 그것을 달콤한 빵이라 믿는 것이다. 그렇더라도 거짓말이 나
와 상대의 사회적 관계를 유지하기 수단이라는 점을 감안한다면 상
대로부터 소외되지 않으려는 심리이다. 때문에 말의 허위성이 오히
려 나와 타인의 관계를 이어주는 요소가 되기도 한다. 자신과 타인을
속이면서까지 관계를 유지하고자 하는 심리적 분장술이다.
　이러한 말의 허위성과는 달리 우리 몸은 참으로 정직한 존재 방식

을 보여준다. 이해웅과 조혜은은 순환적 과정이 갖는 몸의 정직성을
통해 존재 방식의 한 측면을 보여준다.

머잖아 그는 처음으로 나왔던 구멍 속으로
빨려들 듯 사라질 것이다
유명(幽明)이 말하듯

그가 앉은 벤치 앞엔 가을볕이 한마당인데
그의 옆구리에서 닭들이 쏟아져 나온다
수백 마리는 족히 되겠다
평생 먹은 닭이다

…(중략)…

생이 시도 때도 없이 닥치는 대로
먹고 받아들인 것들
오늘은 뙤약볕 아래 하나하나
자유의 몸이 되어 풀려나고 있다

— 이해웅, 「가벼워지는 노인」 부분, 『시와사상』 봄호

소멸의 형태는 가학적이었다. 사랑은 시간이 지나자 세월을 닮아 무거
워졌다. 나날이 가벼워지는 건 짐승의 몸이었다. 하루는 머리카락이 병
(病)처럼 쏟아졌다. 별이었다. 변이었다. …(중략)… 질병에 젖은 기관들,
벌어진 관절 사이에 염증이 들어앉았다. 모든 생명이 거쳐갔던 몸은 하
염없이 외면당했다. 하루는 일몰. 하루는 네 발 달린 짐승. 하루는 하루
의 인내와 하루만큼의 희생. 염원처럼 짐승처럼 늙어갔다
    내가 긁어낸 벽지가 손톱 사이에서 별이 되어 지고 있었다

— 조혜은, 「짐승—아내」 부분, 『작가와사회』 봄호

이해웅은 육체적이든 정신적이든 간에 인간의 삶은 무언가를 끊임없이 채우는 것으로 점철되어 있다고 본다. 하지만 유한한 존재의 한계 앞에서 인간은 모든 것을 버려야 진정으로 자유를 쟁취할 수 있다. 이해웅은 그동안 인간이 너무 많은 것을 가지려 했다는 것을 "가을볕이 한마당인" 벤치에 앉아 있는 노인의 "옆구리에서 닭들이 쏟아져 나"오는 것으로 형상화한다. 따스한 가을볕 속에서 쏟아져 나오는 수백 마리의 닭들은 시적 자아의 내면에 웅크리고 있는 실현하지 못한 욕망들이다. 벤치에 앉은 노인의 옆구리에서 쏟아져 나오는 닭들은 그동안 과분하게 몸 안에 채웠던 욕망의 분신들이다. 인간의 욕망이란 것은 정신적·물질적 결핍을 채우기 위한 수단이라는 점에서 결코 삶을 승화시키는 요소는 아니다. 때문에 욕망의 실체는 새이면서도 날지 못하는 닭들과 같다고 할 수 있다. 이런 욕망의 무게를 내려놓을 때 인간은 진정으로 자유로울 수 있다고 이해웅은 본다. 허무한 삶을 허무하다고 말하지 않고, 닭들이 쏟아져 나오는 이미지로 보여주는 이런 방식은 시를 읽는 독자로 하여금 내게 웅크리고 있는 것이 무엇인가를 생각하게 해준다. 결국 이것은 우리의 생이 아무리 많은 것을 욕망해도 결국에는 "처음에 나왔던 구멍"으로 돌아가는 제로 게임이라는 것을 보여준다. 생물학적 몸은 결국 원점으로 돌아갈 수밖에 없다는 것을 보여준다.

이런 생의 제로 게임은 조혜은의 시에서도 볼 수 있다. 조혜은은 생의 제로 게임을 존재의 순환성을 통해서 보여주고 있는데, 그의 시에서 몸은 "가학적"이라 할 만큼 처참하게 서술되어 있다. 조혜은은 병들고 늙어가는 아내의 존재를 "가벼워지는" "짐승의 몸"이라 표현한다. 이런 인식은 건강한 몸의 상실을 사회학적 존재성의 상실로 보는 사유에서 비롯된다. 인간은 사회화의 과정을 통해서 사회학적 존재로 살아가게 된다. 늑대소년처럼 사회화가 되지 않은 인간은 짐승으로 남게 된다. 그러기 때문에 조혜은은 몸이 건강성을 상실하면 그것이 정신적 피폐로 이어져서 생각하는 존재가 아닌 짐승으로 돌아간다고 본다. 인간 생의 본질이 생물학적 존재 → 사회학적 존재 → 생물학적 존재로의 순환으로 보는 것이다. 그렇기 때문에 그는 세월에 병들어가는 아내의 몸을 "짐승의 몸"으로 비유한 것이다. 몸의 건강성 상실은 곧 정신의 피폐, 결국 인간이란 몸이 소멸되면 정신도 소멸된다는 것을 그로테스크하게 보여준 것이다.

그럼에도 불구하고 노화로 인한 자연스러운 몸의 소멸은 행복한 일이다. 안효희의 시는 원래부터 몸의 감각이 생성되지 않은 사람의 존재 방식이 평범한 사람들과 어떻게 다른가를 보여준다.

> 선천성 시각장애인
> 그의 꿈속엔 장면이 없다
> …
> 주먹을 쥔 의자가 쾅! 문을 닫고 나갈 때
> 꽃이 없는 입, 혀를 감추고 노래 부른다
> …
> 꿈은 소리로 쌓아올린 성벽, 검은 발바닥에 해가 뜨고 해가 질 때
> 휘어진 바람처럼 공중에 부딪힌다
>
> 3
> 아니야! 그곳이 아니야! 덜컹거리는 문, 덜컹거리는 얼굴
> …
> 수 만 갈래 얇은 전선을 따라 찢어진 아침이 평행이동 중이다
>
> — 안효희, 「모노톤」 부분, 『미네르바』 봄호

안효희의 시에서 존재는 선천적인 시각장애인으로 원래부터 몸의 일부가 소멸되어 있다. 제 기능을 하지 못하는 몸은 단순히 몸의 소멸만을 지칭하는 게 아니라 존재 방식의 다름으로 이어진다. 안효희는 건강하지 못한 몸은 다른 질서를 창출하는 몸의 현상학이라는 것을 보여준다. 때문에 시에서 시적 존재는 성인이 되어서도 완전한 사회적 존재로 거듭날 수가 없다. 정신이나 이성보다는 몸의 본능적 감각에 더 많이 의지해야 하는 몸의 구조는 시적 존재의 생마저 동물적인 존재성에 더 근접하게 한다. 평범한 사람과는 다른 세계의 질서 속에 살 수밖에 없는 상황을 안효희는 꿈으로 구체화하고 있는데, "선천성 시각장애인"의 "꿈속엔 장면이 없다"는 말이 그것이다. 시각장애인은 소리로 꿈을 꾼다. 이것은 처음부터 몸에 없었던 감각은 삶의 양상을 만들어내지 못한다는 것을 보여준 것이다. 시각장애인은 한 번도 세상을 이미지로 지각하지 않았기 때문에 장면의 질서로 세계를 인식하는 의식이 생기지 않은 것이다. 감각의 부재가 의식의 부재로 이어진 것이다. 시각을 제외한 청각과 촉각 등 다른 감각들이 발달되어 있기는 하지만 부분적인 몸의 건강성 상실은 존재가 사회화되는 길을 막는 것만은 사실이다. 달리 보면 소리와 촉각만으로 지각되는 세상을 또 하나의 진리로 인정할 수도 있다. 하지만 그들만의 세계에 살지 않는 이상 그들은 미완(未完)의 존재성을 가질 수밖에 없다.

이렇게 말의 허위성은 결핍된 현실을 채워주거나 정화하는 심리적 분장술이며, 몸은 세계를 인식하는 우리의 존재 방식과 관련이 있다는 것을 알 수 있다. 시인들이 소재화한 말의 허위성과 소멸하는 몸의 존재 방식은 우리 생의 본질이 어떤 양상인가를 생각하게 한다. 허망한 현실을 채우려는 심리와 어쩔 수 없이 소멸되어가는 몸. 정신과 육체를 대변하는 이 둘은 한쪽은 비우고 한쪽은 채워나가는 양상으로 삶을 균형 잡는 게 아닐까 싶다. 허위도 인간 삶의 한 방식이라는 것을 보여준다.

심리적 분리와 근원성 호출의 현상학

— 웹진 『젊은 시인들』 동인 시

인간은 자신이 몸담고 있는 사회를 통해서 자아를 실현하고 미래를 희망적으로 바꾸려 한다. 이런 인간의 의지와는 달리 거대한 시스템으로 윤전(輪轉)하는 사회는 개인의 자아 같은 건 안중에도 없다. 사회와 단단하게 결속하려는 우리와는 달리 사회는 시스템에 잘 적응하는 자들만을 선택하여 앞으로 나아간다. 사회라는 것이 생물학적 인간의 본성으로 만들어진 것이지만 너무나 체계화되어버려 오히려 사회가 인간을 선택적으로 편승시킨다. 사회로부터 선택되지 못한 좌절은 상대적으로 무리로부터 자신이 소외되었다는 불안을 가져오게 되고, 그 허망함으로 인해 어딘가 기댈 새로운 방법론을 모색하게 된다.

이럴 때 호출되는 것이 근원적인 것이다. 이것은 실존적 문제의식에서 생기는 자기 점검과 반성적 성찰의 일종이기도 한데, 현재의 실존 불안을 근원으로 끌고 가 현실을 회복해보려는 심리적 퇴행 현상이다. 근원성의 호출은 자신의 존재와 인류의 역사를 영속적으로 이어가게 하는 자연스러운 신경생리학적 현상인 것이다.

이러한 측면은 웹진『젊은 시인들』의 동인들 시에서도 나타나는 의식의 지향성이다. 이들 중 몇몇은 지성적 시안(詩眼)을 작동하는 방식으로 사회와의 심리적 분리를 포착한다면 몇몇은 직관적 시안을 작동하는 방식으로 근원성 호출을 꾀한다.

1. 심리적 분리의 프레임들

C. 라이트 밀즈는 사회학적 현상학 속에는 사회구조나 체제로 인한 인간의 위치, 그리고 인간을 변화시키는 기제(機制)가 무엇인가 들어 있다고 한다. 이 말은 인간의 실존을 만들어나가는 요소 중 중요한 역할을 하는 것이 자신이 몸담고 있는 사회의 모든 것이라는 뜻이다. 때문에 사회적 실존성과 개인의 실존성은 근원적으로 같은 몸뚱이를 가지고 있는 양날의 칼과 같은 것이다.

이러한 두 실존성의 속성을 한보경은 공적인 매체의 언어들이 어떻게 만들어나가는지, 이것이 개인의 사고나 실존에 어떠한 영향을 미치는지를 보여준다.

조간신문 1면 하단

속을 다 풀어 헤친 바나나가 하얗게 질려 있다

바나나는 바나나일 수밖에 없는

어떤 편견에 대하여

바나나도 모르게

너무 깊어져버린 노란 속설에 대하여

바나나가 아닌 전부를 걸고

문드러지기로 했다

바나나가

바나나였던 속을 하얗게 벗어던지는 동안

바나나의 속은 자꾸 캄캄해졌다

— 한보경, 「바나나」 부분

심리적 분리와 근원성 호출의 현상학

　한보경은 사회에서 통용되는 언론 매체의 언어를 신뢰하지 않는다. 여기서 사회적으로 통용되는 언어란 "조간신문"으로, 우리에게 사회적 구조와 체제를 재구성해서 전달하는 언론 매체이다. 문제는 이런 언론이나 미디어 매체들에 의해 전달되는 사회적 진실이 선택되고, 배제된 것으로, 기사를 쓰는 필자나 언론사 의도에 따라 변형된다는 점이다. 한보경은 이 점에 주목하고 있다. 그들이 전달하는 사건을 그대로 믿지 못하고, 껍질을 까야 실체를 알 수 있는 "바나나"로 말한 것은 여론몰이가 만들어내는 방향성이 사람에게 편견적 사유를 심어준다고 본 것이다. 인간에게 사유라는 것은 실존적 방향의 패러다임이다. 때문에 언론 매체에 의해 만들어지는 사유는 우리의 실존 방향성까지 바꾼다. 보이지 않게 조금씩 만들어지는 사회적 실존에 대한 의식이 개인의 실존에 영향을 미치는 것이다. 이러한 사회적 현상에 대한 대응 방식으로 한보경은 "전부를 걸고" "문드러지"
는 역설적 태도로 나아간다. 이것은 바닥을 친 공이 튀어 오르는 속
성과 같다. 갈 데까지 가보자는 것이다. 그러면 사회가 다시 회복될
거라는 것이다. 때문에 이러한 역설적 태도는 사람의 사고를 주도해
나가는 공적 언어들이 진정성을 갖기를 바라는 갈망이다. 이러한 현
실로 인한 사회와의 괴리감이 사라지고, 사회적 실존성에 대한 건강
성이 생기기를 바라는 것이다.

　사회에 대한 불신과 와해를 염려하는 한보경과는 달린 정연탁은
사회라는 것이 다양성 속에서 하나의 실존으로 어우러지는 공동체라
본다. 각각의 방에서 자기 역할을 하는 개미집과 같은 형상이라 보는
데, 분리되어 있으면서 연결되어 하나의 시스템으로 움직이는 공동
체가 사회라 본 것이다.

앞집 민씨 할배 쿨럭거리는,
재래시장 박씨 아줌마 목청 높이는 소리,
장돌뱅이 정씨 낡은 마이크 소리,
철야농성장 밖 플래카드 펄럭거리는,
전화기 저편 나즉히 속삭이는,
간밤 뜨거운 열애 추억하는 어느 여인 콧노래 소리,
여자 친구 앞 어깨 힘주는
물수제비 뜨는,
대나무 어루는 바람 소리,
아까시나무 꺾이는,
어둠 속 어느 여인 통곡 소리,
심야 화장실벽 공명하는 뒷물 소리,
서민아파트 심야 깨우는
어느 무명 가수 만취한 소리,

흥건히

내 심저의 바닥 적시는

— 정연탁, 「브람스 바이올린 소나타 2번」 부분

　정연탁은 개인의 실존적 상황을 각각의 소리로 병치하고 있는데, 서로 다른 둔탁한 소리의 합주가 사회적 실존의 형상이라 본다. 그의 프레임 안에 들어 있는 소리들은 사회를 주도적으로 통제하는 계층의 소리가 아니다. 그는 주로 주변부적 계층의 삶을 청각화하고 있는데, 청각적 심리에는 현재의 실존으로부터 해방되거나 더 높은 차원으로 도약하고자 하는 심리가 내재되어 있다. "아이들 재재거리는 소리"와 "할매 무릎 관절 삐걱거리는 소리" "재래시장 박씨 아줌마 목청 높이는 소리"와 "철야농성장 밖 플래카드 펄럭거리는 소리" 등이 어우러지면서 아름다운 곡조인 "브람스 바이올린 소나타 2번"이라는 작품으로 완성된다. 소리는 우리 몸이나 물체에서 완전히 분리되었을 때 아름다운 소리를 낼 뿐 아니라 우주를 향해 자기 스스로 움직이는 진동을 가진다(알베르트 수스만, 『영혼을 깨우는 12감각』). 실존적 현실에서 나오는 몸의 소리나 사물들의 소리는 몸과 분리되면서 시인의 "심저"에서 아름다운 음악으로 내면화된다. 이 내면화란 결국 그것이 긍정이든 부정이든 간에 실존 자체가 의미가 있다는 시각이다. 가식적이지 않은 삶의 진정한 국면들이 시인에게 각각의 음계로 인식되고 있으며 이들의 음계가 어우러져 사회라는 아름다운 음악을 만들어낸다. 때문에 시에서 소리들은 시인의 긍정적인 시선에 의해 반주되는 아름다운 실존적 형상이다. 실존적 도약의 의미를 물질적 현실보다 인간 삶의 자체에 둔 것이라 할 수 있다.

　정신적 측면에서, 실존을 도약하려는 또 다른 양상이 현실의 문제들에 대응하려는 비판적 의식이다. 송미선의 시는 인간은 어떤 체험 속에서도 사회체제를 파악하는 인식론과 결부되어 있으며, 이것에 문제가 있을 때 비판 의식이 생긴다는 것을 보여준다.

> 상영 10분 전부터 입장입니다
> 장물은 가지고 들어갈 수 없습니다
>
> 밤새 혼자서 추던 춤에 지쳐 서둘렀지만
> 상처는 휴대할 수 없다며
> 마네킹처럼 차려입은 안내원이 호주머니를 뒤진다
>
> …(중략)…
>
> 스크린 하늘의 멱살을 잡은 대가로 뿌리가 생겼다 어둠과 핏줄 사이에 머무르고 있는, 등 뒤에서 쓰러지기 위해, 화면 속에서 넘어지는 연습을 하는
>
> 상처는 열쇠가 될 수 없습니다
>
> — 송미선, 「반입금지」 부분

송미선은 영화관만의 질서로 통제되는 사회적 현상을 통해 사회의 한 속성을 인식한다. 영화관은 문화를 유통하는 공간이지만 스크린 이 주는 흥미를 담보로 관객에게 그들만의 체제와 질서에 호응하도록 강요한다. 시인은 영화관에 반입하는 물건 중에서 그들이 인정하는 물건 외에는 "장물"로 취급되는 현상을 보면서, 문화적 유통 과정에서도 계급이 존재한다는 것을 인식한다. 영화관 안에서만큼 그들은 관객의 "호주머니를" 마음대로 뒤질 수 있는 "안내원"이 권력자가

되고, 관객은 잠정적인 용의자가 된다. 문화의 유통 과정에서 관객의 실존적 지위는 한순간에 통제당하는 위치에 놓인다. 이러한 영화관의 통제성으로 인해서 사람들은 "상처"만 받는 게 아니라 사회체제를 만드는 자들에 대해 불신을 갖게 된다. 인간은 누구도 자신의 실존을 간섭받는 것을 좋아하지 않는다. 이런 부당함은 비판 의식으로 촉발되고 실존적 지위를 보장받기 위해서는 저항을 해야 한다는 의식으로 발전한다. 소위 말하는 문화 권력자의 횡포로 인해 비(非)가시적으로 통제되어가는 자신의 실존적 지위를 스스로 보호해야 한다고 생각한다. "스크린 하늘의 멱살을 잡"아야만 그 "대가로" 내 실존의 "뿌리가" 튼실해진다.

영화관을 절대 권력자로 보는 송미선의 의식은 문화적 수단을 이용해 사회적 지위를 장악하는 소위 부르디외가 말하는 '상징 권력'에 대한 비판이다. 문화를 주체적으로 주도하는 그들은 자본주의 사회의 왕이 소비자라고 말하고 있지만 실상은 교묘하게 자본주의 논리로 의식을 통제하고 그들의 질서로 편입시켜 조종하는 것이다. 이런 권력 효과의 발휘는 자본주의 사회에서 비가시적인 곳에서 더 많이 존재한다. 작게는 가정이나 작은 단체나 기업, 정치권은 물론이고, 눈에 보이지 않는 현대의 일상 속에서도 이러한 '상징 권력'은 존재한다.

유승영의 시는 문명적 습관이 우리의 실존을 어떻게 통제하는가를 보여주는 대표적인 시이다.

> 고양이의 귀는 언제나 펄럭거려
> 목에 방울을 달고 이쪽 끝에서 저쪽 끝까지
> 떨어뜨린 생선 반 토막을 찾으러 가는
> 그 기억력이란 우리의 생각과 다르지

오후 세시는 모든 데이터가 소진되는 시간
오후 세시는 내가 태어나는 시간
오후 세시는 먼지가 정지되는 시간

이런 날이 올 줄 알았지
휴대폰이 모든 기능이 마비되고
날씨는 흐리고 영상 6도로 꼼짝 달싹 않고
안절부절 자꾸만 감기는 내 눈꺼풀을 어떡하지

— 유승영, 「수상한 데이터(data)」 부분

현대인에게 시간은 시계에 맞춰 생활을 하는 습관으로 인해 생긴 비가시적인 '상징 권력'이다. 뚜렷한 주체가 없으면서 인간을 통제하며 권력 효과를 발휘하는 이것은 맥루언의 말대로 인간이 만든 도구에 의해서 인간이 만들어지는 현상 중 하나이다.

유영승은 시간에 통제되어가는 우리의 실존을 시적 감수성으로 자료화한다. 데이터는 프로그램을 운용할 수 있는 형태로 기호화하거나 숫자화한 자료를 말한다. 일반적으로 시간 의식은 시간의 방향성과 결부되어 그 실존적 의미를 드러내는데, 여기에서 시간은 유동적으로 흐르지 않고, 정해진 시각에 묶여 있거나 마비되어 있다. 시간이 흐르지 않는다는 것은 의식이나 정신이 통제되어 있다는 것을 말한다. 시간이 설계한 감옥은 우리를 질주의 강박증으로 몰아넣은 원형 감옥(팬옵티콘)의 감시자 같다. 의식의 통제는 육체의 제약으로 이어진다. 시계의 사용으로 인한 실존적 습성이 우리를 시간에 맞춰 움직이게 하는 기계적 인간으로 만든다. 동시에 이것은 우리로 하여금 늘 심리적으로 무언가에 쫓기게 하고 불안하게하는 요인으로 작용한다. 시계가 정지되어버리면 우리의 실존은 방향성을 잃어버린다. 결국 유승영이 말하는 "데이터"의 "소진"이란 수치화된 현재의 일상이 아니라 기계화로 인해 자연의 본성, 즉 인간 본질로서의 생물학적 존재성을 잃어가는 현상일 것이다.　　　.

2. 근원성 호출의 프레임들

심리적 분리감이 사회와의 괴리에서 오는 실존적 의미를 시적 의식으로 내면화한 것이라면 근원성 호출의 의식은 이런 심리적 불안을 해소하려는 정신적 작용이다. 사회화된 존재로서의 결핍을 채우기 위해서 문명에 오염되지 않은 순수성이나 행복한 순간을 호출한 것이다. 이러한 호출의 방식은 주로 과거를 통해서 이미지화되는데, 그것은 삶의 이미지로 과거로 퇴행할수록 건강한 실존의 원형성을 간직하고 있을 뿐 아니라 현실 회복의 가능성을 더 많이 갖고 있기 때문이다.

현실 회복의 가능성으로서의 과거 이미지의 호출은 박종인의 시에서 '고향'이나 '친정'과 같은 심리적인 안식처로 나타난다.

> 고향의 향기가 난다
> 친정이라는 말은 두 다리 뻗고 눕고 싶은 곳
> 사나흘 지친 허리를 아랫목에 지지고 싶은 곳
> 자궁속의 아늑함 같은
> 그것들이 오감을 자극하면
> 나는 맨발로 그곳으로 뛰어간다
> 접혀있는 기억들은 언제나 싱싱하다
> 지난 흔적을 현상하면

돌아갈 수 없는 길에 깊이 뿌리를 내린

아름드리느티나무가 우뚝 서있다

— 박종인, 「가장 편안한 기억」 부분

    박종인에게 자신이 성장한 "고향"과 "친정"은 심리적인 안식처이
다. 우리의 기억 속에 늘 동시적으로 공존해 있는 고향은 현 실존의
문제에서 환기되기도 하지만 영속적인 본질적 인간의 실존 문제와
연결되어 있다. 박종인은 고향에 대한 기억을 감각적으로 호출하는
데, 특히 "향기"로 지각되는 후각적 감각은 긍정적인 심리의 대표적
인 예다. 후각적 의미에서 향기는 생명성이나 희망 나아가 우주적 에
너지로까지 해석이 된다. 누구에게나 고향은 정신적인 근원처로, 이
곳에 대한 긍정성은 곧 현재 내 실존의 건강성을 대변한다. 그러므로
현재의 내 실존이 불안하거나 힘들 때 과거 속에 내재되어 있는 고향
이나 친정과 같은 변형되지 않고 순수한 상태로 남아 있는 날것의 기
억이다. 세속에 물들지 않고 그대로 보존되어 있는 이러한 '순수 기
억'(황수영, 『베르그손』)은 과거의 시간 속에 보존된 것으로 이것은
끊임없이 현실에 자양분을 공급하는 존재론적인 의미를 갖고 있다.
지속적으로 심리적 안식처로 호출되면서 현재의 삶을 반추하고, 재
가동하게 하는 동력으로 작용한다. 이것은 실존적 대를 이으려는 인
간의 영속성과도 관련이 있는데, 과거에 있는 뿌리의 건강성을 통해
서 현재의 건강성을 견고히 하려는 무의식적 심리의 호출이다. 고향
이나 친정은 "싱싱"한 실존적 뿌리, 즉 현재의 나를 꽃피우는 자양분
인 것이다.

    인간으로서의 실존적 뿌리를 호출하는 양상은 한해미의 시에서는
어머니라는 모성 원형으로 나타난다.

사는 게 힘들지?
흰머리가 많네!
드라마 대사처럼
합죽한 말을 오물거린다

자궁에 들어가 누우면
쪼글해진 방이 따뜻하다
말라붙은 젖이
그곳에 가득하다

…(중략)…

어머니 눈 속에 사는
내가 궁금한 날
요양원에 계신 천사를 만나러 간다

— 한해미, 「천사요양원」 부분

　어머니의 어머니는 어머니이고, 그 어머니의 어머니는 어머니이다. 아버지란 이름으로 이상이 했던 말을 떠올리게 하는 한해미의 시는 모성 원형을 소재로 여자로서의 실존성을 찾아가는 과정을 그리고 있다. 한해미는 나의 실존적 미래가 "궁금한 날" 찾게 되는 요양원에서 내 어머니와 모성 원형을 함께 지각한다. 정신분석학에서 모성 원형은 여성성과 지혜로운 정신의 숭고함, 자애와 영양 공급자, 재생의 터, 생명의 근원지로 상징된다. 긍정적이고 둥근 이미지로 원형화되는 어머니는 우리에게 최초의 세계이면서 최후의 세계이다. 어머니로서, 여자로서의 최후의 세계를 한해미는 요양원에서 발견하는데, 요양원 방은 시인에게 심리적 "자궁"이다. 실제 자궁은 폐경이

되고, 생명에게 양분을 줄 수 없는 "말라붙은 젖"들이 가득한 곳이지만 이곳은 시인에게 심리적 에너지를 주는 생명의 공간이다. 생명이 소진되어가는 최후의 어머니들은 앞으로 다가올 내 미래이고, 나의 실존적 양상이다. 때문에 한해미가 어머니를 반복적으로 찾아가는 행위는 마치 만다라의 중심으로 접근해가는 형상을 떠오르게 한다. 어머니를 반복적으로 찾아가고 성찰하는 과정은 어머니로서, 여자로서의 나의 실존적 의미를 깨닫는 과정인 것이다.

이러한 근원성 호출의 프레임은 정훈교의 시에서는 조금 다른 양상으로 나타난다. 현 실존에 불안 때문에 과거를 호출하는 게 아니라 첫 경험의 불안이 새로운 실존적 방향성을 만들어나간다는 것을 보여준다.

> 불안은 달을 먹고 자란다. 처음 생리하던 날, 처음 교복을 입던 날, 처음 자전거 타던 날 다양한 체위가 태어났다. 후배위 달이 당신을 먹는 거다. 막대사탕과 솜사탕의 달콤함은 미적 감각과 형태 감각의 빙의(憑依). 당신과 당신 안의 내가 접신이 되는 거다.
>
> …(중략)…
>
> 불안은 달의 혀로 지우고 달의 혀는 적막으로 지운다 두 개의 무덤을 지나 하나의 문이 되는 스무고개. 당신은 그곳에서 태어났고 불안은 그곳에서 소멸된다 달은 태생이 불온한지라 날마다 배꼽 없는 아이를 흘려보낸다 오늘도 불안이 달 주위에 모여 있고
>
> 그녀는 그믐을 낳는 중이다
>
> ― 정훈교, 「그녀의 아가미는 바람을 쓸고 다닌다」 부분

정훈교의 시는 현실에 적응하려는 본능적 생존 감각이 다른 실존의 방식을 만든다는 것을 보여준다. 그의 시에서 근원성 호출은 첫 경험의 불안에서 촉발된다. "처음 생리하던 날" "처음 교복을 입던 날" "처음 자전거를 타던 날" 그는 무엇이든 이전과 다른 "체위가 태어"난다고 본다. 체위라는 말에서 느껴지는 에로틱한 시어는 무언가를 처음 시도할 때 느끼는 불안이라는 감정이 이성적 판단이 아니라 직관적 감각으로 발동하는 본능이라는 것을 의미한다. 우리에게 실존적 삶의 방향성과 형식은 사회체제 속에서 만들어지기도 하지만 생물학적 존재가 가진 본능으로 인해 자연스럽게 만들어지기도 한다. 그런 맥락에서 정훈교 시에서의 근원성은 훈육되지 않은 몸의 감각적 불안이다. 훈육된 몸은 이미 습관으로 체화(體化)되어 있기 때문에 불안이나 설렘을 유발하지 않지만 최초의 경험은 몸이 거기에 적응하기 위해 새로운 실존적 양상을 만들어낸다. 몸의 감각적 직관과 판단력이 실존의 방식을 만들어내는 것이다. 이것은 들뢰즈의 말대로 몸의 진동으로 만들어지는 '존재론적 사건'이다. 어떤 사유가 이성으로 정립되기 이전 이미 몸으로 체험하는 실존적 의미이다. 또한 이것은 새로운 실존의 방식이 "정상위", 즉 기존의 실존을 부정하는 데서 비롯된다는 것을 보여준다. 하지만 이것은 소멸이 아니라 "그믐을 낳는"다는 말을 통해 알 수 있듯 완성의 의미를 획득한다. 새로운 것은 불안하지만 삶을 진화시키고, 이전 것은 실존적 완성품으로 아름답게 남는다는 것이다.

하지만 소멸의 방식이 실존을 진화시키는 것만은 아니다. 소멸이 실존의 소멸로 끝날 수 있다는 것을 보여주는 것이 이창하의 시이다.

녀석은 죽은 것일까

막이 오른 절정도 결국은 기울게 되겠지만, 더욱 고통스러운 것은
모두들로부터 잊혀진다는 것

가끔
누군가의 숨긴 울음을 읽어본 적이 있다, 그의 울음은
짙은 안개 속에 은신하고 있다
한 때, 그의 육신도 풍만한 적이 있었을 것이다

진흙 깊숙이 빠져버린 육신 사이로
주르륵,
마지막 한 방울의 영혼마저 방전 되면
오래된 새 한 마리도 마침내 그의 곁을 떠나 갈 것이다. 이를테면 그의
마지막 교감이 사라지게 되는 셈이다.

— 이창하, 「고사목에 대하여」 부분

제4부 문명과 불화의 표정들

　이창하는 실존적 의미라는 것이 살아 있는 존재들 사이의 소통이
라는 걸 보여준다. 시에서 "고사목"은 죽음과 주검의 경계에 있다.
적어도 죽음이란 소멸과 생성의 이중적 의미를 갖고 있지만 주검은
한 구의 사체(死體)로 물질에 불과하다. 죽음의 의미는 현실과는 다
른 새로운 실존을 획득하는 것이지만 주검의 의미는 물질의 부패이
다. 때문에 생명의 실존적 의미는 사람이 그것을 기억하느냐 아니냐
에 달려 있다. 이창하는 죽음에서 주검으로 넘어가는 기점을 사람이
그 존재를 망각하는 순간으로 본다. 사람의 기억에서 사라질 때 한
생명은 실존적 의미를 상실하고 한 구의 물질로 남는다. 생명이 소멸
되어가는 과정은 실존적 의미의 약화이지만 "모두들로부터 잊혀진다
는 것"은 실존의 상실, 삶의 주체가 아니라 배경으로 돌아간다는 말
이다. 처음에는 빈발적으로 기억되다가 언젠가 모든 사람들의 기억

에서 사라지면 그 존재는 영원히 사라지는 것이다. 실존적 의미는 사람과 사람간의 상호 소통 속에서 나란 존재를 누군가 호명해주고 기억해줄 때 갖게 되는 것이다. 결국 실존적 의미는 죽은 자들 것이 아니라 산 자들의 것, 사회학적 존재들 것이다.

　사회로부터의 심리적 분리감이나 혹은 근원성 호출의 현상학을 드러내고 있는 동인들의 시적 양상은 상반되는 것 같지만 실상은 같은 맥락 속에서 촉발된 문제의식이라 할 수 있다. 시인의 시안이 현재에 있든 과거에 있든, 그것을 지성적으로 비판하든 직관적 감성으로 구체화하든 간에 인간 실존의 진정한 의미를 찾아가는 과정이라 할 수 있다. 이것은 또한 시인이 사회적 현상을 지각하고 문제의식을 가질 때에 우리의 실존이 승화된다는 것을 의미한다. 사회를 있는 그대로 수용하고, 이를 비판 없이 받아들인다면 우리는 생물학적 존재로 머물 수밖에 없다. 이것은 생각하는 동물만이 가질 수 있는 특권이다. 동물적 실존에 머물지 않으려는 욕망으로 인간은 진화하고 현재 여기까지 왔다. 물론 실존적 진화가 모두 옳은 것만은 아니다. 물질문명이 만들어내는 실존의 부작용은 만만치가 않다. 그렇더라도 새로운 실존을 만들어나가려는 인간의 의지가 세상을 아름답게 만든다. 살 만한 것으로 만든다.『젊은 시인들』의 동인들 또한 여기에 동참한 것이다. 그래서 이들의 만남이 소중하고, 아름답다.

제1부 후각, 인공사회의 저항기호

「사이보그에 응전하는 감각적 존재론 – 강정」, 미발표.
「인공적 전자성에 저항하는 후각의 사회학 – 배용제 · 박해람 · 김경주」,
　미발표.
「‘비린내’, 혼종의 정체성에 저항하는 존재 – 2000년대 시인들을 중심으
　로」, 미발표.
「악취, 남성적 질서의 저항기호 – 김혜순」, 미발표.
「냄새의 사회학과 역설적 화법 – 최승호」, 미발표.

제2부 현실에 응전하는 여성의 존재론

「여성시에 나타난 욕과 저항」, 『신생』 여름호, 2015.
「문명의 불모성에 저항하는 실존적 형상 – 이원」, 미발표.
「사생아적 사유, 생태윤리로의 귀환 – 김선우, 『도화 아래 잠들다』」, 『주
　변인과시』 봄호, 2009.
「가면적 세계와의 불화와 발칙한 언술 – 정안나, 『A형 기침』」, 『A형 기
　침』, 북인, 2014.
「제3의 존재를 생성하는 발효화법 – 안효희, 『서른여섯 가지 생각』」, 『포
　엠포엠』, 2012.
「영혼 감각과 환지통의 진동 – 신선 · 김근희」, 『시와사상』 봄호, 2015.

제3부 고뇌와 실존의 형상화 의지

「소시민의 권력의지 '찔러보기'의 미학 – 최영철, 『찔러본다』」, 『시와표현』 창간호, 2011.

「양수로의 회귀, 불로 승화되는 존재의 꿈 – 김충규, 『물 위에 찍힌 발자국』」, 『부산시인』 가을호, 2008.

「존재의 혐의를 찾는 시적 수사관 – 김경수, 『산 속 찻집 카페에 안개가 산다』」, 『시와세계』 여름호, 2012.

「통각 혹은 마루타 그리고 야누스 실존의 프리즘 – 위선환 · 장종권 · 권현형」, 『시와정신』 봄호, 2014.

「영속성과 정점의 실존적 시학 – 박태일 · 손택수」, 『시와정신』 봄호, 2015.

「門을 여닫으면서 間을 만드는 실존의 형상 – 차영호 · 이종암」, 『푸른시』 제12호, 2010.

제4부 문명과 불화의 표정들

「데칼코마니의 사회학」, 『시와정신』 봄호, 2011.

「통제 불가능한 엘리케이터의 실존성」, 『시와정신』 여름호, 2011.

「시공간을 배회하는 고독한 가면들」, 『시와사상』 봄호, 2014.

「말의 심리적 분장과 몸의 정직성」, 『시와사상』 여름호, 2014.

「심리적 분리와 근원성 호출의 현상 – 웹진 『젊은 시인들』 동인 시」, 웹진 『젊은 시인들』, 2014.

가면적 세계와의 불화

찾아보기

가면적 세계와의 불화

가면적 세계와의 불화

찾아보기

가면적 세계와의 불화

정진경